Les mariés de Hawaï

*

Libre de séduire

*

Inavouable révélation

BECKY WICKS

Les mariés de Hawaï

Traduction française de
C. DUTEIL

BLANCHE

HARLEQUIN

Collection : Blanche

Titre original :
A MARRIAGE HEALED IN HAWAII

HARPERCOLLINS FRANCE
83-85, boulevard Vincent-Auriol, 75646 PARIS CEDEX 13
Service Clients — https://www.harlequin.fr/contenu/contactez-nous
ISBN 978-2-2805-1603-7 — ISSN 0223-5056

Édité par HarperCollins France.
Composition et mise en pages Nord Compo.
Imprimé en avril 2025 par ScandBook UAB en Lituanie
en utilisant 100% d'électricité renouvelable.
Dépôt légal : juin 2025.

FSC
www.fsc.org
MIXTE
Papier | Pour une gestion forestière responsable
FSC® C021394

Pour limiter l'empreinte environnementale de ses livres, HarperCollins France s'engage à n'utiliser que du papier fabriqué à partir de bois provenant de forêts gérées durablement et de manière responsable.

1

Lani Kekoa s'engagea sur la terrasse du sanctuaire marin de Mermaid Cove et inspira une grande bouffée d'air salé. Le soleil de midi scintillait à la surface de l'océan, et au sommet des palmiers deux mainates rivalisaient de vocalises. Elle se dirigea vers le bassin de Pua et caressa doucement la brune carapace bosselée de la tortue mâle.

— Comment tu vas, mon vieux ?

Pua réagit en tortillant ses grosses pattes ridées, et Lani s'appuya à la rambarde, offrant sa peau à la caresse de la brise tiède. Ses yeux balayaient la baie à la recherche des dauphins qui batifolaient autour des bateaux matinaux quand quelque chose attira son regard. Qu'est-ce qu'il y avait dans l'eau, flottant sur l'écume blanche ? Un long objet blanc, pas du bois flotté ni un jouet abandonné. Lani le fixa un moment en s'efforçant de l'identifier. Puis...

Oh non !

Vive comme l'éclair, elle bondit, descendit les marches quatre à quatre, et courut dans le sable jusqu'au jet-ski. Faisant vrombir le moteur, elle fonça sur les vagues en direction de l'objet, le cœur battant d'appréhension à mesure que la silhouette se précisait. Elle coupa le moteur et laissa l'engin dériver jusqu'au petit dauphin, inerte et sans vie.

— Oh ! pauvre bébé...

Prenant une inspiration, elle leva les yeux vers le ciel hawaïen et s'efforça de refouler son émotion. Ils auraient dû être capables d'arrêter ça maintenant !

Un éclair argenté capta son regard. La bande de dauphins bondissait et s'ébattait dans les vagues, sauf un. Sans doute la mère du bébé. Glissant dans l'eau, l'animal s'approcha à quelques centimètres du jet-ski et poussa son petit de la tête, faisant monter les larmes aux yeux de Lani. Elle connaissait la détresse d'une mère, son chagrin immense à la perte irrémédiable d'un être cher, irremplaçable.

— Je suis désolée, chuchota-t-elle. Je découvrirai la cause de tout ça, je te le promets.

Le dauphin soutint un instant son regard, comme s'il comprenait, et Lani ravala un sanglot. C'était son devoir de les protéger, de prendre soin de l'océan pour eux, mais elle se sentait dépassée. Pourquoi les dauphins mouraient-ils ?

En débarquant avec le bébé mort à l'arrière du jet-ski, elle vit son assistante Mahina sortir sur le ponton, chargée d'une caisse de poissons qu'elle lâcha en voyant son expression.

— Non ! cria-t-elle, et dévalant les marches, elle tomba à genoux devant la pauvre créature sans vie.

Tendue, Lani remarqua les traces sur la peau du dauphin, presque des brûlures, comme celles qu'ils avaient découvertes quelques jours avant. L'animal n'était pas mort, mais il avait été gravement blessé et portait les mêmes marques.

— Qu'est-ce qui se passe ? murmura Lani d'une voix sourde quand Arnie et Mo, du programme de protection des espèces marines, vinrent chercher le dauphin mort pour l'autopsier.

Elle les rejoindrait plus tard, elle travaillait souvent avec les scientifiques sur les nécropsies des mammifères marins. Mais ce serait frustrant d'attendre de quatre à six semaines pour obtenir les rapports complets.

Mahina baissa la tête, consternée.

— Il faut absolument découvrir la cause de tout ça.

Lani acquiesça. Elle travaillait avec les dauphins depuis des années, et dernièrement elle avait observé un changement inquiétant. Les mammifères marins souffraient visiblement d'une maladie de peau, mais malgré plus de vingt ans d'expérience à la réserve marine à s'occuper des créatures marines autour d'Oahu, elle n'avait pas la moindre idée de l'origine des étranges marques.

Plus tard, alors qu'elles faisaient leur tournée des animaux des bassins à l'arrière de la réserve, Mahina lui jeta un regard chargé d'appréhension.

— Tu devrais peut-être appeler... tu sais qui.

— Mika ? dit Lani en tressaillant. Non.

Mahina soupira, comme si la réponse ne l'étonnait pas.

— Mais il traite ce genre de cas. C'est lui qui a découvert pourquoi les requins tombaient malades dans le Triangle Rouge, en faisant le lien avec cette voie de navigation.

— Inutile d'impliquer mon ex-mari, Mahina. C'est non.

Lani poussa un soupir. Son assistante avait touché une corde sensible. Elle n'avait pas de nouvelles de Mika depuis qu'elle était tombée sur sa mère un an plus tôt et avait appris qu'il entretenait une relation sérieuse avec une jeune femme.

Hayley était une blonde enjouée d'à peine plus de trente ans, à en juger par la photo que Mahina lui avait montrée en ligne. Elle était plus âgée que ne l'était Lani quand, remontant l'allée centrale au bras de son père, le ventre arrondi sous sa robe blanche, elle avait rejoint Mika qui l'attendait devant l'autel, beau à couper le souffle dans son élégant smoking. Il avait alors vingt-quatre ans et elle en avait deux de moins.

Surprenant son reflet dans la vitre de la salle de stockage, elle fit bouffer ses cheveux. À quarante-sept ans, elle n'en faisait pas plus de trente-cinq selon certains, qui voulaient se montrer gentils. Ses cuisses étaient moins fermes, elle se sentait un peu plus serrée dans son jean, ses cheveux avaient perdu de leur éclat, et elle regrettait parfois l'ancienne Lani qui tenait pour acquise sa peau ferme et lisse dans son minishort un peu provocant et son haut de maillot. Mais elle ne cherchait plus à être sexy, ni même à séduire un homme ! Qu'aurait-elle à lui offrir, d'ailleurs ? Le sanctuaire marin était toute sa vie désormais, avec sa fille adoptive Anela, huit ans, son plus grand défi. Elle eut une pensée pour la mère d'Anela, son amie Sharie. Il y avait presque un an qu'elle avait endossé le rôle de mère de substitution, après la mort brutale de Sharie.

La vie n'est qu'une suite de défis que je ne suis pas préparée à affronter, pensa-t-elle, refoulant la mésestime qu'elle sentait monter en elle.

Son manque d'estime de soi venait de ce qui était arrivé à Iolana, ce qui ne l'empêchait pas de ressasser ses failles. Ni de penser à sa fille, qui serait adulte aujourd'hui si elle avait vécu.

Mika y pensait-il, lui aussi ? Peut-être, mais il avait poursuivi sa route. En tout cas, vingt ans aux États-Unis, loin de l'île et d'elle, lui avaient permis de la remplacer par Hayley. Tant mieux pour lui, si cela le rendait heureux. Ils ne s'étaient apporté que du malheur avant qu'il fasse ses valises et s'envole pour la Californie.

Tu sais pourquoi il est parti.

Elle ferma les yeux tandis que l'image de leur magnifique petite fille s'imposait à elle dans un insoutenable déferlement de souffrance.

Non. Concentre-toi.

Elle avait du travail à faire, et de toute façon, Mika ne voudrait pas venir, même si elle l'appelait. Il était très pris. Et ici, trop de souvenirs les attendaient en embuscade.

Allongée dans le hamac de sa terrasse un peu plus tard, Lani se demandait encore ce qu'elle allait faire en écoutant le rire d'Anela qui jouait avec la nouvelle portée de chatons. Était-elle stupide de ne pas faire appel à Mika ? Il connaissait mieux que personne l'océan par ici. Il y avait grandi, et les eaux autour d'Oahu avaient été son terrain de jeux. Lui et ses requins... Il s'était même lié d'amitié avec un requin-tigre !

Lani fronça les sourcils en regardant Anela. Sa mère Sharie avait perdu la vie après l'attaque d'un grand requin blanc. Et oubliant ses angoisses de mère, Lani avait accueilli la petite orpheline. Le travail de Mika terroriserait Anela si elle savait ce qu'il faisait, mais Mahina avait raison, il était peut-être le seul à pouvoir aider les dauphins. S'il y avait une chance, cela valait peut-être la peine de revenir sur leur douloureux passé.

Elle prit son téléphone.

Après quelques sonneries, une voix bourrue répondit.

— Mika, j'écoute.

Oh ! Seigneur, il a gardé la même voix, en plus... distante.

— Bonjour, dit-elle, s'éclaircissant la gorge. C'est Lani.

La voix s'anima.

— Qu'est-ce qui ne va pas ?

Quoi ? Elle avait prononcé deux mots et il savait que ça n'allait pas ?

— Il s'agit des dauphins, dit-elle, cramponnée au téléphone. On a trouvé un bébé mort aujourd'hui, et on a remarqué une sorte de maladie de peau chez plusieurs autres, mais jusqu'ici, les tests n'ont rien montré de concluant. On en saura plus après la nécropsie du bébé, mais ça prendra des semaines et... j'ai pensé que peut-être...

— Lani. Respire.

Elle se tut. Ravalant le nœud qui lui obstruait la gorge, elle ferma les yeux et prit une longue inspiration. *Inspire. Expire.* Il connaissait sa passion pour les dauphins.

— Ils en meurent, Mika, parvint-elle à articuler, les mains moites.

— D'accord, dit-il au bout d'un instant. Je peux prendre le vol de 10 heures depuis Los Angeles.

Elle se redressa vivement dans le hamac, abasourdie.

— Demain ? Oh ! entendu.

— À demain. Continue à respirer, Lani.

Il raccrocha, et elle laissa échapper l'air qui lui comprimait les poumons. Dix heures demain ? Il était sérieux ?

— Qui c'était ? demanda Anela qui la dévisageait.

Que dire ? Qui était Mika aujourd'hui ? Lani réprima un sourire. Il n'était pas juste son ex-mari, songea-t-elle en regardant son poignet où était tatouée une tortue. Le honu, une tortue verte menacée, était le symbole culturel hawaïen de la longévité et la sécurité, et le mana l'énergie spirituelle circulant dans le sang de chacun.

Peut-être Mika pensait-il aussi à elle chaque fois qu'il posait les yeux sur son propre honu, tatoué sur son bras.

— Quelqu'un qui comptait beaucoup pour moi autrefois, répondit-elle, l'estomac noué.

Qu'est-ce qui lui avait pris d'inviter Mika à revenir dans sa vie ?

2

Mika descendit de l'avion et posa les pieds sur le tarmac gorgé de soleil de l'aéroport international Daniel K.-Inouye. Tirant sa valise cabine, il sentit la caresse de la brise tiède qui apportait une odeur familière d'eau salée et de frangipanier. À en juger par la cohue des autochtones et des touristes drapés de colliers de fleurs parfumées, Oahu n'avait pas changé depuis sa dernière visite, des années plus tôt. Mais tout semblait différent. Car la dernière fois, il n'avait vu que sa famille et ses amis, pas Lani. Et aujourd'hui, elle seule était au courant de sa venue.

Il avait pris un congé pour venir à Oahu mais n'en avait pas parlé à Manu, son frère, électricien sur l'île, ni même à sa mère. Il n'avait pensé qu'à Lani en préparant ses bagages. Elle était ici, à moins de trente kilomètres. Elle avait besoin de lui.

Il n'aurait pas dû être inquiet, car il l'avait connue presque toute sa vie. Qu'est-ce qui l'avait poussé à lui proposer ses services à peine quelques secondes après avoir décroché son téléphone ? La fatigue, sans doute, l'ennui peut-être, et sans doute le contrecoup de sa rupture avec Hayley.

Il avait divorcé de Lani vingt-deux ans plus tôt, mais son désarroi l'avait touché. Sans doute parce qu'il se sentait coupable. Il n'avait pas su prendre du recul avec son travail afin d'être là pour elle et Iolana, qui comptaient tant pour lui. Il n'avait pas compris que Lani tenait à finir ses études vétérinaires, et il déplorait de ne pas avoir été plus présent avec le bébé. Il n'avait pas décelé les premiers symptômes de la méningite de sa fille qu'il avait attribués à un rhume, et il l'avait confiée à la baby-sitter avant d'accompagner Lani sur le bateau, son partenaire de plongée ayant déclaré forfait à la dernière minute. Il voulait enfin la soutenir dans ses travaux de recherche. Mais des heures après, alors qu'Iolana gisait dans une chambre d'hôpital, reliée à des tuyaux et des goutte-à-goutte, ils étaient encore en mer. Et le remords d'avoir abandonné sa fille et sa femme le rongerait jusqu'à sa mort.

Mika glissa sa valise dans la voiture de location et démarra. Il n'avait pas besoin de GPS. Sur les routes en lacets de l'île, la végétation luxuriante épousait chaque courbe, et des parcelles d'eau turquoise surgissaient entre les imposants palmiers. Il avait l'impression d'être… chez lui ?

Non. Il n'était plus chez lui à Oahu depuis des années, mais son cœur lui soufflait le contraire. Et la sensation familière presque douloureuse pulsait comme une blessure à vif. Le sanctuaire marin de Mermaid Cove créé et développé par Lani était situé près de Kahala, la partie tranquille de l'île, connue pour son isolement et son absence de vie nocturne. Loin des spots de surf mondialement réputés et de la folie de Waikiki, c'est là qu'ils avaient grandi et étaient tombés amoureux, puis s'étaient perdus, songea-t-il en s'arrêtant à un feu rouge. Mais il n'était pas là pour remuer le passé.

Oahu était un lieu magique, l'alliance parfaite de l'île paradisiaque et de l'énergie urbaine, ce qu'il n'avait jamais trouvé en Californie. Des fleurs éclatantes dessinaient un arc-en-ciel de couleurs à chaque virage. Et le murmure des vagues qui léchaient doucement le rivage le grisait et le revigorait malgré la fatigue. Comment avait-il pu oublier les sensations que cet endroit éveillait en lui ? On ne s'ennuyait jamais ici, il n'avait jamais allumé la télévision à la fin d'une longue journée. Il avait juste besoin de l'océan, de vivre au bord de l'eau, de s'immerger dans ses profondeurs. Cette île avait toujours été son refuge. Avant qu'ils perdent Iolana. Avant qu'il perde aussi Lani, et une part de lui-même.

Un message s'afficha sur son téléphone sur le tableau de bord. Hayley.

Tu me manques, mon chou.

Elle avait joint une émoticône triste, qui agaça Mika.

Il était resté deux ans avec elle, et il avait d'abord été séduit par sa vie trépidante et son insouciance. Même si la différence d'âge le gênait. En fin de journée, il aimait lire ou contempler le soleil couchant sur la véranda. Mais elle avait la trentaine et son agenda était toujours bien rempli entre fêtes, inaugurations et autres expositions où elle l'entraînait sous prétexte qu'ils étaient en couple. Et il avait été forcé d'admettre qu'il n'avait pas sa place dans ce couple.

Il s'en voulait encore de la façon dont il avait rompu, juste avant qu'elle s'envole pour Milan pour des vacances entre amies. Mais entre son travail de vétérinaire à l'aquarium et la conférence qu'il devait donner sur le traitement qu'il avait développé pour les requins de récif menacés de la mer Rouge, il n'avait pas eu le temps d'avoir cette discussion avec elle. Une fois de plus, il avait fait passer son travail avant le reste.

Et voilà que tu viens ici retrouver une autre ex. Tu t'es décidé à la seconde où Lani te l'a demandé.

Hayley savait que Lani avait beaucoup compté pour lui. Lani Kekoa avait partagé une grande partie de sa vie : les rêves d'enfance, la perte de leur petite fille, son seul et unique mariage, qui avait pris fin. Ils avaient arrêté leur thérapie d'un commun accord deux mois après la mort d'Iolana. Lani préférait se replier dans sa coquille, et il n'en voyait pas non plus l'utilité, persuadé que rien ne pouvait les aider. Et l'écrasant chagrin dont ils n'avaient jamais vraiment pu parler ensemble formait encore la pierre angulaire de son existence.

Au bord de la route, un homme chargé d'un cageot d'ananas lui fit signe, et il lui rendit son salut. Les Hawaïens étaient amicaux et accueillants, toujours prêts à partager l'esprit de communion et d'amour-propre à leur culture. Une bouffée de fierté l'assaillit. Son peuple, sa patrie.

Aucun lieu au monde n'était comparable à cet endroit. Et il n'avait cessé de se demander s'il aurait un jour la force de revenir y vivre.

Il chassa cette pensée. Non, il ne reviendrait pas. Ce serait trop douloureux. Lani avait peut-être besoin de son expertise maintenant, mais elle n'oublierait jamais qu'il avait favorisé son travail au détriment de sa famille dès la naissance d'Iolana, ni que, focalisé sur son rôle de soutien de famille et sa réussite professionnelle, il avait manqué des moments cruciaux avec sa fille, à jamais perdus.

Il avait deux ans de plus que Lani et était déjà vétérinaire diplômé quand elle avait abandonné son rôle de mère au foyer pour reprendre ses études, mais il avait continué à travailler aussi dur, faisant souvent appel à la baby-sitter au lieu de garder lui-même sa fille. Il entendait encore les sanglots dans la voix de Lani quand ils se disputaient. Des mois avant la mort d'Iolana, elle l'avait supplié de ne pas faire ce cours en écologie des maladies loin de l'île, car elle avait besoin de lui près d'elle. Il était sûr d'agir pour le bien des siens, alors qu'il lui refusait les moments en famille auxquels elle aspirait tant. Il s'était vraiment montré un piètre époux et un mauvais père.

Mika se rembrunit. Il avait bien fait de rompre avec Hayley. Pas juste parce qu'elle n'avait pas compris pourquoi il ne voulait pas d'autre enfant, ni avec elle ni avec une autre. Il avait encore du mal à croire que Lani ait accueilli une fillette. Quand Manu lui en avait parlé, il avait eu un choc. Comment pouvait-elle mettre encore son cœur à l'épreuve après ce qu'elle avait traversé ? Mais cela lui ressemblait d'ouvrir son cœur à ceux qui en avaient besoin. Il allait trouver bizarre de la voir s'occuper d'un autre enfant. Tous les projets qu'ils avaient échafaudés ensemble, elle les avait réalisés sans lui.

Le temps de dépasser le panneau Bienvenue à Kahala et de se garer devant le sanctuaire marin, la perspective de revoir Lani – avec sa beauté, son histoire et le souvenir si vif de leurs disputes – avait commencé à le tourmenter. Il espérait qu'elle lui épargnerait le supplice de plonger son regard dans ses beaux yeux douloureux, et qu'un membre de son équipe lui remettrait le dossier sur les dauphins avant qu'il aille s'installer dans la maison d'hôtes de Mama Pip.

Mais il n'eut pas cette chance. La porte s'ouvrit avant qu'il atteigne le porche et soudain elle apparut, superbe dans sa salopette en jean, un oiseau marin dans les bras.

La gorge nouée, Lani regarda Mika gravir deux à deux les marches de la véranda, auréolé par le soleil matinal.

— Bonjour, dit-elle d'une petite voix.

— Bonjour. C'est bon de te revoir.

Elle le dévisagea, désemparée. Le pensait-il sincèrement ? Alors qu'à la fin de leur mariage, ils n'avaient fait que se disputer ou s'éviter ? Non, il n'y avait rien de bon là-dedans.

Dans ses bras, le pétrel gris gigota, et elle alla le remettre dans sa cage avant de refermer la porte. Mika l'avait suivie et se tenait derrière elle. Les sens chamboulés par sa présence, elle s'obligea à se retourner, la gorge sèche.

Il était aussi beau qu'autrefois, musclé, en pleine forme. Il avait la même mâchoire carrée, le même grand sourire évocateur de tant de secrets juvéniles. Elle en eut le souffle coupé, avant que le souvenir de leur passé tragique l'efface de son visage. Et elle vit l'immense tristesse qui les unirait toujours voiler son regard.

— Cet endroit est magnifique. Et toi aussi, dit-il.

Il recula pour s'accouder à la balustrade, et ses yeux glissèrent sur elle avant de se tourner vers la plage.

— Toi aussi, répondit-elle. Bien que je ne sois pas sûre pour le bandana. Tu es plus californien que je ne m'y attendais.

Avec un sourire narquois, Mika porta la main au bandana rouge qui ceignait son front. C'était bien trop jeune pour lui, songea-t-elle pour ne pas s'avouer qu'il était sexy en diable. À quarante-neuf ans, on lui en donnait à peine quarante.

— Eh bien, c'est là-bas que je vis maintenant, dit-il.

Il portait une chemise safari au col ouvert, et elle laissa son regard glisser de la toison brune de sa poitrine à son jean et ses grosses bottes, plus faites pour arpenter les rues citadines que les plages d'Hawaï. Il vivait en sandales avant, comme elle.

— Eh bien, merci d'être venu, déclara-t-elle en prenant une caisse de poissons qu'elle emporta vers les bassins où les animaux attendaient leur rétablissement.

Il la suivit et l'aida à lancer des petits poissons à un lion de mer convalescent.

— Je n'étais pas sûre que tu viendrais, après réflexion.

Accoudé à l'aquarium, il lui jeta un regard de côté. Allait-il parler d'Iolana ?

Je t'en prie, non... s'il te plaît.

— Tu semblais avoir besoin de moi, répondit-il avec tact.

— Oui... Nous avons besoin de toi.

Il n'allait donc pas évoquer Iolana. Pourquoi cela la tracassait-il tout autant ? Ce qu'ils avaient traversé ensemble s'était-il déjà effacé pour lui ?

Ils nourrirent les animaux ensemble, et elle avait conscience de chacun de ses gestes en lui expliquant ce qui arrivait aux dauphins. Il écoutait, les sourcils froncés, et elle mémorisait cette nouvelle image de son ex-époux. Il semblait différent, en mieux, comme les hommes séduisants qui prenaient de l'âge. Hayley savait-elle qu'il était ici ? Qu'en pensait-elle ? Lui avait-il déjà parlé de leur fille ?

Ses cheveux noirs plaqués sur son crâne par le bandana étaient striés d'argent, et cela lui allait bien. Les années leur avaient donné un éclat que seule la nature peut créer. Lani avait combattu les ans par des colorations régulières au salon de coiffure, et ses longs cheveux miel avaient fait place à une coupe courte argentée méchée d'acajou qu'elle coiffait en arrière pour dégager son visage. Tout le monde s'accordait à reconnaître que les mèches la rajeunissaient, mais elle aurait aimé les laisser grisonner à leur guise. Quel mal y avait-il à vieillir d'ailleurs ? Tant de gens n'avaient pas cette chance. Comme leur fille.

Mika la trouvait-il vieille ? se dit-elle, soudain mal à l'aise.

Il était bronzé, à l'instar de la plupart des Californiens qui avaient le soleil dans la peau. Elle se remémora le jour où elle avait réalisé qu'elle avait des sentiments pour lui. Des sentiments profonds. En observant Mika Mahoe, quinze ans, qui chevauchait gracieusement les vagues sur sa planche de surf, elle n'avait même pas remarqué que ses sandales avaient été emportées par le courant. Tel un preux chevalier, il l'avait portée sur son dos pour la ramener sur la route, et elle aurait aimé que ce moment dure toujours.

— Qui c'est, Lani ?

La voix d'Anela l'arracha à ses pensées. Elle sortait du bâtiment principal avec Mele, et on aurait dit deux sœurs avec leurs shorts en jean, leurs T-shirts colorés et leurs casquettes de base-ball. Âgée de dix-sept ans, Mele était la fille de sa voisine, et elle allait souvent chercher Anela à l'école quand Lani était trop prise. Pour l'instant, elle la scrutait, un sourire malicieux sur son visage criblé de taches de rousseur.

— Salut, les filles, dit-elle. Voici Mika. Il vient voir s'il peut nous aider à découvrir ce qui se passe avec les dauphins.

Anela prit la main tendue par Mika en murmurant son prénom. Mele l'imita, avant d'avoir une illumination.

— *Le* Mika ? Comme ton ex-mari ?

— Le seul et unique, répliqua l'intéressé. Je vois que ma réputation m'a précédé.

Mele l'étudia de la tête aux pieds en souriant.

— Je ne sais jamais qui est qui. Lani a tant d'admirateurs.

Ce mensonge éhonté fit rougir Lani.

— L'exagération des adolescents...

— C'est vrai, pouffa Mele avec un coup de coude à Anela. La semaine dernière, M. Benos l'a presque suppliée de sortir avec lui après qu'elle a soigné l'oiseau blessé qu'il lui avait amené, n'est-ce pas, Anela ?

— M. Benos a soixante-douze ans, observa Lani.

— Oui, mais il sait s'y prendre avec les dames. Et depuis, il t'apporte des fruits frais et des fleurs de sa serre ! Pas comme le dernier type avec qui tu es sortie, ce touriste qui t'a ignorée après deux rencarts. Comment il s'appelait déjà ?

— Ce n'est pas bientôt l'heure de ta leçon d'équitation ? dit Lani, gênée de voir que Mika suivait l'échange en souriant.

Mele les salua, ébouriffa les cheveux d'Anela, et descendit en courant l'escalier menant à la plage.

— Rigolote, commenta Mika tandis que Lani ramassait la caisse de poissons vide. Excentrique, comme toi autrefois.

Il lui prit la caisse pour la rapporter dans la salle de stockage, et elle regarda ses muscles jouer sous sa peau quand il la hissa sur l'étagère du haut. Il trouvait peut-être étrange de la voir avec des enfants et des adolescents. Ils étaient plus jeunes que Mele quand ils s'étaient connus, et avant d'avoir eu le temps de souffler, elle était tombée enceinte et avait emménagé dans la dépendance des parents de Mika. Ses propres parents la soutenaient, mais quand ils s'étaient installés à Maui, elle avait préféré rester avec Mika. Elle les voyait de temps en temps, cependant leur relation s'était distendue depuis qu'elle s'était repliée sur elle-même après la mort de leur petite-fille adorée.

Malgré elle, elle se rappela le jour où Mika avait acheté des brassées de roses dont il avait utilisé les pétales pour écrire « Mika aime Lani » sous la véranda... Elle avait dû interrompre ses études après la naissance d'Iolana, et Mika, jeune diplômé, avait travaillé dur pour subvenir à leurs besoins. Si dur que parfois ils se voyaient à peine, et elle était devenue très proche des parents de Mika. Il avait manqué tant de choses, comme la première dent d'Iolana. Mais ses parents avaient toujours été là. Ils aimaient énormément leur petite-fille.

— Ça veut dire quoi, « excentrique » ? demanda Anela en leur emboîtant le pas de sa démarche sautillante, plongeant au passage un doigt dans le bassin de la tortue.

— Ça veut dire intéressant, s'empressa de répondre Lani.

Mika haussa les sourcils à l'adresse de la fillette qui gloussa. Elle voulut lui emprunter son bandana et il parut désemparé, comme s'il ne savait pas quoi faire.

— Manu m'a dit que tu avais recueilli la fille de ton amie...

Lani déglutit. Il se demandait probablement quelle mère adoptive elle était, alors qu'elle avait abandonné son propre bébé pour reprendre ses études. Focalisée sur son travail de recherche afin de décrocher son diplôme, elle ne s'était pas aperçue qu'Iolana était malade quand elle était partie sur le bateau de plongée...

Il était logique que Manu parle à son frère de l'adoption d'Anela. Elle n'avait pas vu son ex-beau-frère récemment. Longtemps, partager son chagrin lui avait été impossible, et elle s'était isolée de tous. Elle craignait qu'on la condamne parce qu'elle n'avait plus voulu être mère au foyer, et qu'elle n'avait pas été là quand Iolana avait eu le plus besoin d'elle.

C'était Manu qui avait fait l'installation électrique du sanctuaire marin, une situation assez embarrassante pour elle.

— Qu'est-il arrivé aux parents d'Anela ? demanda Mika.

— Son père est décédé avant sa naissance, et sa mère... est morte il y a un an. Elle n'a pas d'autre famille.

Lani garda pour elle le reste des informations. Elle hésitait à lui parler de l'attaque de squale qui avait coûté la vie à Sharie. Mika vivait et respirait requins, alors qu'à juste titre, Anela ne supportait même pas de mettre un pied dans la mer.

Mika hochait la tête, pensif. Il parut sur le point de dire quelque chose, quand un soudain vacarme derrière eux détourna leur attention.

3

Ensanglantée, meurtrie, Mahina était dans un état pitoyable. Elle pouvait à peine s'appuyer sur sa jambe gauche, et son coude saignait abondamment.

— Je n'ai pas pu m'écarter à temps, bredouilla-t-elle pendant que Lani l'entraînait dans la salle de soins.

Mika se plaça devant Anela pour lui cacher la vue du sang et Lani courut chercher la trousse de premiers secours.

— Pourquoi tu n'es pas allée à l'hôpital ?

— C'était plus près ici !

— Qu'est-ce qui s'est passé ?

— Un motard a surgi juste devant mon vélo. Il m'a forcée à quitter la route et s'est enfui !

Mika avait raccompagné Anela à la porte et lui avait remis quelque chose que Lani ne vit pas car il lui tournait le dos, mais il avait réussi à la distraire. Bientôt, Mahina fut allongée sur la table normalement réservée aux animaux blessés.

— J'étais presque arrivée quand il m'a renversée, reprit-elle, grimaçant de douleur comme Mika retroussait sa jambe de pantalon pour examiner sa blessure, une vilaine coupure qui allait nécessiter des points de suture. Ravie de te voir, Mika.

— Moi aussi, mais j'apprécie moins le sang. La dernière fois que j'ai utilisé une aiguille, c'était pour recoudre l'aileron d'un requin, dit-il, prenant de la gaze pendant que Lani nettoyait la blessure avec de l'antiseptique. Mais je peux essayer, si ça peut t'épargner un voyage à l'hôpital.

— Je te fais confiance, grogna Mahina, agrippée à la main de Lani.

Lani jeta les compresses souillées à la poubelle et se glissa entre eux. Ils se connaissaient depuis longtemps. Mahina était adolescente quand Mika avait quitté l'île, et elle l'avait toujours idolâtré. Comme tout le monde ici, d'ailleurs. Mais de là à le laisser recoudre sa jambe...

— Il vaut mieux la conduire à Saint-Paul, suggéra-t-elle, ce qu'il accepta, à son grand soulagement.

— On peut prendre ma voiture.

— J'ai un rendez-vous dans un quart d'heure...

Déjà, Mika soulevait délicatement la blessée dans ses bras puissants et la portait jusqu'à sa voiture de location garée dans l'allée. Lani lui ouvrit la portière, et il allongea Mahina sur la banquette arrière. Quelques instants plus tard, Lani regardait le véhicule s'éloigner dans un nuage de sable et de poussière.

— Elle va guérir ? demanda timidement Anela derrière elle, un livre serré dans sa petite main.

— J'espère bien, dit Lani, soucieuse.

Mahina ne pourrait pas s'appuyer sur sa jambe pendant un moment, même après l'opération. Elle aurait besoin d'une longue convalescence, et ils manquaient déjà de personnel...

— Qu'est-ce que tu tiens, ma puce ? demanda-t-elle.

Elle prit distraitement l'objet que lui tendait l'enfant, préoccupée par le remplacement de Mahina. Impossible de compter sur Hilda, leur suppléante danoise, en congé annuel.

— Mika m'a donné ce livre, mais je ne l'aime pas, répondit Anela en allant voir le pétrel blessé dans sa cage.

Lani avait pu sauver l'aile de l'oiseau, lui évitant l'amputation. Glissant le doigt entre les barreaux, Anela caressa ses plumes soyeuses pendant que Lani feuilletait l'ouvrage *Anatomie d'un requin*, écrit par Mika. Il était illustré de superbes photos sous-marines qu'il avait prises en effectuant ses recherches sur les squales. Rien ne pouvait effrayer davantage Anela, mais il ne pouvait pas le savoir.

Elle soupira, impressionnée d'avoir entre les mains un ouvrage de Mika. Depuis qu'adolescent il avait autoédité un recueil de photos, il avait toujours voulu écrire un manuel pour enfants afin d'encourager la préservation de la faune. Ce livre n'était pas destiné aux bambins, mais son rêve était peut-être mort avec leur fille. Elle ignorait tant de choses sur son *honu* aujourd'hui.

Entre deux rendez-vous, elle le feuilleta, admirant les belles photos couleur et se demandant si Nala, le requin-tigre femelle à qui il s'était attaché, rôdait toujours dans les parages. Le gracieux squale reconnaîtrait-il Mika s'ils se croisaient de nouveau ? Des gens l'avaient aperçu lors de plongées, mais Mika ne l'avait pas vu depuis des années. Cette relation témoignait de son âme sensible ; il aimait toutes les créatures sans distinction. Aujourd'hui, elle ignorait même s'il avait un chien ! C'était triste de ne plus le connaître.

Quand son téléphone sonna deux heures plus tard, ce n'était pas l'hôpital, comme elle s'y attendait. C'était Mika.

Mahina se rétablirait, mais les longues heures à l'hôpital avaient affecté Mika, physiquement et émotionnellement. Les hôpitaux étaient des lieux terribles, sans parler du souvenir de la nuit qu'il y avait passée avec Lani à la mort d'Iolana. Cependant, il avait aussi de bons souvenirs sur cette île.

Le temps n'avait en rien altéré la beauté de Lani, songeait-il en regagnant le sanctuaire marin. Elle était plus séduisante que jamais, et la revoir l'avait replongé dans le passé, en particulier leur adolescence, quand il marchait derrière elle pour admirer son joli postérieur en minishort, avant même d'avoir trouvé le courage de l'embrasser.

Malgré les années, sa beauté lui coupait encore le souffle. Les sourcils froncés, il s'interrogeait sur les hommes qui d'après Mele lui tournaient autour, quand il remarqua que devant lui, les voitures s'étaient arrêtées. Et leurs conducteurs en jaillissaient pour descendre en courant vers la plage.

— C'est une baleine à bosse, elle est bloquée près du rivage. Il faut agir vite ! dit quelqu'un.

Le téléphone à l'oreille, Mika quitta sa voiture, l'adrénaline pulsant dans ses veines. En quelques secondes il fut sur la plage et se demanda comment le gigantesque mammifère avait pu se retrouver dans cette situation.

— N'y touchez pas. Je viens d'appeler Lani à la réserve marine, dit-il.

Il avait le cœur serré devant la majestueuse créature échouée, impuissante, sur le sable mouillé. Son corps massif se soulevait à chaque respiration laborieuse, et la peur et la souffrance se lisaient dans ses yeux doux.

Sur place en quelques minutes, Lani bondit du véhicule de secours, sa chemise flottant derrière elle, Anela sur les talons. La foule s'ouvrit devant elle, et Mika l'aida à tenir les badauds à distance. Anela s'arrêta plus loin, comme si elle avait peur. Une fillette des îles, effrayée par une baleine ? Ou peut-être craignait-elle l'eau, ce qui serait encore plus étrange.

Mais il n'avait pas le temps de réfléchir à ça. Car la baleine s'étranglait lentement avec des filets de pêche.

— Va chercher des serviettes et des couvertures dans le camion pour qu'elle reste mouillée et au frais, ordonna Lani, son regard glissant sur lui. Je vais prendre ses signes vitaux.

Mika courut vers le véhicule de secours, réunit rapidement le matériel et revint au pas de course.

Il regarda les doigts menus de Lani s'affairer pendant qu'elle prenait le rythme cardiaque de la baleine, et demanda à deux badauds d'arroser doucement le cétacé. De temps en temps, leurs yeux se rencontraient, et il savait que, comme lui, elle pensait au bon vieux temps. Lani n'était jamais plus sexy que quand elle était charg ée des opérations.

La baleine grise était douce au toucher. Sa nageoire était pliée et son corps couvert de crustacés et de cicatrices à force d'affronter les requins, mais elle n'en était pas moins magnifique.

Sortant un couteau de son sac, Mika se mit au travail aux côtés de Lani, coupant, incisant et démêlant le filet. Il nota qu'elle focalisait toute son attention sur la baleine, sauf quand elle jetait un coup d'œil à Anela pour s'assurer qu'elle allait bien.

Il était impressionné qu'elle ait décidé d'adopter. Il avait été choqué en apprenant la nouvelle par son frère. Pas qu'elle donne son cœur à une autre petite fille, mais qu'elle coure le risque de vivre un nouveau drame. Il serait terrifié à l'idée d'encore tout gâcher s'il devait de nouveau assumer le rôle de père. Et s'il ne décelait pas un symptôme capital chez son enfant ? S'il agissait en égoïste et ne pouvait revenir en arrière ? Non. Il ne pourrait pas faire ça. Il ne savait même plus comment se comporter avec des enfants maintenant, songea-t-il, se rappelant qu'il était resté les bras ballants quand Anela avait voulu voir son bandana de plus près.

— Est-ce que ça va aller ? demanda la fillette avec angoisse.

— Oui, mon cœur, rassure-toi, dit Lani. Reste là, d'accord ?

Elle regarda Mika, et il sentit son cœur se serrer. Il savait ce qu'elle pensait. La situation était critique, et ils devaient remettre l'animal à l'eau le plus tôt possible. Il se hâta pour la débarrasser du filet qui l'entravait pendant que Lani s'affairait de son côté. Chaque seconde comptait. Quelques instants après, les dernières mailles cédaient, et Lani arracha le reste pendant qu'il se ruait vers la camionnette.

— Vite ! dit-elle d'une voix rauque, épuisée par l'effort.

Mika attrapa le filet spécialement conçu pour ce type de sauvetage et cria à Lani de le lancer sur le cétacé et de l'attacher solidement. Puis il fixa l'extrémité du filet au treuil à l'arrière du véhicule.

— Prête ? demanda-t-il, la main au-dessus des commandes.

— Prête, répondit-elle, reculant d'un pas et faisant signe aux badauds de l'imiter.

— C'est parti !

Mika retint son souffle quand le treuil se mit en marche, tendant le filet et hissant doucement la baleine au-dessus du sable. La foule se tut pendant que le grand mammifère se rapprochait peu à peu de l'eau, synonyme de liberté.

— Continue ! cria Lani, concentrée sur le cétacé, comme une femme s'approchait avec une caméra. On y est presque !

Elle tourna autour du cétacé suspendu pour guider Mika.

— Stop ! hurla-t-elle soudain tandis que la baleine poussait un mugissement, forçant Mika à lâcher les commandes du treuil. On doit contrôler sa respiration avant de continuer, la pauvre doit être stressée. Elle est peut-être enceinte.

Elle pressa le stéthoscope contre le flanc du mammifère. Après quelques secondes tendues, elle hocha la tête.

— C'est bon. Elle n'est pas grosse. Continue.

Soulagé, Mika remit le treuil en marche. Insensiblement, il approcha le grand cétacé de l'eau, jusqu'à l'immerger complètement dans l'océan.

— Bien joué, commenta Lani d'une voix à peine audible par-dessus le fracas des déferlantes.

Le cœur battant, il la regarda barboter dans l'eau salée qui moussait autour de sa taille, détrempant sa chemise.

La femme à la caméra la suivait, mais Lani l'ignora, focalisée sur la baleine. Celle-ci recouvra bientôt sa liberté, et avec un sourire béat, Mika la regarda nager vers l'horizon, crachant un puissant jet d'eau par son évent. La foule laissa éclater sa joie dans une cacophonie de cris et d'applaudissements enthousiastes.

— Elle disait merci ? demanda Anela quand il les rejoignit sur le sable sec.

— Peut-être, répondit Lani, pendant que Mika s'efforçait d'ignorer que sa chemise mouillée collait à sa peau, laissant voir son soutien-gorge. Je n'arrive pas à croire qu'on a réussi ! On a sauvé une baleine à bosse le jour de ton retour dans l'île. Comme si elle savait que tu pourrais l'aider, que tu serais là...

Leurs regards se rencontrèrent, et il ressentit une bouffée de fierté qui lui rappela le soir où elle lui avait appris qu'elle était enceinte. Un accident. Il avait d'abord été trop abasourdi pour parler, ils étaient si jeunes ! Certes il voulait être père un jour, mais pas encore. Ils avaient trop de projets ! Ils planifiaient de belles carrières, et Lani allait devoir reporter ses études...

Mais l'idée d'un enfant, leur enfant, lui était soudain apparue comme une bénédiction, et il avait soulevé Lani dans ses bras, l'avait fait tourner autour de lui, et l'avait demandée en mariage. Il était prêt à tout pour que ça marche, pour la protéger elle et leur enfant, leur assurer une vie stable, et subvenir à leurs besoins.

— Je peux avoir une interview ? interrompit la reporter en pointant sa caméra vers eux.

Lani s'éclaircit la gorge pour lui répondre, et Mika lui laissa le champ libre. Il se chargeait généralement des questions sur les sauvetages en mer, mais ici, c'était le territoire de Lani.

Après le départ de la journaliste, Lani entraîna Anela vers le véhicule de secours.

_On doit rentrer. J'ai rendez-vous avec une frégate, et je vais devoir me débrouiller seule pendant un moment...

— Toute seule ? demanda Mika, lui emboîtant le pas.

Elle fourra les lambeaux de filet déchiré à l'arrière, et boucla la ceinture de sécurité de sa fille.

— Oui, il n'y a plus que moi, jusqu'au retour de Mahina. C'est ma seule employée à plein temps actuellement.

Elle s'assit sur le siège du conducteur et claqua la portière, comme si elle avait hâte de mettre de la distance entre eux. Mika la regarda attacher sa ceinture. Comme elle se tournait vers Anela pour s'assurer qu'elle était bien installée et la rassurer sur la santé de la baleine, il fut frappé par l'expression de pur amour maternel qui transfigurait son visage. Elle avait regardé Iolana ainsi, pensa-t-il, étreint par une vive émotion.

— Tu as beaucoup de travail à la réserve marine ? demanda-t-il par la fenêtre ouverte pendant qu'elle mettait le contact.

— Beaucoup, oui, répondit-elle, visiblement soucieuse.

— Laisse-moi t'aider pendant la convalescence de Mahina, proposa-t-il impulsivement.

— Merci, Mika, dit-elle avec un sourire las. Mais je ne peux pas me permettre d'engager un autre assistant maintenant.

— Qui parle de me payer ? Considère ça comme ma pénitence pour être resté loin d'ici aussi longtemps. D'ailleurs, je suis plutôt doué pour ce travail, comme tu sais.

— Je sais, dit-elle, amusée. Tu es doué pour plein de choses, monsieur l'auteur. J'ai vu ton livre sur... les requins, acheva-t-elle dans un murmure pour ne pas être entendue d'Anela.

— Pourquoi tu chuchotes ?

— Je t'expliquerai plus tard.

Il haussa les épaules, accoudé à la vitre ouverte.

— Laisse-moi t'aider, Lani. Un séjour ici peut me donner un éclairage différent sur ce qui se passe avec les dauphins. Il y a peut-être un lien avec d'autres animaux malades.

— On n'en a pas encore trouvé, dit-elle avec un soupir.

Il savait qu'il l'avait mise dans l'embarras. Elle ne le tolérait probablement ici que parce qu'il avait les compétences pour résoudre le problème des dauphins, mais il ne voulait pas que sa présence la fasse souffrir. Sa culpabilité d'avoir négligé Iolana transpirait encore dans chacun de ses actes. Les menottes froides, les petits pieds glacés... Sa petite fille était très malade, et il avait cru qu'elle avait un simple rhume. Tous les bébés s'enrhumaient de temps en temps, non ? Il avait choisi d'accompagner Lani après la défection de dernière minute de son partenaire de plongée, car il savait que la recherche comptait beaucoup pour elle. Il aurait dû rester avec sa fille de deux ans au lieu de la confier à la baby-sitter. Aurait-il repéré les symptômes plus tôt s'il l'avait fait ?

La méningite s'était développée très vite, avait prétendu plus tard le personnel soignant. Quand ils s'étaient rués à l'hôpital, essoufflés, écarlates, malades d'angoisse, il était trop tard. Iolana était morte dans les bras de Lani.

— Lani...

— Bon, d'accord, acquiesça-t-elle sèchement, et il recula. Je suppose qu'une paire de mains compétentes me sera utile.

— Mes mains sont à toi en attendant que celles de Mahina soient disponibles, dit-il, et il surprit une ébauche de sourire sur son visage comme elle s'éloignait.

Mes mains sont à toi, répéta-t-il en se maudissant. Quelle ineptie ! Après tout ce temps et tout ce qu'ils avaient traversé, voilà qu'il était de nouveau anéanti dès qu'il était près d'elle. Peut-être avait-il toujours su qu'il en serait ainsi. C'était sans doute pour ça qu'il l'avait évitée pendant plus de vingt ans.

Alors pourquoi diable était-il ici aujourd'hui ?

4

Aux commandes du bateau de recherche, Mika naviguait avec une fluidité remarquable, comme s'il n'avait jamais quitté l'île. Il était si beau dans sa chemise en jean déboutonnée, avec le soleil matinal qui dansait sur son torse dans une brume d'embruns. Un torse sur lequel elle avait mille fois posé la tête, se remémora Lani, déstabilisée par la violente attirance qu'elle éprouvait pour lui.

Elle n'aurait pas dû l'accompagner en mer ; elle aurait mieux fait de le laisser réaliser seul la première inspection, mais cela avait été plus fort qu'elle, comme quand elle avait accepté son offre de remplacer Mahina l'autre jour. Sa façon de gérer l'incident avec la baleine l'avait affectée plus qu'elle ne voulait l'admettre. Et voilà qu'à présent, la chemise au vent, il était aussi irrésistible que lorsqu'il lui avait appris à surfer durant leur adolescence. Elle était nulle au début, mais chaque fois qu'elle tombait et qu'il la « sauvait », c'était si agréable qu'elle faisait exprès d'être maladroite.

Malgré la majesté de l'océan, l'ambiance était sinistre sur le bateau. Elle se demanda s'il pensait au mystérieux mal qui décimait les dauphins, ou au jour où ils avaient perdu Iolana, alors qu'ils voguaient ensemble sur le bateau de plongée.

N'aborde pas le sujet, pas même dans ta tête.

Elle aurait dû s'inquiéter de l'état du bébé, mais elle ne pensait qu'à retourner voir ses plantes sous-marines et ses coraux. La baby-sitter était formidable, et étant restée avec Iolana depuis sa naissance, Lani avait décidé qu'il était temps de reprendre ses études si elle voulait décrocher son diplôme de vétérinaire. Elle ignorait alors que, en partant en mer ce jour-là, elle abandonnait pour toujours son rôle de mère au foyer.

Non, en parler ne ferait que l'affaiblir, rappelant aussi à Mika quelle mère égoïste elle avait été.

Il valait mieux qu'ils se concentrent sur leur passion commune pour la protection de la vie marine, et l'espoir de trouver l'origine du problème des dauphins. La photo d'elle parue dans le journal du matin avait commencé à délier les langues en ville, car Mika apparaissait en arrière-plan. À cent kilomètres à la ronde, chacun connaissait leur histoire et parlait d'eux maintenant, ce qui déstabilisait Lani.

Elle s'était isolée au fil des ans, craignant qu'on la condamne aussi durement qu'elle se jugeait elle-même. Peut-être était-ce une des raisons pour lesquelles elle avait accepté d'accueillir Anela. L'enfant ne la jugerait pas. Avec elle, elle pouvait repartir de zéro et, peut-être, être une meilleure mère qu'elle ne l'avait été pour Iolana.

— Tiens, dit Mika, se tournant vers elle pour lui tendre un porte-bloc garni de fiches de données.

Ils étaient là pour enregistrer toutes les anomalies qu'ils trouveraient, ce que Mika comptait faire quotidiennement durant son séjour dans l'île. Il tenait à rassembler lui-même autant d'informations que possible, car il doutait de la précision des données préenregistrées.

Il parcourut les fiches avant d'accrocher le regard de Lani.

— Que se passe-t-il, d'après toi ? Tu as envisagé une pollution. Ou une maladie. Qu'est-ce que ton cœur te dit ?

Elle suivit des yeux les mouettes qui planaient autour de l'embarcation.

— Je ne peux pas toujours me fier à mon cœur.

— Tu y arrivais pourtant, remarqua-t-il, reprenant la barre.

— C'était avant...

Elle s'interrompit, mais Mika avait pincé les lèvres. Il avait deviné la suite.

Avant qu'ils perdent leur fille.

Avant que le cœur de Lani implose, laissant en elle un trou béant qui faisait d'elle une amputée minée par la honte et la culpabilité. Elle n'avait jamais ouvertement admis combien elle s'était blâmée pour la mort d'Iolana de peur qu'on soit d'accord avec elle, mais elle connaissait ses déficiences en tant que mère. Sa honte d'avoir abandonné son enfant dans le besoin était si profonde qu'elle ne pourrait jamais s'en libérer complètement, même si elle recueillait tous les enfants démunis et brisés d'Hawaï.

— Il faut jusqu'à six semaines pour obtenir le rapport final de nécropsie, même si j'assiste à l'autopsie, déclara-t-elle.

Elle espérait qu'il n'aborderait aucun sujet personnel lié à leur passé. Son cœur ne le supporterait pas si elle sentait le moindre reproche dans sa voix. Il le cachait bien, mais il devait sûrement aussi se sentir coupable d'avoir fait appel à la baby-sitter ce jour-là pour pouvoir l'accompagner en mer.

— Il y a tant de complications, dit-elle distraitement.

— Je peux faire accélérer les choses.

Mais tandis qu'ils recueillaient des échantillons et testaient des hypothèses en limitant leur conversation à la vie marine, le poids de leur passé planait lourdement dans l'air. Le drame s'était produit un jour comme celui-ci.

Au bout d'un moment, Mika ne supporta plus le silence.

— Lani..., lâcha-t-il, hésitant.

Le cœur de Lani bondit.

Posant le porte-bloc, il la regarda dans les yeux. Elle se raidit, attendant qu'il balance tout ce qu'il n'avait jamais dit, par exemple que si elle n'avait pas été si préoccupée par sa carrière, ils auraient encore leur fille... *Oh ! Seigneur.*

— Pourquoi Anela a-t-elle aussi peur de l'eau ?

— Quoi ? bredouilla-t-elle.

— Hier, sur la plage, je l'ai sentie effrayée. J'ai d'abord cru qu'elle avait peur des baleines, mais les petits Hawaïens savent qu'ils n'ont rien à craindre d'elles.

— Anela déteste tout ce qui vient de la mer, répondit-elle, les mains moites. Un grand requin blanc a attaqué sa mère il y a un peu plus d'un an. La malheureuse s'est vidée de son sang avant même d'atteindre le rivage.

— Je l'ignorais, remarqua-t-il au bout d'un moment, les sourcils froncés. En général, j'entends parler de tous les incidents liés aux requins dans la région.

— Elles étaient en vacances en Australie, précisa-t-elle.

— Bon sang.

— Anela était avec des amis et n'a pas assisté à la scène, mais elle refuse désormais d'aller dans l'eau, persuadée qu'il lui arrivera la même chose à la seconde où elle y mettra le pied.

Mika contempla l'horizon en secouant la tête. Avant qu'elle ait pu réagir, il lui prit la main et la pressa, réveillant la sensation oubliée de leurs doigts enlacés et faisant bouillonner son sang dans ses veines.

— Elle ne peut pas vivre dans une île et éviter l'eau éternellement, remarqua-t-il.

— J'ai tenté de l'amadouer par tous les moyens. On a tous essayé, mais elle ne veut rien savoir, dit-elle distraitement en regardant leurs mains, le cœur battant.

Le portable de Mika vibra, et quand il lui lâcha la main, elle aperçut le nom de Hayley sur l'écran, avec une émoticône triste. Quelle raison une telle fille pouvait-elle avoir d'être déprimée ? pensa-t-elle méchamment avant de regretter son animosité. Ce n'était pas sa faute si elle était plus jeune et plus belle, et si l'ex-mari de Lani n'attendait que de retrouver ses bras minces tonifiés par la pratique intense du yoga…

Elle se hérissa en imaginant Mika avec la charmante créature. Il trouvait Lani encore attirante parce qu'il se rappelait comment elle était autrefois. Mais la pensée qu'il dormait à la maison d'hôtes de Mama Pip, à quelques centaines de mètres de chez elle, l'avait empêchée de dormir une partie de la nuit. Leur vie sexuelle avait toujours été hors norme, s'en souvenait-il ? Les deux aventures sans lendemain qu'elle avait eues depuis son divorce avaient été sans commune mesure avec la folle passion qui avait animé ses ébats avec Mika.

— Je pourrais l'aider, dit-il, interrompant ses réflexions.

— Anela ?

Elle allait protester, mais se ravisa. Il voulait toujours aider, et tout le monde allait le voir quand il y avait un problème à régler. N'était-il pas ici pour le bien des dauphins ? Mais Anela avait subi une perte tragique et n'avait que huit ans !

— Si elle persiste à refuser d'aller dans l'eau, elle sera traumatisée toute sa vie. Tu sais comme ces choses restent.

Elle évita son regard. Ces « choses » dont il parlait n'avaient rien à voir avec Anela, et tout à voir avec eux.

— Peut-être qu'elle n'est pas encore prête, dit-elle après un moment, lui tournant le dos pour étudier la carte du récif.

— Possible. Ou peut-être que *tu* ne l'es pas ? rétorqua-t-il.

Elle l'ignora, le cœur battant. Elle n'avait pensé qu'aux dauphins quand elle l'avait appelé, mais elle aurait dû savoir que son retour ferait remonter tout ce qu'elle avait cherché à fuir. La perte tragique d'Iolana était une force invisible qui les liait à jamais. Elle avait versé bien des larmes longtemps après son départ, pas seulement pour leur fille. Elle avait pleuré sur tout ce qu'ils avaient perdu, sur chaque rêve enterré, chaque promesse non tenue.

Toutefois elle allait devoir rester professionnelle, songea-t-elle, le regardant glisser un échantillon d'eau dans un tube. Tant qu'elle tairait ses doutes et garderait pour elle les émotions et les souffrances qui avaient contribué à l'échec de leur mariage et à son départ de l'île, peut-être arriveraient-ils à se fréquenter comme collègues les quelques semaines que Mika passerait ici.

Mika s'approcha prudemment du phoque blessé, une seringue de tranquillisant à la main. L'animal était dans un état critique. Son corps meurtri était couvert d'ecchymoses, et ils s'apprêtaient à recoudre ses blessures à vif. Il respirait avec difficulté, mais trouvait la force de se débattre et de tirer sur les sangles qui l'attachaient à la table en métal.

— Tu as peur, je comprends, murmura-t-il, avançant devant Lani pour la protéger d'un coup de tête de la bête affolée.

Quand ils avaient débarqué du bateau, quelqu'un les attendait devant le sanctuaire avec le phoque. L'animal s'était trouvé sur le trajet d'un jet-ski, ce qui, hélas, n'était pas rare. Ils s'étaient mis immédiatement au travail, hissant le mammifère sur un brancard pour le porter à l'intérieur. L'intervention se révéla délicate quand il fut endormi, heureusement sans l'aide de sédatif. Durant l'opération, sa respiration devint superficielle et son rythme cardiaque ralentit sous les mains de Lani. Mika l'observait quand il ne l'assistait pas, et il était impressionné par sa façon de travailler, avec un curieux mélange de compassion et de farouche détermination.

— Reste avec nous, mon vieux, dit-elle derrière son masque.

Chaque minute qui passait renforçait son admiration pour elle. Comme avec la baleine, elle avait les yeux rivés sur l'animal et semblait s'identifier à lui. Elle avait toujours été ainsi. Une fois, elle avait pleuré une heure à cause d'un crabe écrasé sur la plage. C'était bon de voir qu'elle n'avait pas perdu son humanité malgré les épreuves traversées. Mais elle avait dû être contente de voir partir l'homme qui les avait si cruellement laissées tomber, sa fille et elle...

Il aurait pu dire beaucoup de choses sur le bateau, ce matin, pensait-il quand son téléphone vibra dans sa poche. C'était sûrement Manu qui voulait savoir s'il était libre ; comme tout le monde, son frère savait qu'il était revenu dans l'île depuis la parution dans le journal de l'article sur la baleine. À moins que ce fût encore Hayley.

Il n'avait pas le temps de consulter son téléphone car Lani avait besoin de lui. Lani, qu'il était venu aider, mais avec qui il semblait incapable de communiquer.

La tension était toujours palpable entre eux, impactant leurs échanges, physiques et affectifs. Il voulait vraiment lui parler sur le bateau, alors pourquoi ne pas l'avoir fait ? Il aurait au moins pu prononcer le nom de leur fille, mais il avait flotté entre eux tel un fantôme impalpable, et il l'avait laissé s'envoler en se disant que Lani ne voudrait pas en parler, qu'elle n'était pas prête à affronter cela avec lui.

Ils avaient vécu leur deuil chacun de leur côté après la mort d'Iolana, se déplaçant dans la maison de ses parents comme deux navires perdus errant dans la nuit. Il s'était reproché de ne pas être resté avec Iolana ce jour-là au lieu d'appeler la baby-sitter. Il voulait aller plonger avec Lani, lui faire l'amour sur le bateau bercé par les vagues. Mais l'entendre lui faire les mêmes reproches l'aurait détruit, même s'il les méritait. Il n'en avait donc pas soufflé mot, et elle non plus. Et après l'arrêt de leur thérapie, il avait eu l'impression qu'elle ne voulait plus le voir. Il n'avait plus la force de se battre. Mais partir était la chose la plus dure qu'il n'ait jamais faite.

Après ce qui leur parut une éternité, la respiration du phoque commença à se stabiliser. Comme Lani posait le stéthoscope contre son cœur, le soulagement illumina son visage, et il comprit que le rythme cardiaque de l'animal s'était amélioré. Le lourd fardeau de ses pensées s'allégea un instant devant son sourire radieux.

— Il s'en est fallu de peu, dit-elle, rencontrant son regard.

— Tu es une faiseuse de miracle.

— Je ne crois pas aux miracles, répliqua-t-elle, le visage assombri. Mais nous l'avons trouvé à temps. Viens, aide-moi à le déplacer. On va avoir besoin de médications et de fluides pour maintenir son hydratation, tu peux aller les chercher ?

Le phoque devait plus la vie à la compétence de Lani qu'à un miracle, songeait-il en prenant les médicaments dans le placard bien rangé. Il se demanda pourquoi elle avait déclaré ne pas se fier à son propre cœur. Elle avait un cœur énorme, un instinct sûr pour sentir les problèmes des animaux comme ceux des hommes.

Par l'entrebâillement de la porte, il la voyait s'affairer autour du phoque et s'adresser doucement au pétrel en passant devant sa cage. Il savait qu'elle avait réparé l'aile de l'oiseau, lui épargnant l'amputation et une longue vie en cage.

Elle avait mis tout ce qui lui restait dans ce sanctuaire et avait accueilli une enfant de surcroît, parce qu'elle avait un grand cœur. Cela l'empêchait de penser à Iolana. Peut-être n'étaient-ils pas si différents aujourd'hui. Car depuis qu'il était parti d'ici, presque tout ce qu'il avait fait visait à lui faire oublier ses échecs d'époux et de père. S'immergeant toujours plus dans le travail, bien sûr, mais quel choix avait-il ?

Soudain, une idée germa dans son esprit. Outre l'aide qu'il allait lui apporter au sanctuaire marin en l'absence de Mahina, il y avait peut-être une autre façon de la soutenir pendant qu'il était temporairement de retour dans le monde de Lani.

5

— Tu as déjà reçu les résultats des nécropsies ?

Lani n'arrivait pas à en croire ses yeux en scrutant les feuilles devant elle.

— Je t'avais dit que je pouvais accélérer les choses, dit Mika.

Il lança un poisson à leurs derniers pensionnaires, un lion de mer qui nageait joyeusement dans le bassin avec son congénère, et qu'Anela avait surnommés Lilo et Stitch, comme les personnages de Disney.

— Maintenant, on sait qu'un composé chimique réagit mal à la peau du dauphin et que la réaction était bien avancée chez le bébé mort. Reste à trouver d'où ça vient.

— Il faut le découvrir, dit-elle, le regardant donner un poisson à Anela qui le fourra dans la bouche avide de Stitch.

— Tu as vu des bateaux suspects ou non immatriculés dans les parages dernièrement ? demanda-t-il.

Elle réfléchit. Elle connaissait la plupart des gens travaillant dans ces eaux, et les touristes ne pouvaient avoir fait une chose aussi grave que polluer l'océan, quand même ?

Mika soupira.

— Nous allons poursuivre l'analyse de site et les prélèvements d'échantillons aux endroits où tu as repéré des anomalies chez les dauphins. Et je communiquerai tout à mon laboratoire, pour voir si des pathogènes, des bactéries, des parasites ou d'autres substances nocives pouvant causer des maladies de peau correspondent à quelque chose de connu.

— J'apprécie vraiment ton aide, dit-elle, consciente que son cœur battait plus vite quand il la regardait.

Leurs regards se soudèrent un long moment, et elle s'aperçut qu'elle attendait encore qu'il évoque Iolana. Elle avait l'impression de voir en lui. Et la semaine passée, elle avait trouvé une excuse pour filer rapidement après sa journée de travail afin d'éviter tout contact personnel avec lui.

On frappa à la porte, et son vieil admirateur M. Benos apparut, tout sourire, dans sa tenue habituelle, short en jean découpé et chemise hawaïenne.

— Je ne vous dérange pas, j'espère ? dit-il en lui tendant un panier. Tournesols, pêches, et quelques kiwis dodus pour vous, chère madame. Cueillis ce matin.

Elle le remercia en prenant le panier. Derrière lui, Mika souriait malicieusement.

— On dirait qu'il t'aime bien, remarqua-t-il, taquin, quand le vieil homme fut parti.

Elle rit, admirant les fruits magnifiques.

— Il n'y a aucune raison d'être jaloux, je t'assure.

— Moi ? Jaloux ?

Il lui adressa le sourire niais mais viril qui l'avait fait craquer tant d'années plus tôt, et un instant elle eut l'impression de retrouver le bon vieux temps.

— Bon, je crois que nos gars ont eu assez de poissons, Anela. Si on descendait à la plage ? proposa-t-il en s'essuyant les mains avec une serviette.

— Pourquoi ? demanda la fillette.

Ses grands yeux bruns étaient pleins d'appréhension, mais la curiosité l'emporta sur la crainte car elle ne refusa pas.

Lani garda le silence. Anela avait toujours besoin d'une bonne raison pour aller à la plage. Généralement, elle n'y passait que pour se rendre à l'école et en revenir.

— J'ai besoin d'un coup de main, dit Mika. Je dois prélever des échantillons de spécimens, de sable et de graviers pour les étudier avec Lani. Mais j'ai été absent longtemps et j'ai oublié le nom de pas mal de choses. Tu peux m'aider ?...

Lani haussa les sourcils, et il lui adressa un clin d'œil discret. C'était un pieux mensonge, bien sûr. Il connaissait chaque caillou, chaque arbre, chaque créature de cette île. Mais à sa profonde surprise, Anela accepta.

— D'accord, si Lani vient aussi ?

Ils passèrent au moins une heure à la plage. Lani ne pouvait s'empêcher de sourire chaque fois qu'Anela brandissait quelque chose et l'identifiait pour Mika avant de le mettre dans son seau. Mais elle se figeait dès qu'elle se trouvait trop près de l'eau. Mika ne semblait rien remarquer et c'était tout à son honneur. Lani voyait qu'il essayait de gagner la confiance de l'enfant, et cela lui réchauffait le cœur.

En les observant, elle se sentait en paix pour la première fois depuis l'arrivée de son ex-mari. Un peu comme quand ils emmenaient Iolana à la plage. Elle revoyait ses petits doigts potelés agripper l'anse de son seau pendant qu'elle trottinait d'un pas décidé... Elle se disputait beaucoup avec Mika à cette époque parce qu'il travaillait trop au lieu d'être avec elles, mais il était jeune et faisait de son mieux pour subvenir aux besoins de sa petite famille. Il était un père doux, encourageant, et elle se força à se remémorer leurs rires devant leur exquise petite fille émerveillée par les coquillages et les étoiles de mer, sans laisser la tragédie ultérieure ternir ces souvenirs parmi les plus heureux de sa vie.

Elle devait vraiment essayer de se rappeler plus souvent les bons moments. Jusqu'ici, elle n'avait pas réussi à évoquer avec Mika la seule personne qu'ils avaient aimée plus que tout, Iolana, et c'était mal. Les dauphins comptaient, et Mika était venu pour eux mais... ils avaient peut-être besoin de parler d'autre chose que de travail.

Pendant qu'ils cheminaient le long du rivage, Mika montrait un enthousiasme charmant quand Anela désignait des créatures marines, depuis les crabes qui détalaient à leur approche au banc de poissons argentés que la fillette prétendait voir nager sous la surface de l'eau. Même si elle refusait d'aller jusqu'au bord avec lui pour le vérifier.

— Ces poissons sont des mulets, déclara Mika, accroupi près d'elle, et ils jouent un rôle important dans le nettoyage des océans. Tu sais comment ?

Songeuse, Anela répondit par la négative.

— En se nourrissant d'algues et d'autres plantes sous-marines, dit-il. La plupart des poissons ont un travail à faire. Toutes les créatures font leur part pour entretenir la santé et l'équilibre du milieu marin. Si on ne prend pas soin d'elles, tout l'écosystème pourrait s'effondrer. Elles sont toutes d'égale importance. Même les requins.

— Je n'aime pas les requins, répliqua vivement la fillette, faisant bondir le cœur de Lani.

Elle s'attendait à ce qu'Anela s'éloigne, mais la fillette considéra l'océan d'un air sombre. Lani eut une grimace désolée. Il faisait des efforts louables. Mais il n'insista pas. Regardant autour de lui, il remarqua des mouettes qui piaillaient près d'une flaque d'eau de mer laissée par la marée.

— Allons examiner cette mare. C'est un monde sous-marin miniature, et je parie qu'on y trouvera des trucs cool !

Le sourire revint bientôt sur le visage d'Anela. Lani resta en retrait pendant que Mika encourageait l'enfant à toucher la surface lisse d'une anémone de mer en lui expliquant comment ses tentacules capturaient la nourriture.

— Incroyable, non ? dit-il, ravi de voir les yeux de la fillette s'illuminer lorsque les tentacules de l'anémone effleuraient ses petits doigts.

— Je croyais que tu ne connaissais plus les espèces de cette plage, remarqua Anela d'un ton accusateur.

Il haussa les épaules.

— Tu dois me rafraîchir la mémoire, j'imagine, tu es une assistante si extraordinaire !

— Je pourrai encore t'aider une autre fois ?

— Bien sûr, dit Mika.

Le cœur de Lani se gonfla d'émotion. Il savait s'y prendre avec la fillette, et elle s'habituait même à son fichu bandana, songea-t-elle avec agacement. Son regard s'attarda sur elle un moment et il secoua la tête, comme pour la chasser de ses pensées. Il ne pouvait pas la trouver encore attirante, si ?

Bien sûr que non. Et Hayley ? Son jeune corps mince et souple à la peau parfaite lui manquait probablement… et son absence d'états d'âme aussi, sans doute, se dit-elle, perfide.

Mais à s'occuper ainsi d'Anela, Mika risquait de faire fondre son cœur, comme quand elle avait seize ans. Elle n'avait jamais vu la fillette aussi investie dans des activités de bord de mer. Elle n'osait plus lui proposer des jeux de plage, et voilà qu'en l'espace de quelques jours Mika s'était révélé le père adoptif de l'année, renversant la situation. Anela avait encore du chemin à faire, mais quelque chose avait déjà changé en elle, et Lani en était reconnaissante à Mika.

Si seulement elle pouvait juste profiter de sa compagnie, au lieu de se sentir coupable toutes les dix minutes. Elle revoyait son sourire semblable à celui qu'il affichait maintenant, ce jour-là sur le bateau après leur plongée, quand ils avaient arraché leurs combinaisons pour faire l'amour parmi les vagues. Ils ignoraient qu'au même moment Iolana était transportée d'urgence à l'hôpital avec suspicion de méningite. Lani s'était souvent demandé s'il l'avait blâmée de ne pas s'être souciée de l'état d'Iolana avant leur départ ; elle était sa mère, après tout. Il n'avait jamais abordé le sujet, jamais émis le moindre reproche, mais comment aurait-il pu ne pas le penser alors qu'elle était rongée par la culpabilité ?

Non que cela importât aujourd'hui, songea-t-elle avec lassitude. Même si Mika trouvait en lui la force de l'absoudre, elle-même ne se pardonnerait jamais.

Le soleil avait commencé à décliner à l'horizon, enveloppant la grève d'une douce lueur chaude. Comme ils inventoriaient le contenu du seau d'Anela, Mika se sentit peu à peu envahi par un sentiment d'appartenance qui le prit au dépourvu. Une appartenance à la plage et l'île, mais aussi à la fillette à ses côtés. Certes il avait échoué à la convaincre que l'océan n'était pas une masse grouillante d'horreurs innommables, mais Rome ne s'était pas bâtie en un jour.

— Rentrons maintenant, dit-il, se redressant et brossant le sable de son short. Nous avons plein d'échantillons à tester pour demain, ça suffit pour le moment, grâce à toi, jeune fille.

Anela parut déçue, mais il lui promit qu'ils reviendraient bientôt pour une prochaine exploration, et le regard appréciateur de Lani ne lui échappa pas.

Le soleil couchant leur chauffait le dos de ses derniers rayons pendant leur retour au sanctuaire. Ah ! ces couchers de soleil ! Il n'y en avait pas d'aussi beaux dans tout l'univers.

Malgré lui, Mika pensa aux nombreux couchers de soleil partagés avec Lani. Elle semblait songeuse à présent, pendant qu'Anela babillait sur ses chatons et le livre qu'elle était en train de lire. Lani pensait-elle à Iolana ? se demanda-t-il pour la énième fois. Trouvait-elle bizarre la présence de Mika ? Était-elle nostalgique de ce qu'ils avaient perdu en le regardant interagir avec une petite fille ? Si c'était le cas, elle ne voulait visiblement pas ouvrir la boîte de Pandore en abordant le sujet mais… peut-être devait-il le faire, lui ?

Iolana aurait eu vingt-quatre ans maintenant. Elle aurait appris la plongée sous-marine avec lui, et Lani l'aurait initiée aux langues et à la mécanique, comme elle en rêvait. Peut-être cela détendrait-il l'atmosphère s'ils évoquaient tout cela.

Oui. Ils devaient parler. Seul à seule. Même si elle devait lui rappeler son incompétence de père, ce qu'il méritait probablement d'entendre de sa bouche.

Manu l'appela au moment où ils pénétraient à l'arrière de la réserve marine. Mika sut immédiatement ce que son frère allait lui dire. Le barbecue familial annuel sur la plage – *Mahoe Luau* en hawaïen – aurait bientôt lieu, et comme toute la famille avait déjà répondu à l'invitation sauf lui, il était grand temps qu'il se prononce.

Il sentit les yeux de Lani sur lui pendant sa conversation avec son frère, même si elle semblait s'intéresser au pétrel avec Anela. Il promit à Manu de venir au barbecue et raccrocha, un peu gêné. Qu'avait-elle entendu ?

— Tu vas y aller ? dit-elle en ramassant le cartable d'Anela.

Il fit la grimace. Bien sûr qu'elle était au courant pour le *Mahoe Luau* qui avait lieu le même jour depuis plus de trente ans. Elle en avait été la star pendant des années avec ses compositions qu'elle chantait en s'accompagnant au ukulélé, une performance incontournable de la fête.

— Je serai obligé, répondit-il, et elle sourit, narquoise.

— Ils ne te lâcheraient pas si tu refusais.

Le soleil était couché maintenant, et il allait bientôt regagner la maison d'hôtes dans l'obscurité pour une nouvelle nuit solitaire. Suivant Lani dehors, il la regarda verrouiller les portes du sanctuaire, avec l'adorable Anela qui ne voulait pas partir sans s'assurer que Lilo et Stitch allaient bien.

Une question taraudait Mika : accepterait-elle de l'accompagner au *luau* ?

Eh bien, pose-lui la question !

Il devait l'inviter à cette soirée. Le contraire semblerait bizarre car tout le monde savait qu'il était là et qu'ils travaillaient ensemble au sanctuaire. Et ce serait l'occasion de parler, d'aborder les sujets sensibles. Ce qu'elle refuserait probablement. Ça risquait d'être embarrassant pour elle, non ?

Mika se cherchait encore des excuses pour ne pas l'inviter quand il prit le volant de sa voiture de location et suivit le chemin de la maison d'hôtes en maudissant sa lâcheté. Pourquoi n'arrivait-il pas à lui parler seul à seule ? À lui demander de l'accompagner à cette fête ? Elle avait été le centre de son univers à une époque ! Jusqu'à ce qu'il prenne la fuite. Il n'avait pas pu rester, sachant que sa présence lui rappelait constamment Iolana et ses échecs. Il était parti pour qu'elle puisse guérir en espérant guérir aussi, même si une part de lui était à jamais brisée.

La lune semblait suspendue dans le ciel pendant qu'il roulait, tourmenté, les mains crispées sur le volant. Parler à Lani, c'était replonger dans le malheur qu'il s'était désespérément efforcé d'enterrer au plus profond de lui. Le malheur qu'il n'arrivait plus à chasser de son esprit à présent.

Il aurait pu parler à un ami ou un parent, mais non. Il s'était noyé dans ses recherches et son travail, encore et toujours. Pourtant, pour une raison inconnue, il s'était rendu totalement disponible pour Lani quand elle l'avait appelé. Il n'en avait pas fait autant pour Hayley. Cette pensée en amena une autre : Hayley lui avait demandé s'il envisageait d'avoir un enfant avec elle. Il avait dû dire non, à quoi elle avait répliqué qu'il changerait sûrement d'avis. Il avait affirmé que non. Et elle avait craqué, d'où leur dispute. Et il avait repris son travail éreintant loin d'elle. Fuyant tout conflit affectif.

Il était temps que ça s'arrête.

Il freina soudain au milieu de la rue déserte, agrippé au volant. Puis, avant de changer d'avis, il fit demi-tour et, le pied sur l'accélérateur, il reprit le chemin de la maison de Lani.

6

Blottie contre trois petits chats assoupis sur le canapé, Anela était plongée dans la lecture d'un nouveau chapitre du *Lion, la Sorcière blanche et l'Armoire magique,* offrant à Lani un spectacle charmant. Elle finit de plier le linge propre qu'elle empila soigneusement et elle allait donner le signal du coucher quand des phares balayèrent l'allée devant la maison. Son cœur bondit. Elle connaissait cette voiture.

Mika gravissait déjà l'escalier de la véranda.

— Tu as oublié un truc ? Tu veux les clés du sanctuaire ?

— Euh... non, répondit-il, passant la main dans ses cheveux.

Il paraissait inquiet, se dit-elle en l'invitant à entrer. Plus tendu. Du feu couvait dans son regard, et Lani sentit un fourmillement familier au creux de son ventre, sensation qu'elle n'avait pas éprouvée depuis longtemps. Elle avait eu le béguin pour Mika avant même de savoir ce que ce mot signifiait. La première fois qu'ils avaient fait l'amour, elle avait pleuré, bouleversée par l'intensité de son émotion, et elle s'était sentie stupide.

Pourquoi tu penses à ça maintenant ? se tança-t-elle, incapable de détacher les yeux de ses fesses en le suivant dans le salon.

Anela leva la tête.

— Mika ! s'écria-t-elle. Tu es venu voir les chatons ?

— Bien sûr, répondit-il, s'asseyant à côté de la fillette qui lui posa promptement un chat sur les genoux.

Lani prit place en face de lui, troublée.

— Qu'est-ce qu'il y a ? demanda-t-elle d'une voix aussi normale que possible.

Dès qu'elle l'avait vu, elle avait su qu'il avait quelque chose d'important à lui dire. S'agissait-il d'Iolana ? Elle se sentait glacée à cette pensée. Ils finiraient forcément par en parler, bien sûr. Mais maintenant ?

Elle ne serait jamais prête.

Mika s'éclaircit la gorge, et elle comprit qu'elle ne pouvait plus éviter le sujet. Elle accompagna Anela dans sa chambre à l'étage, et invita Mika à faire comme chez lui. Conseil qui sonna étrangement dans sa bouche. Ce n'était pas le logis qu'ils avaient projeté d'acheter ensemble, cette jolie maison de plage aux volets jaunes pour laquelle Mika avait travaillé dur et économisé dans l'espoir qu'elle serait un jour sur le marché. Mais en bordant Anela dans son lit, Lani sentit une douce chaleur se répandre en elle à la pensée qu'il était en bas parmi ses affaires, dans son espace.

— Qu'est-ce qui se passe, Mika ? demanda-t-elle, reprenant sa place dans le fauteuil en face de lui.

Il caressait avec douceur le chaton qui ronronnait dans ses mains, comme elle autrefois, songea-t-elle, ravalant la boule qui lui obstruait la gorge.

— Je... il fallait que je te parle, dit-il en se penchant vers elle, au grand dam du chat qui sauta à terre et entreprit de pourchasser une ombre. À propos du *luau* familial. J'aurais dû t'inviter à m'y accompagner, mais j'ai cru que tu refuserais. Il y a tant de choses que nous refusons d'évoquer, Lani...

Elle détourna les yeux en rougissant. Il ne lui était pas venu à l'esprit qu'il pouvait la convier au *luau* après tout ce temps.

— Nous ne sommes pas obligés de déterrer les sujets douloureux si tu n'es pas prête, reprit-il comme le cœur de Lani s'emballait. Je sais que je t'ai fait beaucoup souffrir...

— Moi aussi, dit-elle d'une voix fêlée. Je ne voulais pas te blesser. Après sa mort, je me sentais morte à l'intérieur. Je n'étais plus moi-même. Et je ne le suis toujours pas, Mika.

— Moi non plus. Mais on doit pouvoir prononcer son nom.

— Seigneur ! lâcha-t-elle d'une voix étranglée en se levant d'un bond, renversant la pile de linge qui s'écroula par terre.

Elle voulut le ramasser, mais il avait bondi sur ses pieds et saisi son poignet. Elle se figea, le cœur serré, les yeux rivés sur ses doigts enroulés autour de son tatouage.

Il posa la main sur sa joue.

— Impossible de ne pas la voir partout, murmura-t-il, lèvres pincées, comme pour refouler son émotion. J'ai été lâche de rester éloigné aussi longtemps, alors que tu accomplissais tant ici, malgré ton chagrin, malgré tous ces... souvenirs.

— Je n'avais pas le choix, chuchota-t-elle.

Elle lui couvrit la main de la sienne, troublée par la chaleur familière qui l'envahissait à ce contact. Son visage magnifique et ses yeux ardents l'avaient toujours chamboulée, mais à cet instant, cette vision était presque insoutenable.

Elle se détourna, fonça dans la cuisine, et sortit du réfrigérateur le *haupia* qu'elle avait préparé. Ce pudding crémeux à la noix de coco était sa spécialité, et elle entreprit de le découper en portions pour Anela et ses camarades de classe. Tout pour ne pas regarder Mika.

— Je voulais juste te dire combien j'admirais ta force et ton courage, Lani. Pour ton engagement envers Anela, et au sanctuaire marin. Tu as tant fait pour cette île, alors que moi...

Il se tut, et elle jeta un coup d'œil par-dessus son épaule. Il fixait les magnets du réfrigérateur comme s'il déchiffrait un mystérieux code, et elle voyait presque tourner les rouages de son cerveau, s'amonceler les regrets dans sa tête.

— Tu as fait beaucoup avec tes recherches et ton travail...

— Exactement, l'interrompit-il en grognant. Je me suis jeté à corps perdu dans le travail, comme toujours.

— C'est important pour toi. Pour tout le monde ! Et d'ailleurs, j'en ai fait autant, admit-elle.

Elle vit ses yeux faire le tour de la cuisine, du même jaune que les volets de la maison de plage qu'ils avaient rêvé de posséder ensemble. L'avait-il seulement remarqué ?

Il se tourna vers elle.

— Ce que je veux dire, c'est que je vois ton cœur et ton âme dans tout ce que tu accomplis ici. Moi, je me contente de suivre le protocole, d'éviter... bref, tu sais.

— Je sais, répondit-elle, agrippant le comptoir derrière elle comme si elle avait besoin d'un soutien.

— Je mentirais si je disais que je ne pense pas parfois à ce que nous aurions pu réaliser ensemble si je n'étais pas parti...

— Tu devais le faire, répliqua-t-elle, refoulant ses larmes. Tu l'as dit. Il y avait trop d'affreux souvenirs ici. Et il y en a encore. Mais c'est la vie, Mika. La mienne est toujours ici, pas la tienne, mais c'est ce que tu voulais.

— C'est ce que je croyais vouloir, objecta-t-il en faisant un pas vers elle. Je pensais que ce serait mieux pour toi.

Elle le fixa, bouche bée, son *haupia* oublié.

— Tu as cru que ton départ me serait bénéfique ? En quoi ?

— J'étais un rappel constant du gâchis que j'avais causé en passant mon temps loin de toi et notre fille... J'aurais dû être un meilleur père. Être plus présent.

Elle le dévisagea, incrédule. C'était la première fois qu'elle entendait ce genre de propos dans sa bouche. Ils s'étaient à peine adressé la parole après le drame ; elle était convaincue qu'il ne l'aimait plus et ne voulait pas lui donner l'occasion de le dire. Elle avait aussi supposé que le laisser partir était la meilleure option pour lui. Il ne pourrait pas guérir si elle était dans les parages pour lui rappeler leurs défaillances de parents. L'entendre de sa bouche aurait détruit les derniers lambeaux de son cœur en miettes, alors elle était devenue froide et l'avait repoussé, s'enlisant seule dans la honte et la culpabilité. Se pouvait-il qu'il ait ressenti la même chose ? Avait-il vraiment cru qu'elle ne l'aimait plus ?

La gorge nouée, elle se détourna pour lui cacher les émotions qui menaçaient de l'étouffer.

— J'étais sa mère, Mika, énonça-t-elle entre ses dents serrées. J'aurais dû voir à quel point elle était malade…

Il lui prit les mains et plongea son regard ardent dans le sien.

— Ce n'était pas ta faute, Lani.

— Peut-être étions-nous tous deux responsables, marmonna-t-elle.

— Il ne s'agit pas de rejeter la faute sur qui que ce soit, ça ne nous aide pas. Nous ignorions que son rhume était une méningite.

Ils se tenaient face à face, mains enlacées, regards soudés.

— Chaque jour, je me demande comment elle serait aujourd'hui, ce qu'elle ferait, dit-elle d'une voix chevrotante. Je ne peux pas m'empêcher de penser que si j'avais été moins obsédée par cette stupide plongée…

— Arrête. Cette recherche était importante pour tes études, et tu passais beaucoup plus de temps que moi avec Iolana.

Il portait donc le même fardeau qu'elle, la même culpabilité. Comment avaient-ils pu s'abandonner mutuellement après ce drame ? Elle aurait dû être là pour lui.

Des larmes brûlantes lui montèrent aux yeux. Mika avait raison. Ils ne pouvaient pas continuer à vivre dans le passé en se reprochant ce drame. Elle se laissa aller à la chaleur de son contact, savourant son parfum familier qui lui donnait toujours des papillons dans le ventre. Il avait les yeux fixés sur ses lèvres, comme s'il allait l'embrasser… Elle le lâcha et recula jusqu'au comptoir, où elle reprit la découpe du pudding.

Non. Pas question.

La situation était déjà suffisamment bizarre. Ils avaient des vies différentes aujourd'hui, sans parler de leur divorce ! Une souffrance insondable qu'ils pouvaient encore réveiller chez l'autre d'un regard, comme maintenant. Non, elle ne franchirait plus jamais cette ligne. Et Hayley dans tout ça ?

Mika pianota nerveusement sur le plan de travail.

— Nous pourrions peut-être aller au cimetière. Ensemble, suggéra-t-il prudemment.

— J'y songerai, dit-elle, lui tendant une part de *haupia*.

Il la renifla avant d'en prendre une petite bouchée.

— C'est bon ! protesta-t-elle, les yeux au ciel.

— Ta cuisine s'est améliorée, alors ? remarqua-t-il, taquin.

Elle fit mine de le gifler, contente que l'atmosphère se soit détendue, même si l'idée d'aller au cimetière lui donnait la chair de poule. Elle ne pourrait pas le supporter. Elle évitait d'y aller, et culpabilisait encore plus.

— Je plaisante, c'est délicieux. Apportes-en au *luau.*

Elle haussa les sourcils.

— Tu es sérieux ? Tu crois que je devrais venir ?

— Bien sûr, avec Anela.

— Elle t'aime beaucoup.

Elle s'interrogeait. Aller à cette fête serait étrange, voire un peu gênant. Mais s'il avait fait un effort en évoquant leur douloureux passé, elle pouvait montrer la même courtoisie et affronter sa gentille famille. Elle les avait évités pour des raisons égoïstes, elle s'en rendait compte avec honte, alors qu'ils ne l'auraient sûrement pas jugée. Mais elle n'était pas pressée de donner sa réponse à Mika.

— Je réfléchirai aussi à ça, dit-elle tandis que des petits pas se faisaient entendre derrière eux.

Ils se retournèrent. Anela se tenait sur le seuil de la pièce en pyjama, les cheveux en bataille.

— J'ai encore fait le rêve, dit-elle en reniflant.

Le cœur de Lani sombra.

— Quel rêve ? demanda Mika.

— Avec les requins.

— Tu le fais souvent ? interrogea-t-il, les sourcils froncés.

— Presque chaque nuit, répondit Lani.

Elle prit conscience qu'il s'investissait peut-être un peu trop avec Anela. Elle était sa mère adoptive et pouvait la gérer. En fait, tout n'allait pas si mal avant qu'il débarque dans l'île.

À son soulagement, Mika parut saisir le message. Il garda le silence pendant qu'elles discutaient du livre qu'elles allaient lire pour chasser le mauvais rêve de la fillette.

Elle ne voulait pas qu'il se sente obligé de jouer les pères adoptifs les prochaines semaines. Il avait assez à faire entre la maladie des dauphins et le remplacement de Mahina, sans parler de Hayley. Il était passé à autre chose après elle. De l'eau avait coulé sous les ponts depuis leur histoire. De toute façon, son cœur était déjà chamboulé en sa présence, et elle n'avait pas envie d'en rajouter.

Elle ferait mieux de ne pas aller au *luau*. Il valait mieux qu'elle continue à garder ses distances avec lui hors du sanctuaire.

— Tu connais le chemin de la sortie ? lui dit-elle en se dirigeant vers l'escalier avec Anela.

— Je sais où est la porte, répliqua-t-il avec froideur.

Cinq minutes plus tard, partagée entre l'appréhension et le soulagement, elle entendait sa voiture s'éloigner dans la nuit.

7

Mika s'écarta pour confier la barre à Noa, leur pilote. Lani avait commencé à enfiler sa combinaison de plongée et elle était moulée dans le néoprène jusqu'à la taille. Profitant de ce qu'elle regardait ailleurs, il ne put s'empêcher de l'admirer dans son haut de maillot. C'était peut-être parce qu'il ne pouvait pas l'avoir ni la toucher, mais bon sang, il était toujours aussi attiré par elle. Au-delà de l'apparence, c'était dû à son courage, à l'énergie, à l'ardeur et à la flamme qui couvaient sous sa discrétion de façade, lui rappelant pourquoi il l'avait épousée. Elle était tout le contraire de Hayley. Il réalisa que, depuis son divorce, il n'avait connu que des femmes à l'opposé de Lani, probablement parce qu'il ne voulait plus aimer aussi fort si c'était pour perdre l'être aimé.

— Laisse-moi remonter ta fermeture, proposa-t-il comme elle surprenait son regard en rougissant.

— Je peux me débrouiller, marmonna-t-elle, se tortillant pour enfiler les manches en néoprène et remonter la fermeture Eclair, comme si elle avait hâte de se couvrir.

— Je voulais juste t'aider, dit-il, vexé.

Contrarié, il prit les bouteilles de plongée, vérifia la pression et fixa les détendeurs. Elle était distante avec lui, ces derniers jours, probablement parce qu'il avait ouvert la boîte de Pandore quand ils étaient dans sa cuisine. Jolie cuisine, avait-il alors pensé. Du même jaune que la maison de leurs rêves sur la plage. Seigneur, il n'y avait plus pensé depuis des années. Ils avaient projeté de l'acheter un jour. Ils étaient maintes fois passés devant, s'étaient même faufilés sur la plage privée un soir pour y imaginer leur vie future, quand ils pourraient se l'offrir, si elle était un jour en vente.

En l'occurrence, ils n'avaient jamais quitté la dépendance de ses parents. La grossesse de Lani à vingt-deux ans avait tout changé. Elle avait arrêté ses études deux ans, pendant qu'il travaillait pour subvenir à leurs besoins, ce qu'il avait payé cher en manquant beaucoup de choses. Après la mort d'Iolana, plus rien n'avait eu d'importance, et la jolie maison aurait aussi bien pu brûler dans un incendie avec tous leurs rêves...

Il grimaça. Il l'avait avoué à Lani, il pensait souvent à ce qui aurait pu être si les choses s'étaient passées autrement. Elle avait repris le cours de sa vie après qu'il eut décidé de quitter l'île, et il n'avait pas le droit de lui dire qu'il regrettait parfois sa décision. Pour ne pas dire tout le temps.

Ils avaient divorcé d'un commun accord, mais après le drame, ils avaient commis l'erreur de se fermer et s'exclure l'un l'autre au lieu de se parler et partager leur peine. Ils étaient très jeunes et, si leur amour était bien réel, ils n'étaient pas préparés à le voir étouffé par un si grand chagrin.

Il avait le cœur brisé de savoir que Lani s'était crue responsable de la tragédie durant toutes ces années, qu'elle n'avait pas compris son départ de l'île. Comment avait-il pu se tromper à ce point ? Mais il était aveuglé par la culpabilité, et rien de ce qu'on aurait pu dire n'aurait changé quoi que ce soit. Aujourd'hui, il était trop tard pour réparer leur relation détruite, mais peut-être pouvaient-ils essayer d'être amis ?

— On y est presque, annonça Noa tandis que Mika enfilait son gilet de plongée.

Il résista à l'envie de rattraper la ceinture de lestage de Lani qui lui échappait des mains. Il avait déjà dépassé les bornes quand il s'était présenté chez elle et avait failli l'embrasser.

Des amis ! Il n'arrivait pas à oublier ce baiser manqué. Lani s'était ravisée avant lui, mais l'attrait de sa bouche était resté ancré en lui malgré les années. Même s'il ne se passait rien.

Il lui conseilla de serrer sa ceinture de lestage et elle répondit par un grognement qui l'agaça mais n'atténua en rien son envie de l'embrasser. Il devait cesser de ressasser ce qui avait été. Les couples divorcés ne s'amusaient pas à se bécoter. D'ailleurs, elle l'avait pratiquement jeté dehors l'autre soir !

— Nous y sommes. Vous êtes prêts ? demanda Noa, réduisant la vitesse jusqu'à ce que le bateau se balance doucement sur l'eau sous le soleil lumineux.

Ils s'étaient immobilisés au bord du récif. Le matin, des plongeurs avaient rapporté avoir vu un requin blanc avec un hameçon planté dans la bouche. Mika espérait qu'ils le trouveraient pour lui venir en aide il et s'efforçait de se concentrer sur cette mission. Mais c'était leur première plongée ensemble depuis le jour fatal où ils avaient failli à leur devoir envers leur petite fille. Lani y pensait aussi, il le voyait à ses regards angoissés.

Heureusement, Anela était à l'école quand ils étaient partis. Pauvre petite, en proie à des cauchemars. Il avait proposé de lui parler, mais Lani avait tenu la fillette à l'écart ces derniers jours, lui trouvant des activités ailleurs et ignorant son désir de retourner à la plage avec elle. Il avait la nette impression qu'elle ne lui faisait pas entièrement confiance avec Anela.

Lani sauta la première dans l'eau en tenant son détendeur contre sa bouche. Le soleil était chaud dans le ciel bleu de la mi-journée, et l'eau parut fraîche à Mika quand il bascula en arrière dans la mer froide. Ce n'était pas évident de retrouver ce requin blessé, mais il ne pouvait s'empêcher de se demander si sa vieille amie Nala était dans le coin. À une époque, c'était son terrain de chasse. La belle femelle requin-tigre se souvenait-elle seulement de lui ?

Le majestueux récif était le parfait décor à la grâce de Lani alors qu'elle s'enfonçait avec lui dans les profondeurs bleues de l'océan. La vie sous-marine grouillait autour d'eux : une nuée de minuscules poissons argentés tourbillonnait en une pétillante tornade, et dessous, une tortue les observait avec curiosité. Il prit son GPS et fit signe à Lani de longer le récif par la gauche. Elle fit un rond avec le pouce et l'index pour montrer son accord, et il la laissa filer devant lui, sachant qu'elle était une plongeuse expérimentée.

Ils flottèrent pendant près de quinze minutes sans voir la trace du requin. Mika arrivait généralement à déconnecter son cerveau en plongée, mais la présence de Lani avait l'effet inverse et les pensées se bousculaient dans sa tête. Sans doute le croyait-elle encore responsable de la tragédie qui avait coûté la vie à Iolana, même si elle ne l'admettait pas.

Elle avait peut-être raison de garder ses distances. Lui-même n'était pas sûr de ne pas faire de nouvelles bévues, et avant de connaître Anela, il refusait de fréquenter des enfants.

Cela lui rappelait trop de douloureux souvenirs. Aujourd'hui encore, il voyait Iolana dans chaque chose, chaque lieu, et même en Anela. Mais il avait été gentil avec elle pour les aider, elle et Lani, et quelque chose avait changé en lui. Une barrière était tombée. Il n'avait jamais été père adoptif, ni beau-père, ni père tout court. Il ne pourrait jamais faire ce que faisait Lani. Ce serait vivre constamment dans la crainte d'encore tout gâcher, et il était incapable de revivre un tel chagrin. Mais pendant son séjour ici, il était décidé à montrer à Anela la magie de l'océan. Il devait juste attendre le bon moment et ne pas marcher sur les plates-bandes de Lani.

Soudain, Lani s'immobilisa devant lui, et il faillit entrer en collision avec elle. Elle tendit le bras devant elle et lui saisit la main dans un nuage de bulles. Ils avaient trouvé leur requin. Il nageait lentement, mordant le corail dans sa détresse et tournant en rond, encore et encore.

Le squale mesurait environ trois mètres de long et paraissait épuisé. On distinguait nettement l'hameçon dans sa bouche. Il traînait derrière lui un fil de pêche bleu vif emmêlé autour de sa mâchoire inférieure. Ils échangèrent un signe de tête et se mirent à nager doucement vers lui pour ne pas l'effaroucher.

Mika fut envahi de tristesse et de colère devant l'innocente créature en souffrance. Pourquoi les pêcheurs étaient-ils aussi irresponsables ? À en juger par son expression, Lani partageait son indignation.

D'un battement de palmes, Mika passa devant elle. Connaissant sa méthode particulière pour calmer les requins, elle le regarda nager lentement, mains tendues, les paumes face au squale. Comme il fallait s'y attendre, le requin attaqua, mais, sans le lâcher des yeux, Mika posa les mains sur son nez et le repoussa avec force, jusqu'à le retourner sur le dos.

Lani leva le pouce et passa de l'autre côté du squale. Mika retira une seconde son détendeur pour lui adresser un sourire triomphal, et un instant la tension entre eux parut se dissiper.

Il avait animé de nombreux séminaires sur les requins, et il adorait voir l'expression fascinée des enfants quand il leur expliquait que retourner certains squales pouvait les immobiliser jusqu'à quinze minutes. La méthode était connue pour provoquer un état de transe. Elle allait leur permettre de travailler de concert pour extraire l'hameçon de sa bouche.

Quand ils eurent fini, Lani récupéra le fil de pêche et le fourra dans un sac fixé à sa ceinture. Elle devait souvent affronter ce genre de problème dans les eaux autour d'Oahu.

Plongeant plus profondément, ils se tinrent à distance quand le requin revint à lui, se retourna d'un coup de queue spectaculaire, et fila comme une flèche, disparaissant dans les abysses.

Lani souriait. Ensemble, ils avaient réalisé des milliers de plongées, seuls au fond de l'océan, et ces moments avaient manqué à Mika. Impulsivement, il enleva son détendeur et lui envoya un baiser. Elle lui retourna son baiser en riant.

Autrefois, ce baiser sous l'océan était leur petit rituel. En général, il l'embrassait sur les lèvres avant de remettre son détendeur, mais cette fois, bien sûr, il n'en était pas question. Il ne devait pas embrasser Lani ni même faire semblant, ni sous l'eau ni sur l'eau. La situation était bien assez compliquée. Mais il remarqua sa confusion – ou était-ce de la déception ? – quand il lui fit signe qu'ils devaient remonter. Il n'était que temps, il avait le cœur un peu rapide à son goût.

Ils commençaient leur lente ascension vers la surface – Lani flottait déjà à un bon mètre au-dessus de lui – quand Mika remarqua une énorme forme sombre qui rôdait autour de lui. Il retint son souffle quand elle s'approcha, fendant gracieusement l'eau dans sa direction.

— Nala ?

Tout excité, il fit signe à Lani que la femelle requin-tigre était revenue. Mais la jeune femme avait déjà presque atteint la surface. Il ralentit et vérifia sa réserve d'air. C'était bien Nala, il reconnaissait ses taches autour du ventre. Il constata avec soulagement qu'elle semblait en bonne santé. Aucun fil de pêche ne blessait sa bouche ou ses ailerons. Elle avait de nouvelles cicatrices, mais il fallait s'y attendre.

Calme et impassible, il la regarda approcher. Elle s'immobilisa un instant, comme pour l'étudier à travers son masque et s'assurer qu'il s'agissait bien de son vieil ami. Ému, il tendit lentement les mains vers elle et, sans surprise, elle donna des coups de tête dans ses paumes, les yeux révulsés de plaisir, comme autrefois. Elle l'avait reconnu !

Elle se retourna, l'invitant à lui frotter le ventre.

— C'est bon de te revoir, ma belle, comment tu vas ?

Il aurait juré qu'elle comprenait. Elle adorait qu'il lui frictionne le ventre, comme un chien. Les requins aimaient les caresses, pensa-t-il, charmé par sa grâce et sa beauté.

Tout à l'enchantement de cette rencontre surprise, il en oublia qu'il devait regagner le bateau. Et quand il finit par lever les yeux, Lani avait disparu.

8

Courant jusqu'au bastingage, Lani arracha sa ceinture de lestage en scrutant désespérément l'océan à la recherche de Mika, en proie à l'angoisse. Les vagues léchaient la coque du bateau et le soleil scintillait à la surface de l'eau, mais il n'y avait pas trace de Mika.

— Il était juste derrière moi, dit-elle, affolée, pendant que Noa lui prenait sa bouteille d'oxygène. Où peut-il être ?

— Il a dû voir quelque chose en bas. Laissez-lui une minute.

Elle se mordilla la lèvre, se rappelant qu'il était un plongeur expérimenté. Il faisait ça tout le temps, c'était un pro !

Les souvenirs de la perte d'Iolana lui traversèrent l'esprit et elle haleta, oppressée. C'était presque comme si la mer la punissait de nouveau… ils étaient sur un bateau comme celui-ci le jour de la mort de leur fille. Comment avait-elle pu croire que leur première plongée ensemble après ce drame se déroulerait sans problème ? Cette arrière-pensée ne l'avait pas quittée depuis qu'elle était montée à bord.

— Où est-il ?

Noa scrutait la mer, les sourcils froncés, et elle sentit sa gorge s'assécher. Elle prit un tuba et se hissa sur le rebord.

— J'y retourne, dit-elle.

Elle allait plonger quand elle repéra les bulles. *Mika.*

Elle faillit s'évanouir de soulagement en voyant ses mains agripper les barreaux de l'échelle. Il se hissa sur le pont et, un grand sourire aux lèvres, il ôta son masque, le corps ruisselant d'eau. Les yeux noyés de larmes, elle reprit pied sur le pont, sentant monter une colère sourde, brûlante, qui couvait probablement depuis que Mika avait rouvert les vieilles blessures, la forçant à les affronter de nouveau. Il eut à peine le temps de poser sa bouteille d'oxygène qu'elle se jetait sur lui et martelait sa poitrine de ses poings.

— Comment as-tu pu me faire ça, Mika ?

— Waouh ! Lani, qu'est-ce qu'il y a ? protesta-t-il, tentant vainement de lui immobiliser les poignets.

L'estomac révulsé, elle sentait la bile lui brûler la gorge.

— J'ai cru que tu étais mort ! Que je t'avais perdu aussi...

— Lani, je suis là !

Il parvint à lui saisir les poignets, et elle se débattit pour qu'il comprenne sa fureur, son chagrin, son manque, pour qu'il ressente ce qu'elle refoulait depuis si longtemps. Très calme, il la tenait fermement, et elle s'aperçut qu'elle avait physiquement mal.

Elle s'effondra en sanglotant sur le pont, et il se laissa choir près elle tandis que Noa courait chercher des serviettes. En sentant les bras de Mika autour d'elle, elle fut prise d'un nouvel accès de fureur, mais il se consuma rapidement, la laissant à la fois épuisée et réconfortée par sa présence. Il était là, bien vivant. Trop fatiguée pour le repousser, elle resta là, contre sa poitrine, à pleurer toutes les larmes de son corps.

— Excuse-moi, chuchota-t-il en lui prenant le visage entre les mains, les cheveux et la combinaison dégoulinant d'eau salée. J'aurais dû remonter avec toi, pardon. Mais Nala m'a distrait.

— Ne me fais plus jamais ça, lâcha-t-elle entre ses dents serrées. Jamais ! Tu m'entends ?

La bévue de Mika n'était pas la seule responsable de ses larmes. Il le savait, elle le sentait à sa façon de la tenir, en pressant ses lèvres dans ses cheveux. Ils restèrent enlacés un long moment, jusqu'à ce que ses pleurs se tarissent, la laissant tout engourdie.

— Elle me manque tellement...

— À moi aussi, murmura Mika en la berçant tendrement.

Il ne servait plus à rien de jouer la comédie, de refouler sa peine chacun dans son coin. Mais qu'allait-il se passer maintenant ?

Le soleil tapait sur la véranda en cette fin d'après-midi, et Lani avait du mal à se concentrer. Elle avait brûlé le dîner rapide préparé pour Anela et avait commandé une pizza, et elle eut un peu honte de son soulagement quand elle conduisit la fillette chez l'amie où elle allait passer la nuit.

En rentrant chez elle au volant de sa voiture, elle décida de s'arrêter sur le petit parking qui desservait les pistes de randonnée. Laissant sa voiture près d'un vieux vélo rouge, elle prit distraitement la direction de la chute d'eau en respirant à pleins poumons l'air apaisant. Les oiseaux chantaient une douce mélodie, et leur plumage irisé rouge et bleu chatoyait dans les arbres. Elle s'absorba dans ses pensées.

Elle avait quitté Mika après leur plongée car il avait insisté pour qu'elle se repose. Elle se sentait mortifiée de s'être donnée en spectacle sur le bateau, embarrassant probablement Mika. Elle avait eu une réaction si excessive ! Et elle ne pouvait pas s'empêcher d'y penser. Les choses ne s'étaient pas bien passées depuis leur discussion l'autre soir car elle l'avait repoussé. Il ne fallait pas qu'il imagine qu'elle voulait le voir reprendre son ancien rôle de protecteur, de soignant, de père, et qu'elle espérait dépendre encore de lui… tout cela pour qu'il reparte ensuite en Californie, auprès de Hayley.

Mais Hayley n'était pas l'unique problème. Hayley dont il ne parlait pas, et qu'elle se refusait absolument à évoquer.

Non. S'il lui devenait proche et s'impliquait dans sa vie, elle finirait fatalement par le décevoir, encore. Elle travaillait toujours aussi dur, mais si elle cessait d'être une maniaque du contrôle sans vie sociale et si elle engageait du personnel, peut-être arriverait-elle à se dégager un peu de temps.

De toute façon, elle avait eu sa chance avec Mika et n'en aurait pas d'autre. Son cœur ne supporterait pas de le perdre encore, l'incident du bateau l'avait prouvé. Elle vivrait en permanence dans la crainte qu'il disparaisse. Et il aurait beau lui répéter qu'elle ne devait pas se sentir coupable pour Iolana, elle se blâmerait toujours, elle le savait.

Marchant sur le sentier, les chevilles chatouillées par les herbes, elle entendit bientôt le grondement de la chute d'eau. L'air était chaud et humide, et elle transpirait. Elle grimpa sur les rochers en se félicitant d'avoir gardé son maillot de bain. Un bain dans le bassin d'eau fraîche au pied de la cascade allait lui faire un bien fou.

Seulement, elle n'était pas seule. Debout au bord de l'eau, un homme était en train d'enlever sa chemise. Elle eut un hoquet en reconnaissant les larges épaules et le tatouage en haut du bras. Mika. Son *honu* ! Ou plutôt son ex-*honu*, rectifia-t-elle en caressant machinalement son propre tatouage en forme de tortue. Mais sa présence n'avait rien de surprenant. La cascade avait toujours été leur coin.

La main sur la bouche, elle se figea quand il ôta son bandana et ses lunettes de soleil. Pétrifiée, elle regarda se contracter les muscles de son dos pendant qu'il défaisait sa ceinture et balançait son short par terre. Et il se retrouva nu.

Elle était en nage. Mika avait les fesses à l'air, et quelles fesses ! Il n'avait pas changé. Il plongea gracieusement du haut d'un rocher et fendit l'eau, droit vers la cascade. S'approchant discrètement, elle retira ses tongs, grimpa sur le rocher et le chercha des yeux. La brume qui montait des chutes rugissantes était comme un souffle frais sur sa peau, et elle avait très envie de sauter. Mais il ignorait qu'elle était là.

Soudain, elle sourit. L'adolescente insouciante s'était réveillée en elle et, prise d'une inspiration, elle sut exactement ce qu'elle allait faire.

L'eau fraîche était comme un baume sur la peau de Mika tandis qu'il nageait en direction des rochers derrière la cascade. Il lui semblait que c'était hier que Lani et lui se baignaient ici, se poursuivant dans l'eau peu profonde et, des années plus tard, faisant l'amour derrière les chutes.

Elle le taquinait, le mettant au défi de plonger du haut des rochers ou critiquant ses plongeons. Les siens étaient parfaits, ne laissant presque aucune trace dans l'eau. Elle avait toujours été intrépide, audacieuse, alors qu'il était davantage un cérébral qu'un homme d'action. Mais quand il la tenait contre lui sur le bateau, elle ne lui avait pas paru téméraire, tant s'en fallait.

Il s'adossa aux rochers frais, aveuglé par la brume des chutes. Il avait eu le cœur meurtri de la voir dans cet état, conscient de ce qu'il lui avait fait subir. Comme lui, elle avait dû être atrocement angoissée d'être là, sachant que c'était une plongée qui les avait éloignés d'Iolana pour la dernière fois… et voilà qu'il lui avait causé cette frayeur. Il le regretterait toute sa vie. Elle avait dû mourir de peur.

Elle était toujours aussi combative, il devait lui concéder cela. Si seulement il pouvait l'entendre rire plus souvent…

Ses mains commençaient à se friper, et il regagna le rivage en se demandant s'il devait aller prendre des nouvelles de Lani. Probablement. À moins qu'elle ne veuille pas le voir. En tout cas, il devait se faire pardonner de l'avoir effrayée.

Chassant l'eau de ses cheveux, il regarda autour de lui en quête de sa chemise et scruta les rochers, les sourcils froncés. Il avait pourtant laissé ses vêtements ici… non ?

Il n'y avait personne d'autre dans le coin, alors où diable étaient-ils passés ? Il ne voyait même pas ses chaussures.

Perplexe, il fit le tour du bassin, retournant les pierres, écartant les feuillages.

Bon sang, il était nu comme un ver, à deux kilomètres du vélo sur lequel il était venu, et ses habits étaient introuvables. C'est alors qu'il le vit. Niché dans les rochers, sous un bouquet de fougères, le coin d'une petite boîte en bois dépassait du sable. Ses minuscules charnières grincèrent quand il l'ouvrit avec précaution, et il n'en crut pas ses yeux. Lani et lui l'avaient enterrée ici alors qu'il avait douze ou treize ans. Il l'avait presque oublié, mais la boîte était là, sous ses yeux, et son contenu, bien qu'altéré par les ans, fit remonter des tas de souvenirs. Deux coquillages ramassés sur une plage de l'autre côté de l'île, un morceau de verre rose en forme de cœur qu'elle avait dû lui offrir un jour, de vieilles pièces de monnaie trouvées avec le détecteur de métal de son oncle et une carte au trésor mal écrite, qui montrait l'emplacement de leurs aventures au fil des ans. Tant de souvenirs réunis dans une petite boîte !

Il renversait son contenu sur un rocher pour examiner la carte de près quand un bras s'enroula autour de son cou, lui arrachant un hoquet. Avant de pouvoir réagir, il fut tiré en arrière, plaqué contre un corps, et des lèvres lui chuchotèrent :

— Demande pardon, ou tu ne reverras plus tes vêtements.

Pivotant sur les talons, il se redressa et se trouva devant une Lani hilare, qui agitait sa chemise et son short hors de sa portée. Conscient de sa nudité, il couvrit son intimité des deux mains et resta planté là comme un idiot, tandis que le rire de Lani résonnait autour d'eux.

— Je t'ai déjà vu dans le plus simple appareil, tu sais.

— On est vraiment en train de faire ça ? dit-il sèchement, essayant vainement d'atteindre son short. Quel âge tu as, bon sang, onze ans ?

Lani eut une moue désapprobatrice, mais elle finit par lui lancer son short qu'il s'empressa d'enfiler. C'est alors qu'elle parut remarquer la boîte en bois dont le contenu était répandu sur les rochers. Les yeux écarquillés, elle tomba à genoux.

— Ce n'est pas possible. J'avais oublié. Où l'as-tu trouvé ?

Elle prit le morceau de verre rose et l'inspecta sous toutes les coutures pendant qu'il chaussait ses lunettes de soleil et les remontait sur sa tête.

— Je cherchais mes habits, dit-il.

Il s'accroupit près d'elle et elle leva les yeux au ciel en réprimant un gloussement. C'était bon de l'entendre rire. Il ne lui en voulait pas vraiment de lui avoir fait cette farce, comment aurait-il pu ? Il l'avait bien mérité.

— Ce n'est pas la première fois que tu me voles mes fringues, grogna-t-il, faussement renfrogné.

— Et ce ne sera sûrement pas la dernière, rétorqua-t-elle.

Elle détourna les yeux, comme si elle prenait conscience qu'elle n'en aurait pas l'occasion puisqu'il ne vivait plus ici. Il montra le petit cœur en verre qu'elle avait dans la main, décidé à alléger l'atmosphère.

— Où as-tu déniché ça ?

— Devant la villa de nos rêves. Tu te rappelles nos virées là-bas, à vélo, quand on se promettait de l'acheter un jour ?

— Oui, répondit-il calmement.

Elle soupira.

— J'adorais cette maison.

— Moi aussi. Écoute, Lani…

Il prit le petit cœur dans sa paume et lui tint la main.

— J'ai agi comme un idiot aujourd'hui, pardon. Je comprends que ça t'ait effrayée et mise en colère.

Elle secoua la tête et se mordilla la lèvre.

— Ma réaction était disproportionnée. Tu avais retrouvé ta femelle requin, c'était normal que tu ailles vers elle.

— Pas quand j'étais censé remonter avec toi. J'étais ton partenaire de plongée, et j'ai enfreint les règles.

— Je te pardonne, dit-elle simplement.

Mika lui releva le menton et chercha son regard. Il avait tant de choses à lui dire, mais soudain il ne trouvait plus les mots. Il ne pouvait faire qu'une chose.

Il posa tendrement ses lèvres sur les siennes en une demande implicite. Pour toute réponse, elle noua les bras autour de son cou et l'embrassa à pleine bouche, jusqu'à se retrouver en train de le chevaucher sur le sol, chemisier ouvert, peau tiède contre torse dur. Seigneur, que ses baisers lui avaient manqué… C'était comme s'ils étaient revenus au premier jour de leur amour d'adolescents, comme s'il pouvait encore sentir, goûter sa sensualité. À l'époque, elle le désirait déjà depuis longtemps et le croyait moins ardent. Mais elle n'avait pas à s'inquiéter, il aurait toujours envie d'elle.

Elle s'écarta et porta la main à sa bouche, sous le choc.

— Je suis désolée, bredouilla-t-elle, lui tournant le dos. Nous ne devrions pas...

Il acquiesça en silence et se maudit, ne voulant pas gâcher davantage l'instant. Pourquoi l'avait-il embrassée ? Comme si les choses n'étaient pas assez embrouillées entre eux !

— C'était un réflexe purement comportemental, dit-elle, lui faisant face. Je sais que tu n'es pas un tricheur. Nous nous sommes juste emballés à cause de notre histoire passée...

— Un tricheur ? répéta-t-il, fourrant son bandana dans sa poche.

Lani le toisa, les mains sur les hanches.

— Aurais-tu oublié Hayley ?

Il grimaça. Bien sûr. Lani ignorait qu'il avait rompu avec Hayley. Il était si distrait depuis son arrivée qu'il n'avait même jamais parlé d'elle.

— À ce propos, nous... hum... nous nous sommes séparés avant ma venue ici.

Lani soutint son regard. Il pouvait presque voir travailler les rouages de son cerveau.

— Tu ne m'as jamais rien dit.

— Tu ne m'as jamais posé la question.

Elle pinça les lèvres.

— D'accord... Tu n'es donc pas un tricheur.

— Je ne l'ai jamais été, Lani, répliqua-t-il, agacé. Je n'avais aucune raison de penser à une autre quand j'étais avec toi, et Hayley et moi étions juste...

Elle baissa les yeux et il se tut. Il était injuste de parler de Hayley, pour plusieurs raisons. En outre, il ne tenait pas à admettre qu'il ne voulait pas avoir d'enfant avec elle et n'en avait jamais voulu qu'avec Lani. Mais tous deux étaient passés à autre chose. Lani avait un nouveau rôle maintenant, des responsabilités parentales qu'il n'aurait jamais.

Il ramassa la boîte avec son contenu, et ils marchèrent en silence jusqu'au parking où elle prit le coffret pour l'emporter chez elle. Ils n'avaient pas prononcé un mot. Et en la regardant s'éloigner au volant de sa voiture dans le crépuscule, Mika ne put s'empêcher de penser que s'il venait de résoudre un problème, il avait plongé dans un autre la tête la première.

9

Il y avait longtemps que le sanctuaire marin n'avait pas connu une matinée aussi chargée, songeait Lani après avoir raccompagné M. Benos venu lui apporter un superbe panier de fruits. La porte s'ouvrit de nouveau une minute plus tard, et son cœur manqua un battement. Mika était venu, et elle avait déjà des papillons dans le ventre.

— Bonjour, dit-il en la dévisageant par-dessus ses lunettes de soleil, comme s'il attendait qu'elle le jette dehors.

— Bonjour, répondit-elle, refermant derrière lui et regrettant de ne pas pouvoir le mettre dehors.

Elle n'arrêtait pas de penser à leur baiser à la cascade l'autre jour. Elle était aussi coupable que lui. Ils avaient cédé à un déferlement d'émotion, cela devenait une habitude chez elle en sa présence, et c'était fâcheux. Elle avait encore compliqué les choses entre eux, mais elle allait devoir se comporter comme si de rien n'était. Ce n'était pas si grave. Après tout, ils s'embrassaient tout le temps avant, et il avait quitté Hayley… quelle que soit la cause de leur rupture.

Hayley était jeune. Lani se demanda si elle avait voulu des enfants et si Mika avait eu peur. Peut-être souhaitait-il continuer à papillonner. Et dans l'affirmative, pourquoi s'en soucier ? Les désirs de Mika ou son célibat ne devaient en rien affecter sa vie actuelle.

Elle se fit la réflexion qu'il était particulièrement beau aujourd'hui, rangeant des papiers pendant qu'il allait voir le pétrel en cage. Son regard s'attarda sur son postérieur musclé sous son short. Sa chemise en lin mettait en valeur ses avant-bras puissants. En fermant les yeux, elle pouvait presque encore sentir ses bras autour d'elle. Les trois jours depuis leur baiser lui avaient paru une éternité, mais elle devait s'habituer à l'idée que cela ne se reproduirait plus. Ils n'étaient plus ensemble, ils ne faisaient que se rappeler leurs pires souvenirs, et le passé était le passé. La situation était trop compliquée.

Certes, ils ne partageaient pas que de mauvais souvenirs. Il y avait la boîte aux trésors, par exemple. C'était amusant de la découvrir. Un joli rappel qu'ils avaient eu de bons moments avant que tout s'écroule. Anela s'était approprié le petit cœur en verre, et elle était très investie dans l'exploration des différents lieux de leur carte aux trésors.

Mika se retourna et vit qu'elle l'observait d'un air pensif.

— Quelque chose te tracasse ?

Elle s'affola. La mettait-il au défi d'évoquer leur baiser ? Depuis, ils se comportaient comme d'habitude, évitant soigneusement le sujet. Mais il devait savoir qu'elle y pensait.

— J'ai les résultats des échantillons prélevés à la plage, déclara-t-il, passant devant elle pour gagner le bureau et allumer la lampe. Je les ai comparés à ceux que nous avons collectés au large des côtes l'an dernier, et il s'avère que j'avais raison, nous avons déjà rencontré ce problème.

Il chercha machinalement Anela des yeux.

— Elle n'est pas là, dit Lani, rajustant la pince qui maintenait ses cheveux sur sa tête. Elle est en voyage scolaire à Rainbow Bay jusqu'à demain. Alors, qu'as-tu découvert ?

Posant le dossier devant elle, il l'ouvrit et désigna une liste de nombres. Elle fut surprise de le voir chausser des lunettes.

— Depuis quand portes-tu des lunettes ? demanda-t-elle, résistant à l'envie de lui dire qu'il était très sexy avec.

— Depuis que je vieillis, répliqua-t-il, impassible. Nous avons identifié le composé chimique exact du cadmium à l'origine de l'irritation de la peau des dauphins. C'est un métal hautement toxique qui peut polluer les plans d'eau de plusieurs façons. La prochaine étape est de réduire la recherche aux utilisateurs du composé autour de l'île, et de réaliser des tests sur site.

— Tu ne crois pas que ça vient d'une opération illégale, si ? observa-t-elle, horrifiée.

Mika baissa la voix et se pencha vers elle, si près qu'elle se troubla et repensa à leur baiser, une erreur stupide, mais si bonne...

— J'espère vraiment que non, chuchota-t-il.

Il s'écarta comme la porte s'ouvrait, livrant passage à une jeune femme chargée d'une caisse. Lani s'éclaircit la gorge et sourit. Sa dernière patiente, une tortue de mer, requérait son attention. Une autre s'était empêtrée dans des filets de pêche à l'origine des blessures les plus fréquentes, malgré les campagnes des défenseurs de la cause animale pour alerter les pêcheurs sur les implications de leur activité.

— C'est un mâle que j'ai trouvé sur la plage ce matin. Sa nageoire a souffert, expliqua la femme alors que Mika tendait les bras vers la caisse. Oh ! salut Mika, j'ai appris ton retour...

Lani sentit son pouls s'accélérer en voyant la mince jeune femme blonde le couver des yeux en battant des cils, leurs mains se frôlant sur la caisse. N'était-ce pas la nièce d'un collègue de Manu ? Mais quelle importance ? Sourcils froncés, Lani releva ses manches.

— Voyons ça, voulez-vous ? déclara-t-elle, s'avançant pour prendre la caisse d'autorité.

Un peu surpris, Mika dit à la femme qu'ils s'en occupaient et la raccompagna à la porte. Lani garda un œil sur eux pendant qu'ils discutaient à voix basse. De quoi parlaient-ils ? Pourquoi était-elle aussi... jalouse ?

Non. Réprimant une grimace, elle souleva la pauvre tortue et la posa sur la table pour l'examiner. Ridicule, elle n'était pas jalouse... juste débordée. Et Mika était censé l'assister au lieu de bavarder à la porte pendant... dix bonnes secondes.

— Excuse-moi, dit-il en revenant

— Pas de souci, répondit-elle avec un sourire forcé.

— Elle me demandait juste quoi apporter vendredi.

— Vendredi ?

— Au *luau*.

Il enfila une paire de gants en latex et éclaira la tortue. Son visage s'assombrit quand il vit ses blessures.

— Ne t'inquiète pas, mon petit, on va soigner tout ça.

Sans perdre de temps, il prit les médicaments dont ils avaient besoin dans le placard de Lani. Il savait où tout trouver, comme s'il avait toujours travaillé à ses côtés.

Laconique, Lani ne parlait que de la tortue. Elle ne voyait pas l'intérêt d'évoquer le *luau* puisqu'elle n'irait pas. Ce serait trop bizarre, pour un tas de raisons, songea-t-elle, les yeux fixés sur les lèvres de Mika. L'embrasser était idiot, alors pourquoi rêvait-elle de recommencer ?

Mais travailler avec lui était facile. Ils avaient une sorte d'instinct concernant les méthodes de l'autre, et ils réalisaient chaque examen, chaque procédure, comme une machine bien huilée. Et il se montrait chaleureux et accueillant avec les clients. Peut-être auraient-ils dirigé le sanctuaire ensemble s'il n'était pas parti, s'ils étaient restés mariés. S'ils s'étaient battus pour ça.

Elle ferait mieux de ne plus s'appesantir là-dessus. Elle avait assez à faire. Elle devait encore répondre à un tas d'e-mails de l'organisme de protection de la faune sauvage qui allait accueillir Lilo et Stitch, préparer leurs instructions postopératoires, etc. Comme si elle avait le temps de penser aux regrets de son mari – analogues aux siens – ou à la réaction des femmes en présence de Mika… Il pouvait avoir toutes celles qu'il voulait, et elle se demanda pour la millième fois ce qui s'était passé entre Hayley et lui.

Aurait-elle dû l'interroger ? Il la trouvait probablement égoïste de ne pas s'y intéresser, mais pourquoi voudrait-elle entendre parler de sa remplaçante parfaite taille 36 ? Ou de la précédente, ou de celle qui l'avait précédée. Non merci !

Lani était jalouse, Mika en prit conscience avec un choc en accompagnant la tortue en salle de réveil. Il pouvait lire en elle comme dans le livre d'enfant qu'il n'avait jamais fini d'écrire. Et elle gardait visiblement pour elle toutes sortes de questions sur sa relation avec Hayley, qu'elle n'avait pas osé poser après leur baiser de peur d'être indiscrète.

C'était probablement mieux ainsi, pensa-t-il. Quoi qu'il arrive, il incarnerait toujours pour elle de douloureux souvenirs. Et un baiser ne signifiait pas qu'ils préparaient un nouvel avenir ensemble. Lani était une merveilleuse mère adoptive qui jonglait comme une pro entre ses obligations et son travail. Lui travaillait aussi dur qu'avant, et avait peu de temps pour le reste. Il aurait pu en trouver, et il en aurait eu bien besoin ces jours-ci. Mais non. Il avait été un mauvais père, et il serait tout aussi mauvais aujourd'hui. C'était ainsi.

Derrière, Lilo et Stitch barbotaient de concert dans leur bassin comme de vieux complices, et il plaça la nouvelle tortue dans un vivarium séparé où on pourrait la surveiller. Laissant Lani nettoyer la salle d'opération, il attaqua la tournée de nourrissage des animaux, distribuant des petits poissons aux lions de mer et préparant une purée de fruits pour le pétrel en convalescence qui serait bientôt relâché. Il était en paix ici, à soigner des animaux et à se prélasser dans un hamac le soir. Une ambiance totalement différente de la Californie.

Il ressentit soudain une vague de nostalgie pour l'époque où il faisait des projets ici. Curieusement, la Californie ne lui manquait pas du tout pendant qu'il regardait le soleil danser dans les palmiers surplombant la terrasse. C'était étrange, mais ce pan de sa vie s'était mis à ressembler à un rêve lointain, comme si le chuchotement des feuilles de palmiers l'avait réveillé d'un profond sommeil, lui rappelant à quel endroit… ou à qui… appartenait son cœur.

Par les portes ouvertes, il aperçut Lani qui se détourna. Elle l'observait, comme d'habitude. Il ne pouvait pas grand-chose à leur attirance mutuelle, leurs vies avaient pris des trajectoires trop différentes. Il avait l'impression de redevenir adolescent, quand il s'efforçait d'ignorer le béguin qu'elle avait pour lui en attendant qu'elle grandisse, alors que son attirance pour elle sautait aux yeux de tous. Mais si elle n'évoquait pas leur baiser, il ne le ferait pas non plus.

Lani sortit bientôt, l'air fatigué. Elle se joignit à lui pour nourrir les animaux, et ils s'affairèrent en silence. Il devait lui parler du *luau*. Si elle n'y allait pas, cela semblerait étrange car on savait qu'ils travaillaient ensemble. Et puis il avait envie de l'entendre jouer ses drôles de chansons sur son ukulélé après tout ce temps. Si elle s'en souvenait encore.

— Lani, tu as repensé à...

— Oh non !

Son expression le glaça. Elle regardait derrière lui, vers la plage. Suivant la direction de son regard, il aperçut les dauphins en train de sauter dans l'eau. Un... deux... cinq ?

— Qu'est-ce qu'ils font ? demanda-t-il, interdit.

— Ils nous appellent à l'aide, répondit-elle, descendant deux à deux les marches de la terrasse.

Il voyait le cétacé le plus proche patauger en eau peu profonde maintenant. Il se débarrassa de sa chemise et de ses chaussures en courant, et s'enfonça dans l'eau jusqu'à la taille, Lani à ses côtés. En rencontrant les yeux d'un noir d'encre du dauphin, il comprit qu'il luttait pour sa vie.

— Regarde sa peau, dit Lani, consternée. C'est la même infection. Pas aussi avancée mais...

— Aide-moi, lui dit-il par-dessus le grondement du ressac. Approchons-le du rivage.

Sortant de l'eau, il courut chercher la civière spécialement conçue pendant qu'elle guidait doucement l'animal vers la grève. Revenant en hâte, il la trouva en train d'examiner les yeux du dauphin, accroupie sur le sable mouillé. Son chemisier mouillé était ouvert sur son haut de maillot détrempé. Plus loin, les autres dauphins bondissaient dans les vagues, comme pour les encourager à aider leur ami. Le cétacé respirait fort, ses yeux las se fermaient. C'était mauvais signe. Ils devaient agir vite s'ils voulaient le sauver, et ils le portèrent dans le sanctuaire.

— Il montre des signes d'extrême faiblesse et de déshydratation, remarqua Lani tandis qu'il rassemblait le matériel dont ils avaient besoin pour hydrater le mammifère en intraveineuse et le stabiliser.

Il prépara la perfusion et immobilisa l'animal pendant que Lani cherchait une veine. Elle s'apprêta à insérer le cathéter, le visage empreint de détermination, mais il pouvait presque entendre les battements de son cœur. Ce travail était tout pour elle. À une époque, il avait aussi été tout pour lui, et cela lui laissait un goût amer aujourd'hui. Aurait-il pu empêcher ces problèmes s'il avait été là ?

— Combien de fois as-tu réalisé cette procédure, Lani ?

— Beaucoup trop, répondit-elle, effleurant du doigt la peau autour des yeux du dauphin.

Il avait les mêmes taches blanches que les autres cétacés malades. Le produit toxique à l'origine du problème était toujours là. Mika serra les mâchoires.

— Nous allons garder un œil sur son rythme cardiaque et sa respiration. Et je vais réaliser des tests... si tu es d'accord ?

— Oui, s'il te plaît, répondit-elle, lui pressant le bras avec une impuissance désespérée qui lui serra le cœur. Tu as déjà tant fait pour m'aider. Nous aider.

Mais cela ne suffisait pas, songea-t-il sombrement.

— Nous allons rassembler des volontaires pour des inspections sur site. On ne peut pas gérer ça seuls, pas assez vite. Avec les écologistes et les organismes de sauvetage et de réadaptation de la côte, nous devons tous être sur la même longueur d'onde.

Il fallait découvrir ce qui se passait avant que d'autres bêtes soient touchées, se dit-il comme Lani formulait tout haut ce qu'il pensait. Sans réfléchir, il lui prit la main et la baisa.

— On les sauvera, déclara-t-il. Quoi qu'il en coûte.

Lani acquiesça. Dans cette affaire, au moins, leur entente était parfaite.

— Viens au *luau*, Lani, murmura-t-il en pressant ses doigts.

Elle le regarda, ses yeux reflétant son conflit intérieur.

— Ce ne serait pas la même chose sans toi, reprit-il, insistant.

Quel soulagement c'était d'admettre ses véritables sentiments, pour une fois !

Elle finit par hocher la tête et lui adressa un doux sourire.

— D'accord, Mika, dit-elle avec un soupir. Je viendrai.

10

La fête battait son plein quand elle arriva, suivie d'Anela en T-shirt rose et jupe fleurie. Lani inspira le parfum fumé et sucré du cochon *kalua* qui rôtissait lentement dans son four souterrain, mais elle avait des papillons dans le ventre et n'avait pas faim. Mika était déjà là.

En chemise ouverte et collier de fleurs hawaïen, il était penché en arrière et jouait au limbo en passant sous une barre horizontale. Manu applaudit. Les deux frères se tapèrent dans la main, puis Manu dit quelque chose et Mika s'esclaffa avant de baisser la barre d'un cran. Ils avaient souvent joué à ce jeu ensemble, et Mika avait toujours été le meilleur. Pas aussi bon qu'elle, toutefois.

À l'ombre des palmiers, le terrain de coco-bowling était entouré de guirlandes lumineuses qui s'allumeraient au coucher du soleil. Quelques enfants jouaient déjà, lançant les noix de coco dans le sable avec enthousiasme. Lani rejoignit Anela qui les observait avec intérêt.

— J'espère que vous avez apporté vos talents de joueuses de coco-bowling ? demanda une voix derrière elles.

— Mika !

Sous les yeux médusés de Lani, Anela se précipita vers lui et noua ses petits bras autour de sa taille. Mika semblait aussi surpris qu'elle, et Lani ressentit un curieux mélange de tendresse et de nostalgie qui lui donna envie de les serrer dans ses bras. À une époque, elle adorait ces petits câlins de groupe entre Mika, Iolana et elle.

— Viens jouer avec nous ! cria une enfant à Anela.

Lani s'adossa à la clôture en feuilles de palmier avec Mika pendant que les enfants tendaient à Anela une noix de coco à lancer vers le jeu de quilles.

— Je suis content que tu sois venu, remarqua-t-il en lui donnant un petit coup d'épaule.

Lani déglutit. On les observait, elle sentait les regards sur eux. Rajustant la bretelle de sa robe d'été pour se donner une contenance, elle se demanda ce que les gens pensaient de sa présence au *luau*.

Mika la débarrassa du plat qu'elle avait apporté.

— Elle va bien s'amuser, dit-il comme Anela riait aux éclats devant un enfant qui faisait le pitre avec une noix de coco. Allons poser ça.

De longues tables avaient été dressées sur des tréteaux sous les palmiers avec l'océan en arrière-plan, et il y déposa le *haupia* qu'elle avait préparé, entre un ananas hérissé de saucisses et un appétissant *lomi-lomi* au saumon. Tout avait l'air exquis. Les tables étaient garnies d'une variété de savoureux plats hawaïens, chacun ayant apporté un mets, comme le voulait la tradition. La salade de macaronis à l'ananas était le plat préféré de Lani autrefois, avec le *poi*...

— Ta mère faisait toujours le meilleur *poi*, remarqua-t-elle, allusion au plat polynésien composé d'un délicieux mélange de fruits ou de légumes.

— Elle le fait toujours !

Mika plongea une cuillère dans la crème violette de patate douce, la lui tendit en souriant, et elle en savoura la fraîcheur acidulée sur sa langue. Il ne la quitta pas des yeux pendant qu'elle se léchait les lèvres, et elle sentit son cœur s'affoler.

— Exactement le même, dit-elle en s'essuyant la bouche.

Elle fixait son torse sous sa chemise ouverte, et revoyait mentalement ses belles fesses fermes aperçues à la cascade. Sur le moment, elle avait plaisanté, comme si le spectacle de sa nudité n'avait pas d'importance, mais les rêves brûlants qu'elle faisait depuis prouvaient qu'il n'en était rien.

Manu vint se joindre à eux et serra Lani dans ses grands bras vigoureux.

— Lani, où te cachais-tu ? Tu nous manquais, belle dame !

Feignant de le gifler comme autrefois, elle rit de bon cœur, plaquée contre son torse puissant.

— Lâche l'affaire, Manu, intervint Mika, de guerre lasse. Tu ne dois pas commencer la découpe ?

— Tu parles du cochon ou de ma poitrine ?

Comme un paon, Manu bomba le torse dans son ample chemise hawaïenne, et Mika planta une cuillère dans son estomac légèrement proéminent.

— Hé ! cria Manu, lui prenant l'ustensile pour le piquer.

— Va découper le cochon, vieux, tenta de l'amadouer Mika.

Mais son frère ne voulut rien savoir et ils continuèrent leur simulacre de bagarre, comme au bon vieux temps.

Lani secoua la tête, ravie. Après avoir failli décliner l'invitation au *luau*, elle avait fini par se détendre et avait souvent vu Mika ces derniers jours – parcourant l'île, ils avaient rencontré des écologistes, des biologistes marins, et des plongeurs expérimentés pour avancer leur enquête – et elle avait repris confiance en elle. Tous ces braves gens aussi avaient perdu Iolana, et elle avait été égoïste de les exclure de sa vie de peur qu'ils ne la jugent. En réalité, personne ne l'avait jamais jugée, songea-t-elle tandis que, abandonnant le pseudo-combat, Mika lui lançait un regard contrit, gêné de son comportement puéril.

Dieu, comme il lui avait manqué ! Le garçon et l'homme, car il était les deux à la fois. Mille choses lui avaient manqué, comme son rire, ou sa complicité touchante avec ses proches.

Il l'entraîna vers un petit groupe qui participait à une compétition de danse *hula*, et Betty, la sœur de Mika, vint la chercher, suivie de son oncle, puis de son neveu, tout le monde semblant enchanté de la revoir.

— Tu nous as manqué, Lani. Tout ce que tu as à faire, c'est tendre la main. Nous sommes toujours là.

Le message était unanime. Même la femme qui avait flirté avec Mika l'autre jour vint remercier Lani pour ses soins à la tortue blessée. Elle avait amené son petit ami, un type gentil avec de grosses lunettes d'intello.

— Je commence à croire que ta famille m'apprécie toujours, chuchota-t-elle à Mika, les yeux fixés sur Anela qui rivalisait avec une autre fillette et tortillait consciencieusement des hanches.

Mika lui prit le coude et l'entraîna à l'écart.

— Ils t'adorent, murmura-t-il gravement. Ils te considèrent comme de la famille. Et ils le feront toujours.

— Même si ce n'est pas ton cas, dit-elle nerveusement.

Il avait les yeux brillants, chargés d'émotions qu'elle ne pouvait déchiffrer, et elle en oubliait tout ce qui les entourait.

— Que veux-tu que je dise, Lani ? demanda-t-il en fourrant les mains dans ses poches, les yeux levés vers la cime des arbres. Je croyais que tu ne supportais pas d'être près de moi.

— Depuis quand ?

— Depuis que je t'ai déçue. J'aurais dû t'aider davantage avec le bébé, te laisser reprendre tes études plus tôt. Tu as mis de côté ton rêve de devenir vétérinaire pour rester à la maison avec elle. Je n'étais pas obligé de travailler aussi dur. J'aurais dû rester avec elle ce jour-là, moi aussi.

— Je voulais t'avoir avec moi sur le bateau… D'ailleurs, je croyais qu'on ne versait plus dans le regret et la culpabilité.

Il haussa les épaules, et elle lui prit le bras en soupirant.

— Mika, nous l'aimions, mais nous ne savions pas comment être parents. Nous improvisions au jour le jour. Nous avions tous deux de grands projets professionnels avant que je tombe enceinte. Tu n'imagines pas combien ça m'a fait culpabiliser avec les années. C'est peut-être une des raisons qui m'ont fait accueillir Anela, tu sais ? Pour que je puisse enfin tout avoir et que, cette fois, ça marche.

Ses paroles restèrent suspendues dans l'air salé pendant qu'il sondait son regard, et elle serra ses bras autour d'elle. Ils attiraient de nouveau l'attention, et il se redressa avec un sourire forcé quand quelqu'un l'appela. Il lança à Lani un regard d'excuse et de regret et s'éloigna. Énervée, elle s'assit sur le sable et contempla l'océan. Cette conversation n'était pas terminée, ils le savaient tous deux.

Anela s'amusait bien mais Lani n'avait plus qu'une envie, s'en aller. Après le drame, ils s'étaient tellement repliés sur eux-mêmes qu'il avait cru qu'elle souhaitait son départ. Et elle avait rejeté la famille de Mika.

— Lani, viens essayer ça ! cria la mère de Mika.

Elle se leva, décidée à faire bonne figure. Elle aimait beaucoup Alula. Sa corpulence réconfortante, ses vêtements bariolés, son rire joyeux, son odeur de biscuit.

Mika l'observait depuis le terrain de bowling pendant qu'elle bavardait avec sa mère. Il savait que sa famille comptait pour elle.

Avec le déclin du soleil vint le moment du tir à la corde. Lani prit conscience qu'elle n'avait pas autant ri depuis longtemps en regardant Mika se mesurer à Anela et ses camarades. Les adultes laissaient toujours gagner les enfants, bien sûr, non sans avoir simulé une lutte acharnée.

— Lani, on a besoin de toi ! cria-t-il soudain. Anela et ses copains nous écrasent !

Inspirant l'air salé pour se remplir les poumons, elle alla se placer derrière lui et saisit la corde. Elle sentait sa chemise caresser sa joue chaque fois qu'elle était projetée contre lui dans le feu de l'action. Finalement, dans le rugissement de la foule, ils s'effondrèrent dans le sable en riant, pour la plus grande joie des gamins triomphants.

— On a gagné ! On a gagné ! On a gagné !

Elle n'avait jamais vu Anela aussi heureuse, et son cœur se gonfla d'allégresse, malgré le remords qui la submergeait. Tout cet amour autour d'elle, elle l'avait eu et l'avait repoussé, persuadée de ne pas le mériter. Il était peut-être trop tard pour elle et Mika, mais elle pouvait commencer à faire des efforts avec ceux qui avaient toujours été là pour elle.

Plus tard, alors que le soleil s'enfonçait lentement dans l'océan, ils s'assirent autour du feu de camp dans le murmure apaisant des vagues qui léchaient le rivage. Mika lui avait apporté un coussin et s'était assis près d'elle, trop près, et elle s'obligeait à garder sagement les mains sur les genoux pendant que Manu et leurs amis faisaient griller des hot-dogs et des guimauves. Pour ne pas lui prendre impulsivement la main si sa stupide mémoire se réveillait.

Anela et son amie jouaient dans le sable avec des coquillages et des cartes, et Lani les observaient en souriant. C'était la première fois que la fillette ne montrait pas de réticence à être sur la plage, et elle s'en ouvrit à Mika.

— Elle n'a pas barboté avec les autres tout à l'heure, mais elle adore être là. Regarde, elle n'est pas inquiète.

— C'est bon signe, répondit-il avec un sourire chaleureux.

Ses yeux brillaient à la lueur des flammes, comme autrefois, et en même temps, il ressemblait à un étranger, plus beau qu'il ne l'avait jamais été. Perdue dans sa contemplation, elle remarqua à peine qu'on agitait un ukulélé vers elle.

— Allez, Lani, c'est ton tour !

Elle jeta un regard autour d'elle. Les ombres dansaient sur les visages des amis qui l'exhortaient à jouer. Elle aurait dû savoir qu'elle n'y échapperait pas. Même Anela se leva pour l'encourager en tapant des mains.

— D'accord, d'accord !

Prenant l'instrument sur ses genoux, elle regarda timidement Mika qui haussa les épaules en souriant. Ses doigts pincèrent les cordes, retrouvant les accords d'une chanson populaire hawaïenne connue de tous. Bientôt, un chœur de voix s'envola dans le crépuscule vers le ciel étoilé.

— Joue une des tiennes, pria Mika, le silence revenu.

— Une des miennes ?

— Tu sais laquelle je préfère.

Elle faillit refuser, mais tout le monde voulait l'entendre. Avec réticence, elle commença à jouer, et en entendant chanter Mika, elle s'aperçut qu'elle avait les yeux pleins de larmes.

La chanson finie, il lui prit l'instrument et le brandit.

— Mesdames et messieurs, Lani Kekoa Mahoe ! hurla-t-il sous les applaudissements.

Le sourire de Lani s'effaça. Lani Kekoa « Mahoe » ? Elle n'était plus une Mahoe. Pourquoi disait-il ça ?

Il surprit son regard et prit un air contrit. Elle se leva, imitée par d'autres. C'était l'heure de coucher les enfants. Il était temps qu'elle s'en aille.

— Je dois ramener Anela à la maison, dit-elle à Mika.

Les sourcils froncés, il la scruta. Déjà, quelqu'un d'autre jouait du ukulélé, mais elle se sentait mal à l'aise maintenant… peut-être parce qu'il l'avait appelée Mahoe. Ou parce qu'elle commençait à se sentir un peu trop détendue. C'était trop agréable, trop familier, mais Mika repartirait bientôt vers sa brillante existence californienne, et elle ignorait comment elle allait faire sans lui. Elle avait travaillé si dur pour décrocher le poste de ses rêves, elle ne pouvait pas aller ailleurs. Et Mika non plus. Elle ne pouvait pas lui demander de renoncer à sa vie pour revenir s'installer à Oahu.

— Je devrais déjà être partie, dit-elle avant d'appeler Anela qui la dédaigna, absorbée par son jeu.

— Non, répliqua-t-il fermement.

— Je n'ai même pas de pyjama pour…

— J'ai préparé un lit pour Anela sous la tente rouge. Il y a un pyjama sur l'oreiller.

Des tentes avaient été dressées pour les bambins, comme chaque année. C'était la tradition de camper sur la plage la nuit du *luau*. Longtemps après le coucher des enfants, bordés dans leur lit sous la tente avec leurs amis, les adultes s'attardaient autour du feu pour discuter et jouer de la musique. Eux-mêmes avaient dormi sous ces tentes dans leur jeunesse, et elle se rappelait encore la première fois qu'on leur avait permis de veiller avec les adultes autour du feu. Il y avait une ambiance extraordinaire, mais… non.

— Je ne peux pas.

— Pourquoi ? Tu ne peux pas l'emmener maintenant. Tu viens de dire qu'elle commençait à accepter la proximité de la mer… c'est peut-être juste ce dont elle a besoin.

— Comment sais-tu ce dont elle a besoin ? répondit-elle, irritée qu'il essaie de lui forcer la main.

Le visage de Mika s'assombrit comme un ciel d'orage.

— Pardon, je ne voulais pas être brutale, dit-elle vivement.

Mais il enfonça ses orteils dans le sable et se balança d'un pied sur l'autre, les lèvres pincées.

— Je ne le sais peut-être pas, dit-il avec une gravité qui lui retourna l'estomac, mais toi et moi devons toujours parler de certaines choses, tu ne crois pas ?

11

Mahina rejoignit Mika quand il reprit sa place près du feu. Lani était en train de coucher Anela. La petite fille avait insisté pour dormir sous une tente différente avec sa nouvelle amie Kiki, la petite rousse qui l'avait initiée au coco-bowling. Il avait pris soin de ne pas s'en mêler.

— Toi et Lani aviez l'air bien sérieux tout à l'heure, remarqua Mahina, tendant les jambes devant elle.

Mika se raidit. Son frère composait une chanson en s'accompagnant au ukulélé, ce qui aurait dû provoquer son hilarité, mais il ne pensait qu'à la réaction de Lani l'accusant de ne rien connaître aux besoins d'un enfant. Elle avait raison, mais ses propos l'avaient blessé.

— Ça va ? demanda Mahina, lui donnant un coup de coude.

— Pardon, dit-il avec un coup d'œil vers les tentes.

Il entendait des gloussements et des chants d'enfants, et des petits pieds qu'il soupçonnait d'appartenir à Anela dépassaient d'un auvent. Curieux comme il avait envie d'aller voir si tout se passait bien. Aucun des bambins n'était le sien. Mais Lani s'affairait autour d'eux, reprochant en riant à Anela d'avoir gardé ses chaussures pour dormir, se comportant en maman. Dans une autre vie où ils n'auraient pas perdu Iolana, il aurait fait la même chose, lui aussi. Il serait devenu un super papa aujourd'hui. Au lieu de ça, il était inutile…

— Comment ça va, tes blessures ? demanda-t-il à Mahina.

— Mieux. Je me soucie davantage de toi et Lani. Comment c'est de travailler au sanctuaire… hum… ensemble ?

Mika lui parla du pétrel, des lions de mer et des tortues, et des données qu'ils rassemblaient pour déterminer ce qui affectait les dauphins. Mahina s'efforçait de paraître intéressée, mais elle avait l'air déçue. Elle voulait savoir ce qu'il gardait pour lui, bien sûr.

— Ça va aller, répondit-il avec un soupir, et elle lui pressa le bras avec empathie, comme Lani venait les rejoindre.

— Qu'est-ce qui va aller ? demanda-t-elle, rajustant les bretelles de sa robe.

Elle était toujours aussi belle en robe d'été, encore plus belle que quand elle dévoilait ses longues jambes en minishort.

— Tout, répondit Mahina avec un sourire narquois.

Mika se leva et fit signe à Lani de le suivre.

— Qu'est-ce que tu lui as dit ? Que nous nous étions embrassés ? interrogea-t-elle, s'arrêtant au bord de l'eau.

Il faillit éclater de rire.

— Quoi ? Non, pourquoi je ferais ça ?

Elle haussa les épaules en rougissant.

— Vous parliez d'un truc… pourquoi a-t-elle dit que tout irait bien ?

— Peut-être parce qu'elle a senti quelque chose entre nous. Mais je ne lui ai rien dit. Ce baiser reste entre nous.

— Nous, chuchota-t-elle, les yeux fixés sur l'océan.

Il avait le cœur lourd, l'estomac noué d'appréhension. Réveillant les émotions qu'ils avaient eu tant de mal à refouler, ce baiser avait été une erreur. Mais cela ne voulait pas dire qu'il n'y pensait pas chaque fois qu'il la voyait. Et il affichait une assurance qu'il était loin d'éprouver.

— Tu avais raison l'autre jour. Nous ne savions pas comment être parents. Nous ignorions même comment être des époux. Nous aurions pu dire tant de choses, seulement nous ne l'avons pas fait et…

— Mais nous sommes là maintenant… à le dire.

— Exactement.

Elle fixait toujours la mer, et il lui prit la main.

— Je ne connais peut-être pas les besoins d'Anela – tu as raison sur ce point –, mais à l'évidence tu es une parfaite figure maternelle, Lani. Au cas où tu en douterais. Je te l'ai dit, je ne pourrais jamais faire ce que tu fais, on le sait tous deux.

Elle le regarda d'un air perplexe.

— Mais tu étais un père fabuleux.

Il sentit sa gorge se serrer. Elle était sérieuse ?

— Quoi ? interrogea-t-elle.

Il lâcha sa main et continua à marcher le long de la grève. Il lui avait dit de ne pas se culpabiliser, mais cela ne l'empêchait pas de s'en vouloir d'avoir souvent fait passer sa carrière avant sa famille.

— Quoi, Mika ?

— J'étais le pire des pères. Je n'étais presque jamais là, dit-il d'une voix tendue.

— Tu faisais ce que tu avais à faire. Tu subvenais à nos besoins et me protégeais. J'ai toujours su que tu m'aimais.

Les étoiles avaient fait leur apparition, et leur scintillement se joignait aux étincelles projetées par le feu pour percer la nuit noire. Ils gardèrent le silence pendant qu'il réfléchissait à ses paroles. Elle avait toujours su qu'il l'aimait. Ce qui ne signifiait pas qu'elle l'avait aimé en retour.

— Qu'est-ce qui s'est passé avec Hayley ? demanda-t-elle, s'arrêtant pour lui faire face.

Cherchant ses mots, il sentit le bas de sa robe frôler ses chevilles, soulevé par la brise. Il aurait dû deviner qu'elle lui poserait cette question.

— Je vous croyais heureux, reprit-elle. Deux ans, c'est ça ?

Il haussa les épaules, et elle soupira.

— Elle voulait porter tes enfants, n'est-ce pas ?

Il détourna les yeux de son regard scrutateur et s'accroupit pour observer un minuscule crabe qui filait vers l'eau.

— Comment tu sais ? demanda-t-il d'une voix rauque.

— Mika, elle a quoi... vingt-huit, vingt-neuf ans ?

— Trente-cinq la semaine prochaine, quelle importance ?

— J'ai raison, non ? dit-elle doucement. Et… tu as dit non ?

— À ton avis ? rétorqua-t-il en se redressant, et elle lui prit les mains. Tu ne veux même pas que je m'approche d'Anela après ce que je… après ce qui est arrivé à notre enfant, et je ne peux pas te le reprocher.

Elle le fixa, les yeux écarquillés.

— C'est ce que tu penses ?

— Peu importe. Je ne veux plus d'enfants dans ma vie, Lani.

Elle se tut, et il s'en voulut. En réalité, il ne voulait pas, et n'avait jamais voulu d'enfants avec une autre qu'elle, et il en serait toujours ainsi, pas seulement parce qu'il doutait d'être capable d'assumer cette responsabilité une seconde fois. Lani avait été l'amour de sa vie, et il avait tout gâché. Il n'était pas là quand Iolana avait besoin de lui, et il avait quitté Lani, ruinant leur chance d'avoir un autre bébé. Comment pourrait-il seulement envisager d'avoir l'enfant d'une autre après tout ce qu'ils avaient traversé ensemble ?

— Ce que je voulais dire, c'est que je ne veux pas que tu te crois responsable d'Anela. Elle demande beaucoup d'énergie et de temps, et tu es très occupé…

Mika entendit à peine. Il comprit juste qu'il n'avait jamais vraiment été un père, et ne le serait jamais. Il n'était pas l'homme dont elle avait besoin pour élever sa fille, si tant est qu'elle ait besoin de quelqu'un. Elle assumait seule les rôles des deux parents et se débrouillait très bien. Plus que bien.

— Mika ? Tu m'écoutes ?

Il allait répondre quand un hurlement déchira le silence. Ils se regardèrent, affolés. *Anela ?*

Ils se précipitèrent vers la tente. Lani tira la fermeture Eclair et passa la tête à l'intérieur pendant qu'il l'ouvrait en grand. À l'intérieur, Anela était la proie d'un cauchemar et criait dans son sommeil, le visage crispé par la peur, les joues baignées de larmes. Lani se rua à son chevet et lui caressa les cheveux en murmurant doucement, sous le regard navré de Mika. Il aurait voulu prendre Lani dans ses bras, les prendre toutes les deux dans ses bras. Mais il se contint pendant que Lani soulevait l'enfant et la serrait contre elle.

— Tout va bien, ma puce, lui chuchota-t-elle à l'oreille d'une voix apaisante en la berçant contre sa poitrine. C'était juste un mauvais rêve.

Réveillée par le bruit, la jeune Kiki s'assit dans son sac de couchage, hébétée.

Mika courut chercher son sac à dos et en sortit un paquet de mouchoirs qu'il donna à Lani. Si le désespoir de la fillette le touchait, la tendresse infinie de Lani le foudroyait. Il n'avait jamais vu autant d'amour, sauf quand elle avait tenu Iolana dans ses bras pour la première fois. Sans réfléchir, il glissa la main dans son sac et en sortit un carnet. Il n'avait encore montré ses notes à personne, mais c'était peut-être le moment.

— Quelqu'un veut écouter une petite histoire ?

Essuyant les pleurs d'Anela, Lani releva la tête. Mika s'éclaircit la voix et commença à lire, et elle fut sidérée par la métamorphose de la fillette dont les yeux s'étaient mis à briller, fascinés.

Le dauphin nageait en cercles en appelant au secours.
L'hameçon lui déchirait la mâchoire et il n'avait aucun recours.
Ce n'était pas drôle, il souffrait le martyre.
Mais il n'avait pas de mains pour le décrocher, et il était anéanti.

Anela et Kiki gloussèrent.

— Les dauphins devraient avoir des mains ! décréta Anela en agitant ses petits doigts.

Mika continua sa lecture :

Des créatures marines s'approchèrent pour l'aider.
Un crabe aux grandes pinces commença à secouer l'hameçon, à tirer.
Même avec huit tentacules, la pieuvre ne put empêcher le crochet de meurtrir sa chair.

Le dauphin tremblait. Était-il condamné à être appâté comme un poisson et finir en bonne chère ?

— Non ! Pauvre dauphin ! s'écria Kiki, s'approchant pour lire par-dessus l'épaule de Mika.

Il regarda Lani qui l'encouragea à poursuivre. Mika n'avait rien d'un poète, mais il avait fait de son mieux, et sa petite ballade était imagée.

Alors deux plongeurs arrivèrent avec leurs mains habiles.
Ils se mirent au travail, démêlèrent les fils.
Déterminés, lentement ils s'affairèrent
Pour retirer l'hameçon à la morsure amère.
Reconnaissant, le dauphin se laissa faire.
Les humains l'aidaient, ils étaient compétents !
Ils parvinrent à leurs fins, patients, intelligents.
Merci, oh merci !voulut-il crier au monde.
Délivré de son tourment, il plongea en eau profonde
Et dans l'océan splendide reprit sa vie vagabonde.

Mika reposa son cahier.

— Il manque quelques vers pour préciser que le dauphin est devenu ami avec les hommes, et qu'il a recommandé aux autres créatures marines de ne plus les craindre.

Il lança à Anela un regard hésitant qui n'échappa pas à Lani.

— L'histoire montre aussi que même les animaux marins effrayants veulent vivre en paix avec eux, dit-elle.

— Même les requins ? demanda Kiki, subjuguée par le récit. Maman dit que vous nagez avec les requins, monsieur Mika, et que vous êtes ami avec une femelle.

Lani retint son souffle.

Anela secoua la tête pour marquer son désaccord, mais sa voix était douce quand, s'arrachant aux bras de Lani, elle se recoucha et murmura :

— Les gens ne peuvent pas être amis avec les requins.

— Si, quand ils les comprennent, répondit Lani, plaidant la cause de Mika.

— C'est dur à croire, mais les requins aussi font des erreurs, dit-il. La plupart du temps, ils essaient de comprendre le monde qui les entoure, comme nous.

— Peut-être... tout le monde veut que l'océan soit sans danger, marmonna Anela en réprimant un bâillement. On doit le protéger, avec tout ce qui y vit... Ma mère adorait les requins, souffla-t-elle, fermant les yeux.

Les fillettes assoupies, Lani et Mika quittèrent doucement la tente. Ils revenaient vers le feu de camp quand elle l'arrêta.

— Ton conte pour enfants...

— Je sais, je dois l'améliorer. C'étaient juste quelques notes.

— Mais je comprends où tu veux en venir, Mika. Tu as toujours voulu éduquer les enfants sur l'océan d'une façon qui leur parle, les relie affectivement à lui... Anela m'avait caché que sa mère aimait les requins.

— Un amour qui l'a tuée, remarqua-t-il sombrement, et elle acquiesça en détournant les yeux.

Autour du feu, quelques personnes se levaient déjà pour partir, dont Mahina.

— Je suis heureuse que tu leur aies raconté ton histoire, avoua Lani, sincère.

— Tu ne trouves pas que je m'immisce dans tes affaires ?

— Pourquoi penserais-je ça ?

Elle scruta son visage remodelé par les ombres et les reflets du feu, et son cœur se serra de tendresse au souvenir de ce qu'il avait dit un peu plus tôt. Elle posa la main sur sa joue, l'obligeant à la regarder.

— Tu étais un père merveilleux pour Iolana. C'est moi qui...

Elle se tut. À quoi bon s'en vouloir encore ? Cela ne les avait menés nulle part. Ils pouvaient enfin se parler des erreurs qu'ils avaient commises, même si cela faisait remonter d'autres choses. Des choses sur lesquelles elle ne voulait pas revenir, la vie de Mika n'étant même plus ici...

Il lui couvrit la main de la sienne.

— Peut-être as-tu aidé Anela à voir l'océan autrement, murmura-t-elle. Merci. Je ne changerais pas de métier pour écrire de la poésie, mais au moins, tu connais ton public !

Étouffant un petit rire, il l'attira plus près et posa sa main contre son cœur.

— Tu auras ma peau, tu sais, grommela-t-il.

Le temps s'arrêta. Retenant son souffle, Lani vit toute son enfance et sa vie de jeune adulte défiler sous ses yeux, mille souvenirs à la fois, toutes les nuits où ils avaient fait l'amour sur le sable et sous une tente. Elle avait les joues en feu sous son regard, et son sang pulsait dans tout son corps. Les yeux brillants, il la prit contre lui et contempla sa bouche, de plus en plus proche…

— Mika ! Lani ! Venez voir !

Ils se séparèrent et coururent rejoindre Mahina. Le cœur de Lani battait la chamade. Quelle mouche l'avait piquée ? Elle s'était encore laissé happer par ses souvenirs. Cela ne devait plus se produire. Hayley devait probablement manquer à Mika. Il avait besoin de compagnie, d'attention, de quelqu'un.

Non, elle ne se laisserait pas entraîner là-dedans, au risque de sombrer de nouveau quand il repartirait. Il ne voulait pas d'enfants alors qu'elle en avait toujours désiré, pour les élever, subvenir à leurs besoins, les regarder grandir, ce qu'elle n'avait pas pu faire avec Iolana. Elle envisageait même d'adopter légalement Anela.

Elle décida que, pour sa part, elle ne fréquenterait plus Mika en dehors du travail. Mais son cœur palpitait dans sa poitrine alors qu'elle se hâtait avec lui et Mahina en direction du parking.

12

— C'est cette moto qui m'a forcée à quitter la route ! déclara Mahina en désignant une motocyclette stationnée près du parking, au bout de la plage.

— Comment le sais-tu ? demanda Mika en allant l'examiner.

— Je reconnais l'autocollant jaune sur le côté.

Elle expliqua qu'elle avait eu le temps d'apercevoir l'engin avant qu'il la dépasse à toute vitesse et lui fasse quitter la route.

Lani s'était approchée pour inspecter le sticker jaune, et il s'écarta pour prendre ses distances. Dieu sait ce qui se serait passé s'ils n'avaient pas été interrompus par Mahina. Ces moments gênants devenaient trop fréquents pour sa tranquillité d'esprit.

Il se faisait probablement des idées mais, quoi qu'il en soit, c'était dangereux. Il ne pouvait pas draguer son ex-femme, quand même ! Qu'est-ce qui lui arrivait ? Comme si remuer le passé n'était pas assez inconfortable, il était bien parti pour se faire rabrouer... Lani n'avait plus besoin de lui.

— « Kalama Tours », lut Lani, effleurant du doigt le logo jaune. J'ai entendu parler de Kai Kalama. Il est connu en ville. Il y dirige une entreprise de kayaks motorisés, il vient de Maui. Tu es sûre que c'est sa moto, Mahina ?

Celle-ci fut catégorique.

— J'irai le voir demain, déclara Mika.

— Pour lui dire quoi ? demanda Lani, horrifiée.

— Je peux vous aider ?

Ils se retournèrent à l'unisson et virent approcher un grand gaillard bodybuildé visiblement habitué à soulever de la fonte… ou des gens.

— Kai Kalama, dit Lani, le regardant avec méfiance.

En combinaison de plongée, il portait une planche de surf, comme s'il avait chevauché les dernières vagues du couchant et profité du clair de lune… pour les observer peut-être.

— Nous pensons que vous avez fait quitter la route à mon amie ici présente, dit Lani, désignant Mahina.

Kai la toisa, portant l'agacement de Mika à son comble, puis il commença à attacher sa planche sur sa moto, comme si de rien n'était.

— Si c'est vrai, navré de ne pas m'en souvenir, déclara-t-il, narquois, nullement impressionné par l'accusation.

— C'est vrai. C'était bien vous, affirma Mahina.

— Je le répète, je ne m'en souviens pas, dit-il d'un ton sec.

— Vous pourriez au moins lui présenter des excuses, fit remarquer Lani.

Le regard de Kai passa de l'une à l'autre.

— Vous gérez le sanctuaire marin de Mermaid Cove, hein ?

— Oui, nous nous sommes déjà croisés.

Un long silence suivit, puis l'homme fronça les sourcils.

— J'ai reçu l'appel de quelqu'un qui veut venir prélever des échantillons demain sur la plage, devant mon entrepôt. Vous cherchez une correspondance chimique ?

Mika expliqua qu'il s'agissait d'un de ses collaborateurs enquêtant sur l'origine d'une maladie affectant les dauphins.

Visiblement furieux, Kai enfourcha sa moto.

— Dites-lui de ne pas se déranger, je n'aurai pas le temps demain. Et je n'ai rien à voir avec les dauphins.

Mika allait rétorquer que les vérifications sur les sites d'entreprises locales étaient obligatoires pour les services de protection du milieu marin, mais Kai fit vrombir son moteur et démarra, sans un regard en arrière.

— Charmant, marmonna Mahina en époussetant le sable de ses vêtements.

Songeur, Mika regarda la moto disparaître dans l'aube naissante. Kai Kalama était sans doute coupable de ce dont l'accusait Mahina, et s'il pouvait agir ainsi sans le moindre scrupule et le nier, de quoi d'autre était-il capable ?

Le sanctuaire était étrangement silencieux le lendemain après-midi quand Mika arriva en bâillant. La plupart des participants au *luau* étaient restés jusqu'à l'aube pour bavarder et il avait passé un bon moment, malgré la tension persistante entre Lani et lui. Oubliant qu'ils avaient encore failli s'embrasser, ils avaient réussi à discuter avec tout le monde jusqu'au petit matin en évitant les tête-à-tête, puis elle était allée chercher Anela sous la tente pour la ramener à la maison, et était partie en agitant la main... Crispant.

Mais il ne voulait pas s'appesantir là-dessus. Il avait des soucis plus importants, comme savoir ce que Kalama Tours avait de si spécial pour que Kai refuse qu'on contrôle son site. Tous les établissements de la baie leur avaient donné leur accord. Mika comptait se rendre sur place lui-même si Kai ne se soumettait pas aujourd'hui. Il avait aussi reçu un appel de sa collègue Megan, en Californie. Ils devaient se retrouver pour un briefing sur leur projet de protection des côtes, dans le cadre d'une étude globale visant à déterminer si le comportement des requins était influencé par les températures à la surface des mers, et il se sentait coupable de rester si longtemps éloigné de la Californie. Son rôle était central dans ce projet, et il y avait des choses que lui seul pouvait gérer.

— Mika, tu as dormi cette nuit ? demanda Lani, penchée sur un grand albatros.

— Quelques heures. Comment va Anela aujourd'hui ? interrogea-t-il, encore affecté par l'expression tourmentée de la fillette après son cauchemar.

— Elle va bien. Elle lit le livre que tu lui as donné sur la terrasse, répondit-elle distraitement.

— Mon livre sur les requins ?

Lani haussa les épaules.

— Elle a dit qu'elle avait bien dormi après ton histoire hier soir, puis elle a repris ton livre.

Mika ressentit une bouffée de fierté, qui s'effaça sur le champ devant l'expression de Lani. Elle avait dressé un mur entre eux la veille, et il était toujours là apparemment.

— Je viens de faire l'examen préopératoire, lui dit-elle.

Il s'approcha de l'oiseau, en quête de signes de maladie ou de blessure. Il semblait un peu tordu, et il soupçonna une blessure à l'aile.

Lani lui lança des gants.

— Il paraît en bonne santé dans l'ensemble, mais la radio montre qu'il a une aile fracturée. La cassure est nette, mais nous devons la stabiliser, dit-elle, confirmant ses soupçons.

Mika commença à administrer l'anesthésique pendant qu'elle finissait de préparer l'intervention, et ils ne prononcèrent pas un mot quand elle fit l'incision. C'était Lani qui opérait car elle maîtrisait les techniques chirurgicales aviaires dont il était peu familier. Pendant tout le temps où il l'assista, il ne cessa de penser à leur baiser manqué. Et il sentait qu'elle y songeait aussi. Mais elle n'en parlerait pas, regrettant sans doute ce qui s'était passé. Comme lui.

Le regrettait-il vraiment ? Tout se brouillait dans sa tête.

— Bien. On va le mettre sous antibiotique pour prévenir l'infection et antalgique pour la douleur, et si tu pouvais ajouter des anti-inflammatoires..., dit-elle, préparant l'oiseau pour la salle de réveil.

Le temps d'administrer les médicaments à l'albatros et de l'installer dans une cage, il ne put se contenir davantage.

— Qu'est-ce qui se passe, Lani ?

— Rien, répondit-elle, lui tournant le dos pour jeter un coup d'œil à d'autres petits patients en cage.

Mika pinça les lèvres. Il ne la comprenait pas. Un moment, elle était ouverte et chaleureuse, comme la Lani qu'il avait connue, et l'instant d'après, elle s'isolait, inaccessible. Il l'accompagna pendant qu'elle contrôlait l'état de santé de la tortue et de plusieurs oiseaux, et la suivit dehors pour voir comment allaient Lilo et Stitch qui faisaient de gros progrès et les quitteraient bientôt. Mais elle refusait de le regarder.

Assise dans son fauteuil suspendu, Anela leva la tête du livre qu'elle lisait.

— Bonjour, dit-elle, les yeux fixés sur les pages, sourcils froncés. Elle avait raison, Mika ?

— Qui ça ?

— Mon amie Kiki. Quand elle disait que tu nageais avec les requins et que tu étais ami avec une femelle ?

— Euh... oui. C'est vrai.

Anela le regarda un instant avec intérêt avant de reprendre sa lecture. Il se réjouit fugitivement qu'elle lise son livre sur les requins et l'interroge dessus, puis cette pensée s'évanouit.

Lani l'exaspérait. Il la rejoignit à l'intérieur et lui prit le bras, la forçant à s'arrêter.

— Je le ressens constamment, murmura-t-il à son oreille, ce besoin de t'embrasser...

Elle soupira.

— C'est parce que ça arrivait tout le temps avant... et puis, Hayley te manque.

Il faillit éclater de rire en la lâchant. Il ne pensait pas du tout à Hayley.

Elle alla à son bureau remplir des papiers en veillant à mettre le meuble entre eux.

— Je ne te reproche pas qu'elle te manque. Elle est jeune, belle, et...

— Elle ne fait plus partie de ma vie, la coupa-t-il en se plantant devant elle. Et elle n'a strictement rien à voir avec ce qui se passe ici, dit-il, plaquant brusquement les mains sur le bureau et faisant trembler la lampe.

— Il ne se passe rien, Mika, dit-elle, incapable de soutenir son regard. Tu es un homme bien et j'apprécie ce que tu fais pour Anela, mais s'il te plaît, ne compliquons pas la situation.

Mika déplaça la lampe et se pencha vers elle, blessé.

— La situation, Lani, c'est qu'on essaie de trouver comment se comporter l'un avec l'autre après tout ce temps, et ça n'aide pas quand tu me repousses.

Elle se redressa et ses yeux flamboyèrent.

— Vraiment ? Eh bien, ça ne m'a pas aidée non plus quand tu m'as repoussée après la mort d'Iolana, lorsque j'avais besoin de toi.

— Nous avions besoin l'un de l'autre, et nous n'avons pas été là l'un pour l'autre, Lani, je sais, on en a déjà parlé.

Elle secoua la tête avec véhémence.

— Tu étais l'amour de ma vie, Mika. Mais j'étais tourmentée d'avoir été une mauvaise mère et je pensais que, entre ton travail et mes études, rien ne changerait jamais. Même si nous étions restés ensemble et si nous avions eu un autre enfant...

Il lui releva le menton, l'obligeant à lui faire face.

— Tu voulais un autre enfant avec moi ?

Les yeux de Lani s'emplirent de larmes.

— Je ne sais pas..., bredouilla-t-elle. Peut-être... plus tard. Ça n'a plus d'importance maintenant, si ? Nous menons des vies différentes, dans des pays différents.

— J'aurais dû me démener davantage pour nous, admit-il, le cœur battant. Je regretterai toute ma vie de ne pas avoir tout fait pour sauver notre mariage.

Lani se laissa choir dans son fauteuil, la tête dans les mains.

— Je veux aller au cimetière, dit-il en regardant le soleil baigner sa tête inclinée. Je crois que j'en ai besoin, Lani.

Il avait parlé sans réfléchir. La pensée de voir la minuscule pierre tombale, le marbre brillant recouvert de fleurs par sa famille qui entretenait avec dévouement ce sanctuaire...

— Tu t'es décidée ? Tu viendrais avec moi ? demanda-t-il.

Elle secoua la tête en reniflant.

— Je ne sais pas. Ce serait trop dur… tous les deux là-bas. C'est déjà assez difficile d'y aller seule.

Il aurait voulu dire que ça pouvait l'aider. Mais il s'était juré de ne pas la forcer à affronter tout ça, à exhumer le passé. Il fallait qu'elle le veuille.

Il regarda par la fenêtre, s'attendant à voir Anela en train de lire dans son fauteuil suspendu. Mais elle n'était plus là.

Lani suivit la direction de son regard.

— Elle est partie seule à la plage ! s'écria-t-elle, se précipitant dehors.

Le ciel s'était obscurci, et la tempête prévue le matin par la météo menaçait à l'horizon, mais Lani ne regarda pas les nuages en courant vers la plage.

Anela se tenait au bord de l'eau. Mika s'assit sur une marche de la terrasse et regarda Lani se déchausser et entrer dans l'écume mousseuse. Ses jolies jambes étaient toujours les mêmes, à peine moins fermes que quand elle les enroulait autour de lui dans le feu de la passion…

Elle était restée si belle, songea-t-il en soupirant. Ils s'étaient promis qu'ils vieilliraient ensemble et verraient leurs cheveux blanchir, et qu'ils rempliraient la grande maison de la plage d'animaux et de rires. Et aujourd'hui, ils étaient à des années-lumière l'un de l'autre. Cela lui rappela qu'il devait prévenir l'institut californien qu'il allait sans doute prolonger son séjour ici d'une semaine ou deux. Y avait-il donc déjà presque trois semaines qu'il était là ?

— Viens, Mika, appela Anela avec impatience. Lani a trouvé une étoile de mer !

Il marcha jusqu'au rivage, ôta ses chaussures, et entra dans l'eau pour rejoindre Lani. Ils s'accroupirent pour observer l'étoile de mer à leurs pieds au fond de l'eau.

— Elle est magnifique, dit Lani tout excitée.

— Tu ne peux pas bien la voir de là-bas, Anela, remarqua-t-il, sentant l'eau tiède lui lécher les mollets.

Le tonnerre gronda au loin derrière les nuages menaçants, mais le soleil scintillait sur l'eau, et Anela regarda mieux, ses pieds nus effleurant l'eau. Une vague faillit recouvrir ses orteils et elle recula mais se pencha en avant, et il comprit qu'elle mourait d'envie de voir ce qu'ils regardaient.

— Encore un pas, et tu pourras la voir, dit-il, encourageant. Tu ne dois pas manquer ça. La marée ne va pas tarder à l'emporter vers le large.

Lani lui toucha le bras et il croisa son regard. Était-il trop insistant ?

— Viens, Anela, vite, la pressa Lani.

Il n'en crut pas ses yeux quand, poussant un soupir à fendre l'âme, la fillette entra dans l'eau. Il lui saisit vivement la main tandis que Lani attrapait l'autre.

— Tout va bien, dit-il alors que la petite fille scrutait l'eau qui gargouillait autour de ses pieds nus, comme si elle allait se métamorphoser en créature marine et l'avaler.

Lani lui pressa la main pour l'encourager à approcher, et bientôt ils se retrouvèrent tous les trois à étudier l'étoile de mer, penchés au-dessus de l'eau. Anela écarquilla les yeux quand il prit délicatement l'astéride pour la poser dans sa main. Elle était si fascinée qu'elle remarqua à peine qu'elle avait de l'eau jusqu'aux genoux à présent.

— Merci, formèrent en silence les lèvres de Lani à l'adresse de Mika.

Il inclina la tête. Ce moment de complicité lui faisait chaud au cœur, semblant chasser tous leurs problèmes.

Le vent se levait maintenant. L'odeur de la pluie imprégnait lourdement l'atmosphère et quelques gouttes commencèrent à tomber, piquantes comme de minuscules aiguilles.

— On devrait y aller, dit-il.

Ils remettaient l'étoile de mer dans l'eau quand un coup de klaxon se fit entendre devant la réserve marine. La mère de Kiki venait chercher Anela pour qu'elle joue avec sa fille, et Lani et lui avaient encore du travail à faire. Il se prit à espérer que l'orage ne durerait pas, au moment où un violent coup de tonnerre les fit sursauter et, prenant leurs jambes à leur cou, ils regagnèrent le sanctuaire marin en riant.

13

Avec une grimace, Lani ferma une nouvelle fenêtre à double tour en écoutant le dernier bulletin météo à la radio.

— La tempête tropicale prévue a été requalifiée en ouragan ! cria-t-elle à Mika.

Courant dans tous sens, il se hâtait de mettre à l'abri les cages et les coussins de la véranda. L'humidité était toujours intense sur l'île, mais l'atmosphère était carrément suffocante à présent.

— Vite, il faut tout rentrer, dit-elle, et il continua à s'affairer dans le martèlement de la pluie qui frappait violemment les vitres, au risque de les briser.

Dans leur précipitation, ils entrèrent en collision l'un avec l'autre, et, rattrapant une boîte d'aliments pour animaux qui s'envolait, il se précipita à la fenêtre au moment où un sourd grondement déchirait l'air, suivi d'un éclair aveuglant.

— Ça se présente mal, annonça-t-il en rajustant son bandana, les yeux sur une chaise longue qui dévalait les marches de la véranda avant de valser sur la plage.

Appuyée contre son épaule, elle avait une conscience aiguë de leur proximité pendant qu'ils regardaient l'ouragan flageller l'océan en une furie d'écume et de moutons bouillonnants. La chaise longue disparut à leur vue, et Lani imagina la pauvre étoile de mer qu'ils avaient remise à l'eau, secouée comme dans un tambour de machine à laver.

Cependant, elle n'oublierait jamais le moment où Anela était entrée dans l'eau pour la première fois, ce qui ne serait jamais arrivé sans Mika.

« Je regretterai toute ma vie de ne pas avoir tout fait pour sauver notre mariage. »

Les paroles de Mika l'avaient profondément marquée. Elle aussi déplorait de ne pas avoir lutté pour le garder. Mais il était là maintenant, et elle se surprenait parfois à imaginer qu'il restait dans l'île.

Il ne renoncerait pas à la vie qu'il avait bâtie sans elle ces vingt dernières années, et s'il ne voulait pas d'enfants, il était vain de s'aventurer sur ce terrain-là. Mais elle ne pouvait empêcher son esprit d'échafauder des hypothèses. Plus jeunes, Mika et elle aimaient se lancer des défis, et cela lui avait manqué. Avec lui, elle avait tout vécu comme une aventure. Et son existence lui avait paru bien fade après son départ.

Ils emportèrent dans la remise un maximum de choses depuis la plate-forme balayée par la tempête, mais Lilo et Stitch allaient devoir rester où ils étaient. Tout en s'activant, elle regardait Mika à la dérobée dans sa chemise trempée de pluie. Le baiser manqué l'autre soir l'avait troublée, et son cœur chamboulé aspirait à rattraper le temps perdu. Elle devait au moins l'accompagner au cimetière, songea-t-elle comme il barricadait une fenêtre. Cette perspective l'angoissait terriblement. Elle n'était pas allée sur la tombe depuis si longtemps. Trop longtemps.

— Mika, à propos de ce que tu as dit tout à l'heure. Peut-être que nous devrions aller...

— Merde ! hurla-t-il comme la lumière du plafonnier clignotait et s'éteignait. Le courant est coupé !

Le rythme cardiaque de Lani s'emballa dans les ténèbres qui les enveloppaient, aggravé par le hurlement du vent et les coups de boutoir de la pluie sur les fenêtres et le plancher de la terrasse. Affolés, les oiseaux piaillaient et battaient des ailes au risque d'envenimer leurs blessures, sans parler de l'hyperthermie qui les guettait sans la climatisation.

— Ça peut durer toute la nuit, dit-elle, les mains sur ses tempes pour réfléchir. Il faut sortir d'ici les oiseaux et les petits animaux. Ceux des grands bassins pourront rester où ils sont...

Mika avait sorti le pétrel stressé de sa cage pour le bercer, et elle se tut, sidérée de voir l'oiseau se calmer dans ses bras.

— On pourrait les emmener à la maison ? suggéra-t-il.

— Tu crois qu'on peut conduire dans cette tempête ? répondit-elle, désignant la porte qui ployait sous les assauts furieux des éléments.

— En quatre-quatre, oui, dit-il simplement. Ce n'est pas loin.

Il était donc sérieux ?

Ils se mirent au travail. L'ouragan semblait s'intensifier, et chaque fois qu'elle se précipitait dehors avec une cage pour la mettre dans le véhicule, Lani était étreinte par l'angoisse. Enfin, après ce qui leur parut une éternité, Mika mit le contact et commença à rouler prudemment pour gravir la colline jusque chez elle.

Il tombait des trombes d'eau à présent, et les éclairs sillonnaient le ciel. Elle était agrippée des deux mains au tableau de bord, et les oiseaux criaient à qui mieux mieux dans l'habitacle. Le tonnerre grondait, faisant trembler le sol comme sous les sabots d'une horde de chevaux sauvages. Des branches cassées tombaient des arbres, et les lampadaires semblaient tanguer bizarrement, mais ce n'était peut-être qu'un effet d'optique. Mika restait calme, et elle appréciait son sang-froid. Elle était émue de voir ce qu'il faisait pour elle et les animaux. Elle n'avait pas eu le temps de lui dire qu'elle l'accompagnerait au cimetière et maintenant cette perspective l'effrayait de nouveau. Ce serait tellement dur.

Mais que lui arrivait-il ? Un instant, elle se sentait capable d'affronter leur passé et leurs erreurs, et l'instant d'après, elle se noyait dans un abîme de confusion et de douleur et paniquait. Ses sentiments étaient constamment chamboulés avec lui. Mika était l'ouragan. Ou plutôt ils étaient l'ouragan qui soufflait dans mille directions, sauf celle qui leur offrirait la sécurité et le réconfort dont ils avaient tant besoin.

Pourquoi n'irait-elle pas avec lui sur la tombe d'Iolana ? Elle hésitait par égoïsme, craignant d'être de nouveau aspirée avec lui dans le gouffre abyssal du chagrin. Mais elle lui devait bien ça. Elle allait lui dire qu'elle l'accompagnerait au cimetière... plus tard.

Chez elle, heureusement, le courant n'était pas coupé et la climatisation fonctionnait. Ils déchargèrent les cages aussi vite qu'ils purent, les empilant dans la cuisine jusqu'à ce que les plans de travail soient surchargés d'oiseaux et de tortues et la pièce transformée en zoo de fortune.

— Pauvre petit bonhomme, murmura Mika en ouvrant la cage du pétrel.

L'oiseau s'était bien rétabli, mais à cet instant, il avait l'air misérable et son aile pendait pitoyablement.

— Il était terrorisé, je l'ai entendu battre des ailes quand le tonnerre grondait, dit Mika, le prenant dans ses bras pour vérifier s'il n'avait pas d'autres blessures.

Dehors, sur la terrasse, le hamac se balançait follement et la porte de la remise claquait contre la paroi de bois. Au loin, en bas de la colline, une sirène hurlait, sinistre.

— On doit stabiliser son aile, déclara-t-il en se dirigeant vers la table de la cuisine.

S'efforçant de rassurer l'oiseau visiblement choqué, ils examinèrent les os de son aile, et Lani fut touchée par la délicatesse extrême de Mika, pendant que les fenêtres vibraient bruyamment sur leurs châssis, comme pour le distraire de sa tâche. Grâce aux médicaments apportés par Lani, ils purent anesthésier le pétrel pour le calmer, et elle immobilisa son aile blessée avec une minuscule attelle.

Elle le ramenait à sa cage quand un miaulement se fit entendre au-dehors, au milieu du grondement des éléments.

— Tu as entendu ? demanda Mika.

Il était déjà à la porte, et elle s'empressa de refermer la cage du pétrel avant de le suivre à l'extérieur.

Des chaises étaient éparpillées partout sur la terrasse et, comme si elle n'était pas déjà assez mouillée, un déluge s'abattit sur elle, manquant la faire tomber. Mika tendit le bras et lui fit un rempart de son corps.

— Retourne à l'intérieur.

— Non, je crois qu'un chaton est piégé quelque part, dit-elle, lui agrippant le bras comme une violente bourrasque lui faisait perdre l'équilibre.

Un miaulement leur parvint, plus fort cette fois.

— Il est tout près, Mika...

La main de Mika se referma sur la sienne et la serra fort.

— Je crois qu'il est sous l'appentis !

Guidés par les gémissements de l'animal, ils finirent par le localiser, sans le voir. Lani s'agenouilla et regarda sous la cabane, mais l'enchevêtrement des branches et la pluie aveuglante lui bouchaient la vue. Mika commença à écarter les débris, ses vêtements trempés collés à sa peau. Elle l'aida comme elle put en priant pour que d'autres branches ne leur tombent pas dessus. Le chaton n'arrêtait plus de miauler maintenant, fou de terreur et de panique.

— Tiens bon, petit bout...

Ils discutaient du meilleur moyen de le sortir de là quand Lani repéra la vieille bâche qui protégeait le barbecue, en tas dans un coin de la terrasse.

— Aide-moi, dit-elle.

Mais il était déjà à l'œuvre. Ensemble, ils tendirent la bâche et se firent un toit de fortune pour se protéger de la pluie le temps de déblayer les derniers débris.

— Il faut nous dépêcher, dit-elle, haletante.

Mika tira sur de gros morceaux de bois pendant qu'elle s'efforçait de faire sortir le chaton de son refuge en lui parlant avec douceur. Mais il était trop effrayé pour bouger.

Dans un dernier effort, Mika réussit à dégager un espace suffisant pour permettre à Lani de s'y faufiler. Elle allait se glisser sous l'appentis quand il lui saisit le bras.

— Sois prudente...

Les yeux brillants, il semblait répugner à la lâcher, et une puissante bouffée d'émotion la prit au dépourvu.

Impulsivement, elle pressa ses lèvres sur les siennes, puis se retourna et se glissa dans l'espace exigu.

Elle rampa sous l'appentis en progressant avec lenteur. Le petit chat lança un glapissement désespéré. Lani força l'allure, dégageant brindilles et feuilles et creusant la boue de ses mains, puis elle aperçut enfin la petite boule de poils mouillée, tremblant de peur et de froid.

— Tu le vois ? demanda Mika derrière elle.

— Oui !

Le chaton était coincé sous une branche qu'elle poussa avec précaution avant de le prendre dans ses bras. Il grelottait, et de petits miaulements lui échappaient tandis qu'il s'accrochait à elle. Le tenant fermement contre sa poitrine, elle s'agenouilla pour sortir du conduit à reculons, et Mika déblaya les derniers obstacles encombrant l'ouverture. Quand elle fut enfin dehors avec son fardeau, il les enveloppa de ses bras sous la bâche protectrice.

— Il va bien ? Et toi ?

— Tout le monde va bien, répondit-elle avec un rire nerveux, embrassant le petit crâne mouillé du chat pendant que Mika posait ses lèvres dans ses cheveux.

Le cœur battant, elle se tourna vers lui. Il plongea les yeux dans les siens et, un instant, elle crut qu'il allait l'embrasser, mais il la releva, et ils coururent vers la maison, protégés par la bâche.

Les petits frères du rescapé accoururent joyeusement pour le lécher avant de disparaître dans le salon. Mika alla dans la salle de bains chercher des serviettes, et en tendant la main pour en prendre une elle s'aperçut qu'elle saignait.

— Qu'est-ce qui s'est passé ? demanda-t-il, inquiet.

— J'ai dû m'écorcher à une branche.

Il la hissa sur la table et entreprit d'examiner son bras.

Sa proximité et sa délicatesse la troublaient. Elle entendait le mugissement du vent, le crépitement de la pluie, le hurlement lointain de sirène, et son souffle s'accéléra quand il souleva son bras pour le porter à ses lèvres, comme autrefois quand elle s'était fait mal. Envahie d'une bouffée de tendresse, elle le regarda en silence couvrir sa peau de baisers. Elle retint un gémissement en sentant monter le désir… C'était trop.

— Mika…

— Je vais chercher un pansement, coupa-t-il en s'écartant.

Le cœur battant, elle entendit le bruit de ses pas remonter le couloir et pénétrer dans la salle de bains. Elle l'avait embrassé sur une impulsion, excitée par leur mission de sauvetage en plein ouragan, mais elle n'était pas prête à céder au désir. Poursuivre dans cette voie était une très mauvaise idée. Elle savait déjà où cela les mènerait, et… Oh !

Il avait déboutonné sa chemise trempée dont les plis humides adhéraient à sa peau quand il s'accroupit pour nettoyer sa blessure. Elle garda le silence lorsqu'il appliqua délicatement le pansement sur sa peau lésée. Il était si doux avec elle. Il l'avait toujours été, comme si elle était un précieux trésor à choyer. Sauf quand elle le suppliait d'être plus impétueux… se rappela-t-elle avec un frisson.

— Mika, dit-elle, s'enhardissant à lui toucher les cheveux.

Il leva les yeux et écarta une mèche échappée de sa barrette.

— Ça va ? demanda-t-il, les sourcils froncés.

Elle acquiesça, n'osant pas parler. Il lui prit la main et lui caressa les doigts avec douceur. Puis, poussant un profond soupir, il se releva, la dominant de toute sa hauteur.

— Je dois vraiment y aller, dit-il à regret.

— Tu ne peux pas encore partir. Regarde dehors.

— Je ne peux pas rester, Lani, déclara-t-il, la dévisageant avec désespoir. Tu sais ce qui se passera si je reste.

— Nous avons dit que ça n'arriverait pas, murmura-t-elle, fermant les yeux.

— Ça ne devrait pas arriver, dit-il d'une voix étranglée.

Un oiseau cria dans sa cage comme le tonnerre grondait dehors. Lani s'affola. Elle ne voulait pas que Mika sorte affronter l'ouragan, et elle n'avait pas envie qu'il parte déjà. Au contraire, elle voulait qu'ils se rapprochent encore et qu'il l'embrasse, correctement cette fois, comme avant… même si elle n'avait pas le droit de l'espérer.

Il traversait déjà la cuisine pour gagner la porte.

— Non ! cria-t-elle d'une voix tremblante, oubliant ses résolutions. Reste, s'il te plaît. C'est trop dangereux dehors.

Comme pour appuyer ses dires, les mouettes braillardes hurlaient de fureur contre l'ouragan dehors. Mika se figea, puis se retourna lentement pour lui faire face. Il respirait fort et ses yeux étaient lourds de questions informulées, et Lani eut le cœur brisé de ne pas avoir de réponse.

Dans l'atmosphère chargée de tension, elle avança vers lui et le poussa contre la porte avec une force et une passion qu'elle ignorait avoir encore en elle. Mika prit sa bouche pour un baiser affamé et ils ne firent plus qu'un, leurs langues s'explorant avidement, les mains de Mika parcourant son corps avec fièvre.

Il n'y avait plus de retour en arrière possible.

14

Dehors l'ouragan se déchaînait, comme pour forcer la porte de leur refuge. D'une main tremblante, Lani caressa la joue de Mika, redessinant délicatement les contours de son visage et soutenant son regard en une question muette.

Non, ils n'allaient pas s'arrêter là, répondit-il dans un baiser fougueux comme elle s'attaquait à la fermeture de son short.

Adossé à la porte, il plaqua les mains sur ses fesses, la souleva contre lui, et elle enroula ses jambes autour de sa taille. Envoyant valser la corbeille de fruits débordant des généreuses offrandes de M. Benos, il la coucha sur la table et shoota dans les pêches et les kiwis pendant qu'elle haletait, riant et pleurant à la fois, et lui arrachait sa chemise.

Elle retint son souffle quand il se pencha sur elle, sa tête manquant de peu l'abat-jour en osier du plafonnier. Il promena ses lèvres le long de son cou et y déposa des baisers brûlants pendant qu'elle lui ôtait ses derniers vêtements.

Quand elle le vit nu, elle chuchota son nom, mêlé de paroles inintelligibles qui enflammèrent son corps, malgré le ventilateur qui lui rafraîchissait le dos.

— Je te l'ai dit, tu me tueras, murmura-t-il avant de reprendre ses lèvres avec une ardeur qui balaya le reste de ses réserves.

La pièce était chargée d'électricité, et ils ne pouvaient plus contrôler l'intense passion qui les unissait. Comment avait-il pu oublier ça ? Le goût de sa peau, la chaleur soyeuse de sa bouche, la danse érotique de sa langue ?

Son rythme cardiaque s'affolait tandis que les doigts de Lani glissaient sur sa peau, et il sentait sa chaleur et les douces caresses de sa paume, comme si elle refaisait connaissance avec son corps après tout ce temps. Son désir évident lui arrachait des frissons. Il n'avait jamais connu cette intensité avec Hayley, ni avec aucune autre, et maintenant qu'il l'avait retrouvée... en aurait-il jamais assez ?

Prise d'une impatience frénétique, elle l'attira en elle et il la pénétra, parcouru de vagues de plaisir plus insoutenables à chaque coup de reins. Il se contraignit à s'arrêter pour prolonger le précieux moment.

Lani l'embrassait avec une sorte de désespoir, ses mains pétrissaient son torse, glissaient dans ses cheveux, caressaient sa joue, comme pour effacer chaque bribe de chagrin et de solitude due à leur séparation. Il avait été si vide sans elle. La proximité de son ex-femme, son contact physique avaient ravivé un feu qui embrasait ses veines. Il savait que cela pouvait mal tourner ; ils menaient deux vies radicalement différentes maintenant, et il allait se retrouver seul pendant qu'elle maternerait Anela, mais... oh ! et puis zut ! Que cela tourne mal, songea-t-il.

Le chant des gouttes de pluie sur les vitres noyait presque ses gémissements. Elle haletait pendant qu'il agrippait ses hanches, et il s'émerveilla de leur accord parfait, comme autrefois. Ralentissant le rythme de leurs ébats, il laissa ses mains glisser librement sur ses courbes et elle ferma les yeux, s'abandonnant sous ses doigts qui redécouvraient les secrets de son corps.

Elle était unique. À chaque baiser, chaque coup de reins, chaque caresse, les souvenirs affluaient, lui rappelant les fois, les endroits où ils avaient fait l'amour. Elle avait manifestement les mêmes pensées, et leur connexion était totale quand il la souleva de la table pour la porter sur le canapé.

Les chatons se dispersèrent, et Lani étouffa un cri quand il la pénétra de nouveau parmi les coussins moelleux. Elle resserra ses jambes autour de lui, et il prit conscience qu'il aurait pu l'observer toute la journée, inventer de nouvelles façons de lui donner du plaisir toute la nuit. C'était comme si leurs cellules chantaient la même chanson... et peut-être la chanteraient-elles toujours, quoi qu'il arrive.

Leurs corps se mouvaient à l'unisson en une danse d'amour et de volupté vieille comme le monde, et plus tard, il ne serait pas capable de dire combien de temps avaient duré leurs ébats. Mais quand l'ouragan s'apaisa, après plusieurs orgasmes inoubliables dans les bras l'un de l'autre, il glissa les doigts dans ses cheveux doux comme la soie avec la certitude que, désormais, sa vie ne serait plus jamais la même.

Quand elle ouvrit les yeux, alanguie sur le canapé du salon, Lani n'eut pas envie de bouger. Elle était nue, et la tendre caresse des doigts de Mika sur sa joue lui arracha un frisson. Tout mouvement romprait le charme. Pour l'instant, le temps était suspendu, et ils étaient encore dans un monde où seule comptait leur communion, où leur passé ne risquait pas de leur sauter à tout moment au visage pour les mordre.

Les petits chats sommeillaient dans leur panier, et elle soupira quand Mika l'attira à lui et l'embrassa avec douceur.

— La tempête est finie. Tu t'es endormie, murmura-t-il, glissant sa jambe sur la sienne et ranimant le feu dans son ventre, en même temps que leur envie de l'autre.

Il avait réveillé ce mélange grisant et puissant de désir et de nostalgie qui couvait en elle depuis si longtemps. À l'évidence, son corps et son âme aspiraient à davantage. Elle se sentait chez elle dans les bras de Mika. Elle s'était sentie chez elle quand ils avaient fait l'amour. Leurs corps avaient instinctivement retrouvé une fusion parfaite, et elle en aurait pleuré, comme lors de leurs premiers ébats. Elle n'avait pas réalisé combien il lui avait manqué jusqu'à maintenant. Mais il était bientôt 20 heures et elle devait prendre des nouvelles d'Anela, et sans doute gérer les lourds dégâts causés par l'ouragan.

Ils avaient trouvé une forme de consolation dans les bras l'un de l'autre, mais ce qui s'était passé… n'aurait pas dû arriver. Elle s'attachait de nouveau, alors que leurs vies allaient dans des directions opposées. S'il ne voulait pas d'enfants, il n'était pas prêt à assumer la responsabilité d'élever Anela avec elle alors qu'elle allait s'engager durablement auprès de la fillette, songea-t-elle avec une pensée pour les papiers d'adoption qu'elle avait mis de côté.

Se forçant à réagir, elle se frotta les yeux et attrapa une couverture pour ménager sa pudeur. Elle gagna la salle de bains en sentant son regard sur elle. Pour sa part, elle le trouvait encore plus beau dans le plus simple appareil.

Arrivée à la porte, elle se retourna.

Souriant, il marchait vers elle en quête de ses vêtements, à l'aise avec sa nudité.

— Quoi ? demanda-t-il comme elle lui lançait son short et apercevait sa chemise par terre.

Elle avait l'impression que les créatures relogées dans sa cuisine les observaient, attendant la suite des événements. Un kiwi roula dans sa cage quand Mika la heurta du pied, et un chaton facétieux voulut jouer avec la chemise qu'il enfilait. C'était peut-être le moment d'aborder le sujet qui la tourmentait depuis quelque temps sans en trouver le courage. Ce serait affreux, dur, mais elle lui devait bien ça, surtout après leur… rapprochement. Peut-être cela les aiderait-il, s'ils faisaient la démarche ensemble.

— Pour le cimetière, Mika. J'irai avec toi, dit-elle avec effort.

Il se laissa choir sur une chaise de la cuisine et passa les mains dans ses cheveux hirsutes. Son bandana avait disparu Dieu savait où.

— D'accord, répondit-il au bout d'un moment, la scrutant avec méfiance. Tu en es sûre ?

— Peut-être dans quelques jours. J'ignore les dommages laissés par l'ouragan…

— Quand tu voudras, Lani. Du moment que nous y allons

ensemble, je te laisse décider du jour. Mais il ne me reste plus tellement de temps à passer ici, tu le sais ? Je n'aurai bientôt plus de jours de congé et j'ai des choses à régler là-bas… Je vais devoir travailler à distance sur le cas des dauphins.

— Très bien.

Elle ne pouvait plus le regarder. Trop d'émotions inondaient ses sens. Le cœur battant, elle ferma la porte de la salle de bains derrière elle, et s'aperçut qu'elle tremblait à la perspective de le voir bientôt partir… et de l'accompagner sur la tombe d'Iolana. Elle s'était gardée de lui dire qu'elle n'était pas allée au cimetière depuis longtemps. C'était trop douloureux. Cela lui minait le moral, la faisant douter de son aptitude à être une bonne mère adoptive, sans parler de son expérience lamentable comme mère biologique.

Agrippée au lavabo, elle fixa son reflet dans le miroir. Elle voulait y aller… mais quand, elle ne savait pas encore. Bientôt, supposait-elle, s'il s'apprêtait à les quitter.

Il partirait toujours, elle le savait, et elle n'avait rien trouvé de mieux que de retomber amoureuse de lui. Si tant est qu'elle ait cessé de l'être un jour.

Les pensées tourbillonnaient dans sa tête quand elle se glissa sous la douche. Elle pouvait passer le temps qu'il leur restait à s'épargner des sentiments trop pesants en évitant les situations gênantes. Ou elle pouvait s'abandonner enfin à ses émotions, et prier pour s'en sortir sans trop de dommages.

— Café, frérot ? proposa Mika à son frère en combinaison de travail.

Il leva la cafetière réchauffée sur la cuisinière à gaz du sanctuaire marin, et Manu lui tendit sa tasse. Si Mika savait une chose sur les électriciens, c'était qu'à l'instar des plombiers, des peintres et des vétérinaires marins ils ne pouvaient pas se passer de café en travaillant. Ou peut-être était-ce dans les gènes des Mahoe.

— On apprécie beaucoup que tu nous dépannes, Manu, déclara Lani, les rejoignant avec sa tasse.

Mika la lui remplit et trinqua avec elle, résistant à l'envie de glisser un bras possessif autour de sa taille.

— La moitié de l'île n'a plus de courant, dit-elle comme Manu se remettait sur le tableau électrique qu'il était en train de réparer. Mais la climatisation est vitale pour les animaux.

— Je sais. Mika m'a demandé de m'en occuper en priorité.

Lani jeta à Mika un regard reconnaissant et appréciateur qu'il préféra ne pas analyser. Ses animaux étaient tout pour elle. Il la regarda caresser le pétrel à travers les barreaux de sa cage. Son aile guérissait, grâce à elle… grâce à eux deux, en réalité. Ils avaient formé une équipe pendant cette épreuve.

Depuis l'ouragan, ils travaillaient dur pour remettre les installations en état. Le sanctuaire commençait à retrouver son apparence habituelle, à l'exception des arbres déracinés par la tempête à proximité de la terrasse, qui n'avaient heureusement pas touché les lions de mer Lilo et Stitch dans leur bassin. Leur remise à la mer avait été différée à cause de la tempête. Tout reprenait un aspect normal… sauf Lani et lui.

Ils avaient passé toutes les nuits ensemble depuis l'ouragan. Il arrivait chez elle après le dîner, partageait son lit, et s'en allait avant le départ d'Anela à l'école. Ils parlaient peu de la situation, qu'ils commençaient à voir comme la conclusion d'une parenthèse avant de reprendre leurs vraies vies. Et depuis ce soir-là, elle n'avait plus mentionné leur visite au cimetière.

Quand le téléphone sonna, Lani était sortie réceptionner une livraison de matériel et il décrocha. Son interlocuteur était un représentant du ministère de l'Environnement mécontent car des entreprises avaient refusé à ses enquêteurs l'accès à leurs installations, ou n'avaient pas daigné répondre à leurs appels. De toute façon, l'ouragan avait retardé la réalisation des tests sur site, et ce n'était pas une bonne nouvelle.

— Sans surprise, ton ami Kai Kalama ne veut toujours pas nous laisser faire les tests, annonça Mika à Lani quand il la rejoignit dans la réserve pour ranger les caisses de matériel médical et de nourriture. Comment va ta coupure ?

— Mieux, répondit-elle en touchant distraitement son pansement. Pourquoi nous refuse-t-il l'accès ? Qu'est-ce qu'il cache ? Et si c'était lui qui empoisonnait les dauphins ?

— Je te le répète, je serais ravi de me rendre sur place moi-même, déclara-t-il.

— Ne t'en mêle pas, répliqua-t-elle en secouant la tête. On ne connaît pas ce type, on ignore de quoi il est capable.

Mika leva les yeux au ciel.

— Tu crois que j'ai peur de cette brute bodybuildée qui promène les touristes sur des bananes gonflables ?

Il fléchit le bras pour exhiber sa musculature avantageuse, et elle fit mine de le frapper avec un dépliant. Éclatant de rire, il l'attrapa par la taille, et elle lutta mollement pour se dégager.

— Ne sous-estime pas le pouvoir d'une banane gonflable, railla-t-elle, le tapant avec la brochure qu'il lui prit des mains.

Ils se chamaillèrent un moment en gloussant, jusqu'à ce qu'il la pousse contre le réfrigérateur et la fasse taire d'un baiser. Elle soupira contre sa bouche, puis lui reprit le prospectus, et Mika réalisa qu'il s'agissait d'une plaquette immobilière. Avec en première page la photo d'une maison qu'il aurait reconnue entre toutes.

— Qu'est-ce que c'est ?

Il sentit son estomac se nouer. Lâchant Lani, il se figea, interloqué, et ouvrit le dépliant. Le cœur battant, il contempla l'image de la maison de la plage avec ses volets jaune canari. Lani s'était immobilisée. Les yeux écarquillés, elle lisait le texte concernant les récents travaux de rénovation et le potentiel foncier du lieu.

— Elle est à vendre, dit-elle dans un souffle.

Incapable de parler, il pensait à toutes les choses qu'ils avaient projeté de faire dans cette maison, à toutes les fois où ils s'étaient faufilés en douce sur la plage privée en l'absence des propriétaires, au soir où ils avaient bu du whisky, blottis l'un contre l'autre dans le hamac de la terrasse, au point de s'endormir ivres morts, pour trouver à leur réveil les propriétaires qui les fixaient, effarés, de la fenêtre de la cuisine. Il lui rappela cette anecdote, et elle évoqua le jour où, pique-niquant sur la plage à l'ombre des arbres, ils avaient écrabouillé leurs sandwichs en faisant l'amour.

— Nous étions incorrigibles, remarqua-t-elle.

Elle lui reprit la brochure et, se détournant pour sortir, elle l'étudia en silence. Mika la rejoignit dehors.

— Nous n'étions pas si terribles. Nous adorions cette maison, c'est tout.

— Nous nous aimions là où elle nous était accessible, dit-elle doucement, et il lui prit la main pour la porter à ses lèvres. C'est là que je suis tombée enceinte…

La brise souleva du sable sur la plage en contrebas. Il l'enlaça et l'attira à lui.

— Euh… Lani, Mika, pardon de vous interrompre. Je crois que j'ai fini.

Mika s'empressa de la lâcher. Planté sur le seuil, derrière eux, Manu s'essuyait les mains sur une serviette en les fixant d'un air interrogateur. Lani se lissa dignement les cheveux, le remercia pour son travail et lui exprima encore sa gratitude.

Ils n'avaient parlé à personne de leur liaison. Du moins lui. Mais il savait autre chose sur les électriciens, qui passaient leurs journées chez les gens à bavarder de tout et de rien : ils ne savaient pas garder les secrets.

15

— Tout le monde en parle, alors quel est le problème ? demanda Mele.

Lani demeura impassible sous le regard moqueur de sa jeune voisine assise sur le siège passager, une cage sur les genoux.

— Je ne vois pas ce que tu veux dire, répliqua-t-elle, les yeux fixés sur les feuilles de palmiers qui dansaient sous la brise.

— On a tous des yeux, Lani.

Sur le siège arrière, Anela gloussa, comme si elle savait à quoi Mele faisait allusion. Qui l'ignorait d'ailleurs ? pensa Lani, maudissant l'imprudence dont elle avait fait preuve avec Mika. Il n'était plus chez lui sur l'île. Il n'aspirait pas à la vie qu'elle menait… Il ne voulait pas d'enfants et sans doute avait-il ses raisons, même si elle se demandait si la culpabilité n'influençait pas sa décision… il avait été un père si merveilleux. Mais il ne recherchait plus la compagnie d'Anela ces temps-ci, craignant probablement que, comme ils couchaient ensemble, elle veuille partager avec lui ses responsabilités parentales. Elle s'était juré de passer un bon moment pendant qu'elle le pouvait, voilà tout. C'était aussi ce qu'il souhaitait, non ?

— Allons relâcher cet albatros, dit-elle avec un soupir, tournant à gauche en direction du parc national.

L'albatros allait beaucoup mieux, et elle voulait le confier à son contact à la Division des forêts et de la faune sauvage du parc avant le coucher du soleil. Mele s'intéressait beaucoup à la vie des oiseaux locaux, passion que Lani lui avait transmise, et l'adolescente l'accompagnait chaque fois qu'elle relâchait un volatile dans la nature. L'expérience était filmée et diffusée sur sa chaîne YouTube pour ses milliers d'abonnés qui la commentaient. Lani ne savait pas trop comment cela marchait, mais aux yeux de tous ces gens, Mele était devenue experte en préservation, et Lani était fière quand elle la voyait interagir avec des oiseaux.

Elle allait aborder un autre virage quand quelque chose attira son attention. N'était-ce pas la voiture de Mika, mal garée au bord de la route ? Elle s'arrêta, ordonna aux filles de ne pas bouger et courut voir de quoi il retournait.

C'était bien l'automobile de Mika. Mais que faisait-elle là ? Pourquoi à cet endroit ?

Puis elle s'aperçut qu'elle se trouvait devant l'entrepôt de Kai Kalama. Le logo jaune était bien visible sur les volets d'une fenêtre. Elle l'avait seulement vu depuis la plage et n'y avait jamais fait attention depuis la route.

— Mika ? cria-t-elle, remontant l'allée jusqu'au bâtiment.

Le silence régnait, et il n'y avait pas trace de lui ni de Kai, mais les dégâts causés par l'ouragan étaient bien visibles. Le vent avait déraciné des arbres, et des branches cassées jonchaient la cour. La façade de la bâtisse avait beaucoup souffert et, au rez-de-chaussée, une fenêtre avait littéralement explosé. Marchant sur les éclats de verre éparpillés par terre, elle appela de nouveau Mika. Où était-il ? Il était probablement venu reprocher à Kai d'esquiver les contrôles de son site, ce serait typique de lui, songea-t-elle avec agacement. Il allait bientôt quitter l'île et se moquait bien que ce soit elle qui gère les conséquences !

Elle s'approcha de la fenêtre cassée et regarda à l'intérieur. Le vaste entrepôt était vide, à l'exception de quelques bateaux et ce qu'elle supposa être de l'équipement de sports nautiques protégé par des bâches. De la lumière filtrait sous une porte au fond du vaste espace. La seule lumière dans tout le bâtiment.

Mais… était-ce la plainte d'un animal qu'elle entendait ? Peut-être une autre victime de l'ouragan !

Poussée par la curiosité et la crainte qu'une bête blessée soit coincée à l'intérieur, Lani retroussa sa robe et se prépara à entrer par la fenêtre.

— Qu'est-ce que tu fais ?

À cheval sur le cadre qu'elle était en train d'enjamber, elle sursauta et se cogna la tête.

— Mika ?

Les cheveux humides, les yeux pétillant de malice, Mika affichait un mélange d'amusement et de stupeur sur son visage.

— Sérieusement ? Tu es en train d'entrer par effraction chez Kai Kalama ? remarqua-t-il, hilare, les bras croisés.

— Qu'est-ce que tu fais là ? demanda-t-elle d'un ton accusateur en lissant sa robe. J'ai vu ta voiture !

— Je rentrais d'une plongée avec Manu et j'ai pensé…

— Je sais ce que tu as pensé, coupa-t-elle sèchement, touchée qu'il veuille l'aider et s'en voulant, car elle allait beaucoup souffrir quand il partirait.

Mika s'approcha.

— Ah vraiment ? Tu étais à deux doigts de ramper à l'intérieur par cette fenêtre !

Il lui prit le visage entre les mains et l'embrassa, et dans son désarroi, elle lui rendit son baiser en souriant malgré elle. Comment pouvait-il lui faire oublier qu'elle ne devait pas réagir ainsi ? Son baiser était avide et salé comme l'océan, ses lèvres exigeantes et affamées. Sa langue taquinait sa bouche comme s'il n'avait jamais rien goûté d'aussi délicieux, alors qu'il avait quitté sa couche à peine quelques heures plus tôt, rassasié de plaisir.

— Quel cambrioleur sexy tu fais, murmura-t-il.

Il empoigna ses fesses qu'il pressa voluptueusement, et elle gémit de désir, juste avant que des plaintes les arrachent à leur bulle.

Mika se précipita à la fenêtre pour regarder à l'intérieur pendant que Lani se rajustait, décontenancée. Soudain il y eut un mouvement dans l'ombre du dépôt.

Lani étouffa un cri en voyant ce que c'était.

— C'est un chien, Mika.

Il suivit la direction de son regard et aperçut un golden retriever sable couché au pied d'un bureau, quelques mètres plus loin. Elle le voyait clairement maintenant. Il était probablement blessé, affamé et déshydraté. Elle demanda à Mika de lui faire la courte échelle.

— Ce n'est pas une effraction si on vient en aide à une bête blessée, argumenta-t-elle comme il hésitait. Beaucoup d'animaux ont été déplacés après l'ouragan. Ce chien peut manquer à quelqu'un !

De mauvaise grâce, Mika l'aida à se hisser sur le cadre de la fenêtre en marmonnant qu'ils commettaient un délit, et elle sauta à l'intérieur tandis que le chien poussait un hurlement guttural qui lui serra le cœur.

— Tout va bien, mon bonhomme, on arrive !

Mika la suivit et sauta derrière elle, et le chien trottina vers eux en boitant, visiblement soulagé. Lani le prit doucement dans ses bras. Il était blessé, à en juger par sa patte avant gauche ensanglantée, et elle supposa qu'il avait été heurté par quelque chose avant de se précipiter dans l'entrepôt, s'estropiant encore plus.

— Il n'a pas de collier, mais il peut avoir une puce. Il faudra vérifier.

Mika lui proposa sa chemise pour en envelopper l'animal et la retira avant qu'elle ait pu refuser, se retrouvant torse nu. Elle ne put s'empêcher de parcourir des yeux son torse athlétique pendant qu'ils portaient le chien jusqu'à la fenêtre et le hissaient dehors. Mais à peine y étaient-ils parvenus que Mika fit volte-face et, retournant à l'intérieur, il marcha vers la porte sous laquelle filtrait de la lumière.

— Il faut que j'en aie le cœur net, déclara-t-il comme elle le suppliait de n'en rien faire.

— Les enfants sont dans la voiture ! cria-t-elle, se rappelant soudain qu'elle avait laissé les filles avec l'albatros.

Partagée entre l'amusement et l'effroi, elle regarda Mika ouvrir brutalement la porte et disparaître à sa vue.

Effaré par ce qu'il avait découvert dans l'entrepôt, Mika n'en revenait toujours pas. Conscient qu'ils devaient avant tout s'occuper du chien, il avait pris le volant de son véhicule et suivi Lani jusqu'au parc national.

Sous les yeux attentifs de Mele et Anela, ils portèrent le chien blessé au dispensaire du parc pour soigner ses blessures. Il semblait déjà plus alerte, grâce à la pâtée et au grand bol d'eau qu'il avait engloutis. Ils avaient découvert qu'il portait une puce, et sa maîtresse, une sexagénaire, le cherchait depuis l'ouragan.

— Il sera bientôt sur pied, dit-il à Lani.

Il jeta un coup d'œil à la cabane en bois faisant office de dispensaire où Lani auscultait et soignait ses amies les bêtes, et où s'entassait un assortiment hétéroclite. Thermos à moitié vides, filets de basket, pièces automobiles, manuel de biologie marine, il fallut tout déplacer pour pouvoir coucher l'animal sur la table d'examen, mais Lani se mit bientôt au travail et Mika s'effaça pour l'observer, sous les yeux impressionnés des deux filles.

Il alla à la fenêtre. Il n'avait pas prévu d'être présent quand ils relâcheraient l'albatros. Lani en avait parlé le matin en précisant qu'elle le ferait avec Mele et Anela, et il avait changé de sujet avant qu'elle l'invite à se joindre à elles.

Sentant qu'il leur devenait trop proche pour leur tranquillité d'esprit, il avait pris ses distances avec Anela ces derniers temps. Il risquait de s'attacher à la fillette autant qu'à Lani, et cela le chiffonnait. Pourquoi cette réaction ? Il avait été un père lamentable et n'aurait plus d'enfant, mais le cas échéant, il craignait d'encore tout gâcher. En revanche, loin d'échouer comme lui, Lani excellait dans ce rôle…

— Alors, dis-moi ce qu'il y avait derrière cette porte, lui chuchota-t-elle comme ils quittaient le dispensaire avec l'albatros.

Derrière eux, Mele installait une caméra sur un trépied. Au loin, il apercevait le phare blanc se détachant sur les falaises qui dominaient le parc et plongeaient dans l'océan, et le vent soulevait la queue-de-cheval de Lani, lui fouettant le visage.

Mika réprima un sourire.

— Disons que Kai ou le propriétaire de cet entrepôt, quel qu'il soit, possède une très belle collection de plantes.

Lani fronça les sourcils, puis le déclic se fit.

— Non ! Tu veux dire…

— Le genre de plantes qui peut t'attirer des ennuis, si elles sont découvertes fortuitement par les mauvaises personnes.

Derrière eux, Anela dansait pour que Mele puisse tester ses plans de caméra avant de relâcher l'oiseau.

— À présent, on sait pourquoi il ne voulait pas qu'on inspecte son site, murmura-t-il.

Lani fronça le nez.

— Oui. Mais ce n'est pas parce qu'il est passionné de jardinage, si j'ose dire, qu'il est responsable de ce qui arrive aux dauphins.

— Tu as raison. Mais il nous faut toujours un échantillon, et il doit accepter qu'on effectue des tests chez lui. Si on le fait à son insu, ça soulèvera trop de questions.

— Au moins, nous avons un moyen de pression, nota-t-elle.

— Tu regardes trop de thrillers, dit-il en riant, au moment où son téléphone tintait.

Il le sortit de sa poche, s'attendant à voir les photos que Manu avait prises de leur récente plongée, mais c'était Megan.

— Megan ?

Lani avait vu l'écran, et elle s'efforçait de ne pas paraître trop intéressée par l'identité de cette Megan. Il lui expliqua qu'il s'agissait de sa collègue, et qu'elle voulait probablement savoir quand il rentrait en Californie.

— Oh ! dit-elle pendant qu'il lui exposait le projet de sécurisation de la côte, ça paraît sérieux. Je croyais que tu travaillais avec les requins en Égypte.

— Il se passe beaucoup de choses, tu sais, répondit-il.

— Je vois.

Il patienta, attendant qu'elle l'interroge sur la date de son départ, mais elle n'en fit rien.

— Je suppose que ta vie t'attend là-bas, déclara-t-elle après quelques secondes. Et la mienne continuera sans toi, comme elle le fait depuis le divorce. Que cela ne t'arrête pas, Mika.

Il tiqua. Il s'apprêtait à lancer une réplique cinglante quand la vision de la maison s'imposa à lui, surgie de nulle part. La maison de la plage, de nouveau sur le marché, qu'ils convoitaient depuis l'adolescence. Il ne lui avait même pas demandé comment elle avait trouvé cette brochure, mais il avait vu cela comme un signe. Après tant de détours, avait-il enfin retrouvé le bon chemin, celui du lieu où il s'était toujours senti chez lui, avec Lani qu'il n'avait jamais cessé d'aimer ?

Il soupira. Lani s'était déjà tournée vers Mele. Bientôt toute son attention fut monopolisée par les filles, et quand il essaya de croiser son regard, elle semblait indifférente à sa présence, au point qu'elle n'aurait probablement rien remarqué s'il s'était attaché aux ailes de l'albatros et envolé avec lui jusqu'au phare...

16

La dame corpulente aux cheveux gris entrouvrit la porte avec méfiance, et Lani lui adressa son plus charmant sourire.

— Bonjour, madame Rosenthal, dit-elle, manquant bousculer Mika quand le golden retriever tira violemment sur sa laisse dans sa hâte à retrouver sa maîtresse.

— Lani et Mika, de nouveau ensemble ! s'écria joyeusement Mme Rosenthal, leur ouvrant grand la porte et câlinant son chien. Je n'arrivais pas à le croire quand j'ai appris que vous aviez retrouvé Bones. Entrez, entrez… Il y a une éternité que je ne vous ai pas vus ensemble, tous les deux.

Après avoir déposé Mele et Anela à la maison, Mika n'avait pas paru très chaud pour accompagner Lani au domicile du chien. Mais la maîtresse de l'animal s'était révélée être Mme Rosenthal, leur ancienne dame catéchiste, et elle avait semblé si contente de le revoir qu'il s'était senti obligé d'accepter.

Elle leur servit de la limonade fraîche et des cookies au chocolat comme quand, enfants, ils avaient séché le catéchisme pour aller jouer sur la plage.

— Vous étiez si espiègles quand vous étiez jeunes, remarqua-t-elle en s'asseyant en face d'eux.

Lani sourit en grignotant un cookie et Mika s'agita sur son siège, mal à l'aise. Bones semblait bien l'aimer car il n'arrêtait pas de renifler son short, et Lani savait qu'il était venu pour l'animal et sa maîtresse. Elle sentait qu'il s'éloignait d'elle, qu'il avait déjà un pied hors de l'île et la tête en Californie. Pourquoi se voiler la face et se comporter comme s'il ne repartait pas ? Tous les baisers brûlants et les ébats matinaux du monde n'y changeraient rien. Comme ils ne changeraient rien à leur passé, à jamais source de chagrin et de regret.

Lani bavarda poliment avec la vieille dame en s'efforçant de se comporter comme si tout allait bien avec Mika. Pas question de montrer qu'elle était tourmentée par son prochain départ. Ses baisers addictifs l'avaient réveillée, la faisant penser à des choses dont elle n'avait pas osé rêver depuis des lustres. Cette maison, par exemple… en vente aujourd'hui. La nuit dernière, elle avait rêvé qu'il l'avait achetée et voulait y vivre avec elle. Étrange.

S'interrompant soudain, Mme Rosenthal ouvrit un coffret sur la table basse. Son doux visage ridé fendu d'un large sourire, elle leur tendit une photo à chacun.

— Je les ai ressorties quand j'ai su que vous veniez. Regardez-vous, il y a plus de trente ans !

Le cœur battant, Lani sourit en contemplant le cliché. Mika avait alors environ treize ans, elle pas plus de onze, et ils étaient bras dessus bras dessous, les cheveux pleins de sable d'avoir passé la journée à s'amuser sur la plage au lieu d'étudier la Bible avec Mme Rosenthal.

À côté d'elle, Mika examinait sa photo où, assis côte à côte en classe, elle le regardait d'un air idiot pendant qu'il fixait l'objectif avec un sourire malicieux. Le béguin qu'elle avait pour lui était douloureusement évident. Il ne pouvait plus l'ignorer, et elle voyait les émotions défiler sur son visage.

— Tu étais adorable, admit-il sans quitter la photo des yeux.

— Oui, eh bien, tout change, marmonna-t-elle.

La vieille dame secoua la tête affectueusement.

— Je me souviens d'avoir pensé que vous iriez loin, dit-elle avec douceur. Quand j'ai appris ce qui était arrivé à votre petite fille, je me suis beaucoup inquiétée pour vous deux, mais vous voilà à présent, repartant de zéro avec le cœur ouvert… Je ne suis pas la seule ici à être fière du chemin que vous avez parcouru.

Lani déglutit nerveusement. Qui d'autre avait parlé d'eux dans leur dos ? Probablement tout le monde…

— C'était il y a longtemps, dit-elle d'une voix étouffée.

Mme Rosenthal pressa le bras de Mika puis le sien par-dessus la table.

— Mais on ne guérit jamais vraiment d'une telle histoire, n'est-ce pas ? remarqua-t-elle gentiment avant de se lever pour leur resservir de la limonade.

— La vie a suivi son cours, dit prudemment Mika. Lani et moi avons tous deux réussi à aller de l'avant.

— Il va bientôt rentrer en Californie, précisa Lani en espérant que sa déception ne se voyait pas.

Mme Rosenthal avait raison, on ne se remettait jamais d'une histoire comme la leur. En plus de vingt ans, elle n'était allée sur la tombe d'Iolana que trois ou quatre fois. Atroces.

Comme Mika gardait le silence, elle sentit le poids du passé alourdir encore ses épaules. Il la dévisageait, mais elle refusa de croiser son regard et posa la photo.

— Dommage que tu nous quittes encore, Mika. Cet endroit a toujours été meilleur avec toi. Avec vous, les Mahoe, déclara la vieille dame en riant.

Elle continua à évoquer le passé à grand renfort d'anecdotes sur leurs facéties, comme quand ils avaient séché le catéchisme pour aller se baigner et étaient revenus avec un cardinal à crête rouge blessé.

— Vous l'avez soigné ensemble et il s'est remis. Je ne suis pas surprise que vous ayez poursuivi dans cette voie en choisissant cette profession. Individuellement, bien sûr. Comment est la vie en Californie comparée à ici, Mika ?

Individuellement, bien sûr…

Lani pouvait à peine regarder Mika pendant qu'il parlait de ses projets. C'était affreux d'entendre quelqu'un qui les avait connus retracer ces moments heureux tout en leur rappelant ce qu'ils ne partageaient plus ensemble.

Lani eut un choc en sentant la main de Mika prendre la sienne sous la table, mais en l'entendant évoquer son travail en Californie, les gens qu'il fréquentait et sa connaissance des requins, elle fut prise de panique. Pour elle, il n'y avait jamais eu que lui, et il en serait peut-être toujours ainsi. Elle avait fini par l'accepter, mais maintenant que le destin l'avait remis sur sa route, ce serait encore plus dur quand il repartirait.

Pense à Anela, se dit-elle en dégageant sa main, songeant au dossier d'adoption qui l'attendait chez elle.

Elle n'en avait encore parlé à personne, mais elle supportait mal l'idée de voir Anela partir dans une autre famille. Elles pouvaient avoir un merveilleux avenir ensemble… à condition qu'elle oublie l'effet que Mika avait, et aurait toujours, sur elle. Mika, qui semblait déterminé à ne pas avoir d'enfant.

Le soleil se couchait quand ils prirent congé de Mme Rosenthal. En voyant Mika prendre la route de chez elle, Lani sut qu'elle ne pouvait plus retarder l'inévitable.

— On est tout près, murmura-t-elle d'une voix tremblante.

Mika lui jeta un coup d'œil et ralentit. Il avait compris.

— Tu veux qu'on s'arrête au cimetière maintenant ? demanda-t-il avec douceur.

Elle acquiesça en silence, le cœur sur le point d'éclater.

Il inclina la tête et, tournant sur une route bordée d'arbres, il arrêta la voiture devant les grilles en fer forgé. Elle remarqua son air las pendant qu'ils restaient assis sans rien dire, écoutant les oiseaux chanter. Elle finit par rompre le silence.

— Je crois qu'on devrait entrer.

Ils poussèrent la grille et elle le laissa prendre sa main, juste un moment, pour qu'ils puisent de la force l'un en l'autre. Elle retint son souffle pendant qu'ils marchaient sur le sentier, dépassant des rangées de sépultures soignées aux pierres tombales prises d'assaut par les fleurs sauvages. Puis elle la vit. La petite pierre tombale en marbre éclairée par les derniers rayons du soleil. Elle inspira, la gorge nouée.

— C'est si dur de l'imaginer là-dedans, souffla-t-elle d'une voix étranglée par l'émotion.

Une rose était posée sur la dalle de marbre, laissée là par un parent de Mika. Il s'approcha, et elle s'agrippa à son bras en fixant la pierre tombale qui brillait dans le crépuscule, portant l'inscription : Iolana Mahoe. À jamais dans nos cœurs. Elle sentit ses yeux s'emplir de larmes. Irrépressibles.

Elle tressaillit quand Mika caressa l'épitaphe du doigt avant de lever les yeux vers l'angelot de granit perché sur la pierre. Cadeau de la communauté, la statue représentait les anges qui veillaient sur leur fille. Mais elle n'apportait aucun réconfort à Lani. Elle regarda les tombes voisines : d'autres histoires douloureuses et tragiques étaient gravées dans le granit, chapitres d'un livre inachevé. La sépulture d'Iolana en était une parmi d'autres. Les gens oublieraient qu'elle avait seulement existé, et sa propre mère n'était même pas venue assez souvent pour le leur rappeler. Où étaient ses fleurs à elle ?

— Comment tu vas, mon petit trésor ? murmura Mika.

Les mots chargés de remords lacérèrent avec le tranchant d'un poignard le peu de force qui restait à Lani. Avec un sanglot, elle sentit ses jambes fléchir et trébucha, manquant s'effondrer sur le sol moussu.

Mika la rattrapa, glissa un bras autour de ses épaules, et la berça contre lui pendant qu'elle pleurait.

— Ça va aller, dit-il en lui baisant la tempe, mais elle sentait sa tension, comme s'il était sur le point de craquer.

— Je ne viens jamais ici, avoua-t-elle en reniflant, donnant libre cours à sa culpabilité. Ça fait une éternité que je ne suis pas venue, Mika. Je... je ne peux pas. C'est moi qui devrais fleurir sa tombe...

— Ça va aller, répéta-t-il, lui prenant le visage dans les mains pour essuyer ses larmes. Nous sommes là pour elle maintenant. C'est ce qui compte. Et elle n'est plus vraiment là, tu sais, elle est ailleurs, dans un lieu magnifique...

Elle vit une larme glisser sur sa joue et voulut l'essuyer, mais il lui saisit la main et, l'attirant contre sa poitrine, il enfouit son visage dans ses cheveux.

Le soleil vespéral baignait le cimetière d'une lumière orangée, et le chant des oiseaux s'intensifiait à l'approche de la nuit. Lani sentait son cœur meurtri battre fort contre celui de Mika. Puis une douce chaleur l'envahit quand ils s'assirent et qu'il commença à raconter des anecdotes sur Iolana. Comme s'il avait tout refoulé et était enfin capable d'évoquer la vie de leur fille et les souvenirs qu'ils s'étaient forgés ensemble. Cela comptait autant pour lui que pour elle, elle s'en rendait compte. Elle avait honte d'en avoir douté et d'avoir égoïstement refusé de venir ici avec lui avant ce soir.

— Et la fois où nous avons campé près du lac ? dit-il, lui rappelant la nuit qu'ils avaient passée à la belle étoile à raconter à Iolana des légendes hawaïennes autour d'un feu. Elle voulait rester éveillée et observer les étoiles filantes. On en a vu des douzaines cette nuit-là.

— Tu te souviens quand elle a vu la biche ? demanda Lani en souriant malgré elle, la tête nichée au creux de son épaule. Il a fallu lui en acheter une en peluche après !

Accepter le départ d'Iolana était toujours aussi dur, mais pendant qu'ils parlaient d'elle avec une infinie tendresse, leur chagrin s'adoucit et une paix nouvelle descendit en eux.

Plus tard, quand elle penserait à Mika à des milliers de kilomètres de là en déplorant son absence, elle aurait la force de venir seule au cimetière, elle le savait désormais.

17

— Tu sais quoi ? Kai Kalama accepte enfin qu'on effectue des tests sur son site, déclara Mika d'un air triomphant en raccrochant le téléphone.

Perchée au bord du bureau avec un oiseau dans les mains, Lani lui jeta un regard moqueur.

— Quoi ? demanda-t-il.

— Tu lui as dit qu'on passait devant chez lui par hasard quand on a entendu un chien gémir et qu'on a fortuitement découvert son jardin secret en le cherchant…

— J'ai fait ce que j'avais à faire, répliqua-t-il en lui volant un baiser.

— Il doit être en train d'arracher ses plants en ce moment… Les inspecteurs vont chez lui cet après-midi.

Elle rit doucement tandis qu'il tournait son attention vers le bébé phoque dans son petit bassin. Il leur avait été amené gravement déshydraté après s'être empêtré dans un banc d'ordures flottant, et il était sous perfusion.

Lani le suivit des yeux pendant qu'il vérifiait le cathéter. Il s'efforçait de ne pas penser à ce qu'il ferait s'ils ne trouvaient pas l'origine de la pollution chimique avant son retour en Californie. Non qu'il tînt à ce que Kai Kalama ou quiconque sur l'île soit reconnu coupable d'avoir délibérément mis en danger le milieu marin, mais il avait déjà presque épuisé toutes les possibilités, et le temps jouait contre lui.

Il ne pouvait plus guère différer son départ, et il ne s'attardait pas seulement à cause des dauphins.

— Mika ! s'écria Anela en déboulant dans le sanctuaire, Kiki sur les talons. Regarde ce qu'on a trouvé à la bibliothèque de l'école !

Elle lui fourra un livre dans les mains, et il reconnut *A life in the Eye of Nature.* « Une vie dans l'œil de la nature. »

— C'était mon livre préféré, dit Lani en scrutant les pages par-dessus son épaule, l'enivrant du parfum de chèvrefeuille de son shampooing. Tu as mis tout ton cœur dedans.

En silence, ils admirèrent les photographies sur papier glacé qu'il avait publiées presque trente ans plus tôt. De superbes images, prises avec son nouveau téléobjectif, d'oiseaux aux ailes déployées, de bourdons au repos, de fleurs en pleine floraison, de fleurs des champs oscillant sous la brise. Il avait autoédité l'ouvrage, pour le distribuer à la communauté.

— Regarde, c'est pour toi, dit Kiki en montrant la dédicace. « À ma bien-aimée Lani. »

Anela applaudit et les pointa du doigt.

— Bien-aimée, bien-aimée, bien-aimée…

Mika et Lani se raidirent, et il sentit sa gorge se serrer devant son expression à la fois fière et inquiète. Et quand Anela l'invita à jouer au ballon à la plage avec elle et Kiki, il trouva une excuse et quitta le sanctuaire.

En roulant vers le phare dans sa voiture, il laissa ses pensées vagabonder. Anela aspirait à sa présence, et c'était réciproque, mais il aurait été une bien piètre figure paternelle !

Assis sur les rochers au pied du phare, il laissa le vent ébouriffer ses cheveux sous les yeux des mouettes qui planaient en quête de poissons. Mais il ne voyait que Lani, pleurant dans ses bras au cimetière, écrasée de tristesse. Puis, comme par miracle, racontant avec le sourire des histoires oubliées sur Iolana. Sur des choses qu'ils avaient faites avec leur fille. Ils avaient vraiment ri dans ce cimetière, réunis près de sa tombe. Jamais il n'aurait cru en être capable…

Quelque chose avait irrévocablement changé dans ce cimetière. Comme s'il avait été soulagé d'un fardeau. Et elle aussi peut-être. Elle avait sans doute raison quand elle avait dit qu'ils n'avaient pas su être des parents à l'époque où il travaillait dur, persuadé que c'était ce dont elles avaient besoin, au lieu de passer du temps avec elles. Plus tard, il avait culpabilisé en réalisant qu'elle n'avait peut-être pas su combien il les aimait. Et les rares et précieux moments passés auprès d'elles resteraient à jamais les meilleurs de sa vie.

Perdu dans ses pensées, Mika faillit ne pas entendre son téléphone. Il le sortit de sa poche et bondit sur ses pieds.

— Retrouve-moi à Hook's Bay. Dès que possible, dit Lani avant de raccrocher.

Le petit bateau filait vaillamment sur les vagues, et Lani observait le visage déterminé de Mika qui le pilotait, les yeux rivés sur l'horizon. Sa chemise était déboutonnée, et le soleil se reflétait sur la peau brunie de son torse. Un torse contre lequel elle s'était trop souvent pressée récemment, comme pour le marquer de son empreinte et se le réapproprier.

Les choses allaient trop loin, et aucun d'eux n'avait osé aborder le sujet. Elle était lâche. Elle aurait dû lui demander de rester, mais il était déjà parti une fois, et elle ne supporterait pas de l'entendre encore choisir une vie où elle n'était pas. Mais c'était son droit, alors qu'il ne voulait pas être père, ni père adoptif. Il avait à peine vu Anela dernièrement.

— Où est la baleine ? demanda la fillette, assise près d'elle sur le banc arrière.

— On n'y est pas encore, répondit-elle en vérifiant pour la énième fois les sangles de son gilet de sauvetage.

Elle avait du mal à croire qu'Anela ait voulu aller en mer, mais en la regardant et en observant Mika à la barre, elle voyait qu'il fascinait la fillette. Prête à le suivre au bout du monde, elle vénérait le sol qu'il foulait. Il lui avait fait affronter ses peurs comme elle n'avait pas su le faire, et s'il se croyait encore indigne d'être père, il avait perdu la raison. Elle lui avait dit qu'il avait été un papa merveilleux pour Iolana, mais peut-être en doutait-il toujours. Il avait évité les activités avec Anela, et aujourd'hui il s'était carrément enfui du sanctuaire. La fillette serait anéantie quand il partirait. Elle avait déjà perdu sa mère, et Lani devait la protéger. Ses retrouvailles avec Mika avaient été plaisantes, mais...

Mais elle n'aurait jamais dû se lancer là-dedans, même si leur visite au cimetière avait apaisé les choses. Se retrouver ensuite au lit avait été inévitable. Thérapeutique, peut-être.

Lani fronça les sourcils derrière ses verres solaires. Voilà qu'elle repartait dans ses vieilles montagnes russes émotionnelles avec Mika. Ça ne s'arrêterait donc jamais !

Les hurlements excités d'Anela la ramenèrent au présent, et elle suivit la direction de son regard. La tête de la gigantesque baleine venait de jaillir de l'eau près du bateau de pêche qu'ils rejoignaient, et ses passagers agitaient frénétiquement les bras à leur adresse.

Anela se leva avec un cri, mais Lani la repoussa sur son siège pendant que Mika mettait les gaz. Ils s'approchèrent prudemment du bateau.

— Où qu'on aille, elle donne des coups de tête dans le bateau depuis une heure, leur expliqua un pêcheur.

Mika jeta l'ancre. La gorge nouée, Lani ne lâchait pas la main d'Anela.

— Reste immobile, ne bouge pas, ordonna Mika à la fillette.

Lani sentait qu'il désapprouvait la présence d'Anela. Mais la fillette avait demandé à venir, et cette mission était une bonne occasion de l'encourager à dompter ses peurs.

Dans l'eau, la baleine fonça de nouveau sur le bateau de pêche, puis se tourna vers eux. Retenant son souffle, Lani agrippa Anela, attendant l'impact, mais Mika fermait déjà sa combinaison de plongée et prenait un tuba. Comme le cétacé ne heurtait pas leur embarcation, Lani s'équipa rapidement sans lâcher Anela. Puis ils étudièrent ensemble la baleine.

— Je crois qu'elle demande notre aide, dit Lani.

Mika acquiesça, les sourcils froncés.

— Comment vous le savez ? demanda Anela.

— Tu vois ces choses sur sa tête et son dos ? interrogea Lani.

— Ce sont des poux de baleine, dit Mika, désignant les petits crustacés qui rampaient sur la gigantesque tête.

Il expliqua qu'ils étaient utiles aux cétacés car ils se nourrissaient des peaux mortes, algues et autres saletés qui couvraient leur corps, mais la baleine devait être gênée par le nombre impressionnant de poux accrochés à sa peau.

— Ça doit la démanger. Il faut qu'on lui donne un coup de main, ou elle continuera à solliciter l'aide des hommes, dit-il en prenant une paire de palmes.

Anela semblait fascinée en tendant une main hésitante vers l'énorme créature. À sa surprise, la baleine leva la tête et souffla vers elle. Mika s'interposa vivement, mais Anela poussa un cri ravi.

— Tout va bien, dit-elle, l'écartant de ses petites mains. Je crois qu'elle m'aime bien !

Lani ne put s'empêcher de rire. Puis elle remarqua l'expression inquiète de Mika quand il se détourna. Sa détresse l'émut, mais elle ne le montra pas. Anela méritait ce moment.

De fait, la baleine semblait lui porter un intérêt particulier. S'enhardissant, Lani tendit la main à son tour et décrocha un petit crustacé de la tête du cétacé. Anela s'empressa de l'imiter en gloussant de joie. La baleine demeura immobile, comme si cette séance de toilettage était bien ce qu'elle était venue chercher, et bientôt tous les trois arrachaient à qui mieux mieux les petites créatures voraces de sa peau pour les rejeter dans l'océan. Métamorphosée, Anela n'avait plus rien de la fillette terrifiée par la mer qu'elle était un mois plus tôt.

Mais Mika paraissait angoissé. Il n'arrêtait pas de les fixer, comme s'il s'attendait à tout instant à voir un calamar géant les entraîner au fond de la mer.

— Regarde les progrès qu'elle a faits, lui chuchota-t-elle fièrement, au moment où Anela se penchait un peu trop, manquant passer par-dessus bord.

Lani agrippait fermement son gilet de sauvetage, mais Mika bondit au secours de l'enfant. D'un geste vif, il l'attrapa aux épaules, la tira sur le pont et tomba à genoux devant elle.

— Tu dois être plus prudente, la gronda-t-il.

— Pardon, Mika, bredouilla piteusement Anela.

— Sérieusement, tu ne devrais même pas être sur ce bateau !

— Mika ! protesta Lani.

La fillette croisa les bras et le défia du regard.

— Pourquoi ? Tu voulais que je m'habitue à l'eau !

— Elle ne devrait pas être là ! répéta-t-il à Lani.

Un lourd silence suivit.

Lani pinça les lèvres. Elle voulait se justifier, mais elle savait qu'il réagissait ainsi pour la même raison qu'elle avait perdu son sang-froid quand il était resté dans l'eau avec Nala pendant leur plongée : la peur de perdre un être aimé.

Elle garda le silence pendant qu'il se détournait pour ajuster son tuba et se préparer à sauter dans l'eau. Sa tension était palpable, mais elle se tut. Il était simplement protecteur. Quel bon père il pourrait être pour Anela s'il le voulait ! À en juger par son expression actuelle, il avait plutôt envie de les fuir. Mais au fait, quand partait-il ?

— Continuons, mais fais plus attention, dit-elle à Anela, se refusant à gâcher son plaisir.

La fillette reprit sa tâche, décollant les poux de la baleine avec juste un peu moins d'enthousiasme, douchée par la remontrance de Mika qui resta silencieux le reste de la mission et pendant le trajet de retour.

Lani décida qu'il était temps qu'ils aient une vraie discussion qui ne finirait pas en galipettes dans la chambre. Même s'il y avait des moments où ça allait mieux, lorsque les ombres semblaient se dissiper et leur fardeau s'alléger, Mika ne serait apparemment jamais disposé à endosser les responsabilités parentales pour lesquelles elle était prête.

— Dîner ce soir ? proposa-t-elle quand ils tirèrent le bateau au sec, le regardant avec espoir.

Leur relation mise à part, il comptait pour Anela maintenant. Elle préparerait des lasagnes, son plat favori, avec une salade et un bon vin, et elle lui parlerait de son projet d'adopter Anela, il méritait de l'entendre de sa bouche au lieu de l'apprendre fortuitement. Elle voulait aussi savoir s'il viendrait lui rendre visite à Hawaï. Anela en serait ravie. Peut-être accepterait-il, une fois de temps en temps.

— Je vais faire des lasagnes, et Anela préparera la sauce.

— Je ne peux pas ce soir, répondit-il avec brusquerie. J'ai promis de dîner avec ma famille.

Oh !

Occupé à enrouler les cordages, la combinaison rabattue sur la taille, Mika ne la regardait pas. Il était temps d'essayer une nouvelle tactique : l'honnêteté. Elle demanda à Anela de l'attendre près de la voiture.

— Mika... j'ai pensé qu'on pourrait parler.

Il poussa un profond soupir, évitant son regard.

— Ça ne marche pas, Lani.

Elle voulut répondre, mais les mots moururent dans sa gorge devant son expression durcie.

— Ça devait fatalement mal se terminer. Je suis incapable de faire ce qu'il faut avec toi ou Anela. Et j'ai eu une réaction complètement disproportionnée sur le bateau.

— Je sais pourquoi, Mika. Mais...

— Je ne suis pas fait pour ces trucs de père, l'interrompit-il. Je n'ai rien demandé, Lani. Du reste, j'ai une vie ailleurs maintenant. Je crois que nous nous sommes emballés.

Elle s'enfonça les ongles dans les paumes. Oui, ils s'étaient emballés, mais il y avait aussi eu de l'amour. De l'amour pour lequel il était vain de se battre s'il refusait d'être père.

Pense à Anela. C'est à toi de la protéger maintenant. Elle a déjà perdu ses parents !

— Je veux que tu lui dises que tu t'en vas, Mika, déclara-t-elle en refoulant ses larmes. Que tu le lui dises maintenant, pour que la nouvelle ne lui cause pas un choc.

Il lui jeta un regard furieux, le visage empourpré de colère.

— Dis-nous juste quand, insista-t-elle avant de ne plus en avoir le courage. Pour que je prenne mes dispositions.

Il balança le rouleau de cordage dans le bateau, et elle sentit son cœur s'affoler dans sa poitrine. Pourquoi lui ordonnait-elle pratiquement de partir alors qu'elle mourait d'envie de le supplier de ne plus jamais la quitter ?

— Je t'en aviserai dès que possible, déclara-t-il, glacial. Tu pourras prendre toutes les dispositions que tu voudras, sans que je gâche tout. Une fois de plus.

Dans un silence pétrifié, elle le regarda attraper son bonnet et regagner sa voiture. Chaque pas qui l'éloignait d'elle lui lacérait un peu plus le cœur. Et elle se fit violence pour s'empêcher de le rattraper.

18

Anela n'aurait pas dû se trouver sur le bateau ; elle aurait pu être blessée, voire tuée, songeait pour la centième fois Mika en nageant sous l'eau, propulsé par ses palmes. Il aurait aimé chasser ces pensées, mais aujourd'hui plonger ne l'aidait pas. Même la vue de Nala glissant gracieusement vers lui, aussi heureuse que pouvait l'être un squale, n'arrivait pas à lui faire oublier sa dernière altercation avec Lani.

Il avait tout gâché avec Anela et il n'y avait pas lieu d'être fier, mais il avait agi sur la défensive, en moralisateur...

— Qu'est-ce qui se passe ? demanda Manu alors qu'ils se séchaient au soleil sur le pont du bateau.

Mika lui raconta tout. Sa réaction excessive à la présence d'Anela sur le bateau, qu'il se reprochait amèrement depuis deux jours. Sa dispute avec Lani, qui exigeait qu'il annonce à la fillette la date de son départ. Sans doute pour le savoir elle-même et il ne pouvait l'en blâmer, alors qu'il n'avait fait que lui compliquer la vie.

— Tu es trop dur envers toi-même, Mika, comme toujours.

— C'est mieux comme ça, grogna-t-il en buvant une gorgée d'eau. Il est préférable qu'on sache tous les deux à quoi s'en tenir. Elle m'a pratiquement dit qu'elle avait hâte que je parte.

Il grimaça. Ce n'était pas tout à fait vrai. Il avait tout interprété à sa manière pour être en colère contre elle et ne pas se sentir rejeté, ni encore plus coupable.

En bon frère, Manu lui dit le fond de sa pensée. Lani tenait visiblement beaucoup à lui, elle craignait juste qu'Anela s'attache trop à lui. Et elle n'avait sûrement pas vraiment envie qu'il parte. Puis il aborda la vraie question :

— Frérot, tu sais que tu as toujours été un père formidable pour Iolana, n'est-ce pas ?

Mika détourna les yeux pour ne pas voir sa compassion.

— Lani me l'a dit, mais je ne le crois pas.

— Parce qu'elle est morte ? Tu n'y es pour rien. Elle était malade, et ni toi ni Lani ne pouviez le savoir. Même si vous aviez été avec elle, vous n'auriez pas pu la sauver. Mais si tu te sers de ça comme excuse pour fermer ton cœur à Anela, tu les perdras toutes les deux, Lani et elle.

Manu fronça les sourcils au-dessus de ses lunettes de soleil.

— Avoue à Lani que tu l'aimes toujours, je sais que c'est le cas. Tu peux encore tout arranger.

— Ouais, comme si les divorcés se vantaient d'être amoureux de leurs ex-femmes...

— Pas plus que les divorcés qui couchent avec leurs ex, rétorqua Manu. Lani et toi n'avez jamais été ordinaires, Mika, admets-le !

Mika repensa à cette conversation tout l'après-midi, qu'il avait pris pour mettre à jour ses papiers et préparer son retour, ses réunions avec Megan, et appeler le locataire qui occupait son appartement de Pasadena en son absence. Pendant qu'il réglait ses affaires, les paroles de Manu lui revenaient en boucle. Comme Lani, il avait affirmé qu'il avait été un bon père pour Iolana, et il voulait désespérément le croire.

Son frère avait raison sur autre chose : Lani et lui n'avaient jamais été comme tout le monde. Ils avaient chamboulé la vie l'un de l'autre dès leur première rencontre. Il était éperdument amoureux d'elle depuis qu'il l'avait portée sur la plage après que la marée eut emporté ses chaussures ; depuis qu'elle l'avait regardé dans les yeux et lui avait déclaré en riant : « Tu es mon héros ! »

Ce jour-là, il avait décidé d'être pour toujours son héros. Dès lors, son univers avait tourné autour d'un seul axe, Lani. Et dans son immense douleur, il l'avait lâchement abandonnée...

L'heure du dîner approchait, et il ressassait toujours les mêmes pensées, il n'avait même pas commencé à faire ses valises ni réservé son billet d'avion quand il reçut l'appel concernant les prélèvements. Il ne décrocha pas tout de suite. Dès que les types du labo confirmeraient que les composés chimiques matchaient avec l'échantillon prélevé chez Kai Kalama, il n'aurait officiellement plus de raison de s'attarder dans l'île. L'affaire serait close, il pourrait partir et ne plus jamais croiser le chemin de Lani.

Mais quand il décrocha, le résultat n'était pas celui auquel il s'attendait. L'échantillon ne correspondait pas. Les conclusions dépassaient de loin ce qu'ils avaient imaginé. Il devait l'annoncer en personne à Lani. Peut-être devrait-il aussi lui dire combien il l'aimait, songea-t-il tandis qu'un fol espoir s'emparait de lui. Ils pouvaient peut-être faire un nouvel essai. Ils avaient traversé bien des épreuves, mais ces dernières semaines, ils avaient considérablement avancé en communiquant enfin sur ce qui les avait séparés. Manu et Lani avaient peut-être raison en prétendant qu'il avait été un bon père. Il avait juste oublié, submergé par la peine et la culpabilité pour quelque chose qui n'était ni sa faute ni celle de Lani.

Quant à Anela... il avait eu beau s'en défendre, la vérité ne cessait de s'imposer à lui. Il l'aimait aussi. Autant que son *honu*. Ces tatouages assortis représentaient infiniment plus que sa relation avortée avec Lani, mais cela pouvait changer, pensa-t-il en prenant ses clés de voiture. Cela allait changer...

En remontant l'allée, il entendit Anela chanter doucement sous la véranda. Elle jouait avec les chatons, et il s'immobilisa un moment pour écouter sa voix fraîche. Elle lui rappelait Iolana fredonnant des comptines, exquis petit oiseau gazouillant sans aucun souci au monde. C'était étrange, mais maintenant, il pouvait penser à sa fille sans qu'un nœud d'angoisse lui comprime l'esprit, le corps et l'âme.

— Salut Mika, dit gaiement la fillette quand il gravit l'escalier.

Un livre ouvert était posé sur le hamac, et il chercha Lani des yeux. Puis il aperçut sa silhouette par la fenêtre de la cuisine, et l'appréhension lui serra la gorge à la pensée de lui avouer ce qu'il ressentait vraiment pour elle. De lui dire que, si elle voulait, il retournerait en Californie pour démissionner, et reviendrait à Oahu diriger avec elle le sanctuaire marin comme ils en avaient rêvé, et prendre soin d'Anela.

— Bonsoir, dit-il en s'accroupissant devant la fillette avec un doux sourire, lui tendant un sachet de friandises pour chatons. J'ai pensé que ça leur plairait.

Le chaton qu'ils avaient sauvé durant l'ouragan trotta vers lui et il le prit dans la main. Enhardis, ses camarades commencèrent à leur grimper dessus, pour la plus grande joie d'Anela.

— Anela, tu sais, l'autre jour, quand tu t'es trop approchée de la baleine sur le bateau ? dit Mika, conscient de lui devoir une explication.

Elle posa sur elle ses grands yeux innocents.

— Pourquoi tu ne voulais pas de moi ? Tu ne m'aimes pas ?

— C'est parce que je t'aime beaucoup que j'ai réagi ainsi, répliqua-t-il vivement. Lani et moi avons eu une petite fille autrefois, elle te l'a dit ?

Les yeux plissés, elle secoua la tête.

— Où elle est ?

Mika caressa la chatte qui ronronnait contre ses jambes.

— Elle est morte quand elle était petite, dit-il, se forçant à rencontrer son regard.

— Comme ma maman ?

Lani était apparue dans l'embrasure de la porte derrière elle. Écartant des mèches échappées de sa queue-de-cheval, elle s'approcha et posa la main sur la tête de la petite fille.

— Oui, mon trésor, comme ta maman, murmura-t-elle avec douceur. Nous l'aimions beaucoup.

Le cœur au bord de l'implosion, Mika la regarda s'agenouiller et attraper un chaton.

— C'est pour ça que nous sommes nerveux quand quelqu'un qu'on aime se met en danger. Mais ça ne veut pas dire qu'on ne te trouve pas très courageuse, ou que tu ne dois plus venir en bateau avec… avec moi, conclut-elle après un coup d'œil à Mika. Tu pourras m'accompagner en mer quand tu voudras.

— Et Mika ? demanda Anela.

Elles le regardèrent, et il chercha ses mots, le cœur en vrac. Qu'était-il censé dire ? Lani venait de déclarer qu'elle s'attendait à son départ, et que leurs futures sorties en mer se feraient sans lui. Cependant il ne pouvait pas lui reprocher de le tenir à distance après leur prise de bec de l'autre jour.

Lani se releva et alla prendre le livre dans le hamac.

— Je dois parler à Lani un instant, dit-il gentiment à Anela. Tu veux bien aller jouer à l'intérieur ? On te rejoindra après.

L'un derrière l'autre, ils dépassèrent l'abri de jardin où s'entassaient les branches cassées par l'ouragan, parfaites pour du bois de chauffage, et franchirent le petit portail menant au belvédère. Dès qu'elle l'avait vu sur la terrasse avec Anela, Lani avait senti que Mika venait leur annoncer la date de son départ, et elle avait eu besoin d'un moment pour se ressaisir.

Elle enroula ses bras autour de sa poitrine, sentant monter l'angoisse. Il partait toujours. Elle devait se montrer forte, même si, en le voyant avec Anela à l'instant, elle avait presque cru que leur amour pouvait tout surmonter.

— Je n'ai jamais eu cette conversation avec elle au sujet d'Iolana, admit-elle, gravissant derrière lui les marches de pierre jusqu'à la plate-forme d'observation.

— Je suis désolé, dit-il, les yeux fixés sur l'océan qui scintillait au loin. Je pensais que je lui devais une explication pour mon comportement de l'autre jour…

— Tu avais raison, coupa-t-elle. Elle est assez grande pour

comprendre. J'ignorais juste comment aborder le sujet. Honnêtement, je refusais d'en parler avant parce que… tu sais.

— Je sais, acquiesça-t-il doucement.

— Elle n'a pas fait de cauchemar depuis un moment.

Elle lui jeta un regard oblique, surprise de sentir l'amour gonfler son cœur à le briser. Quand ils se disputaient avant, elle avait encore plus envie de s'accrocher à lui. Et en l'observant là, dans cette lumière, elle aurait aimé pouvoir l'embrasser et tout réparer. Elle ne voulait pas qu'il prépare un aller simple pour la Californie. En voyant Anela s'ouvrir à lui ces dernières semaines, elle avait éprouvé la même émotion délicieuse qu'en le regardant tenir Iolana dans ses bras.

Pourquoi ne restes-tu pas ? Parce que nous t'aimons toutes les deux, Mika.

— Alors, tu es venu nous annoncer quand tu partais ?

La question avait jailli avant qu'elle puisse la retenir.

Au-dessus de leurs têtes, les palmiers bruissaient dans la brise et il détourna les yeux.

— Je viens t'apprendre une nouvelle inattendue, répondit-il en fourrant les mains dans ses poches. Le composé chimique a matché avec une autre entreprise. Ce n'est pas Kai Kalama qui empoisonne les dauphins.

— Ce n'est pas lui ? s'écria-t-elle, interloquée.

Il lui expliqua que c'étaient les eaux usées des serres de M. Benos qui avaient contaminé la mer, une regrettable négligence de sa part. Il avait utilisé des produits chimiques pour booster la croissance de ses fruits et légumes, sans savoir qu'ils étaient toxiques pour la vie marine.

— M. Benos ? murmura-t-elle, atterrée. Ce n'est pas possible… il est si âgé ! Et ses pêches…

Elle n'arrivait pas à croire que les produits polluaient probablement l'océan depuis des mois et qu'ils n'étaient alertés que maintenant.

— Les autorités n'ont pas d'autre choix que de fermer l'entreprise de M. Benos, dit Mika.

Lani soupira. Pauvre M. Benos. Il ne savait sûrement pas ce qu'il faisait, et il devait être aussi dévasté qu'eux. Quand elle pensait à ces beaux paniers de fruits qu'elle avait acceptés avec gratitude...

— Quel désastre, gémit-elle.

Il acquiesça avec sympathie.

Il n'avait pas encore soufflé mot de son projet de départ, et comme ils regagnaient la maison, la tension commença à se dissiper entre eux. Lani était partagée entre l'envie de le supplier de rester et le désir de le voir partir maintenant pour donner libre cours à son chagrin, comme chaque fois qu'elle remettait son cœur entre ses mains.

Sur la terrasse elle le retint, l'estomac noué.

— Je regrette sincèrement ce qui s'est passé l'autre jour, Mika, murmura-t-elle en le dévisageant, éperdue. Mais je pense avant tout à Anela et à notre avenir. J'ai juré que rien n'entraverait ce projet, et toi et moi avons un passé si lourd...

Elle fut interrompue par un hurlement venant de la maison.

Anela !

19

Ils se précipitèrent dans la maison et montèrent l'escalier quatre à quatre.

Étendue sur le sol de sa chambre, Anela se tenait le poignet en grimaçant, et les chatons gambadaient autour d'elle.

— Qu'est-ce qui s'est passé ? cria Lani en les écartant.

— Je suis tombée du lit superposé en essayant d'empêcher les chats de se casser la figure !

Mika prit la situation en main, le cœur battant. Ils auraient dû la surveiller ! Il s'en voulait terriblement en examinant le bras d'Anela. Heureusement son poignet n'était pas cassé, mais elle allait devoir mettre de la glace dessus.

— Il est juste contusionné, dit-il comme Lani ramassait les draps que la fillette avait entraînés dans sa chute, avec une brusquerie qui en disait long sur son sentiment de culpabilité.

— J'aurais dû veiller sur elle, marmonna-t-elle quand ils furent redescendus au rez-de-chaussée.

Mika avait porté Anela dans ses bras, plus choquée que souffrante. Mais il entendit Lani soupirer en cherchant de la glace dans le réfrigérateur. Elle s'en voulait, elle aussi.

— Et si elle s'était gravement blessée ? dit-elle comme il entrait dans la cuisine. Je n'aurais pas dû la quitter des yeux !

— Moi non plus, répondit-il aussi calmement qu'il put.

— C'est mon devoir de la surveiller, pas le tien ! cria-t-elle d'une voix étranglée, et il se figea.

Elle passa les mains dans ses cheveux et continua à fouiller dans le congélateur pendant qu'il se tenait devant elle, impuissant.

— Lani... je suis là pour t'aider.

— Eh bien, il est trop tard maintenant, le mal est fait.

— Elle va parfaitement bien.

— Mais elle s'est blessée sous ma responsabilité. Je me suis laissé distraire par toi.

Mika serra les poings. Il ne mordrait pas à l'hameçon, c'en était fini du jeu des reproches. L'affolement de Lani n'aurait pas raison de son bon sens. Il était naturel qu'elle se sente coupable en l'occurrence, et lui aussi, mais ils ne pouvaient pas passer leur vie à culpabiliser.

— Tu dois te pardonner pour ça, et pour ce qui est arrivé à Iolana, dit-il, lui prenant la glace et l'invitant à s'asseoir, ce qu'elle refusa. On ne peut pas laisser le passé régir tout ce qu'on fait. On commençait enfin à aller mieux, à avancer...

— Je n'avancerai jamais, grommela-t-elle.

Elle pressa ses paumes sur ses yeux, mais son souffle était moins laborieux et elle ne tremblait plus. Il posa une main douce sur son épaule, et elle enlaça ses doigts. *C'est bien*, songea-t-il comme elle s'excusait et pressait sa joue contre sa main. Elle avait eu besoin d'évacuer sa colère.

Elle le suivit dans le salon où il s'assit près d'Anela et appliqua la glace sur son poignet.

— Je veux mon livre, dit la fillette. Mika peut me le lire ?

— Il a des choses à faire, mon cœur.

— S'il te plaît !

Mika était tenté de les laisser car elles n'avaient pas besoin de lui. Mais il était venu parler à Lani, lui dire qu'il resterait si elle éprouvait encore des sentiments pour lui. Dans le cas contraire, sa lâcheté le hanterait toujours.

— Où est le livre ? demanda-t-il.

— Dans le bureau, à l'étage, répondit Lani.

Il gravit l'escalier, en proie à toutes sortes d'émotions contradictoires.

Il savait qu'elle avait besoin de temps pour gérer sa culpabilité, mais elle était forte et résiliente, et elle avait beaucoup progressé les dernières semaines. Cependant il souffrait pour elle.

À l'étage, il embrassa du regard la bibliothèque chargée d'ouvrages et, près de la fenêtre, le vieux bureau en teck, héritage de la mère de Lani. Comme il en effleurait le bois, l'image de la maison de la plage lui apparut de nouveau. S'ils l'avaient achetée, Lani aurait disposé le bureau devant la fenêtre pour travailler devant l'océan… Le livre d'Anela traînait sur une chaise ; il s'en emparait quand des papiers retinrent son attention, juste en dessous. Le nom d'Anela figurait sur la première page. Un dossier d'adoption.

Saisi par l'émotion, il le ramassa et le feuilleta. Une centaine de pages concernant l'adoption d'Anela. Lani caressait ce projet depuis le début et ne lui en avait rien dit. Probablement parce qu'elle ne le croyait pas prêt.

Un bruit au rez-de-chaussée le ramena au présent, et il s'empressa de remettre le dossier à sa place. Mais il pouvait difficilement faire comme s'il n'existait pas.

La tête lui tournait quand il redescendit avec le recueil. Il ne pouvait s'empêcher d'être touché. Lani avait tissé un lien profond avec Anela. Elle l'aimait comme sa propre enfant… mais ne l'avait jamais impliqué, lui. Elle protégeait farouchement son avenir avec la fillette et c'était admirable, mais lui dans tout ça ? Et eux deux ?

Elle prit le livre, enlaça Anela et la cala contre elle. À l'évidence, elle n'avait pas accepté son comportement après la mort de leur fille. Il avait tourné le dos à leur mariage, et cela les hanterait toujours.

— Je dois y aller, dit-il en reculant en direction de la porte.

— Reste, dit Anela en tapotant la place libre à côté d'elle.

— Tu peux rester, proposa Lani.

Mais il secoua la tête, s'efforçant de digérer ce qu'il venait de découvrir. Ce projet ne le concernait manifestement pas, ou elle l'aurait mentionné plus tôt. Elle planifiait déjà une vie pour elles deux, sans lui. C'était normal après tout. Il s'était leurré en pensant que ça pouvait encore marcher entre eux, avec leur passé ! Elle serait beaucoup mieux sans lui.

Répétant qu'il devait partir, il se dirigea vers la sortie.

Lani le suivit dehors et ferma la porte derrière elle, le visage plein d'appréhension.

— Mika...

— Je partirai demain ou après-demain, coupa-t-il. À présent qu'on sait ce qui se passe avec les dauphins, je dois rentrer. Je passerai dire au revoir à Anela avant mon départ, mais...

Les lèvres pincées, Lani semblait bouillir intérieurement.

— Je le savais, gronda-t-elle, amère.

— Quoi donc ?

— Tu as hâte de t'en aller, n'est-ce pas ?

— Lani, tu m'as bien fait comprendre que tu ne voulais pas de moi ici, riposta-t-il en s'approchant. Je viens de voir les papiers d'adoption. Tu ne m'as même pas dit que tu envisageais d'adopter Anela, depuis tout ce temps !

Abasourdie, elle recula.

— Mais tu ne veux pas d'un autre enfant dans ta vie, objecta-t-elle en secouant la tête. Tu as été très clair là-dessus. Alors ça ne devrait pas t'affecter.

Mika la dévisagea, cherchant frénétiquement ses mots. Il l'avait dit maintes fois, oui. Il y avait même cru. Mais maintenant... il ne savait plus quoi penser. Il aimait Lani, il voulait se battre pour elle, mais pouvait-il être vraiment sûr de ne plus jamais l'abandonner, elle ou Anela ? Il travaillait toujours autant. Et s'il n'arrivait pas à concilier sa vie privée et sa vie professionnelle ? Il passerait son temps à s'inquiéter de ne pas être à la hauteur, et à rater des choses auxquelles il devrait être attentif, comme avec Anela tout à l'heure.

— Tu sais quoi ? Tu avais raison en déclarant que tu gâchais tout, dit-elle, tranchante. Anela et moi nous débrouillerons très bien, tu peux partir, Mika. Va reprendre le cours de ta vie.

— Ce n'est pas ce que je souhaitais..., protesta-t-il, les yeux dans les siens, en lui saisissant les poignets.

Une lueur mélancolique passa dans le regard de Lani et il crut qu'elle allait l'embrasser, mais le chagrin et la tristesse l'emportèrent, et elle le repoussa avec brusquerie.

— Pars !

Il recula en chancelant.

— Finissons-en, Mika. Si tu dois t'en aller, va-t'en. Tu es doué pour ça, après tout.

Pendant les semaines qui suivirent, où que Lani aille, tout lui rappelait Mika. Il hantait le sanctuaire, les livres qu'Anela dévorait avidement, et ses rêves aussi. Toutes les nuits.

La veille de son départ, elle avait envoyé Anela lui dire au revoir avec Mele, mais s'était fait excuser sous prétexte qu'elle avait du travail. À la place, elle avait écouté une nouvelle fois les doléances de M. Benos, puis elle avait pris sa voiture et s'était rendue au cimetière pour parler à Iolana, s'efforçant d'ignorer que son entêtement et sa crainte d'être rejetée l'empêchaient peut-être d'être heureuse.

Elle aurait pu lui demander de rester. N'était-ce pas ce qu'elle souhaitait ? N'avait-elle pas trouvé mille excuses pour s'en dispenser, de peur qu'il refuse ? À présent elle ne saurait jamais.

Aujourd'hui, c'était sa huitième ou neuvième visite au cimetière depuis son départ et elle parla encore de Mika.

— Ton papa me manque, dit-elle en déposant un petit bouquet de fleurs jaunes à côté de la bougie.

Comment ne pas penser aux rires qu'ils avaient partagés, même en ce lieu sacré, ou à leurs folles étreintes, en dépit de leur passé et de leurs différences ? Comment se pouvait-il qu'ils aient finalement commencé à guérir après tout ce temps, pour se séparer encore une fois ?

— D'accord, je l'ai pratiquement chassé de l'île, admit-elle à voix haute, attirant l'attention d'une exquise vieille dame qui priait devant la tombe voisine.

L'émotion l'avait submergée quand Anela s'était blessée sous sa surveillance, et qu'elle avait découvert que Mika avait vu les papiers d'adoption. Et elle était passée en mode défensif avant de céder à la panique. Elle n'avait plus pensé qu'à une chose : protéger Anela, agir au mieux pour elle. Il lui avait souvent répété qu'il ne voulait pas d'autre enfant, et il avait eu maintes occasions de lui dire qu'il avait changé d'avis. Mais il s'était tu. Alors, tout était pour le mieux.

— C'est mieux ainsi, Iolana. Ça ne veut pas dire qu'il ne me manque pas.

Découragée, elle rentra chez elle retrouver sa solitude. Elle se sentait plus seule que jamais depuis son départ. Si tout allait vraiment pour le mieux, pourquoi se sentait-elle encore plus perdue que la première fois qu'il l'avait quittée ?

20

Un après-midi, Manu rendit visite à Lani au sanctuaire. Elle venait de mettre gentiment dehors un M. Benos éploré qui n'arrêtait pas de venir lui présenter des excuses. Elle avait promis de clamer partout qu'il n'avait jamais délibérément intoxiqué les dauphins, mais elle avait de la peine pour lui.

— Je pensais te trouver ici, Lani, dit Manu.

Remise de son accident, Mahina arrangea ses cheveux avec coquetterie et bavarda avec lui en souriant, ce qui intrigua Lani. Il se passait quelque chose entre ces deux-là mais, absorbée par ses propres problèmes, elle n'avait rien remarqué depuis que Mahina avait repris le travail… Intéressant.

Lani retira ses gants et se percha sur le bureau pour accorder son attention à Manu. Venait-il lui parler de Mika ? Cette pensée la glaça. Elle n'avait pas eu de nouvelles depuis son départ des semaines plus tôt, et elle commençait à croire qu'elle n'en aurait plus jamais.

— Quoi de neuf ? demanda-t-elle, se préparant au pire.

— J'ai besoin de toi, déclara-t-il avec un regard furtif à Mahina qui piqua sa curiosité. Tu peux venir avec moi ? Il y a un animal blessé près de la plage…

— Quel animal ?

— Tu devrais y aller, dit Mahina, la poussant dehors sans même la laisser retirer sa blouse. Je garde le sanctuaire.

— Je t'accompagne, Manu, dit Lani, attrapant au passage une cage et une couverture, au cas où.

Manu se tut pendant le trajet, et elle résista à l'envie de l'interroger sur son frère. Est-ce qu'il savait quelque chose ? Mika lui avait-il parlé d'elles ? Mais elle lui avait claqué la porte au nez et n'avait plus qu'à en assumer les conséquences.

Manu ralentit bientôt et s'arrêta au bord de la route. Laissant le moteur tourner, il se pencha pour ouvrir la portière côté passager et lui demanda de descendre.

— C'est en bas, sur la plage, dit-il en désignant une trouée entre les arbres.

Lani s'aperçut qu'elle se trouvait devant la maison que Mika et elle avaient rêvé d'acheter. Et le panneau À vendre avait disparu. Quel cruel coup du sort que la bête blessée soit là, comme pour remuer encore plus le couteau dans la plaie...

— Je t'attends ici, dit Manu, laissant le moteur tourner au ralenti.

De mauvaise grâce, elle s'enfonça entre les arbres qui longeaient la demeure, tendant le cou pour voir à travers les fenêtres. Le nouveau propriétaire ne se rendait pas compte de sa chance, mais pas question de l'envier.

Mais de qui se moquait-elle ? C'était la maison de ses rêves ! Elle était folle de jalousie, oui !

Tandis qu'elle descendait vers la plage, les palmiers bruissaient comme pour défendre l'accès à la propriété privée. Mais il fallait bien qu'elle trouve l'animal, où qu'il soit.

Regardant autour d'elle, elle surprit un mouvement dans la maison. Quelqu'un s'y trouvait donc ? Peut-être avait-on porté l'animal blessé à l'intérieur. Elle s'approcha de la magnifique véranda qui donnait sur la plage. Le jacuzzi était couvert et le barbecue protégé par une bâche, mais les plantes en pots exhalaient un parfum de jasmin et d'orchidée. Elle le humait avec délice quand elle remarqua un chemin de fleurs sur les marches menant à la porte jaune. Un sentier de pétales !

Qu'est-ce... ?

La porte était entrouverte.

— Il y a quelqu'un ? cria-t-elle en gravissant les marches.

Elle baissa les yeux. Encore des pétales. Mais ceux-là écrivaient la phrase : « Mika aime Lani. »

Elle retint son souffle. Était-elle en train de rêver ? Mika lui avait fait ça il y avait bien longtemps...

— Mika, souffla-t-elle, les yeux noyés de larmes.

Elle enjamba le message fleuri, consciente qu'elle tremblait. Et il se dressa devant elle dans l'entrée, un vague sourire aux lèvres. Il portait un short kaki et une chemise blanche, et son bandana avait disparu. Elle se contenta de le fixer à travers ses larmes. Puis Mika s'avança et lui prit les mains.

— Fausse alerte, désolé. Il n'y a pas d'animal blessé.

Simultanément, elle entendit la voiture de Manu s'éloigner. Elle avait été piégée.

Elle rit doucement.

— Ton frère et Mahina étaient dans le coup. Qu'est-ce qui se passe, Mika ? Et pourquoi es-tu dans cette maison ?

— Elle est à moi maintenant, avoua-t-il, écartant ses cheveux et lui prenant le visage entre les mains. Et aussi à toi et Anela. Je sais que j'ai tout gâché. Mais cette île est mon foyer, tu es mon foyer. J'ai beaucoup réfléchi après mon départ. Le plus important pour moi, Lani, ce n'est pas mon travail, mais toi. Et ce qui est arrivé à Iolana ne doit pas m'empêcher d'essayer d'être un bon père pour Anela.

Les joues mouillées de larmes, Lani n'en croyait pas ses oreilles. C'était exactement comme dans son rêve.

— Pardon de t'avoir repoussé, Mika. J'avais peur que tu le fasses le premier. Tu ne voulais pas ce que je veux pour Anela...

— Je veux prendre soin de vous deux, c'est tout, Lani. Je croyais ne plus vouloir d'enfant, mais tu ne peux pas savoir comme cette petite fille m'a manqué. Et j'ai pensé... nous pourrions nous remarier et l'adopter. Ensemble.

— Tu es sérieux ? s'écria-t-elle en se jetant à son cou, riant et pleurant à la fois.

— Ça veut dire oui ? dit-il, la faisant tourner autour de lui.

— Oui ! répondit-elle comme il mettait un genou à terre, un petit écrin à la main sorti d'elle ne savait où.

Le cœur battant, elle le regarda ouvrir le coffret et fut éblouie par le solitaire qui reflétait de mille feux le soleil entrant par la porte ouverte.

— Lani, dit-il avec douceur, mon *honu* pour la vie. Me feras-tu l'honneur de devenir ma femme ? Une nouvelle fois ?

Lani n'arrivait pas à le croire. D'abord la maison de ses rêves, qu'il avait achetée pour eux, et maintenant ceci. Elle hocha la tête, incapable de contenir sa joie, en répétant « oui, oui, oui ! ». Mika glissa la bague à son doigt et elle la contempla, émerveillée, se voyant déjà la montrer à Anela.

Il se releva pour la prendre dans ses bras et ils restèrent un long moment enlacés, s'embrassant passionnément.

— On explore notre nouvelle maison ? suggéra-t-il avec un sourire. Tu as toujours eu des tas de projets pour elle.

— Oh oui !

Ils montèrent au premier étage et, pendant qu'ils décidaient de l'attribution des pièces, elle avait encore l'impression de rêver et craignait de se réveiller pour découvrir que tout cela n'était qu'un effet cruel de son imagination.

Mais plus tard, partis chez les parents de Mika leur annoncer la nouvelle, ils organisèrent une fête sur la plage le soir même, et en accueillant les félicitations de toutes parts, elle finit par admettre que c'était sa nouvelle réalité : elle, le seul homme qu'elle ait aimé et la petite fille qu'ils chérissaient.

Anela fut ravie de retrouver Mika. Et sa joie quand il l'entraîna sur la plage et pataugea avec elle dans les vagues fit monter les larmes aux yeux de Lani. Des larmes de bonheur absolu, qui balayèrent les doutes et les peines. Et en les regardant s'arroser en riant devant le soleil qui plongeait dans la mer à l'horizon, elle sut qu'elle avait enfin trouvé la guérison et la paix. Et Mika aussi.

Avec un sourire malicieux, Mika arriva derrière Lani et, l'enveloppant de ses bras, il nicha son visage au creux de son épaule. Ils regardèrent Anela prendre le micro sur l'estrade. L'espace enfants de la bibliothèque était comble car tous ses amis étaient là, et certains instituteurs aussi.

Il y avait même M. Benos. Assis fièrement au premier rang, le vieil homme applaudissait déjà la fillette. Il avait tout fait pour rattraper sa négligence coupable et était devenu un fervent ambassadeur de la vie marine au sein de la communauté, mettant à disposition son ancienne serre pour des ateliers sur la préservation de la faune et les méthodes de pêche durable.

Mais ce n'était rien comparé aux fêtes organisées par Lani et Mika. La grande maison était maintenant leur vrai foyer, en particulier depuis l'adoption plénière d'Anela, devenue officiellement leur fille. Leur plage privée était le théâtre de nombreux rassemblements festifs où on chantait, dansait, riait. Ils allaient souvent rendre visite à Iolana pour lui raconter leur vie, lui dire qu'elle leur manquait et qu'ils l'aimaient tendrement. Mais le chagrin n'assombrissait plus leurs jours. Et si son travail comptait toujours pour lui, Mika avait appris à dire non quand il le fallait pour se consacrer à sa famille et se forger de précieux souvenirs avec les siens.

— Je ne sais pas où elle trouve cette assurance, chuchota Lani comme Anela tapotait le micro et s'asseyait sur la petite chaise en plastique, l'ouvrage de Mika à la main.

— Voici le nouveau livre de mon papa, annonça-t-elle en montrant au public la couverture dans le pur style bande dessinée. Il l'a publié lui-même, comme le dernier, mais celui-ci est destiné aux enfants.

Mika sourit fièrement pendant qu'Anela expliquait que les bénéfices du livre serviraient à financer les ressources éducatives des écoles locales, et qu'il montrait l'importance de prendre soin des mers, des requins, des dauphins, et de toute la vie marine.

Au cours de l'année, Anela était devenue une véritable ambassadrice de l'océan. L'histoire de sa mère l'avait incitée à en apprendre plus sur le comportement des requins, et elle avait appris à les respecter et les apprécier, au grand soulagement de Mika. Elle envisageait même de devenir océanographe. Le mois prochain, elle apprendrait à plonger, et un jour, peut-être, elle rencontrerait Nala.

Bien sûr, son livre permettait à la fillette de fréquenter assidûment les bibliothèques, les écoles, et même d'autres villes côtières, impressionnant tous ceux qu'elle rencontrait, mais la pensée d'avoir sa fille à ses côtés pour diffuser son message pour les années futures le rendait plus heureux qu'il n'aurait cru possible. Il était enchanté par son enthousiasme pétillant et son imagination fertile, qu'elle devait aussi à Lani, songea-t-il en étreignant tendrement celle-ci.

— Je t'ai dit que je t'aimais, aujourd'hui, chère épouse ? lui chuchota-t-il à l'oreille.

Elle se tourna vers lui en souriant.

— Je ne crois pas, non.

— Eh bien, je t'aime, souffla-t-il doucement. Et quand on rentrera à la maison, je compte te prouver à quel point.

— Je te le rappellerai.

Mais pour cela, ils devraient patienter quelques heures. Après la lecture d'Anela, ils allaient relâcher un oiseau, puis les parents de Lani et les siens viendraient les voir, comme ils en avaient pris l'habitude. Les deux familles adoraient être réunies, et tous avaient une passion pour la petite Anela.

Quoi que le destin réserve à leur clan peu conventionnel, ils l'accepteraient avec sérénité. Après bien des épreuves, Mika avait fini par avoir la famille qu'il croyait ne pas mériter. Et plus jamais il ne s'en séparerait.

ANNIE CLAYDON

Libre de séduire

Traduction française de
MARIEKE MERAND-SURTEL

BLANCHE

HARLEQUIN

Titre original :
WINNING OVER THE OFF-LIMITS DOCTOR

1

Vendredi soir. La semaine avait été longue au service des urgences pédiatriques, et il ne restait au Dr Mattie Graeme qu'à vérifier la réserve des fournitures médicales pour être enfin en week-end.

— Mattie, vous avez un moment ?

Mattie grimaça. Elle avait pensé trop vite. Elle se retourna vers le Dr Gareth Lewis, le chef du service.

— J'étais sur le point d'aller à la réserve. Je pense qu'il nous manque quelques produits.

— Je suis au courant. J'allais justement voir moi-même ce qui se passe.

C'était l'une des raisons pour lesquelles Gareth était si respecté ici. Il s'occupait des situations avant qu'elles se transforment en problèmes.

— Qu'est-ce que je peux faire pour vous, Gareth ?

— Je viens d'avoir un appel de l'orthopédie. Ils ont recruté un nouveau consultant spécialisé en pédiatrie. Comme il travaillera en étroite collaboration avec ce service, il faudrait lui faire visiter les lieux.

— Et vous aimeriez que je m'en charge ?

— Ça ne vous dérange pas ? Cela ne prendra que dix minutes, mais je dois vraiment vérifier les fournitures médicales avant le week-end.

— Avec plaisir.

Mattie pivota en voyant Gareth regarder par-dessus son épaule ; un homme se dirigeait vers l'accueil.

— C'est lui ?

La surprise écorcha un peu sa voix. Il avait l'air d'un acteur vedette de série médicale qui se serait perdu et aurait atterri dans un véritable hôpital, où les sourires éblouissants et le sex-appeal ne faisaient pas partie du travail.

— Oui. Vous vous en occupez ?

Mattie acquiesça et se dirigea vers le Dr Sublime.

— Bonsoir, je suis Mattie Graeme. urgences pédiatriques. Vous êtes… euh … le nouveau médecin de l'orthopédie ?

— Llwyd Morgan. Je viens voir le Dr Gareth Lewis.

Sa voix était grave, avec l'intonation presque musicale de l'accent gallois

— Gareth s'occupe de nos fournitures médicales en ce moment, et il m'a demandé de vous faire visiter le service. Je suis désolée qu'il ne puisse le faire lui-même…, ajouta-t-elle.

Mais quand elle leva les yeux vers lui, Mattie ne fut pas désolée du tout. Il avait un sourire captivant.

— Faire ce qu'il faut pour que tout tourne rond dans un service est toujours plus important. J'ai hâte de travailler au sein de son équipe.

— C'est un bon patron. D'un grand soutien. Vous êtes nouveau à Cartref Bay ?

— Non, je suis né ici. J'ai travaillé à Londres ces dix dernières années. Mais les visites à mes parents n'incluaient pas le nouvel hôpital.

L'hôpital de Cartref Bay, situé sur une colline surplombant la baie, avait remplacé un bâtiment plus ancien. Le nouvel établissement fournissait des soins de proximité et était en outre un centre d'excellence pour une région plus vaste de l'ouest du pays de Galles.

— Vous devez vous souvenir de l'ancien hôpital. C'était avant mon arrivée.

— Oui. Pour y être allé dans le cadre d'accidents d'enfance habituels. Vous êtes ici depuis combien de temps ?

— Trois ans. Avant cela, je travaillais à Sheffield.

Trois ans au même endroit, c'était un record pour Mattie, et retracer l'itinéraire sinueux qui l'avait conduite jusqu'ici avait des relents d'errance.

— Mais vous êtes de Londres ? Votre accent...

Les yeux verts de Llwyd brillaient de curiosité.

— Oui, je suis originaire de Londres.

Il semblait qu'il y avait longtemps de cela. Elle avait fait ses valises et son père l'avait conduite à l'université, première étape d'un parcours qui l'avait menée à travers l'Angleterre et l'Écosse, et maintenant au pays de Galles. Mattie avait toujours choisi les meilleures opportunités de travail qui s'offraient à elle, plutôt que d'admettre que la vraie raison de sa bougeotte, c'était son incapacité à s'installer pour de bon.

— Commençons par la salle d'imagerie. Nous disposons d'équipements de radiographie et de scanner, ce qui nous permet d'avoir des diagnostics rapides et précis...

Efficace et professionnelle. Comme si les cheveux blonds de Llwyd, ses larges épaules et ses yeux verts n'étaient que des détails sans importance. Comme si le côté solide et fiable de sa nature à elle n'avait pas d'alter ego irrationnel.

Puis Llwyd gâcha tout en souriant à nouveau. Mattie aurait très bien pu rejeter toute prudence pour ce sourire.

Se ressaisissant, elle le présenta à Irène, qui était assise au bureau de l'accueil et qui pouvait répondre à toutes les questions d'ordre non médical auxquelles il était possible de penser. Le visage de Llwyd s'illumina lorsqu'elle lui montra une des salles de déchocage, et Mattie prit son temps pour lui exposer la technologie disponible. Quand elle le conduisit dans une salle de traitement, il fut tout aussi impressionné.

— C'est génial.

Il examina le vaste espace, doté d'un équipement de pointe et de sièges confortables aux couleurs vives.

— Nous avons également des kits de distraction et des jouets, ainsi qu'un ensemble de folioscopes qui expliquent en images mobiles la plupart des procédures les plus courantes, comme les radiographies. Ils sont à la disposition de tous les enfants, et sont souvent particulièrement utiles pour nos petits patients autistes.

Mattie ouvrit la porte d'une armoire et Llwyd s'approcha plus près, pour regarder par-dessus son épaule. Son souffle se bloqua soudain dans sa gorge et elle recula un peu.

Ce n'est qu'à ce moment-là qu'elle remarqua ses mains. Le mouvement de la main droite de Llwyd était habile et précis, mais il portait un gant de soutien de couleur chair à la main gauche, dont le pouce et les deux premiers doigts étaient recourbés vers sa paume.

Mattie se demanda si elle devait l'interroger à ce sujet. Mais vouloir tout savoir sur lui ne se justifiait pas. Si Llwyd souhaitait en parler, il le ferait. Et pour l'instant, toute son attention se portait sur le contenu de l'armoire. Il sourit.

— Il y a des autocollants, dit-il en voyant une boîte.

Il la sortit de son étagère, la coinçant entre son poignet gauche et son corps pour pouvoir l'ouvrir.

— Oui, ils sont très appréciés et nous en avons toute une gamme pour divers aspects de l'expérience hospitalière. Les enfants aiment les collectionner au fur et à mesure.

— Ils sont super, très bien conçus. Je peux en avoir un ?

Mattie lui sourit puis détacha un autocollant Je suis passé aux urgences et le colla sur sa chemise.

— Vous voyez ce que je veux dire ? Personne ne peut résister à un autocollant.

Elle recula, glissa ses mains dans ses poches et trouva un stylo à gel paillettes qu'elle avait utilisé pour dessiner des étoiles à une petite fille et qu'elle avait oublié de remettre à sa place. Elle le déposa dans une grande boîte de stylos dans le placard et Llwyd éclata de rire.

— Difficile de résister aussi aux stylos à paillettes.

Aux stylos à paillettes et aux yeux verts, songea Mattie.

— Ça ne vous dérange pas si j'emporte un ensemble de ces éléments chez moi ? reprit-il. Juste pour les examiner plus attentivement pendant le week-end. Je les rapporterai lundi.

— Pas de problème.

Soudain, il leva la main gauche, la fléchit et Mattie vit que le pouce et les deux premiers doigts étaient très peu mobiles.

— Cela s'est passé il y a dix-huit mois, expliqua-t-il. Avant ça, j'étais chirurgien orthopédiste et je travaillais en traumatologie. Je suis devenu consultant en orthopédie, ce qui requiert à peu près les mêmes compétences médicales, mais je travaille encore sur le relationnel.

Ses qualités relationnelles semblaient tout à fait satisfaisantes à Mattie. Son sourire, sa capacité à écouter et à communiquer. Elle aurait pu parier qu'il serait un bon amant, mais elle pouvait aussi adopter une approche plus rationnelle et décider qu'il avait toutes les compétences nécessaires pour calmer un enfant en pleurs afin de lui donner le traitement médical dont il avait besoin. Elle se ressaisit une fois de plus.

— Vous aurez besoin d'un sac, dit-elle avec un sourire. Irène en garde habituellement quelques-uns à l'accueil. Je vais aller vous en chercher un…

— C'est gentil, merci. Votre service a dû se terminer il y a un moment. Je vais vous laisser rentrer chez vous.

Il donnait l'impression de le regretter, ce qui provoqua un élan de regret similaire chez Mattie. Le week-end tant attendu s'évanouit soudain dans le souhait infernal de profiter de la compagnie de Llwyd un peu plus longtemps.

— J'ai gardé le meilleur pour la fin. Vous voulez voir la salle sensorielle ? demanda-t-elle.

L'expression de Llwyd lui dit qu'il était partant.

— Je vais voir si elle est libre.

Malgré l'agitation du début de soirée qui régnait dans le service, la salle était vide et Mattie entraîna Llwyd à l'intérieur, fermant la porte derrière eux. Ignorant l'ambiance créée par les lumières colorées et le tourbillon d'étoiles et de planètes projeté au plafond, elle s'installa sur l'une des chaises moelleuses et saisit le panneau de commande.

— Il y a un éclairage à fibre optique, et les tubes à bulles dans l'angle, là-bas, qui changent de couleur quand on les touche. Plusieurs programmes sont disponibles...

Elle passa rapidement des planètes aux bulles, puis aux différents schémas d'éclairage. Elle pouvait lire sur le visage de Llwyd le même émerveillement que celui qu'éprouvaient tous les visiteurs lorsqu'ils découvraient la salle pour la première fois. Il s'approcha des tubes à bulles et tendit la main pour les toucher, modifiant leurs couleurs.

— C'est incroyable. Vous n'avez pas des enfants ici en permanence ?

— On aimerait bien, mais on doit réserver cette salle aux enfants qui en ont le plus besoin. On étudie les avantages à étendre ce genre de choses à l'ensemble du service. Il existe des options comme les chariots sensoriels mobiles qui peuvent être utilisés dans n'importe quelle salle de traitement...

Mais Llwyd n'écoutait pas. Sa main droite massait son pouce gauche, avant de toucher le tube à bulles, laissant échapper différentes couleurs de ses doigts blessés. Mattie ne put s'empêcher de sourire. Il se retourna brusquement.

— Pardon. Vous disiez ?

— Oh ! Juste que tout le monde a besoin d'une salle sensorielle de temps en temps.

Malgré toute l'assurance qu'il dégageait, l'impression qu'il était capable de faire face à n'importe quelle situation, elle avait entrevu en lui une vulnérabilité, rapidement cachée.

— Sans parler des avantages quantifiables..., fit-il remarquer ensuite. Cela doit vous permettre d'évaluer et de fournir un traitement médical plus rapidement si un enfant n'est pas en détresse. Et s'il n'est pas traumatisé par son passage à l'hôpital, il sera beaucoup plus enclin à y retourner. Cette salle a toujours existé ?

— Nous avons collecté l'argent nécessaire grâce à des bénévoles qui ont réalisé des défis. Chacun a choisi le sien. Une vieille dame a tricoté trente bonnets « Pudding de Noël ».

— Vous en avez un ? demanda-t-il en riant.

— Oui ! Il m'a permis de garder les oreilles au chaud pour mon propre défi. Je me rends au travail à vélo, alors je me suis engagée à parcourir cinq cents kilomètres.

— Vous montez la colline jusqu'à l'hôpital à vélo tous les matins ?

— Les cent premières fois ont été les pires, avoua Mattie en riant. Mais pour rentrer chez moi, c'est du gâteau. Je descends la colline en roue libre et j'emprunte la piste cyclable qui contourne la baie...

Stop. Personne ici ne savait exactement où Mattie vivait, et tout le monde supposait que lorsqu'elle disait « chez moi », elle parlait d'une maison en briques et mortier. Vivre dans un bus aménagé, garé sur une colline ensoleillée mais souvent venteuse, était quelque chose qui convenait à Mattie, mais qui semblait terriblement peu pratique. En soi, cela aurait suffi à susciter des regards inquiets de la part de ses parents, qui privilégiaient la stabilité et la responsabilité. Ils l'avaient adoptée alors qu'elle n'était qu'un bébé et lui avaient tout donné. Mattie les aimait profondément, et si elle ne pouvait pas leur parler de son domicile, de peur de les décevoir, il ne fallait en parler à personne d'autre.

Et puis il y avait le bateau... Une autre chose inconstante qui se balançait doucement sur ses amarres depuis un an, depuis que le père biologique de Mattie était apparu et avait rapidement disparu à nouveau, laissant derrière lui un cadeau extravagant et extrêmement peu commode. Si Mattie abordait la question de manière rationnelle, vendre le gros yacht serait la prochaine étape évidente, d'autant qu'elle ne s'était jamais intéressée aux bateaux et qu'elle n'avait aucun moyen d'utiliser l'embarcation. Mais même si son père biologique n'avait jamais montré beaucoup d'intérêt pour elle, l'attrait de l'idée qu'il ne l'avait jamais oubliée était trop fort, et

Mattie ne pouvait se résoudre à lâcher son cadeau. Quelque chose d'aussi dédié au mouvement était une sorte d'entrave improbable, pourtant, de plus en plus, elle avait l'impression d'être attachée à Cartref Bay...

Son esprit vagabondait maintenant, et peut-être que la salle sensorielle l'atteignait aussi. Mattie se leva, décidant que Llwyd en avait assez vu et qu'il était temps de passer à autre chose. La combinaison de lumières apaisantes, d'un bel homme dont le regard était capable de faire fondre toutes ses défenses, et d'un week-end qui approchait enfin était en train de lui faire perdre les pédales. Ils quittèrent la salle.

— Vous descendez au Y Llong ? demanda-t-il en refermant la porte derrière eux. Le Ship Pub.

C'était une traduction que Mattie connaissait, car le grand panneau à l'extérieur du pub indiquait les versions galloise et anglaise de son nom. Le Ship Pub, qui se trouvait près du port au centre de la baie, était un lieu de détente coutumier pour le personnel de l'hôpital en fin de semaine, et nul doute que quelqu'un avait mentionné à Llwyd que c'était le meilleur endroit pour faire connaissance avec eux.

— Je pourrais y faire un saut. C'est sur mon chemin...

Soudain, l'idée d'aller boire un verre le vendredi soir semblait beaucoup plus attrayante que d'habitude.

— Ça vous dit de m'accompagner et me laisser vous offrir une bière ?

Mattie déglutit. Quelque chose dans la chaleur de son regard faisait qu'il était facile de prendre cette demande pour un aveu qu'il souhaitait sa compagnie. Elle pouvait aussi adopter une approche plus rationnelle et reconnaître qu'il s'agissait d'un moyen évident de rencontrer de nouveaux collègues.

— Il faut que je me change, répliqua-t-elle en indiquant sa tenue médicale... Je vous retrouve à la réception.

À l'extérieur, Llwyd était tout aussi exaltant qu'à l'intérieur. Peut-être même plus. Son pull gris et le petit sac à dos qu'il portait en bandoulière évoquaient le week-end, où le temps passé avec quelqu'un était une question de choix. Le soleil du soir et la forte brise qui ébouriffait ses cheveux lui donnaient un air délicieusement décontracté.

— Vous avez d'autres questions ? demanda Mattie tandis qu'ils marchaient ensemble sur le sentier qui longeait la piste cyclable, Mattie poussant son vélo.

— À peine un millier. Je pense que j'en découvrirai la plupart au fur et à mesure.

— C'est une promenade de trois kilomètres. N'hésitez pas à réduire ce nombre d'ici là..., répliqua-t-elle en souriant.

Descendre la colline de l'hôpital avait toujours été pour Mattie un moment de détente. Le temps de laisser tomber les défis de la journée. Il semblait que Llwyd fonctionnait selon le même principe, vivant le moment présent et s'intégrant maintenant au paysage à la beauté sauvage qui les entourait. Alors qu'ils discutaient, les couleurs du panorama paraissaient se refléter dans ses yeux vert mousse, sa peau dorée et ses cheveux blond sable.

Trois kilomètres peuvent vous en apprendre beaucoup sur un homme, surtout si vous ne marchez pas trop vite. Llwyd avait grandi sur la rive sud de la baie et, de leur position, Mattie pouvait voir le petit groupe de maisons qu'il lui désignait du doigt. Il avait fait ses premiers pas sur un bateau, puis avait appris à se tenir en équilibre sur la terre ferme, passant le plus clair de son temps sur l'une des petites plages qui bordaient l'embouchure de la baie, ou dans le chantier naval de son père. Il était parti à Londres pour suivre une formation de médecin, et son doux accent gallois était parsemé de quelques pointes trahissant la ville. Llwyd n'expliqua pas l'origine de sa blessure à la main gauche, mais celle-ci avait manifestement joué un rôle important dans sa décision de rentrer au pays de Galles.

— La chirurgie vous manque ?

Mattie pouvait au moins demander ça. Il se mit à rire.

— Parfois. Assez souvent au début, et l'hôpital où je travaillais s'est plié en quatre pour trouver des moyens de me permettre de continuer à travailler en chirurgie. En fin de compte, c'est moi qui ai décidé de ne pas le faire. J'ai réalisé ce que j'avais manqué pendant toutes ces années, à savoir le contact direct avec les patients, et que les enfants peuvent être plus amusants et beaucoup plus stimulants lorsqu'ils sont éveillés.

— C'est pourquoi j'aime travailler en pédiatrie. Les enfants peuvent être agréablement sans filtre.

Il rit et acquiesça. Son instinct lui disait que Llwyd retenait des choses, tout comme elle. Mais ici, au soleil, elle pouvait oublier toutes ces inconnues au profit du plaisir tranquille de marcher à ses côtés.

2

Llwyd avait déjà perdu deux des choses les plus importantes de sa vie – trois si l'on comptait le sentiment, qu'il avait tenu pour acquis, que le monde était en grande partie un lieu de sécurité.

Cela faisait un an qu'il avait été agressé, dans le parking de l'hôpital à Londres. Il lui avait fallu un certain temps pour comprendre que sa carrière de chirurgien était terminée, mais l'alternative était devenue étonnamment satisfaisante. Il avait été plus difficile d'encaisser la perte lorsque sa compagne l'avait quitté, mais il l'avait accepté aussi. Peut-être que les cicatrices, le handicap et les cauchemars avaient fait de lui une personne différente, comme l'avait affirmé Hannah.

Rentrer chez lui, au pays de Galles, avait semblé si évident qu'il y avait à peine réfléchi. Il avait commencé ici, et savait que c'était l'endroit où il pouvait recommencer. Un peu différemment, peut-être, mais sa terre natale était un terrain solide quand tout le reste semblait se dérober sous lui.

Il avait pris un mois de congé entre ces deux emplois et avait regagné son équilibre. Et puis Mattie l'avait à nouveau déstabilisé, de la manière la plus inattendue qui soit.

Elle était manifestement efficace et organisée, et tout ce qu'elle faisait témoignait de son engagement envers ses patients. Mais il y avait plus : une détermination tranquille à faire les choses à sa manière. Une grande partie de ses mille questions – peut-être neuf cent quatre-vingt-dix – étaient des questions personnelles qu'il voulait poser à Mattie.

Il la regarda ranger son vélo dans le râtelier du parking derrière le pub. Un vélo qui lui allait bien, version plus légère d'un deux-roues de style hollandais qui avait l'avantage d'avoir des vitesses pour l'aider à gravir les collines galloises. Turquoise clair, avec un panier à l'avant et un casier à l'arrière. Il imaginait bien Mattie, avec son bonnet « Pudding de Noël », sur les pistes cyclables qui faisaient le tour de la baie.

Cette pensée le fit sourire et il se détourna avant que Mattie s'aperçoive qu'il l'observait. Dès qu'il l'avait rencontrée, il avait eu du mal à ne pas la dévorer des yeux. Elle était petite – menue, même – et se déplaçait avec une grâce contrôlée qui donnait l'impression qu'elle dansait dans la vie. Ses courtes boucles avaient exactement le même éclat et la même couleur qu'un marron d'Inde fraîchement sorti de sa coque protectrice un jour d'automne, et ses yeux bleu foncé rappelaient à Llwyd la mer.

Il n'était pas encore prêt pour une nouvelle histoire. Hannah l'avait jugé irrémédiablement brisé, et son verdict pesait toujours sur ses épaules, un poids qu'il ne pouvait pas déposer, même s'il avait appris à le porter.

Mais boire un verre après le travail, cela n'outrepassait pas les limites qu'il s'était fixées. Llwyd entra dans le pub bondé, se faufila jusqu'au bar et vit en se retournant Mattie dans l'embrasure de la porte, qui le cherchait du regard.

Elle plongea dans la foule, réapparaissant à côté de lui, puis trébucha quand quelqu'un la poussa par-derrière. Il sentit sa main s'accrocher à son bras, et il la rapprocha d'instinct de lui, de manière protectrice.

— Oh ! Il y a du monde ici ce soir ! dit-elle, lui souriant.

Llwyd acquiesça, essayant d'ignorer le doux parfum de ses cheveux qui était en train de démolir toutes ses limites.

— Qu'est-ce que vous voulez boire ?

Il la sentit bouger contre lui alors qu'elle se retournait pour inspecter les étiquettes sur les pompes à bière, et recula un peu pour qu'elle puisse se glisser dans l'espace entre lui et le bar. Mattie pouvait prendre son temps pour répondre. Il sentait qu'il avait tout ce qu'il voulait, ici et maintenant.

Une barmaid souriante interrompit sa rêverie, et lorsqu'il commanda une bouteille de bière locale, Mattie opta pour la même chose. Il tendit un billet par-dessus le bar et Mattie s'empara des bouteilles et des verres tandis que Llwyd rangeait maladroitement sa monnaie. Elle se fraya un chemin à travers la foule et sortit du pub, qui donnait sur la baie.

— Ouf, c'est plein à craquer ce soir !

Elle secoua la tête car le vent tirait sur ses boucles, regardant les groupes de personnes qui avaient eu la même idée qu'elle et s'étaient répandus sur le quai.

— On va peut-être commencer par ici. Je pourrai vous présenter à quelques personnes à l'intérieur quand il y aura un peu moins de monde et qu'on pourra s'entendre parler…

Elle était manifestement en mission, mais Llwyd n'était plus tout à fait d'accord. Les mille questions qu'il avait dit pouvoir attendre de poser le poussaient comme une brise marine.

— On a déjà tout abordé concernant le service des urgences pédiatriques ? Puisqu'on va travailler ensemble…

Elle sourit soudain. Peut-être que Mattie n'en avait pas fini avec lui non plus.

— Loin de là, je dirais…

Il y avait un banc libre dans la rangée qui bordait le haut du quai, et Mattie s'y précipita avant que quelqu'un d'autre puisse le réclamer. Elle posa leurs boissons entre eux, et Llwyd prit une des bouteilles et en but une gorgée. Mattie emplit un verre et se mit à siroter sa bière.

— On ne s'en lasse pas, hein ?

Elle fit un signe de tête en direction de la baie, qui s'incurvait de chaque côté devant leurs yeux.

— Ou peut-être que vous y êtes habitué et que vous ne la remarquez pas autant ?

— Je vois toujours de nouvelles choses. Mon père a vécu ici toute sa vie, et chaque fois qu'on lui pose la question, il dit qu'il n'a jamais vu la baie aussi belle que ce matin.

Llwyd commençait à se demander si Mattie faisait partie de la même catégorie de personnes. Les objets de beauté semblaient toujours offrir quelque chose de plus, à chaque fois qu'on les regardait.

Mattie acquiesça pensivement en regardant la mer.

Vivre le moment présent semblait convenir à Llwyd, et ce soir, cela convenait à Mattie aussi. Leur conversation vagabonda entre les meilleurs cinémas qu'ils avaient testés et les meilleures stratégies de traitement des fractures. Des endroits de Londres qu'ils connaissaient tous les deux. Llwyd pouvait-il réussir le coup de glotte londonien, qui adoucissait son double T à elle ? Et serait-il préférable que Mattie n'essaie même pas de reproduire la prononciation galloise d'un double L ? Comme le nom de Llwyd comportait un double L, Mattie avait fait de son mieux.

— Fricative alvéolaire sourde. Au moins, je sais comment ça s'appelle, maintenant.

— Vous y arrivez bien. Je suis impressionné. Encore un an et vous serez capable de tromper un Gallois de souche.

Dans un an ou deux, cela n'aurait probablement plus d'importance, car elle pourrait être n'importe où. Mais ce soir, les horloges et les calendriers avaient mystérieusement cessé de compter. La brise qui soufflait de la mer était plus fraîche maintenant et la faisait frissonner, lui rappelant qu'elle devrait rentrer chez elle. Elle enfila sa veste.

— C'était super de parler avec vous, Llwyd...

Il gloussa et approuva d'un signe de tête sa dernière tentative du double L. L'heure était venue pour Mattie de partir, mais chaque fois qu'elle tentait de prendre congé, ce moment lui échappait, se mêlant à tous les autres moments de la soirée, qui semblaient planer dans l'air entre eux.

Llwyd regarda sa montre, visiblement plus habitué à reprendre le contrôle du temps qui passe.

— De quel côté allez-vous ? Il se fait tard, je vais vous accompagner.

C'était une question simple, et y répondre ne devrait pas être aussi difficile pour Mattie.

— Merci, mais ça va aller. Ce n'est pas loin et les routes sont toutes bien éclairées...

— Faites-moi plaisir ? insista-t-il avec un grand sourire.

Proposition injuste. Ou peut-être était-ce la nature enivrante de son sourire qui était injuste. Qui n'aurait pas envie de découvrir les moindres désirs de cet homme et de les assouvir ? Mattie réfléchit aux possibilités qu'elle avait. Son bus était garé de l'autre côté de la baie, et le port de plaisance où son bateau était amarré n'était qu'à dix minutes de marche. Il lui vint à l'esprit que passer du temps sur un bateau le week-end pouvait sembler évident à Llwyd.

— Ce serait adorable. Je vais aller chercher mon vélo...

Il acquiesça, prit son sac à dos et ramassa les deux verres vides posés sur le banc.

— Je vais les rendre. Je vous attends ici.

Peut-être serait-il préférable de fuir maintenant, pendant qu'il tournait le dos... Mais elle n'avait pas envie de fuir. Les bateaux étaient un mode de vie ici, et Llwyd n'avait pas besoin de connaître les détails de la situation familiale compliquée qui faisait du bateau de Mattie un sujet de discorde. Elle revint vers lui en poussant son vélo.

— Prête ?

— Oui, répondit Mattie. Je vais à la marina.

— Vous vivez sur un bateau ?

Il sourit soudain. Son approbation évidente d'un choix qui aurait fait frémir sa mère et son père d'une réprobation à peine voilée fit frissonner Mattie de plaisir.

— Non, je ne vis pas dessus. Je viens ici le week-end, c'est tout. Je pourrai me lever tôt demain matin...

Peut-être faire un peu de ménage. Cela faisait deux semaines qu'elle n'y était pas allée, et les bateaux semblaient attirer toutes sortes d'éclaboussures et de taches bizarres...

— Je trouve toujours que c'est le meilleur moment pour sortir en mer. Le matin à la première heure, pour voir le soleil se lever sur l'eau.

Probablement. Cela semblait être quelque chose qu'elle apprécierait, si elle était capable de piloter le bateau hors de la marina. Si Llwyd n'avait aucune difficulté à approuver la possession d'un bateau, peut-être qu'il comprendrait moins pourquoi elle ne l'utilisait pas.

Elle acquiesça, accélérant un peu le pas. Lorsqu'ils atteignirent l'étroit sentier qui menait au portail du port de plaisance, Llwyd la suivit, voulant manifestement s'assurer qu'elle était bien entrée à l'intérieur. La lumière de sécurité s'alluma et Mattie fit un signe à la silhouette dans la cabine de contrôle, qui lui rendit son salut.

— La sécurité est bonne ici, constata Llwyd d'un air là encore approbateur.

Elle devrait peut-être l'inciter à venir à Londres et lui présenter ses parents. Il pourrait les rassurer... Puis, brusquement, elle gâcha tout :

— Vous voulez monter à bord ? Je vous offrirais bien un grog, mais je crains de n'avoir que du café.

— J'en serais ravi, objecta-t-il en riant. Mais je dois me coucher tôt ce soir. Je m'occupe de mon neveu le week-end.

— Quel âge a-t-il ?

Mattie était consciente d'être en train de gagner du temps, repoussant le moment où elle verrait Llwyd partir, car cette soirée avait été parfaite.

— Huit ans. Il a beaucoup d'énergie. Mon frère et ma belle-sœur ont leur propre restaurant, un peu plus loin dans la baie. Ils ont survécu au confinement en créant un menu de livraison peu onéreux. Ils sont en train de tout reconstruire, mais c'est un vrai combat, et j'ai proposé de prendre Peter le week-end pour qu'ils puissent travailler tous les deux.

C'était vraiment un gars bien. Il s'occupait de sa famille et faisait de son mieux pour se réinstaller ici.

— Une autre fois, peut-être. Peter aime les bateaux ?

Un enfant de huit ans ne manquerait pas de faire ressortir son côté plus responsable, songea-t-elle. Llwyd éclata de rire.

— Dans ma famille, cela va de soi. J'ai proposé à Peter de faire quelques excursions le week-end sans que cela se passe sur l'eau, mais il n'était pas très enthousiaste.

Il se retourna, regardant à travers les grilles du portail.

— Lequel est le vôtre ?

Mattie désigna le yacht de dix mètres aux lignes épurées. Les bâches qui recouvraient le pont le rendaient moins étincelant, et la console ultramoderne ainsi que les sièges en cuir du cockpit étaient également cachés à la vue. Cela n'empêcha pas Llwyd de reconnaître le modèle.

— Joli choix. On m'a dit que c'était un bateau très stable et facile à manœuvrer. C'est votre expérience ?

— Je n'ai pas grand-chose avec quoi comparer, en fait…

Il était temps d'arrêter, avant qu'elle révèle davantage l'aspect le plus chaotique de sa vie.

— Merci de m'avoir raccompagnée, poursuivit-elle. Je vais vous laisser y aller.

Il acquiesça, attendant que l'agent de sécurité ouvre les grilles et qu'elles se referment derrière elle. Mattie put alors se retourner en toute confiance pour lui adresser un sourire et un signe de la main, car un baiser de bonne nuit était hors de question, hélas, avant de pousser son vélo le long du quai jusqu'à l'endroit où son bateau était amarré.

Llwyd suivit Mattie des yeux, grimaçant tandis qu'elle essayait maladroitement de hisser le vélo sur le yacht, tombant presque à l'eau avant de décider qu'il serait préférable d'enlever d'abord les bâches de pont. Quelqu'un qui investissait autant dans un bateau devait être très précautionneux, et peut-être qu'elle se familiarisait encore avec une embarcation plus grande que celles auxquelles elle était habituée. Il y avait encore tant de questions à poser. Il les poserait, car jusqu'à présent chaque réponse avait été un régal, même si certaines étaient un peu surprenantes. Alors qu'il s'éloignait pour regagner le chemin principal, la lumière de sécurité s'éteignit derrière lui.

— Désolé, mon pote.

La voix de l'homme sortait de nulle part. Llwyd s'était engagé dans le sentier avant que ses yeux s'habituent à l'obscurité. Quelqu'un lui avait frôlé le dos et il se rendit compte qu'il avait dû faire un bond gigantesque.

— C'est ma faute. Je ne regardais pas où j'allais.

Sa voix était épaisse, encombrée par la panique. Llwyd se concentra sur les ombres devant lui et vit un jeune couple, visiblement surpris par sa réaction.

— Je vous prie de m'excuser. Bonne nuit.

— Merci. Vous aussi, répondit la femme, et le couple commença à s'éloigner, laissant Llwyd le souffle court.

Il ne servait à rien de courir, il avait déjà essayé. Le chemin était encore arpenté par des gens qui rentraient chez eux. Il était bien éclairé et sûr. Il n'avait pas beaucoup de chemin à faire avant d'arriver à la station de taxis, à quelques portes de l'Y Llong. Il devrait attendre, prendre son temps, respirer et laisser la panique se dissiper un peu.

Llwyd avait presque oublié ce sentiment, ou du moins il avait réussi à le repousser dans un endroit qui ne pouvait pas lui faire de mal. Il évitait de se promener seul la nuit, et lorsqu'il n'avait pas le choix, il gardait son sang-froid. Mais ce soir, il ne pensait qu'à Mattie.

Elle l'avait fait se sentir entier, comme si sa main partiellement paralysée n'était pas la première chose que l'on remarquait chez lui. Il y avait eu un déclic entre eux, il avait été envoûté par elle et avait perdu la notion du temps. Llwyd n'avait même pas ressenti le nœud nerveux au creux de son estomac au coucher du soleil, et insister pour la raccompagner lui était apparu comme une évidence.

Il pouvait vivre avec les répercussions physiques de ses blessures, et apprenait à s'adapter et à se reconstruire. Mais les cauchemars, la panique qui se déclenchait quand il s'y attendait le moins, c'était autre chose. Mattie lui avait permis d'oublier pendant un certain temps qu'il était brisé, mais elle ne pouvait pas le réparer. Cette prise de conscience constituait une nouvelle perte.

Concentre-toi. Repousse la peur et regarde autour de toi. Reste dans la lumière, reste là où il y a des gens. Llwyd se força à commencer à marcher, ni trop vite ni trop lentement. À paraître invulnérable.

Il pouvait le faire. S'il dormait seul, derrière des portes closes et verrouillées, personne n'avait besoin de savoir pour les cauchemars. Il n'était pas obligé de renoncer au plaisir de passer certains jours avec Mattie, tant qu'il restait dans ses limites. Il arriva à la station de taxis.

— Harbwr Cottage, lança-t-il au chauffeur.

3

Mattie avait passé une nuit agitée dans la luxueuse cabine du bateau. Le lit, qui occupait la majeure partie de l'espace, était un peu trop grand pour être confortable, même s'il était conçu pour procurer à ses occupants un bon repos. Son bus était peut-être parfois un peu exigu, mais il avait l'avantage d'avoir un côté cocon si elle n'arrivait pas à dormir.

Puis, lentement, le week-end l'avait ramenée à la raison. Rêver de partir à la dérive avec Llwyd, de couper tous leurs liens avec la terre et de passer ensemble une nuit sans conséquences, c'était une mauvaise idée. Penser à lui comme à un collègue apprécié était une bien meilleure idée, même si elle n'était pas aussi convaincante.

Lorsque Mattie arriva à l'hôpital le lundi matin, Llwyd avait déjà laissé un paquet pour elle avec un petit mot. Il avait rendu tout ce qu'il avait emprunté dans l'armoire et, puisqu'il allait passer sa première semaine à se familiariser avec le service d'orthopédie, il se réjouissait de commencer à travailler aux urgences la semaine prochaine.

Et puis, mercredi soir, alors qu'elle descendait la colline de l'hôpital en roue libre, toutes les bonnes intentions de Mattie s'évanouirent. Elle freina et pila près de Llwyd, qui était à pied. Il sursauta violemment à son arrivée.

— Pardon. Je vous ai fait peur ?

— Euh… J'étais à des kilomètres d'ici.

Llwyd sourit, et Mattie oublia aussitôt tout le reste, descendant de son vélo pour marcher à ses côtés.

— Vous êtes venu à pied aujourd'hui ?

— Oui, je me suis levé tôt ce matin. C'est un bon moment pour réfléchir. Comment s'est passée votre semaine ?

— Bien. J'avais besoin de conseils en orthopédie cet après-midi et vous m'avez manqué...

Mattie aurait voulu ravaler ses mots, mais c'était trop tard. Llwyd sourit d'un air amusé, et elle ajouta :

— Le Dr Chandra a été excellente, comme toujours.

— Elle m'a dit qu'elle avait hâte de revenir à des cas de chirurgie plus complexes lorsque son rôle temporaire au sein de l'équipe de traumatologie prendra fin et que je prendrai la relève, répliqua-t-il, les yeux pétillant d'humour.

— Oui, à moi aussi, avoua-t-elle, soulagée qu'il semble prendre sa remarque maladroite comme une plaisanterie.

— Vous m'avez manqué aussi, déclara Llwyd. J'ai hâte de prendre le relais.

Mattie lui emboîta le pas, sentant la chaleur du soleil du soir sur sa peau. Ou peut-être était-ce simplement la chaleur de revoir Llwyd.

— Des projets pour le week-end ? demanda-t-il.

Il marchait à côté d'elle, détendu et souriant. Cette question pourrait n'être qu'anodine, même si cela n'en avait pas l'air. Elle ressentait une certaine complicité entre eux.

— Pas particulièrement. Et vous ?

— Non plus. Je m'occupe de Peter, comme d'habitude.

Mattie avait besoin de savoir certaines choses, là, tout de suite. Si Llwyd ressentait la même attirance que celle qui semblait la pousser vers lui. Ou si cette attirance n'était que sa propre réaction face à un homme très séduisant qui se trouvait être aussi un type bien.

Si une amitié entre eux pouvait être suffisante. Il le fallait, car Mattie ne pouvait plus reculer maintenant, et quoi que ce soit de plus serait un engagement qu'elle n'avait aucune envie de prendre.

— Vous avez dit que votre neveu aimait les bateaux ?

— Ha ! « aimer » est un euphémisme.

— Je me demandais si cela l'intéresserait de venir un jour à la marina. Il y a plein de bateaux différents et je connais pas mal de monde. Il aimerait peut-être jeter un coup d'œil.

Avec un peu de chance, il amènerait son oncle Llwyd...

— Il adorerait ça. Le chantier naval de mon père entretient et répare tous les types de bateaux, mais il s'est spécialisé dans la construction de bateaux traditionnels...

— Ah bon ? Des bateaux en bois ? Avec des voiles ?

Elle avait vu des voiliers sur la baie, se faufilant élégamment devant leurs cousins plus modernes, et elle avait toujours eu l'impression qu'ils appartenaient à la mer autrement que le sien. Mais son père biologique appréciait la vitesse et son choix de cadeau en était le reflet.

Llwyd lui jeta un regard perplexe. Il paraissait sur le point de poser une question, mais il ne le fit pas...

— Oui, Peter a l'occasion de grimper sur toutes sortes de bateaux en bois, mais voir le vôtre lui plairait vraiment.

Voilà qui semblait réglé. Mattie avait quelque chose à offrir et, chose surprenante, c'était la partie la plus embarrassante de sa vie qui lui permettait de revoir Llwyd.

— Si vous êtes libre ce week-end..., suggéra-t-elle. N'importe quel jour me convient.

— Samedi serait parfait, si ça ne pose pas de problèmes.

— Aucun problème, assura-t-elle, réfrénant son enthousiasme. Dix heures et demie, ça vous va ?

— C'est parfait. On peut apporter quelque chose ?

Mattie lui adressa un grand sourire. Les occasions de jouer les hôtesses ne se présentaient pas tous les jours, ni tous les ans d'ailleurs, et elle voulait en profiter au maximum.

— Juste vous deux.

Ils avaient atteint le bas de la colline et il était temps de partir chacun de son côté. Mais Llwyd hésita, l'espace d'un instant délicieux.

— À samedi, alors.

— Je m'en réjouis.

Mattie remonta sur son vélo, la tête déjà pleine de questions sur ce qu'il convenait d'offrir à des invités sur un bateau. Le neveu de Llwyd n'ayant que huit ans, il était hors de question de s'en tenir aux cocktails à volonté qui caractérisaient l'hospitalité nautique de son père biologique. Elle devait partir maintenant, car elle n'avait aucune excuse pour rester à savourer Llwyd des yeux. Elle lui fit un signe de la main et concentra son regard sur la route à suivre.

Mais si elle ne réagit pas aux paroles qu'il murmura, elle ne les manqua pas non plus. Des mots précieux…

« Tu me manques déjà. »

Llwyd avait manqué à Mattie, assez intensément, et elle était debout à 6 heures le samedi matin. Cela lui laissait quatre heures pour décider ce qu'elle allait porter, et faire le tour de la baie à vélo jusqu'au port de plaisance, en prenant quelques provisions dans les magasins locaux en chemin.

Le bus avait un espace de rangement limité et son principe de ne pas posséder plus que ce dont elle avait absolument besoin lui permettait en général de gagner du temps lorsqu'il s'agissait de décider de sa tenue. Mais utiliser un sèche-cheveux sur ses boucles, au lieu de laisser le vent les arranger, et choisir une chemise en lin bleu pâle pour aller avec son meilleur jean lui avait pris une éternité ce matin. De même, alors qu'elle avait fixé ce qu'elle allait acheter comme collation, elle avait changé d'avis en arrivant à la boulangerie et en sentant l'odeur des pâtisseries fraîches.

Et puis, il y avait les bâches du bateau à gérer. Mattie savait enrouler celle du pont-terrasse pour pouvoir utiliser la table intégrée et les sièges moelleux, mais moins bien la bâche du cockpit, car elle n'emmenait jamais le bateau nulle part. Mais finalement, les bâches furent rangées, la table essuyée et les coussins retapés. Elle s'assit sur le pont, au soleil, en attendant Llwyd. À dix heures et demie, elle vit une voiture s'arrêter devant le port de plaisance.

Llwyd en sortit et ouvrit la porte arrière à un petit garçon vêtu de chaussures à semelles souples et d'un T-shirt rayé, qui avait tout l'air d'un jeune marin. Mattie descendit du yacht, manquant de perdre pied alors qu'il vacillait légèrement dans le sillage d'un autre bateau qui quittait la marina, et se hâta de les rejoindre à la grille.

— Bonjour, tu dois être Peter. Je m'appelle Mattie.

Il était un peu plus facile de s'adresser à l'enfant plutôt que de regarder Llwyd droit dans ses yeux verts.

Intimidé, Peter se rapprocha un peu de Llwyd.

— Bonjour.

— C'est un plaisir de vous voir, ton oncle et toi.

Maintenant que les présentations nécessaires étaient faites, la rangée de bateaux semblait attirer Peter comme un aimant et il marcha devant eux, les observant tous à tour de rôle.

— Il ne va pas tomber ou quoi que ce soit d'autre ?..., demanda Mattie, brusquement inquiète pour lui.

— Tout va bien. Il passe presque autant de temps dans le chantier naval de mon père que mon frère et moi lorsque nous étions enfants. Il a des règles qu'il respecte, dit Llwyd en souriant. Quand il sait que quelqu'un regarde, en tout cas.

— Et quand on ne le regarde pas ?

— Il fait probablement la plupart des choses que Huw et moi avons faites. Peter ! héla-t-il. C'est là qu'on va...

Peter s'arrêta, étudiant le bateau de Mattie d'un air appréciateur. Mattie le rejoignit.

— Qu'est-ce que tu en penses, Peter ?

— Il est beau. C'est ton nom ?

Il pointa du doigt l'inscription sur la coque. *Matilda Rae*.

— Matilda est mon prénom, et Rae est mon deuxième prénom. Mais tout le monde m'appelle Mattie.

Mattie avait mentionné plusieurs fois à son père biologique qu'elle préférait Mattie à Matilda, mais cela n'avait manifestement pas été compris. Elle grimpa sur le pont et se retourna, comptant que Peter et Llwyd la suivent.

Aucun ne bougea. Peter attendait solennellement quelque chose… Llwyd gloussa, et suggéra :

— Permission de monter à bord ?

— Oh ! oui. Bienvenue à bord, Peter.

Mattie lui sourit et le garçon lui sourit en retour, s'avançant pour franchir l'espace entre la jetée et le bateau. Elle devrait peut-être l'aider, mais Llwyd avait déjà la main sur le bras de Peter, lâchant prise dès que Peter prit pied sur le pont. Il enjamba ensuite le bastingage avec la même aisance que quelqu'un qui passe d'une pièce à l'autre.

— Vous avez petit-déjeuné ? demanda Mattie, essayant d'ignorer le frisson qui lui parcourait l'échine.

— Il me semble que c'était il y a des heures.

— J'ai des pâtisseries, du café et du jus de fruit. Je crains de ne pas avoir de thé.

En se concentrant sur le choix de jus de fruit que Peter pourrait aimer, elle avait oublié les sachets de thé.

— Un café serait parfait. Merci.

— D'accord. Peter, tu voudrais venir en bas avec moi et choisir le jus de fruit qui te plaira ?

Llwyd s'assit sur le pont et les écouta discuter tous les deux. Peter ne liait pas facilement, mais Mattie n'avait eu aucun mal à percer sa réserve, et son neveu commençait à s'ouvrir et à lui parler. Il apparut, une tasse de jus de fruit en plastique munie d'un couvercle à la main, la planta sur la table devant Llwyd, puis redescendit dans la cabine.

C'était un mystère. Une femme qui possédait un bateau extrêmement coûteux mais qui ne montrait aucun signe d'utilisation. Une femme qui appelait la cabine située sous le pont « en bas » et qui avait failli tomber en montant à bord.

Les nerfs, peut-être ? Cette pensée lui fit chaud au cœur, car il avait été aussi nerveux qu'un chaton à l'idée de revoir Mattie ce matin. Mais cela n'expliquait pas tout.

Peter réapparut, portant avec précaution une pile de pâtisseries sur une assiette en mélamine. Derrière lui, Mattie apportait le café dans deux tasses conçues pour ne pas se renverser avec le roulis du bateau. Toutes les interrogations sur sa présence sur ce bateau disparurent dans l'éclat de sa présence proprement dite.

Peter s'assit à côté de Mattie sur la confortable banquette qui faisait le tour de la table, et tous deux bavardèrent comme de vieux amis. Llwyd avait ainsi l'occasion d'observer la jeune femme, ce qui s'avérait le meilleur plaisir qu'il ait eu depuis longtemps. Ses cheveux s'ébouriffaient dans la brise, ses joues rosissaient au soleil. Son sens de l'absurde et sa manière de mettre Peter à l'aise le réjouissaient.

Le garçon se glissa sous la table pour récupérer le sac à dos de Llwyd. Ce dernier se pencha pour l'ouvrir, et Peter en retira l'un de ses biens les plus précieux, et posa le petit carnet de notes ouvert devant Mattie.

— Voici tous les bateaux que j'ai vus.

Mattie comprenait manifestement l'honneur que Peter venait de lui faire. Elle tourna les pages, regardant chacune d'elles comme s'il s'agissait d'un manuscrit inestimable

— Tu en as vu beaucoup. Et tu as écrit tous les détails.

Son ton exprimait l'admiration, et Llwyd se demandait combien de ces détails avaient une signification pour elle.

— Je peux mettre le *Matilda Rae* dedans ?

— J'en serais très honorée.

Ses yeux bleus brillèrent de malice lorsqu'elle tourna son regard vers Llwyd, et poursuivit :

— Voyons si ton oncle est capable de donner toutes les informations, d'accord ?

Llwyd tendit un stylo à Peter, attendant qu'il écrive le nom du bateau et lui suggéra d'ajouter celui de Mattie en tant que capitaine, ce qu'elle sembla trouver amusant. Puis il dicta la classe et le type du navire et ajouta Cartref Bay comme port d'attache pour faire bonne mesure.

— Tu veux noter d'autres bateaux ? demanda ensuite Mattie en désignant les embarcations qui se mettaient lentement en route pour sortir de la marina.

Peter acquiesça, et Mattie poursuivit :

— On pourrait peut-être monter dans le cockpit, où tu verras mieux ?

— Oh oui ! fit Peter en jubilant. Je pourrai m'asseoir sur le siège du capitaine ?

— Mmm, demande plutôt à ton oncle.

— Peter n'a en général pas le droit de faire ça avec mon père, dit-il. Mais il sera ravi, là-haut, si vous êtes d'accord.

— Oui, bien sûr. Tu es le bienvenu, Peter.

Peter était déjà debout, cherchant dans le sac à dos la petite paire de jumelles qu'il avait apportée. Llwyd guida Peter vers la passerelle et Mattie les suivit.

Elle resta en retrait, laissant Peter inspecter les lieux et écoutant peut-être certaines de ses réponses à ses questions. Mais lorsque Peter entreprit de s'asseoir sur le siège en cuir derrière la barre, Mattie se glissa soudain entre eux, son doux parfum se mêlant à celui de la mer.

— Comme c'est le siège du capitaine, il vaut mieux que je te hisse dessus.

Elle donnait l'impression que c'était sa prérogative, plutôt que d'aider Llwyd, qui pouvait utiliser ses deux mains pour soulever Peter s'il le fallait, bien que ce soit peu commode. Puis elle les laissa tous les deux régler la hauteur du siège.

Mattie s'était retirée à l'air libre, assise confortablement à la poupe. Peter était manifestement heureux de rester sur place, et Llwyd la rejoignit.

— Il va bien, là-haut ? demanda-t-elle en indiquant Peter, qui surveillait maintenant la marina à l'aide de ses jumelles.

— Il s'amuse beaucoup, merci. On risque d'avoir du mal à le faire redescendre…

— Il aura faim à un moment donné, dit Mattie en riant.

— C'est donc le genre de capitaine que vous êtes, n'est-ce pas ? Vous affamez l'équipage ?

— Absolument, répondit-elle avec un grand sourire. C'est très gentil à vous d'être venus, ajouta-t-elle. Je n'ai pas beaucoup de visiteurs.

— Vous m'étonnez.

Llwyd avait toujours considéré que côtoyer des bateaux était le plus convivial des passe-temps.

— Hum, fit-elle. C'est une énigme, n'est-ce pas ?

Mattie capta son regard. Il pouvait lui demander à quoi elle faisait allusion, mais ce n'était pas nécessaire. Et ce serait trahir la façon dont ils semblaient s'entendre, cette sorte de complicité instantanée.

— En effet. J'ai plusieurs options à l'étude. Je serais surpris si l'une d'entre elles était correcte.

Elle lui adressa un demi-sourire complice.

— Un cadeau d'anniversaire inattendu de la part d'un père biologique très riche et très absent, ça vous dirait quoi ?

— Je n'ai pas envisagé celle-là.

La conversation se muait en une danse compliquée. Mattie le testait, guettant ses réactions, et Llwyd essayait de contenir sa curiosité et de la laisser aller au rythme qui lui convenait.

— C'est un peu plus embarrassant qu'un ensemble de tasses hideuses, je suppose.

Elle se mit à rire.

— Oui, c'est vrai. J'ai eu les tasses avec, que j'aime bien, ainsi que deux ans de location pour le port de plaisance. Et une tenue complète en toile cirée, que je n'ai jamais utilisée parce que je ne peux pas naviguer hors de la marina.

— Vous n'avez pas beaucoup d'expérience avec les bateaux, n'est-ce pas ? demanda-t-il.

— Aucune. J'ai appris à le garder propre et bien rangé, et à faire réviser le moteur, mais…

Elle haussa les épaules. Ce n'était pas tout. Peut-être que s'il lui laissait un peu de temps, Mattie s'expliquerait.

— Mon père biologique n'a pas beaucoup de contacts avec ma famille. C'est un peu compliqué. Mon père et ma mère sont en fait mon oncle et ma tante, alors je suppose que Leigh pourrait être considéré comme un oncle riche, mais mes deux frères aînés, qui sont en fait mes cousins, n'ont rien à voir avec lui…

— Attendez, attendez, l'arrêta Llwyd. Je ne comprends déjà plus rien. Vous pouvez commencer par le début et m'expliquer un peu plus lentement ?

Mattie rougit furieusement, puis inspira à fond.

— D'accord. Mon père biologique, Leigh, est américain. Il passait une année en Europe avant d'entrer à l'université et il a rencontré ma mère biologique, Helen, à Londres. Ensuite, la famille a appris qu'ils étaient partis ensemble, car Helen envoyait des cartes postales de Rome.

— D'accord. J'en déduis que vous n'êtes pas proches ?

Il y avait bien un « papa » et une « maman » quelque part, mais ce n'était pas Leigh et Helen.

— Non, quand Helen a su qu'elle était enceinte, Leigh était reparti en Amérique. Et Helen est morte alors que je n'avais qu'une semaine. Des complications dues à l'accouchement.

— Je suis navré que vous n'ayez pas eu la chance de la connaître.

— Merci. J'aurais bien aimé, oui…, dit Mattie.

Son bref hochement de tête était familier à Llwyd. Il faisait le même aussi, lorsqu'il essayait de se détacher de l'émotion des choses qui ne pouvaient pas être changées.

— J'ai appris à la connaître un peu, car la sœur aînée de Helen et son mari m'ont adoptée. Ils sont mon père et ma mère, par conséquent.

— J'ai compris. Et par conséquent, vos frères… ?

— Maman et papa avaient déjà deux fils, Justin et Mark.

À proprement parler, ce sont mes cousins, mais… ils n'ont jamais été rien d'autre que des grands frères pour moi.

— Leigh savait votre existence ?

— Oui, Helen lui a écrit pour l'informer. Il lui a demandé de venir en Amérique et elle lui a dit qu'elle ne voulait pas. Mon frère aîné Justin avait neuf ans quand je suis née, et il se souvient un peu de tout ça. Il raconte que Leigh a écrit à mon père et à ma mère pour leur proposer une pension alimentaire très généreuse pour moi… Il venait d'une famille riche qui pouvait se le permettre sans problème. Mon père a répondu que Leigh pouvait venir me voir quand il le souhaitait, mais qu'il n'avait pas besoin de son argent.

— Votre père a l'air d'être un homme très bien.

Mattie sourit brusquement.

— Oui. Un des meilleurs. Et il savait exactement comment s'y prendre avec Leigh, parce qu'il n'est jamais venu. Il envoyait des cadeaux pour mon anniversaire et à Noël, mais… il était toujours trop occupé pour me rendre visite.

— Qu'est-ce que vos parents pensent du bateau ?

Llwyd ne pouvait imaginer qu'ils n'auraient pas quelque chose à dire à ce sujet. Mais Mattie grimaça.

— En fait, ils ne sont pas au courant. Leigh se rendait en Angleterre pour rencontrer des acteurs et des réalisateurs à propos d'un grand projet de film qu'il produisait, et il est venu dans un bateau de croisière de soixante mètres et a jeté l'ancre au large de la côte galloise. J'ai reçu un appel de sa secrétaire, qui m'a dit qu'il resterait ici pendant une semaine et qu'il serait ravi que je me joigne à lui.

— Et vous ?

Peut-être que Mattie n'avait pas vu qu'il s'agissait d'une invitation à une nouvelle désillusion.

Elle lui sourit.

— Ne vous imaginez pas que je ne savais pas de quoi il retournait. Il s'était mis en tête de me rencontrer, mais s'il s'était vraiment intéressé à moi, il serait venu bien plus tôt. J'ai déjà un père, et Leigh ne peut pas le remplacer. Pourtant j'étais curieuse, et… c'était irréfléchi de ma part, mais j'avais un peu entendu parler de lui, et je voulais juste le rencontrer. J'étais prête à être déçue.

— Comment cela peut-il être irréfléchi ? Vous avez pesé le pour et le contre et décidé ce que vous vouliez faire.

Mattie haussa les épaules. Il semblait qu'elle s'en tenait à son propre jugement plutôt sévère de ses actes.

— Quoi qu'il en soit, j'y suis allée. Leigh était vraiment bien. Il respectait la relation que j'ai avec mon père et ma mère et semblait savoir à quel point tout cela était étrange. Je suis restée avec lui, le bateau était merveilleux et on a passé beaucoup de temps ensemble. Les gens disaient que je lui ressemblais sur de nombreux points et j'étais... éblouie.

Llwyd hocha la tête. Il avait dû être facile de jouer avec les vulnérabilités de Mattie, de l'impressionner. Peut-être que si le père biologique de Mattie était entré dans le service des urgences un jour, s'il avait pris le risque de l'approcher sur son propre territoire... Il rejeta cette pensée comme étant inutilement moralisatrice.

— Et il vous a donné le *Matilda Rae* ?

Il s'appuya sur les coussins moelleux, les trouvant soudain moins confortables qu'avant.

— Il ne s'appelait pas comme ça à l'époque. C'était le bateau qu'ils utilisaient pour les excursions et les baignades. Un soir, Leigh m'a emmenée dessus, juste nous deux, et on est restés assis sur le pont pendant des heures, à parler et à regarder le coucher du soleil. C'était incroyable.

— Et il vous en a fait cadeau ?

Mattie leva les yeux au ciel.

— Pas à ce moment-là. Je lui aurais dit que ce n'était pas pratique et que je ne pouvais pas garder un bateau. J'ai reçu tous les documents quelques semaines après mon retour, ainsi qu'un mot de Leigh disant que le bateau m'attendait à la marina. Je suis venue ici et je l'ai juste regardé, tous les soirs après le travail, pendant une semaine, avant de trouver le courage d'y mettre les pieds.

Et Mattie était maintenant coincée. Déchirée entre le désir de garder quelque chose que son père biologique lui avait donné et le fait de savoir qu'elle ne pouvait pas l'utiliser normalement. Seulement s'y asseoir un matin d'été, impuissante face à son emprise.

— Cela changerait la donne… si vous saviez vous en servir ?

Il ne pouvait pas s'empêcher de demander, même si la question était un terrain miné. Il connaissait Mattie depuis à peine une semaine, et il semblait totalement erroné de la conseiller sur quelque chose qui signifiait clairement beaucoup pour elle. Et pourtant, d'une certaine façon, tout à fait inattendue, cela semblait complètement juste aussi. Comme s'ils avaient été réunis dans un but qui ne devenait clair que maintenant.

— Je crois… Je ne sais pas. Peut-être…

Elle leva les yeux vers lui, l'indécision se lisant sur son visage. Manifestement, les avantages et les inconvénients de la situation lui étaient apparus aussi.

Ils sursautèrent tous les deux lorsque la corne du bateau retentit. Peter s'était penché en avant et faisait signe à un autre navire qui manœuvrait devant leur poste d'amarrage, et Llwyd bondit sur ses pieds.

— Gardez l'idée en tête. Vous voulez bien ? Donnez-moi une minute.

4

Mattie ignorait qu'il était possible de faire coulisser le hublot au-dessus la barre, et qu'il y avait un point d'appui qui permettait à Llwyd de se hisser et faire un signe à l'autre navire, en s'excusant pour le signal trompeur. L'homme qui pilotait l'embarcation vit Peter à la barre et se mit à rire, agitant la main et donnant à son tour un coup d'avertisseur.

Être à l'aise sur un bateau, c'était manifestement plus que passer la nuit ici de temps en temps et s'approvisionner en café et en pâtisseries. Pourquoi diable avait-elle pensé que Llwyd ne remarquerait pas que ce yacht était un bien charmant, mais finalement inutile ?

Parce qu'elle avait voulu le revoir. Aujourd'hui avait été l'occasion d'apprendre à le connaître un peu mieux en tant qu'ami, et elle l'avait saisie avant d'y avoir vraiment réfléchi. Et maintenant, elle en avait trop dit, dans une tentative de faire paraître tout cela un peu moins irresponsable.

Elle vit Llwyd passer son bras autour des épaules de son neveu et lui parler doucement. Peter acquiesça, et Llwyd le laissa assis sur le siège du capitaine pour revenir vers Mattie.

— Je suis désolé. Il était un peu surexcité.

— Ce n'est pas grave, dit Mattie en souriant. C'est chouette de le voir s'amuser autant. Moi, j'ai mis un temps fou à trouver où était l'avertisseur.

Le regard de Llwyd s'adoucit.

— Et vous, vous vous amusez sur votre bateau ?

— Je ne voulais pas… Je suis désolée de vous embêter. Ce n'est pas du tout ce que j'avais prévu pour aujourd'hui.

— C'est moi qui vous ai demandé, éluda Llwyd en haussant les épaules.

En réalité, ce n'était pas vrai. Mais il avait écouté son aveu, ce qui, d'après l'expérience de Mattie, était bien plus convaincant que de poser de simples questions.

— Eh bien… peut-être que je n'avais pas vraiment l'intention de répondre avec autant de détails.

— Vous avez réfléchi à ma proposition ?

— Vous ne lâchez rien, n'est-ce pas ? Je sais que c'est irresponsable de ma part…

— Comment ça ? Il me semble plutôt que c'était un cadeau irresponsable, parce qu'il est problématique à bien des égards. Mais je comprends qu'il soit difficile de vous en défaire et que vous ne vouliez pas faire de la peine à vos parents en leur en parlant. Et qu'il est également difficile de le garder.

Il comprenait. Mattie sentit ses yeux se remplir de larmes de reconnaissance et les refoula.

— Que feriez-vous, Llwyd ? Si c'était le vôtre ?

— Aucune idée. J'esquiverais probablement la question et l'abandonnerais sur le pas de la porte de quelqu'un, dans l'espoir qu'il trouve un bon foyer. Au moins, vous avez adopté une approche plus responsable.

Cela la fit rire.

— Bon. Alors, qu'est-ce que je devrais faire, selon vous ?

— Je pense que si vous pouviez vous en servir, vous pourriez alors le faire vôtre. Et peut-être que vos options seraient en ce cas un peu plus faciles à envisager.

— Ça parait une bonne idée. Qu'est-ce que je dois faire pour apprendre ?

— Je peux vous emmener un après-midi pour vous montrer quelques trucs, si vous voulez. Si vous voulez aller plus loin, mon père est un moniteur qualifié et il organise des cours d'initiation de deux jours. Ils sont assez complets, et après, vous devriez être capable de faire les choses de base.

— Je recevrai un certificat ?

Mattie aimait l'idée d'avoir une trace écrite. Cela lui semblait solide et responsable dans une situation qui lui paraissait incontrôlable.

— C'est un cours accrédité, donc je pense que vous obtiendrez quelque chose. Mais peut-être pas un certificat...

Mattie réfléchit un instant puis demanda :

— Cela ne vous ennuierait pas de m'emmener faire un tour ?

L'étincelle d'excitation qu'elle ressentit à cette idée se refléta dans les yeux verts de Llwyd.

— Bien sûr que non. Si cela ne vous dérange pas que Peter vienne avec vous, je suis libre pratiquement tous les week-ends.

— Ce ne serait pas drôle sans lui.

L'avantage de la présence de Peter était que Llwyd et elle pourraient s'amuser ensemble, sans avoir à se soucier du fait que cela ressemblait à un rendez-vous galant.

— *Ce* week-end ?

Il gloussa, visiblement ravi.

— Mais oui. Et pourquoi pas maintenant ?

— Maintenant, c'est parfait, merci. Si on se tutoyait ?

— Parfait. Bien sûr !

Si elle avait pensé qu'il irait simplement s'asseoir sur le siège du pilote et allumer le moteur, Mattie découvrit que c'était un peu plus compliqué que ça. Llwyd avait feuilleté les documents d'entretien, qui étaient heureusement à jour, et Mattie et Peter l'avaient suivi d'un bout à l'autre du bateau, restant soigneusement à l'écart pendant qu'il ouvrait et fermait des choses et qu'il en allumait d'autres, puis les éteignait à nouveau.

— Une main pour le bateau et une pour toi.

Peter ajouta son propre grain d'expertise quand Mattie faillit s'étaler en se penchant pour essayer de voir ce que faisait Llwyd.

— Merci, c'est un bon conseil.

— C'est *Tad-cu* qui me l'a appris.

Llwyd se retourna et sourit à son neveu.

— En anglais, Peter.

— *Tad-cu* veut dire grand-père. Et *Mam-gu*, grand-mère, expliqua Peter, et Mattie répéta les deux mots.

— C'est bon à savoir. Je m'en souviendrai.

Peter et elle poussèrent tous deux un soupir de soulagement lorsque Llwyd jugea que le bateau était en excellent état. Il donna de la monnaie à Peter et lui proposa d'emmener Mattie acheter des glaces pendant qu'il s'occupait du ravitaillement en carburant.

Ils retournèrent à la marina et trouvèrent Llwyd assis à l'extérieur de la réception, regardant un petit skiff remorquer le bateau vers le quai de ravitaillement. Mattie lui tendit son cornet de glace.

— C'est surprenant ce qu'ils sont prêts à faire pour vous ici. Ou bien ils ont pensé que je ne pourrais pas le faire avec une seule main ? ajouta-t-il avec une moue.

— J'en doute. J'ai un contrat d'adhésion de luxe, ce qui signifie que je n'ai pas à lever le petit doigt. Ils viennent et font tout ce qu'il y a à faire. Je crains donc que l'offre ne soit liée au fait que l'argent permet d'acheter presque n'importe quoi.

— Je suis bête, admit-il. J'allais leur dire que je me débrouillais très bien, mais je suis content de m'être abstenu.

Elle devrait peut-être lui demander. La blessure de Llwyd ne semblait pas le gêner outre mesure, mais la prise de sa main gauche était manifestement déficiente. S'il avait proposé d'en faire un peu plus que ce qu'il pouvait confortablement gérer, c'était le moment de le savoir.

— Tu vas pouvoir conduire le bateau ? Je te le demande en tant que médecin qui apprécie d'aider les gens. Et en tant qu'incompétente totale en matière de navigation.

Le rire de Llwyd la rassura, lui révélant qu'il préférait de loin qu'elle soit franche dans ses questions.

— Je m'en sortirai très bien. Si j'ai besoin de ton aide pour quelque chose, je te le demanderai.

— Mais je ne vais pas piloter, n'est-ce pas ?

— J'attendrai que tu arrives au point où tu m'arracheras le gouvernail.

Llwyd laissa Mattie réfléchir aux plaisirs d'une lutte physique avec lui pendant qu'il allait chercher deux gilets de sauvetage dans le coffre de sa voiture. Il semblait qu'ils n'iraient nulle part tant que Mattie n'aurait pas enfilé son propre gilet de sauvetage et ajusté les réglages jusqu'à ce que cela convienne à Llwyd. Quand elle avait protesté en disant qu'elle n'avait jamais porté de gilet de sauvetage sur le bateau, Peter avait solennellement fait remarquer que son oncle et lui donnaient le bon exemple.

Llwyd sortit en douceur le bateau de la marina, puis il prit de la vitesse en contournant la baie. Peter montra son école, puis les arbres derrière, où se trouvait la maison de son oncle Llwyd. Il y avait une brochette de bateaux autour du chantier naval de son grand-père, et le restaurant de ses parents se trouvait au sommet d'un point de vue à l'embouchure de la baie. Ensuite, ils se retrouvèrent en pleine mer, s'éloignant de la terre et se dirigeant vers un horizon étincelant. C'était le même genre d'exaltation que Mattie ressentait toujours lorsqu'elle partait vers un nouvel endroit, et ce sentiment de liberté lui avait manqué.

C'était une nouvelle aventure. Elle s'était sentie coincée si longtemps, mais maintenant elle pouvait ressentir l'allégresse qui l'avait fait pousser des cris de joie lorsque Leigh l'avait emmenée pour cette première virée, au coucher du soleil.

Elle apprenait à mieux se tenir en équilibre face au mouvement du bateau et au roulis de la mer. Puis Llwyd lui demanda si elle aimerait prendre la barre, et déterminée à ne pas le décevoir, elle accepta. Mattie fit quelques faux départs, sous-virant puis survirant, mais sous l'œil patient et attentif de Llwyd, elle finit par réussir.

— C'est merveilleux. Merci.

Elle avait utilisé les mêmes mots avec Leigh lorsqu'il l'avait emmenée sur le bateau, mais là, c'était différent. Mattie n'était plus un rouage dans la vie de quelqu'un d'autre, qui pouvait en profiter à sa convenance.

— Maître de ton propre navire ? murmura-t-il.

Mattie acquiesça – il avait compris cela tout seul.

— Tu me donneras le numéro de ton père ? demanda-t-elle. Pour que je puisse l'appeler pour les cours ?

— Oui. Ou je peux lui donner ton numéro si tu veux, et lui demander de t'appeler.

Mattie fronça les sourcils. N'avait-il pas vu son excitation, son sentiment de triomphe lorsqu'elle avait enfin réussi à diriger le bateau à l'endroit exact qu'il avait indiqué ?

— Tu as peur que je me dégonfle ?

— Non, pas du tout, répondit-il avec un sourire moqueur.

— Dans ce cas...

Et elle lui dicta son numéro de téléphone.

5

Dimanche, Llwyd avait envoyé un texto à Mattie pour lui dire qu'il avait transmis son numéro à son père et que celui-ci l'appellerait lundi pour discuter du cours. Il était normal que s'il avait son numéro elle ait le sien, n'est-ce pas ?

Et il était normal aussi qu'ils se rencontrent quand il commencerait à travailler aux urgences pédiatriques. Le fait qu'il ait hâte de revoir Mattie était tout à fait accessoire.

Ce n'est donc pas pour cela que son pas s'accéléra lorsque l'appel arriva le mardi matin. Un enfant de dix ans avec une épaule déboîtée justifiait qu'il se précipite aux urgences, et s'il ressentit une légère excitation en voyant le nom de Mattie comme médecin en charge du patient, c'était probablement parce qu'il savait l'enfant entre de bonnes mains.

Lorsqu'il entra dans le box, Mattie était assise à côté d'une petite fille vêtue d'un short de football et d'un gilet. De l'autre côté du lit, une infirmière tenait un masque relié à une bonbonne d'oxyde nitreux.

— Je sais que ça fait mal, dit Mattie... Tu peux en respirer un peu plus, si tu veux.

Elle fit un signe à l'infirmière, qui se pencha et tendit le masque à l'enfant. La tendresse de l'expression de Mattie, alors qu'elle lissait une mèche de cheveux sur le visage de la fillette, laissa Llwyd sans voix. Mattie se retourna, lui fit un sourire, puis un clin d'œil complice à sa patiente.

— Nous avons le Dr Morgan, Amalie. C'est le meilleur.

Elle disait sans doute cela de tous les médecins. Mais Amalie souriait, et c'était tout ce qui comptait. Si elle faisait confiance à ses médecins, les prochaines étapes seraient beaucoup plus faciles. Mattie lui présenta la mère d'Amalie et Llwyd prit la tablette qui contenait les radios d'Amalie.

— Madame Williams, je suis le Dr Llwyd Morgan, du service orthopédie...

La mère d'Amalie s'adressa à lui en gallois. En répondant, Llwyd aperçut le sourire malicieux de Mattie.

— Qu'est-ce qu'ils disent ? demanda-t-elle à Amalie.

— Juste... bonjour.

— Bon. Je ne voudrais rien rater, n'est-ce pas ?

Mattie devait très bien savoir ce que signifiaient ces petites phrases, elle les avait entendues tout le temps dans les magasins et les pubs de la région. Si les gens entendaient un accent local, ils saluaient souvent en gallois, puis revenaient à l'anglais. Mais la question de Mattie avait aidé Amalie à se concentrer sur ce qui se passait autour d'elle.

Cela n'aidait pas Llwyd à se concentrer, en revanche. Pour l'instant, il devait étudier les radiographies d'Amalie, mais il était incapable de quitter Mattie des yeux. Il murmura une excuse et emporta la tablette à l'extérieur, où la tendresse de Mattie ne pourrait pas l'assaillir.

— Qu'en penses-tu ?

Elle le rejoignit quelques minutes plus tard, ses manières un peu plus vives et professionnelles, maintenant qu'elle était hors de portée de voix d'Amalie et de sa mère.

— Dislocation partielle antérieure. Elle est tombée ?

— Oui, elle fait partie de l'équipe de football de son école et le professeur de sport dit qu'elle a fait une chute pendant l'entraînement. Elle n'a pas reçu de coup à l'épaule, mais elle a projeté son bras devant elle pour se protéger.

— Alors je vais examiner l'épaule, mais je pense qu'il vaut mieux commencer par une manipulation scapulaire, et si cela ne marche pas, on passera à la rotation externe. Comment elle s'en sort avec le mélange oxyde-oxygène ?

— Plutôt bien semble-t-il.

— Parfait. Tu m'aideras pour la luxation ?

Mattie lui sourit, et le ventre de Llwyd fit une pirouette.

— Qu'est-ce qui te fait penser que je ne voudrais pas l'accompagner jusqu'au bout ?

— Je ne sais même pas pourquoi je t'ai demandé. Tu peux m'indiquer le local de matériel médical ?

— Oui, mais il faudrait que je vienne avec toi pour te montrer où tout se trouve. Si tu veux poursuivre ton examen, je peux aller chercher une écharpe pour Amalie et te faire la visite guidée plus tard.

— Merci. Il y a autre chose que je devrais savoir ?

— Juste qu'elle aime vraiment le football. Elle soutient les Beachcombers, qui qu'ils soient...

— Notre équipe locale, expliqua Llwyd en riant. Leur section féminine a brillé au championnat l'hiver dernier.

Mattie avait bien rassuré Amalie et cela allait être précieux pour le bon déroulement de la réduction de luxation. Llwyd examina délicatement l'épaule de la fillette, lui demandant comment allaient les Beachcombers, et Amalie se mit à énumérer les résultats des matchs et les prévisions pour la saison à venir avec toute l'aisance d'un commentateur sportif chevronné. Mattie revint avec une brassée de boîtes et un grand sourire. Llwyd lui fit un signe de tête pour l'inviter à expliquer à Amalie ce qui allait se passer.

Mattie s'assit en face d'Amalie.

— Tout cela est un peu effrayant, pas vrai ?

Amalie acquiesça en serrant les lèvres.

— Eh bien... tu sais qui commande ici ? C'est toi. On doit bouger ton bras pour que l'os glisse doucement au bon endroit, comme je te l'ai expliqué, et ce sera un peu pénible. Mais l'infirmière Emma sera là, et si tu ressens des douleurs aiguës, dis-le et on arrêtera. D'accord ?

Amalie hocha la tête, un brin rassérénée.

— Et le Dr Morgan va garder un œil sur toi pendant un certain temps, et s'assurer que tu pourras rejouer au football.

Une larme coula sur le visage d'Amalie, et Mattie sortit un mouchoir en papier pour l'essuyer.

— C'est pour ça qu'on est tous là, Amalie. Pour que tu te rétablisses.

— Vous allez faire quoi, exactement ?

— Je vais maintenir ton bras, expliqua Mattie en saisissant son propre avant-bras pour montrer, et tu sentiras le Dr Morgan presser ses doigts contre ton dos et ton épaule, juste ici, ajouta-t-elle, se retournant pour montrer son omoplate.

Amalie acquiesça une fois de plus.

— D'abord, Emma va te donner le masque à mettre sur ta bouche, et tu dois prendre quelques grandes inspirations. Ensuite, je te demanderai si tu es prête et on commencera.

La procédure se déroula sans encombre. Mattie fléchit doucement le coude d'Amalie, puis Llwyd positionna soigneusement ses doigts sur son épaule, trouvant la pointe de son omoplate avec son pouce droit. Il ne pouvait pas utiliser son pouce gauche, mais il s'était entraîné à positionner précisément sa main gauche, ce qui lui permettait d'utiliser son annulaire pour effectuer le délicat processus de réalignement, et il ne fallut guère plus d'une minute de pression prudente avant qu'il sente l'articulation glisser à nouveau dans sa position correcte.

— C'est terminé, Amalie. Tu as un peu moins mal à l'épaule, maintenant ?

— Oui, merci, docteur, dit-elle en le gratifiant d'un sourire.

— C'est un plaisir. Tu peux te reposer un peu, pendant que je te prépare une écharpe. Il me semble que j'ai l'embarras du choix…

Il indiqua la brassée de boîtes que Mattie avait apportée.

— Il y en a de différentes couleurs ! protesta-t-elle.

La mère d'Amalie prit la parole.

— Probablement pas des rayures rouges et noires. Mais Amalie a un pull rouge et peut-être qu'il y en a une noire ?

« Rouge et noir ? » formèrent en silence les lèvres de Mattie à l'attention de Llwyd, un air perplexe sur le visage, et il rit.

— Les couleurs des Beachcombers...

Il y avait quelque chose. Mattie était tout à fait capable de reconnaître « quelque chose » quand elle tombait dessus, et entre Llwyd et elle, il y avait assurément quelque chose.

C'était présent entre eux samedi, et davantage encore aujourd'hui. Une synchronisation, qui faisait que Mattie n'avait pas besoin de réfléchir avant de parler ; elle savait que Llwyd comprendrait ce qu'elle voulait dire. Parfois, il semblait comprendre avant même qu'elle le dise, et parfois, elle savait aussi instantanément ce qu'il allait dire.

Il était inutile qu'elle songe trop à ça. Elle pouvait juste le prendre pour ce que c'était, quelque chose qui la faisait se sentir bien quand Llwyd était là, et quand il n'était pas là... elle pouvait simplement s'avouer qu'elle aurait aimé qu'il le soit et voilà tout. Car même si Llwyd paraissait la cerner, il n'avait vu qu'un côté de la médaille. Médecin, propriétaire du bateau. Si le bateau n'était pas tout à fait pratique, il y avait une raison à cela, et Llwyd avait semblé comprendre que même la personne la plus sensée pouvait recevoir un cadeau non désiré de la part d'un père absent. Mais son logement, c'était elle qui l'avait créé.

Elle était arrivée de Sheffield trois ans plus tôt, et l'excitation de prendre un nouveau départ dans un nouvel endroit était renforcée par les défis que le nouvel hôpital de Cartref Bay pourrait représenter. Mattie voyageait léger, et le coffre et la banquette arrière de sa voiture suffisaient à contenir toutes ses affaires. Elle avait trois semaines pour trouver un logement et avait fait le tour des locations de la région, toutes pratiques, bien meublées et abordables. Et puis... elle avait vu l'annonce dans le journal local.

Gwen et Owen cultivaient des terres qui surplombaient la baie. Mattie avait grimpé une colline escarpée à travers des champs jusqu'à une ferme en pierre étonnamment moderne et confortable à l'intérieur. Leur fils et sa fiancée à l'époque avaient adopté une approche originale face à la hausse des prix de l'immobilier et à leur propre manque d'épargne. Gwen avait dit à Mattie qu'Owen et elle avaient été horrifiés quand ils avaient vu le bus scolaire jaune que le couple avait acheté et fait venir d'Amérique. Ils avaient souscrit au plan, estimant que si la transformation du bus ne fournissait pas une « première maison » convenable pour le couple une fois marié, ils pourraient toujours loger avec eux dans la ferme.

Gwen et Owen avaient peut-être eu des doutes sur le bus lorsqu'ils l'avaient vu pour la première fois, mais ils s'y étaient manifestement fortement attachés. Maintenant que leur fils et leur belle-fille avaient acheté une maison et fondaient une famille, ils voulaient que le bus aille à quelqu'un qui l'aimerait autant qu'eux.

— Dieu seul sait où ils ont trouvé l'idée, avait commenté Gwen, offrant à Mattie une autre tasse de thé. Mais ils voulaient leur propre logement, et ce bus, ils pouvaient se le permettre. Ma belle-fille est ingénieur, c'est donc elle qui transforme les idées folles de mon fils en aspects pratiques...

Les idées folles et l'aspect pratique avaient séduit Mattie. Le bus était largement autosuffisant, grâce à des panneaux solaires sur le toit et des réservoirs d'eau embarqués, qui pouvaient être réapprovisionnés à partir d'une borne-fontaine installée à côté de la surface en dur qu'Owen avait créée, à mi-hauteur de la colline. En échange d'un petit loyer, elle pouvait rester ici, ou bien d'autres fermiers dans la région pourraient se laisser convaincre de lui permettre de garer le bus dans un endroit plus abrité.

Mattie était tombée amoureuse. Le bus avait tout ce dont elle avait besoin : une petite cuisine, une salle d'eau, et il y avait suffisamment d'espace de vie pour une personne. Il avait besoin d'être redécoré, mais cela lui donna l'occasion de se l'approprier. Après avoir vécu dans une série de logements locatifs, c'était ce qui se rapprochait le plus de sa propre maison, et il avait l'avantage supplémentaire de pouvoir se déplacer avec elle. Trois jours plus tard, l'offre de Mattie avait été acceptée. Elle avait trouvé son chez-soi.

Elle passa le premier été sur les terres de Gwen et Owen, peignant et réparant le bus pendant ses week-ends libres. Mattie avait acheté une bicyclette et, après deux mois à gravir péniblement la colline jusqu'à la ferme, elle s'était aperçue qu'elle pouvait faire le trajet du retour sans avoir envie de s'écrouler en arrivant au bus. Elle avait vendu sa voiture et, en hiver, elle s'était installée dans un endroit plus abrité, à la ferme de Kathy et Pete, où les petits radiateurs du bus lui permettaient de rester au chaud par tous les temps.

Elle était heureuse ici, mais son esprit de bougeotte lui soufflait qu'elle devrait bientôt partir. Mattie était en train de chercher des endroits où le bus et elle pourraient trouver une nouvelle base, quand la catastrophe avait frappé. Le cadeau impulsif de Leigh était le seul souvenir qu'elle avait indiquant que son père biologique ne l'avait pas complètement oubliée, et Mattie ne pouvait envisager de le vendre. Il l'avait attachée ici, la laissant coincée à Cartfrey.

Et puis Llwyd était arrivé et lui avait montré qu'il y avait peut-être un moyen d'aller de l'avant. Mattie ne savait pas encore quelle était cette voie, mais elle pouvait la sentir, planant dans l'air autour d'elle et relâchant les liens forcés contre lesquels elle s'était battue durant l'année écoulée. Rhys, le père de Llwyd, lui avait envoyé un message jeudi matin, disant que si elle voulait suivre son cours plus tôt que la date qu'ils avaient réservée, il avait une annulation pour ce week-end. Mattie lui avait répondu qu'elle acceptait.

Llwyd avait passé tout l'après-midi de jeudi aux urgences, travaillant avec quatre autres médecins sur un enfant tombé d'une fenêtre du premier étage et souffrant de multiples blessures. La liste des différentes spécialités qui avaient été appelées dans la salle de traumatologie suffisait à indiquer à Mattie que le petit garçon était en mauvaise posture.

— Comment va-t-il ?

Elle trouva Llwyd à l'accueil au moment où l'équipe du soir commençait à arriver.

Il leva les yeux vers elle, les traits tirés.

— Deux jambes cassées, des côtes fêlées et un traumatisme crânien, ainsi qu'une blessure à l'un de ses yeux. Il est en train de descendre en salle d'opération.

Un des inconvénients de travailler avec des enfants, c'était que l'on était plus durement affecté quand quelque chose de ce genre se produisait. Ils le savaient tous les deux, et elle n'avait pas besoin de lui dire qu'elle comprenait ce qu'il ressentait.

— Il va s'en sortir ? demanda-t-elle.

— Je pense que oui. On a réussi à le stabiliser et l'ophtalmologiste est convaincu qu'il peut sauver son œil. La route sera longue pour lui, mais…

— Tu seras à ses côtés tout au long du chemin.

C'était la chose la plus positive à laquelle Mattie pouvait penser. Qu'il y avait un avenir pour l'enfant et qu'il se rétablirait avec le temps.

— Oui. Merci.

Llwyd finit de taper ses notes, puis se leva.

— J'ai terminé. Tu veux boire un verre ou manger un morceau avant de rentrer chez toi ?

Llwyd avait pris soin de mentionner la partie « retour chez soi », qui était manifestement aussi importante pour lui que pour elle. Elle chassa l'idée que si l'amitié était réellement tout ce qu'ils voulaient l'un et l'autre, il n'y aurait sans doute pas besoin de fixer ce genre de limites.

— Je peux remettre ça à une autre fois ? Il me reste un patient à voir et je ne veux pas le faire attendre avant que l'équipe du soir passe. Il était en larmes quand il est arrivé et je pense qu'il a deux doigts fracturés. Les radios devraient être prêtes d'une minute à l'autre, et j'espère que l'analgésique que je lui ai donné l'aidera à s'apaiser un peu.

Llwyd sourit brusquement.

— Tu as besoin de mes compétences illimitées ?

Elle aurait dû se douter qu'il voudrait participer. Quelque chose d'utile pour s'occuper et repousser l'impuissance qu'il ressentait en pensant à tout ce qu'un enfant gravement blessé devrait affronter dans les mois à venir.

— Juste au moment où je pensais pouvoir me débrouiller seule, railla-t-elle en lui rendant son sourire. Mais qui pourrait résister à une offre de compétences illimitées ?

Elle mena Llwyd au box et lui présenta Harry, cinq ans, et sa mère. Harry était beaucoup plus calme maintenant que les analgésiques commençaient à faire effet, et il s'intéressait peu à peu à ce qui se passait autour de lui. Llwyd s'assit près du brancard et Harry le considéra des pieds à la tête.

— Bonjour, Harry. Je vois que tu as passé une radio, dit-il, indiquant l'autocollant que le technicien avait collé sur le sweat-shirt du garçonnet, lequel acquiesça.

Llwyd saisit la feuille des autocollants du tableau de douleur.

— Lequel de ces autocollants te ressemble ?

Harry choisit un autocollant Un peu mal et Llwyd sourit, le décolla de son support et le tendit à Harry, qui le plaça à côté de l'autocollant de la radiographie.

— Et toi, tu as mal à ta main ? demanda l'enfant.

Llwyd n'avait pas eu le temps d'enfiler un gant chirurgical par-dessus le gant de maintien qu'il portait toujours à la main gauche, et que les yeux aiguisés de Harry avaient remarqué. Sa mère rougit et s'excusa rapidement pour son fils.

— Ce n'est pas grave, dit Llwyd en souriant. Puisque je veux regarder la main de Harry, il est normal que je le laisse voir la mienne. Non, Harry, ma main ne me fait pas mal.

C'était peut-être à cela que Llwyd faisait allusion lorsqu'il disait qu'il aimait travailler avec les enfants. La franche curiosité de Harry était à mille lieues de l'embarras de sa mère, et d'après l'expérience de Mattie, ça faisait du bien.

— Tu peux remuer tes doigts ? demanda encore Harry, se souvenant de la question que Mattie lui avait posée.

— Ces deux-là, oui. Les trois autres, pas beaucoup.

Llwy fit une démonstration en remuant son annulaire, puis son auriculaire. Harry toucha les trois derniers.

— Ils sont tous tordus.

— Oui, je peux les redresser si je veux…

Llwyd redressa son pouce et son index pour lui montrer.

— Mais quand je les lâche, ils se recroquevillent à nouveau.

Harry acquiesça sagement et enchaîna :

— Mon doigt se plie un peu parfois. Mais pas comme le tien.

- Ah oui ? C'est quel doigt, alors ?

En bon médecin, Llwyd écoutait attentivement.

— Celui qui fait mal.

— Celui-là ?

Llwyd indiqua son propre majeur et Harry hocha la tête.

— Comment la main de Harry a-t-elle été blessée, madame Davies ? demanda Llwyd à la mère de Harry.

— Il courait dans la cuisine pendant que j'essayais d'enfourner le dîner. Je lui ai dit d'aller regarder la télévision dans le salon jusqu'à ce que j'aie fini, et il est sorti de la cuisine en tirant la porte derrière lui.

Mme Davies grimaça et Harry en fit autant.

— Mais tu as tenu la porte par erreur, hein, Harry, poursuivit-elle, et tes doigts sont restés coincés dedans.

— Et avez-vous remarqué qu'il ne pouvait pas redresser son majeur ?

— J'ai essayé de regarder sa main, mais il la cachait sous son pull et j'ai dû le câliner un peu. Mais quand il me l'a montrée, tous ses doigts étaient bien droits.

— D'accord. Harry, je peux voir ta main maintenant, s'il te plaît ? Je ferai aussi doucement que possible.

Harry protégeait farouchement sa main blessée, mais il hésita puis la tendit. Llwyd la prit délicatement dans la sienne, sondant soigneusement sa paume, et bien que Harry ait froncé les sourcils, il ne retira pas sa main.

— C'est fini, Harry. Tu t'es très bien débrouillé. Je vois bien que ça t'a fait un peu mal.

— Je peux en avoir un ? demanda Harry, tendant la main pour toucher le gant de soutien de Llwyd.

— Ce n'est peut-être pas ce qu'il y a de mieux pour toi. On doit d'abord examiner tes radios pour voir si quelque chose de différent serait plus confortable.

— Ce sera gros ? Je veux un gros truc.

Llwyd essayait clairement de garder son sérieux.

— On regarde tes radios d'abord, d'accord ? Ensuite, on décidera, mais je ferai de mon mieux pour te mettre un bandage aussi gros que possible.

— J'espère, marmonna Harry, visiblement sceptique.

Tout en se demandant comment annoncer à Harry qu'il ne partirait sans doute pas avec le bras entièrement bandé, Mattie vérifia sur sa tablette que les radios étaient arrivées.

— Ah ! les radios sont là !

— Je peux voir ? s'enquit Harry, les yeux brillants.

Sa mère prit les choses en main et le morigéna pendant que Mattie et Llwyd examinaient les clichés.

Llwyd agrandit l'image et Mattie hocha la tête. Deux fines lignes en travers des os de l'index et du majeur de Harry indiquaient qu'ils étaient fracturés.

— Autre chose ? murmura-t-elle.

Llwyd déplaça l'image sur l'écran, étudiant soigneusement le reste de la main de Harry.

— Tout a l'air d'aller bien. J'aimerais pourtant garder un œil sur ce doigt tordu.

De toute évidence, il soupçonnait que le gonflement autour des fractures pouvait masquer quelque chose d'autre.

— Un doigt à ressaut ? suggéra Mattie.

Il sourit. Llwyd devait savoir qu'elle avait vu la partie de la paume de Harry qu'il examinait et qu'elle avait fait le rapprochement.

— Comment as-tu deviné ?

Il retourna au chevet de Harry, et s'adressa à Mme Davies.

— Il y a des fractures mineures au niveau du majeur et de l'index. Mais pas de déplacement et elles devraient bien guérir si nous immobilisons la main de Harry.

Llwyd tendit la tablette et Mme Davies se pencha sur la radiographie.

— Vous voyez, ici... ?

— Non ! Je vois rien ! protesta bruyamment Harry.

— Le mot magique, Harry, répliqua sa mère.

— *S'il te plaît !*

Llwyd se pencha pour lui montrer l'image, et Harry s'enfonça dans un silence médusé. Mattie prit la tablette des mains de Llwyd pour la tenir devant le garçon, donnant à Llwyd l'occasion de finir de parler à sa mère.

— Cette incapacité à redresser son majeur est peut-être un cas bénin de doigt à ressaut. Ce n'est pas facile d'en être sûr pour l'instant, car l'enflure causée par les fractures m'empêche de sentir la bosse caractéristique du tendon.

— Je n'avais pas remarqué..., murmura Mme Davies.

— Non, vous ne pouviez pas. Même moi, je ne peux pas dire avec certitude que c'est le cas, et la plupart du temps, le doigt de Harry fonctionnera très bien. Il peut juste se bloquer de temps à autre. Cette affection n'est pas très fréquente chez les enfants et se résout souvent d'elle-même. Nous allons immobiliser les doigts de Harry dans une attelle pour les fractures, ce qui aidera à soulager le doigt à ressaut aussi. Mais j'aimerais le revoir dans quelques semaines pour vérifier ses progrès. En attendant, si vous avez la moindre inquiétude, appelez-moi. Dr Llwyd Morgan, en orthopédie.

— Merci, docteur Morgan, dit Mme Davies en souriant.

Llwyd se tourna vers Harry.

— Bon, Harry. Je vais aller te chercher la plus grande attelle possible. Ta main se sentira beaucoup mieux.

Harry parut satisfait de la taille de l'attelle et regarda attentivement Mattie fixer les crochets et les boucles autour de sa main et de ses doigts, montrant à sa mère comment s'assurer que l'attelle était bien ajustée, mais pas trop serrée.

Llwyd s'occupa des autocollants, offrant à Harry celui de l'hôpital de Cartref Bay à ajouter à la collection sur son sweat-shirt, et donnant à sa mère quelques autocollants supplémentaires pour sa chambre.

— Le coup de « Je te montre ma main si tu me montres la tienne » a plutôt bien fonctionné, constata Mattie en lui souriant après le départ de Harry et sa mère.

— Ça a marché pour moi aussi, admit-il avec un petit rire. Tu veux aller manger quelque chose maintenant ?

L'humeur de Llwyd semblait s'être un peu améliorée. Mattie doutait que l'enfant gravement blessé qu'il avait soigné plus tôt soit très loin de ses pensées, mais Harry lui avait rappelé que certains cas étaient plus gratifiants.

— Que dirais-tu d'un hamburger chez Hetty ?

Il haussa les sourcils, connaissant manifestement la boutique de hamburgers bio de Hetty, au bord de la marina.

— Tu as vraiment faim, alors, fit-il remarquer.

— Je pense que faire le plein de calories ne peut pas faire de mal. Ton père m'a appelée ce matin et il a une annulation, donc je fais son cours ce week-end.

— Alors, c'est chez Hetty qu'il faut aller. Elle sera débordée à cette heure-ci.

— Je peux téléphoner et commander à emporter. On a un bateau sur lequel on pourra les manger.

— J'ai ma voiture aujourd'hui. Je te dépose ?

— Merci, mais j'ai mon vélo. Dis-moi quel hamburger tu veux et je te retrouve là-bas.

6

Les derniers employés de l'équipe de jour faisaient la queue pour sortir du parking à étages de l'hôpital, et Llwyd ne serait pas surpris si Mattie l'attendait chez Hetty. Les cinq kilomètres jusqu'à la marina étaient en descente tout le long, et la piste cyclable réduirait encore le trajet de Mattie.

Lorsqu'il arriva, elle se tenait devant la petite boutique, son vélo contre le mur et un casque de cycliste à la main.

— J'ai un ticket. Cinq minutes.

Elle brandit un des billets de tombola que Hetty remettait à ses clients pour indiquer leur position dans la file d'attente.

— Laisse-moi y aller. Si Hetty me voit dehors, elle ne me pardonnera jamais de ne pas lui dire bonjour…

Son entrée fut accueillie d'un petit cri derrière la caisse.

— Nom d'une pipe, Llwyd Morgan, je rêve ! J'ai entendu dire que tu étais rentré !

— Je ne serai pas tout à fait rentré tant que je n'aurais pas mangé un de tes délicieux hamburgers bio.

Llwyd se pencha par-dessus le comptoir pour qu'elle puisse planter un baiser sur sa joue.

— Bien sûr que non. Qu'est-ce que tu veux, *bach* ?

C'était un autre détail qui disait à Llwyd qu'il était chez lui. L'expression galloise, qui signifiait « petit » mais qui était en fait utilisée entre membres de la famille et amis de toute taille, était une chose dont il ne se souvenait pas qu'elle lui avait manqué, mais il réalisait maintenant que si. Hetty était focalisée sur lui, ignorant le couple qui attendait pour payer.

— C'est déjà commandé, répondit-il.

Il tendit le billet de tombola à Hetty et recula, faisant signe au couple d'avancer. Elle saisit l'allusion, encaissa leurs achats et leur souhaita joyeusement une bonne soirée.

La trappe de la cuisine s'ouvrit et Hetty se retourna, attrapant le sac suivant et lisant le numéro agrafé dessus.

— Et voilà. Deux cheeseburgers, deux salades et deux frites… Tu es avec la gentille fille de l'hôpital ?

Llwyd savait depuis l'adolescence que commander deux hamburgers à Hetty impliquait des questions sur la personne à qui était destiné le second. Et elle faisait en sorte que le mot « avec » englobe toutes les pensées qui s'étaient immiscées dans l'esprit de Llwyd au cours des dernières semaines.

— Mattie est médecin, Hetty. On est collègues.

— Oui, bien sûr.

Hetty réussit à ajouter une bonne dose d'incrédulité à ses paroles, et Llwyd l'ignora. Il savait que plus il essaierait d'expliquer, moins Hetty le croirait. Elle lui tendit le sac et il le posa sur le comptoir, sortant un billet de son portefeuille. Lorsqu'il se retourna pour partir, elle l'appela.

— Ta monnaie, Llwyd…

— Mets-la dans la boîte, Hetty.

Il y avait toujours une boîte près de la caisse, destinée à collecter des fonds pour une bonne cause.

— Merci. C'est pour refaire le revêtement de l'aire de jeux de Stryd y Eglwys, en matériau moins polluant.

Hetty avait toujours favorisé les causes liées aux enfants et à l'environnement, et celle-ci cochait toutes les cases.

— Super. À la prochaine, Hetty.

— J'espère bien, *bach*.

Ils marchèrent ensemble jusqu'au bateau, et Llwyd hissa le vélo de Mattie sur le pont avant que tous deux tombent à l'eau, l'attachant pendant qu'elle déverrouillait l'écoutille qui menait à la cabine. Puis elle leva les yeux vers lui.

— On... pourrait sortir le bateau ? Manger dans la baie ? suggéra-t-elle, lui tendant les clés pour lui faire comprendre qu'*il* se chargerait de la manœuvre.

— Bien sûr. Je largue les amarres pendant que tu t'occupes des hamburgers.

— Pour qui me prenez-vous, Long John Silver ? Je ne pense pas être capable de faire tenir en équilibre des frites sur des assiettes pendant que le bateau bouge.

Llwyd éclata de rire. Il la trouvait irrésistible.

— Très bien. Si tu n'as pas l'intention de faire quoi que ce soit d'utile dans la cambuse, tu ferais mieux de piloter.

Mattie fit la moue et il crut un instant qu'elle allait se dégonfler. Puis elle s'approcha de la barre.

— Tu as intérêt à me surveiller comme le lait sur le feu. Si je percute quoi que ce soit ici, ça va coûter cher.

Mattie mit un temps fou à sortir de la marina, mais elle suivit ses instructions et ne commit aucune erreur. Ils jetèrent l'ancre en eau peu profonde dans un endroit isolé près de l'embouchure de la baie, et Llwyd prit deux assiettes dans la cuisine pendant que Mattie déballait le papier aluminium autour des hamburgers et disposait les serviettes en papier.

— Mmm, fit Mattie en mordant dans son hamburger. Les cheeseburgers de Hetty sont vraiment les meilleurs. Vous êtes de vieux amis, tous les deux ?

— Oui, je la connais depuis l'enfance, ma mère et elle sont très liées. Je me souviens d'elles deux assises à la table de notre cuisine, cherchant où Hetty pouvait se procurer des ingrédients frais et biologiques, et comment les cuisiner sans utiliser trop de matières grasses. Elle avait l'habitude d'expérimenter ses recettes sur Huw et moi. Je pense que c'est comme ça qu'il a eu l'idée de faire une école de cuisine.

— C'est chouette de connaître des gens avec qui on a grandi. Tu es content d'être rentré ?

Llwyd était revenu de Londres parce que, après l'agression, il s'était senti redéfini par des forces qui lui échappaient. Il était seul et blessé, et alors que le monde semblait se refermer sur lui, il ne restait plus qu'un seul endroit où aller. Et sa famille avait besoin de lui. S'occuper de Peter pendant que Huw et Georgina remettaient leur restaurant sur pied, c'était trop lourd pour ses parents, et son aide était la seule façon de faire avancer les choses pour lui aussi.

Mais sa relation avec son neveu avait peu à peu pris de l'importance dans sa vie. Il avait commencé à trouver la paix avec des personnes et dans des lieux chargés de souvenirs agréables. Et puis il avait rencontré Mattie. Alors qu'il était à présent assis avec elle sur un bateau qui se balançait doucement, entouré de la baie dont il connaissait les moindres recoins… Il se sentait chez lui.

— En ce moment, c'est vraiment bon d'être de retour.

Mattie le dévisagea. Elle paraissait deviner que tout n'était pas parfait et qu'il y avait des choses qu'il avait choisi de ne pas dire.

— C'est maintenant qui compte, n'est-ce pas ?

— Oui, c'est vrai.

Ils mangèrent en silence. Llwyd se sentait absorber le rythme détendu de l'eau. Il laissait la brise tiède le débarrasser des soucis de la journée et les emporter.

— Blessure au plexus brachial, lâcha-t-il soudain.

Le passé semblait planer entre eux, et Llwyd voulait le balayer. Pouvoir le dépasser et atteindre le sourire de Mattie.

— Un accident de moto ? demanda-t-elle doucement.

— Non. J'ai été poignardé et le nerf a été sectionné.

Maintenant qu'il avait franchi le point de non-retour, c'était presque un soulagement. Le dire s'avérait plus facile qu'il ne l'avait imaginé.

— Et il y a eu une opération chirurgicale pour le réparer ?

Elle était maîtresse d'elle-même, calme. Presque clinique. Mais Llwyd percevait son énergie chaleureuse, la voyait dans ses yeux. Elle avait trouvé le bon moyen pour qu'il puisse parler de ça sans se dérober, et cela lui donnait l'impression de mieux contrôler la situation. D'être plus fort. Elle reprit :

— Je suppose que c'est ton nerf médian qui a été touché.

Llwyd acquiesça. Il n'avait pas besoin d'expliquer que la blessure qui avait causé tout cela se trouvait à l'arrière de son épaule, là où les nerfs partaient de la colonne vertébrale et descendaient le long du bras. Qu'il ne retrouverait peut-être jamais l'usage complet de sa main, et que toute guérison possible prendrait des années.

— Comment va la douleur ?

Mattie savait aussi que la douleur associée à une lésion nerveuse pouvait durer longtemps et que, souvent, elle ne réagissait pas aux analgésiques traditionnels.

— Il a fallu un an, mais hormis des fourmillements dans le bras qui me réveillent parfois la nuit, je n'ai plus aucune douleur aujourd'hui.

— Et tu dors ?

— Je fais des cauchemars. Tous les soirs, au début, et maintenant, de temps en temps. L'obscurité, c'est compliqué.

Mattie opina, sans jamais rompre le contact visuel avec lui. C'était touchant qu'elle puisse entendre tout cela.

— Qu'est-ce qui s'est passé, Llwyd ? Raconte-moi tout.

— Je traversais le parking de l'hôpital où je travaillais à Londres. Il était tard, j'avais opéré toute la journée, j'étais fatigué et je ne faisais pas attention à ce qui pouvait se passer autour de moi. Je ne les ai pas vus avant qu'ils soient sur moi. Ils étaient trois ou quatre, je ne suis pas sûr. Tout ce que j'ai ressenti au début, c'était le choc. Je n'ai pas réalisé que j'avais été poignardé. Je l'ai senti quand j'ai touché le sol et qu'ils ont commencé à me donner des coups de pied, mais…

— Je suis vraiment désolée de ce qui t'est arrivé.

Llwyd crut voir des larmes dans les yeux de Mattie et s'efforça de ne pas les regarder. Il inspira à fond, tremblant.

— J'ai eu un affaissement du poumon et une rupture de la rate. Je perdais du sang à cause des coups de couteau...

Mattie tendit la main vers sa main gauche. Lorsqu'il voulut toucher ses doigts, il les sentit s'enrouler autour des siens. Prendre la main qui avait été blessée semblait plus intime qu'autre chose, comme si Mattie était là pour le protéger au moment où il était le plus vulnérable.

— Respire et dis tout ce que tu as à dire. Je sais que nous sommes des médecins, nous avons l'habitude de gérer ce genre de choses. Mais nous sommes aussi des êtres humains.

— J'ai eu de la chance. Ils ont pris mes clés de voiture et mon portefeuille, et la réceptionniste du bâtiment principal les a vus sortir du parking à toute allure et a jugé que ce n'était pas moi au volant. Elle a envoyé un agent de sécurité qui m'a trouvé et a donné l'alerte. Je me souviens d'avoir vu une infirmière que je connaissais aux urgences et de m'être dit : « Bon, je vais m'en sortir. » Elle est restée avec moi jusqu'à ce qu'on me descende au bloc.

— C'est bien d'avoir quelqu'un à qui s'accrocher.

C'était elle qui était là pour lui, maintenant. D'après l'expérience de Llwyd, les personnes qui étaient là pour lui ne restaient pas toujours, mais il prenait ce moment tel qu'il se présentait, même si c'était tout ce qu'il y avait.

— Je me suis réveillé en ayant mal...

— Oui, j'imagine.

— Je paniquais un peu aussi, avoua Llwyd en grimaçant.

— Bien sûr. C'était une sacrée épreuve.

— Je ne l'ai pas très bien vécu.

Elle se pencha en avant, son regard noué au sien.

— Personne n'y arrive, Llwyd. Les retombées émotionnelles d'un événement comme celui-ci sont réelles. Il faut du temps pour s'en remettre, et beaucoup de soutien.

— J'avais... J'étais dans une relation quand c'est arrivé. Les fissures commençaient à apparaître et j'ai senti que ce n'était qu'une question de temps avant que Hannah et moi décidions d'en finir. Mais elle est restée et s'est très bien occupée de moi quand je suis rentré à la maison.

Mattie acquiesça, sans mot dire. Il continua :

— J'étais si reconnaissant. J'ai pensé qu'on avait peut-être franchi un cap, qu'on s'était retrouvés d'une manière ou d'une autre. Comme un nouveau départ, mais ça n'a pas duré. Elle m'a dit qu'elle était restée par crainte de ne pas pouvoir affronter nos amis si elle partait. Mais moi, j'étais différent et les choses n'allaient plus jamais être les mêmes.

Quelque chose se bloqua dans sa gorge. Il savait que rien ne serait plus exactement pareil, mais il avait eu l'impression qu'il s'efforçait au moins de retrouver la vie qu'il avait connue. Soudain, Mattie perdit son sang-froid et le fixa avec une expression de colère non dissimulée. Puis il sentit sa main se resserrer autour de la sienne et le retenir.

— Je suis vraiment désolée que tout cela te soit arrivé, Llwyd. Mais ça fait de toi une personne différente ?

— J'ai des cicatrices. Des cauchemars...

— Et alors ? Je ne sous-estime pas à quel point cela a dû être dur, pour toi et pour les gens qui t'entourent. Mais il y a une autre façon de voir les choses.

Peut-être aurait-il dû savoir que Mattie verrait au-delà de tout cela, d'une manière dont Hannah était incapable. Peut-être l'avait-il su et avait-il juste attendu qu'elle le dise.

— C'est-à-dire ?

— Peut-être que tu as été vraiment pénible pendant ta convalescence. Je n'ai aucun moyen de le savoir. Mais pourquoi Hannah a-t-elle pensé que c'était une bonne idée de te laisser croire que votre relation s'était ravivée, alors qu'elle aurait pu si facilement s'occuper de toi en tant qu'amie... Franchement, ça me dépasse.

— Peut-être qu'elle s'est trompée. Ou qu'elle a changé d'avis quand elle a vu la réalité de la situation.

Mattie fronça les sourcils, manifestement pas d'accord.

— Si elle avait un homme aussi disposé à lui accorder le bénéfice du doute que tu l'es manifestement, elle aurait pu penser qu'il était cruel de tout te mettre sur le dos.

Quelque chose se détacha de lui. Peut-être parce qu'il avait enfin relaté une histoire qu'il s'était efforcé de ne pas raconter. Peut-être que c'était simplement Mattie, et la façon dont elle ne mâchait pas ses mots, mais finissait quand même par rendre le monde autour d'elle un peu plus lumineux.

— Si on veut quitter quelqu'un ou quelque chose, reprit-elle, cela suffit. On n'a pas besoin d'inventer des tas de raisons pour se convaincre et convaincre tout le monde que l'on n'a pas le choix. Il faut assumer ses décisions.

— Il faudra que j'y réfléchisse. Plus tard, peut-être. J'apprécie vraiment d'avoir pu en parler, mais... Ça va aller.

Soudain, il eut envie d'effacer le goût des mots de sa bouche et d'apprécier la paix et la tranquillité d'une soirée d'été sur l'eau.

— Je suppose que tu n'as pas de jus de fruit ? reprit-il.

— Je vais aller en chercher, répondit-elle en souriant. C'est un nouvel exercice d'apprentissage. S'entraîner à sortir des boissons du réfrigérateur et à les mettre dans deux verres sans en renverser partout.

— Il faut que je voie ça..., répliqua Llwyd en riant, soulagé de passer à autre chose.

Écouter ce qui était arrivé à Llwyd avait été difficile. Mais s'il avait semblé éprouver le besoin de le dire, il avait aussi eu besoin d'arrêter. Besoin de savoir qu'il pouvait laisser ça derrière lui un moment et revenir dans le présent.

Mattie avait insisté pour aller seule à la cuisine. Elle avait réussi à extraire les glaçons de leur support sans qu'aucun lui échappe, mais elle avait ensuite heurté le pichet gradué et tout renversé par terre. Elle avait nettoyé et s'apprêtait à recommencer, quand elle entendit Llwyd descendre dans la cabine. Elle fronça les sourcils en le voyant apparaître.

— Je peux me débrouiller. Tu ne devrais pas être en haut, au cas où quelqu'un essaierait de nous percuter ?

— C'est peu probable. Et tu as un détecteur de proximité qui nous alertera si quelqu'un s'approche trop près. Je l'ai activé. Qu'est-ce que tu prépares ?

— Citron jaune et citron vert, eau gazeuse, grenadine… avec des cerises au marasquin et des pailles. J'ai acheté les cerises et les pailles quand j'ai eu le bateau.

— Je vois. Pour sauver les apparences et faire chic ?

— C'était l'idée. Sauf que je n'ai jamais eu l'occasion de siroter des cocktails sur le pont et de regarder le monde passer. Café et sandwichs sont à peu près ma limite.

— Il était temps que tu baptises ce bateau comme il se doit, alors. Je peux… ? demanda-t-il avec un petit sourire.

Ils s'étaient déjà touchés. De nombreuses fois, lorsque Llwyd l'avait aidée à conduire le bateau, et lorsqu'ils avaient travaillé ensemble. Mais il admettait que, cette fois-ci, un peu de plaisir pouvait peut-être s'y mêler, et l'idée que le contact physique dépassait l'aspect pratique était excitante.

— Je t'en prie.

Il se tenait les pieds légèrement écartés et était aussi stable qu'un roc dans le doux roulis de l'embarcation. Il saisit néanmoins la poignée fixée au plafond. Mattie lui sourit. Une main pour le bateau, une pour elle… Il enroula le bras gauche autour de sa taille, la tenant contre son corps. Elle pouvait s'appuyer à lui, gardant les deux mains libres pour travailler. Et c'était délicieux de savourer la sensation de cette quasi-étreinte tandis qu'elle ouvrait l'armoire au-dessus du petit comptoir, en sortait ce dont elle aurait besoin.

— Comment je fais ça quand tu n'es pas là ?

— J'ai entendu dire que tu avais réalisé une trachéotomie d'urgence l'autre jour. Si tu es capable de ça, tu peux faire ceci aussi, Mattie. Ce n'est qu'une question de pratique et de technique.

Elle avait tellement envie de se retourner et de voir la tendresse de sa voix se refléter dans ses yeux. Tomber dans son étreinte et oublier tout le reste. Le fait d'être sur l'eau semblait favoriser le sentiment que les liens avec leur vie quotidienne étaient en quelque sorte relâchés et qu'ils pouvaient faire tout ce qu'ils voulaient.

Mais ils avaient tous deux leurs propres vulnérabilités avec eux. Quoi qu'il se passe entre eux, aussi loin qu'ils osent aller, cela devait se faire sur la terre ferme. Là où la vie quotidienne était un peu plus proche, et le fantasme un peu plus éloigné. Elle pouvait néanmoins encore profiter de ce moment. Lorsque le bateau tangua un peu, elle s'agrippa instinctivement au plan de travail, et Llwyd lâcha un instant sa taille pour stabiliser la bouteille de grenadine avant qu'elle bascule. Un synchronisme enivrant qui équilibrait chacun de leurs mouvements en une seule action fluide.

— Tiens-toi prêt. Je vais tout mélanger.

Elle avait presque terminé. Mattie sentit le bras de Llwyd se resserrer autour d'elle et elle lâcha le plan de travail, s'en remettant à lui. Le mélange tourbillonnait dans le pichet gradué, et elle le versa dans deux gobelets à large fond.

— Range tout, sinon il y en aura partout par terre avant que nous ayons fini de boire, lui rappela-t-il doucement.

Mattie nettoya, remit chaque chose à sa place, un peu dépitée. Bientôt, ils n'auraient plus besoin de se toucher, même si elle soupçonnait qu'aucun d'eux ne désirait qu'il en soit ainsi. Llwyd la lâcha, juste assez lentement pour qu'elle ait le temps d'envisager l'idée de se retourner pour l'embrasser. Peut-être qu'il y pensait aussi. Peut-être qu'il serait le premier à craquer et à l'embrasser. Mais il était bien trop tôt pour cela. Ils avaient tous deux beaucoup de choses à régler avant de pouvoir envisager une véritable étreinte.

Boire des cocktails sur un bateau était le moyen idéal de se détendre après une longue journée de travail. Lorsque le soleil commença à s'approcher de l'horizon, Mattie proposa de piloter le yacht jusqu'à la marina, si Llwyd voulait bien le ramener ensuite à sa place. Elle se tint sur le quai, regardant Llwyd vérifier les amarres, puis descendre son vélo du bateau.

— Je veux m'excuser...

Llwyd lui jeta un regard interrogateur.

— Pour quoi ?

— Ce soir-là, après notre verre au pub, je t'ai laissé me raccompagner jusqu'ici et je n'ai pas pensé à la façon dont tu allais rentrer chez toi.

Il haussa les épaules.

— Il n'était pas tard. Il y avait encore beaucoup de monde et les quais sont bien éclairés. J'ai pris un taxi à côté du pub.

— Bon. Mais quand même. Tu es beaucoup plus grand que moi, et plus fort. J'ai bêtement pensé qu'il était normal que tu fasses le chemin avec moi et pas vraiment nécessaire de me demander comment tu allais rentrer de ton côté.

Il resta silencieux un moment, fixant la bicyclette qui se trouvait entre eux. Puis son regard vert se posa sur le sien.

— Merci. Je... C'est sans doute un peu débile.

— Non. Personne n'est invulnérable et les amis doivent veiller les uns sur les autres. Comment tu rentres ce soir ?

— De la même façon que je suis arrivé ici ?

— C'est logique. Moi aussi.

Mattie commença à pousser son vélo vers la sortie de la marina.

— Je peux te déposer ? proposa-t-il soudain.

Non. Sûrement pas. Posséder un bateau dont elle savait à peine se servir, c'était une chose – elle n'avait pas eu trop le choix et Llwyd l'avait déjà accepté. Mais choisir de vivre dans un bus, c'en était une autre, et elle n'était pas tout à fait prête à lui montrer le secret qu'elle cachait à tout le monde.

— Ça va aller. Je prends la piste cyclable qui fait le tour de la baie, puis je coupe par le village.

Elle indiqua l'autre côté de la baie et les maisons qui s'étendaient sur la colline, en direction de la ferme de Gwen et Owen. La dernière étape du trajet était un détail technique.

— Il me faut vingt minutes et il ne fera pas nuit avant une heure.

Llwyd hésita, évaluant clairement le chemin à suivre pour rentrer chez elle.

— Et comme tu n'as pas de porte-vélos, je devrai laisser mon vélo sur le bateau. Et donc me rendre à pied au travail demain matin, ce dont je ne vais pas te remercier.

Il acquiesça et Mattie salua l'agent de sécurité qui leur ouvrit les portes puis leur souhaita une bonne nuit.

7

Le cottage de Llwyd était dans la famille depuis des générations, et comme ses parents et son frère avaient chacun leur propre maison à la mort de sa grand-mère, ils avaient décidé de le rénover et de le louer comme maison de vacances. Lorsque Llwyd avait envisagé de quitter Londres pour revenir s'installer ici, il avait demandé s'il pouvait racheter les parts de son père et de son frère, ce qui avait semblé être la solution idéale. Gran aurait aimé que le cottage reste dans la famille, et Huw et Georgina étaient heureux de disposer d'une somme payée cash qui leur avait enfin permis de rouvrir le restaurant.

Tout s'était mis en place. Il connaissait les moindres recoins du village et de la baie que l'endroit surplombait, et pratiquement tous ceux qui y vivaient. Il pouvait s'occuper de Peter pendant que Huw et Georgina remettaient le restaurant sur pied, et il réussit rapidement à obtenir un poste à l'hôpital. Le seul élément que Llwyd n'avait pas considéré dans sa réflexion était une nouvelle relation, car il était venu ici pour guérir ses blessures, pas pour risquer de les rouvrir.

Il s'était efforcé de considérer Mattie comme une amie et une collègue, parce que cela cadrait avec la vie qu'il s'était soigneusement choisie. Quelqu'un qui accepterait réconfort et soutien sans qu'aucun des deux ait à se prendre la tête. Mais lorsqu'il l'avait entourée de son bras sur le bateau, il avait senti son propre frisson de plaisir se répercuter à travers son corps à elle.

Peut-être. Peut-être juste que… Llwyd écarta cette pensée. Tout chez Mattie trahissait un esprit agité et elle ne pouvait pas vouloir de quelqu'un comme lui, qui s'était délibérément attaché à un lieu. L'alchimie n'était que… de l'alchimie. Quelque chose qui pouvait s'immiscer de temps en temps, puis s'estomper assez vite si elle n'était pas nourrie.

Peut-être qu'il évitait Mattie, et peut-être l'évitait-elle aussi. Et peut-être que s'ils n'étaient vraiment que des amis, il n'aurait même pas remarqué qu'ils ne s'étaient pas croisés à l'hôpital le vendredi. Alors que Llwyd terminait son service, il céda à la tentation et lui envoya un texto.

J'espère que tout se passera bien pour ta formation. Cwtch…

Llwyd hésita. Effaça le dernier mot. Les bisous étaient acceptables à la fin d'un texto et il avait déjà vu Mattie chercher des mots gallois inconnus sur son téléphone.

En fait, l'utilisation du gallois rendait les choses si intimes. La langue avec laquelle il avait grandi semblait toujours exprimer la chaleur des liens affectifs. Mais si cela signifiait quelque chose pour lui, Mattie ne le remarquerait probablement même pas.

Cwtch.

Il le tapa à nouveau et envoya le message avant de changer d'avis. Llwyd remit son téléphone dans sa poche et le ressortit dix minutes plus tard quand il le sentit vibrer.

Est-ce que je vais avoir besoin de bisous ?

Elle avait ajouté un emoji de visage effrayé. Puis :

J'ai hâte de te montrer ce que j'aurai appris. Cwtch.

Llwyd sourit. Peut-être que Mattie avait compris.

Peter et lui avaient passé la majeure partie du samedi au chantier naval. Llwyd ne pouvait s'empêcher de jeter un coup d'œil sur la baie de temps à autre, et il aperçut le hors-bord que son père utilisait pour les cours d'initiation, trop loin pour voir qui était à la barre. Si c'était Mattie, elle avait l'air de bien se débrouiller...

Il avait décidé de préparer un vrai déjeuner dominical et avait convié sa mère, puisqu'elle était seule aujourd'hui. Llwyd se félicitait d'avoir réussi à tout éplucher, et remplissait à présent le lave-vaisselle quand l'appel arriva. Il jeta un coup d'œil à son téléphone, puis répondit immédiatement.

— Oui, papa ?

— On a un pépin.

Llwyd se raidit. Cela signifiait une urgence dans la langue de son père lorsqu'il enseignait.

— On est échoués au large de la plage de Tywod, quelqu'un est malade. Mattie dit que c'est... quoi, Mattie ?

Il entendit la voix de Mattie en arrière-plan. Calme et posée, ce qui inquiéta encore plus Llwyd. C'était le ton qu'elle utilisait quand elle travaillait.

— Tachycardie supraventriculaire.

Son père répéta le diagnostic de Mattie et poursuivit :

— J'ai appelé les garde-côtes, mais ils sont très occupés cet après-midi et le bateau le plus proche risque de mettre du temps à arriver.

— Maman est là, je vais lui demander de s'occuper de Peter. Dis à Mattie que je vous rejoins dès que possible.

Son père transmit le message et il entendit Mattie assurer que tout allait bien se passer. Elle apaisait clairement son patient imprévu.

Mais la tachycardie supraventriculaire était une urgence – une arythmie cardiaque où les deux côtés du cœur cessaient de battre en synchronisation, et le cœur commençait à s'emballer pour retrouver un rythme normal. Si le bateau s'était échoué sur le long plateau incliné de la plage de Tywod, il n'y avait aucun moyen d'atteindre le rivage.

— Il y a quelqu'un chargé du bateau de sauvetage ?

Le bateau de sauvetage du chantier naval était généralement appelé au moins une fois pendant les week-ends d'été, et son père veillait toujours à ce que quelqu'un soit de service.

— Il y a Tom. Je vais l'appeler et lui dire de t'attendre.

Son père raccrocha, et Llwyd se retourna pour constater que sa mère avait entendu la conversation et était déjà allée chercher son coupe-vent et son gilet de sauvetage.

Le chantier naval se trouvait à dix minutes de marche, et à cinq minutes en courant. Llwyd piqua un sprint et vit Tom qui l'attendait à la barre du bateau de sauvetage.

— S'ils ont échoué là où je le pense, ils sont sur les bancs de sable, un peu plus loin de la plage, dit Tom tandis que l'embarcation prenait de la vitesse. Selon l'allure à laquelle ils allaient, on devrait pouvoir s'approcher assez et les tirer d'affaire. C'est quoi ce supra... truc ?

— Une arythmie cardiaque. Mattie et moi pouvons essayer de stabiliser le patient, mais il faudra absolument l'emmener à l'hôpital dès que possible.

Tom hocha la tête. Alors qu'ils sortaient de l'embouchure de la baie, Llwyd aperçut le bateau de son père, immobile de l'autre côté des hauts-fonds. Ils décrivirent un grand arc de cercle, restant bien à l'écart des eaux peu profondes, puis Tom dirigea avec précaution le canot vers l'embarcation échouée. Llwyd voyait à présent Mattie auprès d'un homme plutôt costaud, allongé sur le banc du pont principal. Son père était à la poupe, penché par-dessus bord pour mesurer la profondeur de l'eau.

Llwyd trépignait d'impatience pendant que son père et Tom évaluaient à quel point ils pouvaient s'approcher, et que le bateau de sauvetage avançait prudemment de l'autre.

— C'est ça, pas plus près, dit son père, et Tom opina, maintenant le canot stable dans l'eau, à environ un mètre de l'arrière du bateau échoué. Tu vas y arriver, Llwyd ?

Il le faudrait bien. Il lança la corde de remorquage à son père, qui l'attacha à son extrémité. Tom avança le canot pour pouvoir maintenir la corde tendue.

— Ne prends pas de risques, *bach*, lui intima son père.

Llwyd se laissa glisser, enroulant son bras gauche autour de la corde et l'agrippant de sa main droite. Son père l'attrapa et le fit monter à bord. C'était peu gracieux, et ses chaussures étaient maintenant trempées, mais ça y était.

Il laissa son père discuter de la prochaine étape avec Tom et s'avança sur le pont. Mattie lui adressa un sourire.

— Voici Llwyd. Il est médecin, dit-elle à l'attention de l'homme. Llwyd, voici Euan.

Euan semblait calme et à l'aise. Dans ces circonstances, le mieux que Mattie pouvait faire pour lui était de le garder tranquille, et comme le moniteur de fréquence cardiaque attaché à son doigt oscillait autour de quatre-vingt-dix battements par minute, et qu'ils étaient coincés à près d'un kilomètre de la côte, cela n'avait pas dû être facile.

— Bonjour, Euan, fit Llwyd en souriant.

— Qu'est-ce qui m'arrive ? C'est grave ?

— On va bientôt bouger d'ici et se rendre à l'hôpital. En attendant, Llwyd et moi sommes là pour nous assurer que vous allez bien. Donnez-nous une minute.

Euan acquiesça et Mattie s'écarta pour parler à Llwyd.

— Le rythme cardiaque d'Euan est stable, même si 90 bpm, c'est beaucoup. Il a eu des vertiges et des étourdissements, mais il est resté conscient et réactif, et sa tension artérielle est constante. Il n'a pas d'antécédents de problèmes cardiaques et j'ai vérifié qu'il n'y avait aucun signe de maladie cardiaque.

— Manœuvre de Valsalva ?

Cela ne marcherait peut-être pas, mais c'était une technique parfois employée par les ambulanciers pour « remettre à zéro » le rythme cardiaque d'un patient. À l'hôpital, des médicaments feraient la même chose avec un degré de certitude plus élevé, mais ils n'étaient pas à l'hôpital pour l'instant. Mattie hocha la tête.

— C'est ce que je pensais, mais je ne pouvais pas le faire toute seule, et ton père était très occupé à nous maintenir à flot. Euan ? poursuivit-elle en se retournant vers le patient. Nous allons procéder à une intervention qui consistera pour vous à souffler dans une seringue vide pour faire sortir le piston, si vous le pouvez. Ensuite, on vous fera basculer en arrière tout en soulevant vos jambes. Ça a l'air un peu bizarre, mais c'est tout à fait sûr et c'est une bonne première option pour ramener votre cœur à la normale, avant d'arriver à l'hôpital.

— D'accord.

— Allons-y, alors.

Mattie prit la trousse médicale du bateau et en sortit une seringue emballée. Llwyd se dirigea vers l'arrière pour dire à son père qu'il ne fallait pas qu'il y ait de mouvements brusques sur le bateau pendant quelques minutes. Mattie disposa des coussins sur le pont et tous deux aidèrent Euan à s'y asseoir, les jambes étendues devant lui. Mattie montra à Euan comment souffler dans la seringue, tandis que Llwyd soutenait son dos. Tout était fluide entre eux.

— À mon signal ? murmura-t-elle.

Le piston de la seringue commença à bouger légèrement tandis qu'Euan essayait d'expirer, et Mattie compta « trois, deux, un » à voix basse. Pendant que Llwyd basculait le corps d'Euan en arrière pour qu'il soit allongé à plat, Mattie souleva ses jambes. Au bout de quinze secondes, ils remirent Euan en position assise pendant une minute, puis Llwyd le laissa se détendre contre les coussins.

— Je pense… que cela a fonctionné.

Le regard de Mattie était fixé sur le moniteur cardiaque. Le rythme cardiaque d'Euan commençait à baisser. Llwyd vérifia sa tension artérielle et fit un signe de tête à Mattie.

— Vous vous sentez un peu plus à l'aise ? demanda-t-elle.

— Oui, ça va. Je me sens un peu mieux.

— C'est très bien. On dirait que votre rythme cardiaque commence à revenir à la normale. On vous emmène quand même à l'hôpital, parce que vous avez besoin d'être examiné et que les médecins préfèrent généralement avoir un toit au-dessus de leur tête quand ils le font.

Euan prit la main de Mattie.

— Vous avez été super. Merci, Mattie.

— C'était un plaisir pour nous. Vous avez été top aussi.

— Je suppose que papa et Tom ont déjà un plan pour nous ramener à terre, dit Llwyd, soulagé.

Mattie saisit brusquement son bras. Il baissa les yeux et remarqua que son coupe-vent était déchiré à l'intérieur de son coude gauche, là où il avait enroulé son bras autour du câble de remorquage.

— C'est bon... Ce n'est rien.

— Laisse-moi voir.

Llwyd redressa son bras et elle écarta le tissu déchiré. En dessous, la peau n'était pas abîmée. Tant mieux, car l'absence de rate l'obligeait à laver et à panser les coupures et les écorchures avec soin.

— Ça va. Tu as mal ?

— Non.

— Tu peux bouger tes doigts ?

— Pas entièrement. Mais ce n'est pas nouveau.

Un éclair d'intimité les lia soudain et Llwyd sourit. Elle lui lança un regard qui aurait fait fondre un iceberg.

— Parfait, tu peux y aller.

Llwyd se leva et se dirigea vers son père. Ils avaient atteint leur premier objectif, et le second était de ramener Euan sur la terre ferme.

Déloger le bateau de son père ne fut pas trop difficile. Il ne devait pas être à pleine vitesse lorsqu'il avait heurté le haut-fond, et une petite traction supplémentaire coïncidant avec la houle des vagues permit de le dégager rapidement.

Ils transférèrent néanmoins Euan sur le bateau de sauvetage, au cas où l'autre aurait subi des dommages inaperçus. Mattie l'accompagna, et Tom l'aida à s'asseoir à côté d'Euan avant qu'ils retournent directement au chantier naval pour continuer en voiture jusqu'à l'hôpital.

Llwyd et son père avaient ramené le hors-bord au chantier naval et étaient maintenant assis sur des chaises longues sur la jetée, en compagnie de sa mère et Peter, venus du cottage. Llwyd avait enlevé ses chaussures mouillées, levant les pieds pour permettre aux ourlets de son jean de sécher dans la brise chaude, et son père était allé chercher deux bières.

— Alors… Qu'est-ce qui t'a fait t'échouer, papa ?

Llwyd espérait que ce n'était pas Mattie, car cela aurait pu porter un coup sévère à sa propre confiance en elle.

— Mattie a fait exactement ce qu'il fallait. Je pense que nous allons en faire un marin, répondit son père, devançant la question suivante de Llwyd. Je les avais emmenés sur la plage de Tywod pour leur montrer comment repérer les eaux peu profondes et où placer le bateau pour s'en éloigner. Je leur ai montré à quelle distance ils devaient se tenir des hauts-fonds et j'ai demandé à Euan de prendre la barre sur le chemin du retour. Mattie a posé une question et je me suis retourné pendant une seconde…

— Et ?

— Soudain, le bateau a viré de bord et j'ai failli être projeté dans les airs. Mattie s'accrochait des deux mains…

— L'avantage de ne pas encore avoir le pied marin.

— Voilà. Euan a eu un brusque vertige et il s'est instinctivement agrippé à la barre, tirant fortement sur bâbord en tombant. Mattie a pris le relais et a essayé de nous éloigner des hauts-fonds, mais même moi, je n'y serais pas arrivé. Elle a effectué un arrêt d'urgence presque parfait, mettant la manette des gaz au point mort puis en marche arrière tout en s'accrochant à la barre de toutes ses forces. C'est toujours la première chose que j'enseigne aux gens, et elle s'en est souvenue.

Llwyd hocha la tête, une vive admiration pour Mattie inondant ses veines. Il aurait dû savoir qu'elle était assez débrouillarde pour tirer le meilleur parti de n'importe quelle situation. Il sourit à son père, qui lui jeta un regard interrogateur. Si Peter n'avait pas été là, il aurait posé la question de vive voix.

Il se passe quelque chose entre toi et Mattie ?

Llwyd était content que Peter fût là. S'il avait dû répondre tout haut, il se serait emmêlé dans les explications.

— Mattie t'a sauvé, en fait, *Tad-cu* ? demanda Peter.

— Je crois que oui. Elle s'est assurée que tout l'équipage était en sécurité. C'est la première chose à laquelle tu devras penser quand tu auras ton propre bateau, *bach*.

Peter demanda alors à son grand-père quand il pourrait avoir son propre bateau, mais Llwyd n'écoutait plus. Il avait entendu une voiture franchir les portes du chantier naval, et quand il se retourna, il vit que Tom et Mattie étaient de retour. Ce n'était peut-être pas le bon moment pour se précipiter vers elle et la prendre dans ses bras, et Llwyd resta assis sur son siège.

— Les voilà, dit son père, qui se leva. Peter, tu veux venir m'aider à imprimer le certificat de compétence de Mattie ?

— Oui, *Tad-cu*.

Sa mère croisa le regard de Llwyd.

— Reste là. Je vais aller les surveiller. Cette jeune femme mérite quelque chose d'un peu plus présentable que le résultat des talents de ton père en traitement de texte, et on ne peut pas compter sur Peter pour l'aider correctement.

— Merci, maman.

Llwyd sourit à sa mère. Son père avait de nombreux talents, mais l'informatique n'en faisait pas partie.

Il regarda son père échanger quelques mots avec Tom et Mattie, puis Tom se dirigea avec lui vers le bureau du chantier naval, laissant Mattie s'avancer seule tout droit vers lui. Llwyd indiqua la chaise longue à côté de la sienne.

— Comment va Euan ? demanda-t-il, résistant à la tentation de plonger sans mot dire dans les profondeurs de ses yeux bleus.

Mattie sourit.

— Il va bien. Ils l'ont examiné tout de suite, et il avait toujours un rythme régulier. Ils vont l'envoyer chez un spécialiste, mais il s'agit peut-être d'un incident isolé.

— Tant mieux. Mon père m'a dit que tu t'étais bien débrouillée là-bas.

— C'est vrai ? fit Mattie, un peu surprise. Je n'ai pas pu empêcher d'échouer le bateau.

— D'après papa, tu as fait un arrêt d'urgence presque parfait. Tu sais que tu risques de casser l'arbre d'hélice si tu ne le fais pas correctement ?

— Eh bien, non, je ne sais pas. Je ne l'ai pas cassé, si ?

— Non, tu le saurais sinon. Papa a dit qu'il n'aurait pas pu effectuer le virage pour éviter les hauts-fonds non plus.

— Vraiment ? Je me demande si je vais obtenir mon certificat, dit-elle, tout sourire à présent.

— Peut-être bien. Papa est allé l'imprimer, et Peter l'aide, ce qui veut dire que tu auras peut-être un bout de papier tout écorné avec sa signature dessus. Mais maman garde un œil sur eux, alors on peut espérer le meilleur.

Elle lui adressa un sourire lumineux et désigna sa bouteille de bière du doigt.

— Est-ce que j'ai droit à une gorgée ?

Il aurait pu aller lui chercher un verre, mais il préférait partager. Llwyd lui tendit la bière et elle en prit une gorgée.

— Mmm. C'est agréable et bien frais.

Elle lui rendit la bouteille et se cala dans sa chaise longue, laissant le soleil caresser son visage. Llwyd aurait pu l'embrasser, sur-le-champ. Mais s'asseoir au soleil, se passer la bouteille paresseusement, c'était un pis-aller plus qu'adéquat.

Son père revint, présentant à Mattie une enveloppe en papier, et elle en retira une feuille plastifiée. Son père n'avait pas coutume de plastifier les certificats, et le cours que Mattie avait suivi correspondait au niveau le plus bas. Llwyd nota de remercier sa mère d'avoir fait honneur à Mattie.

— J'ai réussi ! Dix sur dix pour tout ! Merci beaucoup ! s'exclama-t-elle, tout excitée.

Elle tendit le certificat à Llwyd pour qu'il puisse le voir.

— Vous l'avez bien mérité, assura son père en s'asseyant, un dossier sur les genoux. Dites-moi, vous comptez toujours suivre le cours complémentaire de navigation de nuit ?

Mattie sourit.

— Bien sûr. Mais vous n'allez pas le remettre à plus tard ? Je doute qu'Euan puisse venir le week-end prochain. Il ira bien, mais il va probablement devoir se reposer un peu.

— Ce n'est pas grave. J'ai pensé que, comme il n'y a que vous, vous aimeriez peut-être sortir sur le *Matilda Rae*. Cela ne vous ferait pas de mal d'apprendre sur votre propre bateau. Il ne nous faudra pas longtemps pour passer en revue tout ce que vous avez besoin de savoir, et si on a le temps, on pourra ensuite aller pêcher de nuit.

La pêche de nuit. Son père devait bien aimer Mattie pour le lui proposer. Llwyd sourit tandis que Mattie hésitait.

— Je n'ai jamais pêché…

— Il est temps de vous y mettre, hein ?

Son père jeta un coup d'œil à Llwyd, qui hocha la tête.

— J'en serais ravie. Merci. Et si cela ne vous dérange pas, j'aimerais vraiment qu'on le fasse sur le *Matilda Rae*.

— Alors d'accord. Tenez, lisez ce dossier, et je vous verrai samedi soir prochain.

— J'ai hâte !

Mattie serra le dossier contre sa poitrine, affichant un sourire enthousiaste.

Son père les laissa de nouveau seuls, désireux de vérifier que le hors-bord ne présentait pas d'éraflures sur la coque. Mattie s'étira dans sa chaise longue.

— C'était un super week-end.

Llwyd sourit. Ce n'était pas seulement un super week-end. Mattie l'avait rendu parfait.

8

— Qu'est-ce que tu as ? demanda Mattie en retrouvant Llwyd à l'accueil des urgences le lundi après-midi.

— Un bras cassé. J'attends les radios. Et toi ?

— Une jeune maman. Elle a amené son bébé parce qu'elle était convaincue qu'il pleurait différemment et qu'il essayait de lui dire quelque chose. Je l'ai examiné attentivement et il va bien. Mais elle craque et est très anxieuse à propos de tout. J'ai contacté la puéricultrice qui vient à domicile et j'attends qu'elle me rappelle pour que nous puissions lui apporter un soutien supplémentaire.

— Bien. Puisqu'on a tous les deux un temps mort… Je suppose que tu n'es pas libre un soir de cette semaine ?

— J'espérais que tu le sois. Je voulais tester mes talents de navigatrice avec toi.

— Ha ha ! fit-il, s'esclaffant. Je pense que c'est à mon tour de t'inviter. Que dirais-tu d'un dîner chez moi ?

— Oh… Oui, d'accord. Euh…, bredouilla Mattie, prise au dépourvu. Un dîner serait chouette, merci. Mercredi ?

— Mercredi, c'est bon pour moi.

Le téléphone de Llwyd émit un bip.

— Désolé, les radios sont prêtes. Si je ne te vois pas d'ici là, je t'enverrai un texto pour convenir de l'heure…

Llwyd venait de lui proposer un rencard ? Un dîner chez lui mercredi soir ressemblait à un rencard, non ? Ça faisait bizarre… Même si le temps qu'ils passaient ensemble virait – lentement mais sûrement – de deux personnes qui appréciaient la compagnie de l'autre à deux personnes qui voulaient apprendre à se connaître beaucoup mieux.

Elle devait y aller prudemment. Llwyd était un homme capable de faire presque tout ce qu'il voulait, mais il était également vulnérable, et Cartref Bay était le seul endroit au monde qui pouvait le guérir. Quant à elle, elle était déchirée entre la stabilité de la famille qu'elle aimait et les esprits libres et irresponsables de Leigh et Helen, les deux personnes qui l'avaient créée. Toujours en mouvement, toujours à la recherche d'un foyer qui pourrait réconcilier les deux côtés de sa nature. Llwyd et elle ne pourraient pas être plus incompatibles, toutefois, d'une manière ou d'une autre, ils semblaient s'accorder parfaitement.

Risque-récompense. Quelque chose de spécial grandissait entre Llwyd et elle, et cela l'emportait sur tous les risques. Malgré toutes ses réserves, Mattie ne pouvait pas dire non. Elle lui faisait confiance et ils régleraient les difficultés une à une, au fur et à mesure qu'elles se présenteraient.

Mattie avait laissé son vélo chez elle et réservé un taxi pour se rendre au travail mercredi matin. Elle avait décidé de rentrer chez elle en taxi après le dîner ce soir, ce qui serait tout à fait naturel. Elle se changea rapidement dans les vestiaires, et accrocha soigneusement dans son casier la robe qu'elle avait choisie pour le dîner. Jusque-là, tout allait bien.

Llwyd travaillait aux urgences une bonne partie de la journée. Ils terminèrent leur service sur le même cas, une ado avec une fracture de stress au pied. Llwyd lui avait posé une botte de soutien et avait expliqué que si elle voulait continuer la danse, elle devait se reposer et anticiper d'autres blessures.

— Tu as un autre patient à voir ou tu es prête à partir ?

— Non, j'ai fini ma journée. On se retrouve en bas dans un quart d'heure ? suggéra-t-elle, grillant d'excitation.

— Parfait.

L'expression joyeuse de Llwyd trahissait son impatience. Mais cela lui laissait le temps de se doucher, de se coiffer et peut-être même de se maquiller. De préférence en donnant l'air d'avoir juste enlevé sa tenue médicale, comme tous les soirs. Mattie lui tourna le dos, pour qu'il ne puisse pas voir le sourire sur ses lèvres, et s'éloigna précipitamment.

Llwyd l'attendait à la réception, vêtu d'une chemise et d'un pantalon beige en toile. Décontracté mais chic. Il avait fait un effort, lui aussi, et le fait qu'ils aient compris que ce soir était une occasion particulière pour eux deux créait une sorte d'embarras. Après avoir franchi les portes de l'hôpital, il se pencha vers elle pour murmurer à son oreille :

— Je suis content de ne pas m'être mis sur mon trente et un.

Soudain, la tension se relâcha. Mattie éclata de rire alors qu'ils se dirigeaient vers le parking.

— Oui, cela aurait été ridicule, n'est-ce pas ?

— Très. Au fait, tu es superbe.

— Quoi ? Cette vieille robe ?

— Ouais, cette vieille robe.

Mattie se réjouissait du compliment. Ils riaient encore lorsqu'ils atteignirent sa voiture. Llwyd lui ouvrit la portière côté passager, et tandis qu'ils descendaient la colline en direction de Cartref Bay, la soirée semblait s'épanouir devant eux, comme une fleur au parfum capiteux. Llwyd prit la route qui menait au chantier naval, puis franchit un étroit portail et se gara devant un cottage en pierre, blanchi à la chaux, coiffé d'un haut toit d'ardoise. Le lieu dégageait une impression de solidité tranquille et donnait le sentiment d'être là depuis si longtemps qu'il faisait partie du paysage.

— C'est à toi ? C'est très joli, Llwyd.

— C'est à moi de m'en occuper pendant un certain temps. Cette maison est dans ma famille depuis des générations. On l'a louée un certain temps comme maison de vacances. Quand je suis revenu de Londres, j'ai racheté les parts de papa et de Huw.

— Elle date de quand ? demanda Mattie, le suivant jusqu'à la porte d'entrée en bois, puis dans le vestibule.

— Elle a été construite vers 1750 par mon quadrisaïeul. Il cultivait des terres, mais ces terres ne sont plus reliées à la maison. Elles ont été transmises via différentes branches de la famille, mais il y a toujours eu des Morgan ici.

— Je peux jeter un coup d'œil ?

Sa demande plut manifestement à Llwyd et Mattie décida d'essayer d'abord la porte de gauche. Celle-ci donnait sur un salon confortable, avec une vaste cheminée et des fenêtres encastrées dans les épais murs de pierre. Elle passa la main autour d'une alcôve creusée dans le mur, qui semblait occuper une place de choix dans la pièce.

— Qu'est-ce que c'est ?

— C'est là qu'était conservée la bible de la famille. Mon père la garde précieusement. Elle raconte l'histoire de notre famille depuis plus de deux cents ans.

— Ce doit être merveilleux d'avoir quelque chose comme ça. Nous avons les papiers de mon grand-père, mais rien qui date d'avant.

Mattie traversa le couloir et découvrit une salle à manger confortable, avec un petit bureau à l'arrière.

— Qu'est-ce qu'il y a par là ?

Elle indiqua une porte moins ancienne au fond du couloir.

— C'est la partie plus récente. Elle a été ajoutée à la fin du XVIIIe siècle.

Il sourit et ouvrit la porte. Les sols en ardoise étaient remplacés par un plancher en chêne usé et une marche menait à une longue pièce, divisée en deux par une grande arche au centre. Elle était inondée par la lumière du jardin, avec une cuisine d'un côté et un second espace de vie de l'autre, bordé d'étagères vides, des cartons empilés dans le coin rappelant que Llwyd n'avait emménagé que récemment.

— Ma grand-mère m'a raconté que lorsqu'ils ont hérité de la maison, il faisait vraiment sombre ici, alors ils ont ouvert le mur du fond et ajouté des fenêtres supplémentaires. Plus tard, papa a fait installer des fenêtres thermiques. Tout le monde a ajouté quelque chose, en fait.

— Et toi ?

— Pas encore. Laisse-moi du temps.

Mattie regarda autour d'elle. La cuisine avait besoin d'être rénovée, mais ce serait peut-être la contribution de Llwyd à la maison. Elle ouvrit une porte qui semblait conduire vers l'avant du cottage et trouva un escalier en bois.

Llwyd alluma une lumière, lui faisant signe de monter si elle le souhaitait, et elle découvrit une splendide salle de bains au bout d'un long couloir. Une seule porte des chambres était ouverte, manifestement inutilisée puisqu'elle ne contenait qu'un lit et d'autres cartons, mais Mattie voyait le potentiel. Le haut plafond, qui épousait la forme du toit, était traversé par des poutres, et elle imaginait se réveiller tous les matins pour voir des ombres nouvelles et différentes jouer sur elles.

Elle passa rapidement devant les portes fermées, n'osant pas les ouvrir. C'était peut-être pour ça que Llwyd l'avait laissée monter seule ici – pour lui permettre d'explorer sans avoir à décider s'il devait lui montrer sa chambre, ou non. Cela semblait être un pas, sur une ligne qui devenait de plus en plus floue, et Mattie décida de ne pas la franchir.

C'était magnifique. Pas seulement sublime à regarder, même si Mattie imaginait que ce serait le cas lorsque Llwyd serait installé. C'était l'histoire d'une famille qui avait agrandi le cottage au fil des ans, au fur et à mesure que les temps changeaient et que les gens changeaient avec eux.

Elle redescendit et le trouva en train de tripoter les commandes de la vieille cuisinière.

— C'est plus qu'un simple lieu de vie, n'est-ce pas ? dit-elle. Ce sont vos racines.

Des racines profondément enfoncées dans la terre.

— Oui, c'est vrai. Je ne l'ai pas beaucoup remarqué durant mon enfance, mais quand je suis allé à Londres... Pendant longtemps, c'était dynamique et excitant d'y vivre, plein de nouvelles opportunités. Mais après avoir été blessé, cet endroit, ce lieu tout entier, a semblé capable de m'envelopper et de me protéger, contrairement à Londres. Je suppose que si tu as grandi à Londres, tu n'aurais pas tout à fait la même sensation ?

Peut-être. Londres avait semblé s'enrouler autour d'elle, l'étrangler.

— Vous parliez gallois ou anglais à la maison ?

— Les deux. Mes grands-parents venaient tous deux de foyers où on parlait gallois, et ils l'ont appris à mon père et à mes oncles. Ma mère vient du sud du pays de Galles, où l'anglais est plus répandu. Elle n'a appris le gallois qu'après avoir épousé mon père. Lorsque Huw et moi sommes nés, le gallois était à nouveau enseigné dans les écoles.

— Donc... ce n'est pas juste une langue, n'est-ce pas ?

Il sourit et acquiesça.

— Oh non ! Une grande partie de l'amour que j'ai reçu de ma famille pendant mon enfance s'exprimait en gallois.

Mattie réfléchit un instant à cette idée. Une langue pour exprimer l'amour.

— Alors, dans quelle langue tu rêves ?

— Oh ! un peu les deux. Ça dépend surtout de quoi je rêve.

De quoi rêvait-il ? Peut-être de la liberté de la mer, qui avait commencé à surgir dans ses propres rêves récemment. Mais ils étaient différents. Sa liberté à lui était ici, tandis que Mattie réagissait à la liberté sans racines de la route.

— Londres te manque ? demanda Llwyd.

C'était une question assez innocente, mais il y avait une trace d'incertitude dans sa voix. Comme s'il avait hésité à le lui demander.

— Je... Londres est un endroit difficile pour moi.

Il se détourna du réfrigérateur qu'il venait d'ouvrir.

— Comment ça ?

— Beaucoup d'attentes.

Elle avait presque envie qu'il l'interroge, même si la réponse était dérangeante. Mais il ne le fit pas. Mattie le regarda mettre du pain mi-cuit surgelé au four.

— Mes parents… Ma mère, en particulier, ne voulait pas que je devienne comme mes parents biologiques, poursuivit-elle. Elle n'aimait pas beaucoup Leigh. Elle pensait qu'il essayait de se soustraire à ses responsabilités. Mais elle était surtout furieuse contre Helen.

Llwyd s'immobilisa soudain, la fixant pensivement.

— Pour être tombée enceinte ?

— En partie. Personne ne trouvait que s'enfuir en Europe avec Leigh était une bonne idée, cependant, tous pensaient qu'elle reviendrait à temps pour commencer l'université. Mais elle ne l'a pas fait. La famille s'y était à peu près habituée, puis à l'idée qu'elle était enceinte et que Leigh était déjà reparti en Amérique. La goutte d'eau qui a fait déborder le vase, c'est quand elle est partie voir Leigh, deux semaines avant la date prévue de son accouchement.

— Elle a pris l'avion ? demanda Llwyd, sourcils froncés.

— Oui, elle a réussi à mentir sur l'avancée de sa grossesse. Apparemment, elle pensait qu'elle se présenterait à la porte de Leigh, qu'elle accoucherait et que tout irait pour le mieux. Mais elle n'est jamais allée jusque-là. Elle souffrait de prééclampsie, ce qu'elle savait mais elle n'avait pas tenu compte des avertissements, parce que pour elle, il s'agissait d'un grand amour qui vaincrait tout. Elle a été prise d'un malaise dans l'avion et transportée d'urgence à l'hôpital à l'atterrissage. Je suis née trente minutes plus tard, mais Helen… Ils n'ont pas pu la sauver. Leigh ignorait qu'elle arrivait et il n'était pas là pour l'attendre.

Llwyd savait tout maintenant. Qu'elle avait été élevée par des parents qui craignaient constamment que le naturel ne finisse par l'emporter un jour. Peut-être que lui aussi aurait ce genre de craintes à son sujet.

— Je dois admettre qu'à première vue ses actes semblent très inconscients. Quelqu'un s'est déjà demandé pourquoi ?

Mattie respira, soulagée. Personne n'avait posé cette question pourtant très simple.

— J'ai quelques carnets de croquis de Helen que ma mère a gardés pour moi. Je crois qu'il y avait aussi des journaux intimes, mais je ne les ai jamais vus. Cela dit, d'après ce que je sais d'elle, elle était talentueuse et imaginative, et comme elle était la plus jeune de quelques années, elle a toujours obtenu ce qu'elle voulait. Peut-être qu'elle avait simplement besoin que quelqu'un lui dise « non » de temps en temps. D'un peu de direction, pour canaliser toute cette énergie créative.

— Oui. Je comprends maintenant pourquoi tu n'as jamais parlé du bateau à tes parents, conclut Llwyd.

— Ils seraient… je ne sais pas. Furieux. Déçus. Ils ne comprendraient pas que je ne puisse pas m'en défaire, parce que… Helen et Leigh font partie de moi. Ce bateau n'est pas pragmatique, mais eux ne l'étaient pas non plus. En ce qui concerne papa et maman, il se peut que je bouge un peu trop à leur goût, mais j'acquiers ainsi une expérience et une ancienneté précieuses, et cela les rend heureux.

— Mais pas toi ?

Encore une des questions perspicaces de Llwyd. Et il était difficile d'y répondre.

— Je ne sais pas. J'essaie encore de trouver mon équilibre. Peut-être que je ressemble un peu plus à Helen que je ne voudrais l'admettre.

Il esquissa un sourire.

— Ou peut-être que tu es comme *toi*. La génétique et l'éducation peuvent être très importantes, mais elles ne gouvernent pas la vie. C'est toi qui la diriges.

— Merci. C'est gentil de dire ça.

Il était temps pour Mattie de passer à autre chose.

— Qu'est-ce que tu prépares pour le dîner ?

— Rien. C'est toi qui cuisines.

Il sortit un appareil à raclette électrique d'un placard.

— Je n'ai plus qu'à installer une rallonge vers l'extérieur, et on pourra manger dans le jardin...

En faisant coulisser les portes qui menaient de la cuisine à un petit espace pavé dehors, tout le jardin devint une extension de la maison. Llwyd garnit la table extérieure de brochettes de légumes, de tranches de salami et de saucisson à l'ail pour le gril supérieur, de poivrons, de champignons et de fromage à faire griller dans les plateaux à raclette individuels en dessous. Du pain frais, une salade verte et des pommes de terre complétaient le tout.

C'était un repas parfait pour faire connaissance, même si Mattie avait l'impression de déjà connaître Llwyd mieux que quiconque dans sa vie. Pendant deux heures, ils parlèrent de tout. Plats et lieux préférés, meilleurs livres et films, aventures d'enfance et amis. Listes de rêves à réaliser...

Enfin, lorsqu'ils furent rassasiés de nourriture, Llwyd débarrassa la table, rangea les restes dans le réfrigérateur et remplit le lave-vaisselle. Il alluma la machine à café et alla chercher un grand bol de fraises.

— Alors, de quoi as-tu le plus envie ensuite ? demanda Mattie en picorant une fraise.

Il se retourna brusquement, ses yeux verts étaient un mélange de tendresse et de feu. Mattie reprit son souffle. Si elle avait envisagé un avenir proche qui s'étendrait sur des semaines, voire des mois, Llwyd vivait dans l'instant présent. Et soudain, elle sut exactement ce qu'il voulait le plus à cet instant.

Puis il détourna le regard, souriant.

— De fraises...

Elle pourrait aller dehors avec lui, et ils pourraient manger des fraises. Il y avait déjà eu des moments comme celui-ci, et elle savait qu'il ne la forcerait à rien. Ils pouvaient accepter ces moments et passer à autre chose, ou ils pouvaient prendre ce qu'ils désiraient tous les deux. Elle pouvait être à lui pour la nuit, et lui pouvait être à elle. Tout à coup, ils n'avaient plus le choix.

Elle s'avança, effleurant son bras de ses doigts, et il se retourna. Il n'y avait plus de retour en arrière possible, et Mattie enroula sa main autour de sa nuque, dressée sur ses orteils. Il était encore trop grand pour qu'elle puisse atteindre sa bouche, mais ce problème fut résolu en quelques secondes. Il caressa sa joue et se pencha vers elle. Mattie embrassa ses lèvres et les prémices d'un délicieux brasier commencèrent à jaillir entre eux.

— *Cariad*..., murmura-t-il, puis il sembla se rendre compte qu'il avait glissé vers le gallois. Cela signifie...

Mattie le fit taire d'un doigt sur ses lèvres. Elle pouvait lire sur son visage ce que cela signifiait. Elle avait senti la façon dont son corps réagissait à elle, et elle savait que Llwyd voulait ceci. Elle l'embrassa à nouveau et, cette fois, il lui rendit son baiser.

— Cela veut dire ça ? murmura-t-elle.

Ma chérie. Mon amour.

Et le fait même que le mot qui avait surgi sur ses lèvres était dans la langue dans laquelle il avait appris à comprendre l'amour lui donnait encore plus de sens.

— Oui, dit-il, avant de reculer un peu. Mais je n'ai pas grand-chose à t'offrir, Mattie.

Elle passa la main sur sa poitrine, à l'endroit où elle savait que se trouvaient les cicatrices de l'opération visant à retirer sa rate endommagée. Une lueur d'incertitude traversa le visage de Llwyd.

— Qui a dit ça ? Si ce que tu as à offrir est exactement ce que je veux, alors je peux te prendre tel que tu es. Si tu veux bien me prendre telle que je suis.

Les portes qui menaient au jardin se refermèrent derrière elle avec un déclic. Llwyd l'embrassa à nouveau, la serrant contre lui. Elle lui prit la main et le conduisit jusqu'à la porte qui donnait sur l'escalier, qu'ils montèrent ensemble en titubant. Ils s'arrêtèrent en chemin pour s'embrasser, et le contact des doigts de Llwyd lui coupa le souffle. Il la souleva sur les deux dernières marches, l'adossa à l'une des portes fermées et l'embrassa encore, avant de tourner la poignée, la propulsant lentement dans sa chambre.

C'était une belle pièce, avec là aussi des poutres apparentes… Elle s'y intéresserait plus tard. Pour l'instant, elle n'avait même pas besoin du lit moelleux et de sa collection d'oreillers, même si cela pouvait rendre les choses plus confortables. Tout ce qui importait à Mattie, c'était la passion déchaînée qu'elle ne pouvait contrôler et qui montait en elle. Llwyd hoqueta quand elle passa ses doigts sur sa poitrine. Il ressentait les mêmes choses qu'elle, était sur le point de tout lui donner, de s'abandonner…

Mattie reprit brusquement ses esprits. Si Llwyd devait franchir ce pas, le moins qu'elle puisse faire était de lui dire toute la vérité. Il avait été prudent, lui montrant tout de lui et attendant d'être sûr que c'était bien ce que Mattie voulait. L'honnêteté et le consentement allaient dans les deux sens, et elle devait faire de même.

— Llwyd… Attends.

Il avait dû entendre l'urgence dans sa voix, et lorsqu'elle recula, il la laissa s'écarter.

— Tout ce que tu veux, Mattie.

Il était si gentil, et cela ne faisait qu'aggraver son malaise. Il était vulnérable et incertain, et elle l'avait convaincu que tout irait bien. Mais il la connaissait à peine et ne savait pas vraiment dans quoi il s'embarquait.

— Je veux… rentrer chez moi…

— D'accord. Je vais t'y emmener. Ou je peux appeler un taxi si tu préfères. Tu veux d'abord descendre boire un café ?

— Non. Je veux que tu me ramènes chez moi. Que tu voies où je vis. Ensuite, tu pourras partir ou rester, c'est à toi de décider.

Il la regarda fixement. Toute personne saine d'esprit aurait posé des questions, mais Llwyd se contenta d'acquiescer.

— D'accord, je vais chercher mes clés de voiture.

Le trajet autour de la baie ne dura pas plus de quinze minutes à cette heure de la soirée. Elle lui fit traverser le village et ressortir de l'autre côté, mais il ne dit rien. Quand elle lui indiqua le chemin qui menait à la ferme de Gwen et Owen, il sortit de la voiture et ouvrit le portail d'accès sans commentaire.

— Tu peux te garer juste là. À côté du...

— Grand bus jaune ?

— Oui, à côté du bus.

Mattie ouvrit sa portière avant qu'il ait le temps de le faire pour elle, courant presque vers le bus tant elle était pressée d'en finir. La colline exposée, surplombant la mer, était un peu plus fraîche que le soleil du jardin de Llwyd, et Mattie frissonna en sortant ses clés de son sac. Il attendait sagement derrière elle, et elle lui fit signe d'entrer.

Llwyd monta les quelques marches. La lumière dehors commençait à faiblir et Mattie alluma les lampes à basse tension qui bordaient le haut des fenêtres, là où se trouvait avant le porte-bagages.

— Tu vis ici ?

La voix de Llwyd ne donnait aucun indice sur ce qu'il pensait.

— Oui.

— Depuis combien de temps ?

— Près de trois ans. Je cherchais des appartements quand je suis arrivée ici et j'ai vu cette annonce. J'en suis tombé amoureuse. Je l'aime toujours, j'ai tout ce dont j'ai besoin et je peux emporter ma maison avec moi où que j'aille...

Mattie devrait s'arrêter de parler à présent. Le laisser absorber tout cela et peser le pour et le contre par lui-même, même si tous ses nerfs le suppliaient de dire quelque chose. N'importe quoi. Il se tourna vers elle, souriant brusquement.

— C'est merveilleux, Mattie.

9

Llwyd ne savait pas trop à quoi s'attendre, et il avait donc tenté de ne pas se prendre la tête sur l'endroit où ils allaient.

Ce fut une surprise quand ils s'engagèrent sur une terre agricole et que Mattie lui indiqua de se garer à côté d'un très beau bus scolaire américain. Surprise plus grande encore lorsqu'elle lui montra l'intérieur, car pourquoi avait-elle honte de vivre ici ? Il y avait quelques questions pratiques, mais il était sûr que chacune d'elles avait une réponse, et ce logis était à la fois insolite et charmant.

— Tu ne trouves pas..., commença-t-elle, balançant nerveusement d'un pied sur l'autre. C'est petit.

— Certes. Mais on dirait que tu as tout à portée de main.

— Pas très responsable, néanmoins.

Soudain, le déclic se produisit dans sa tête.

— Tu n'as pas non plus parlé du bus à ta famille, n'est-ce pas ? demanda-t-il.

— Non. Ils seraient horrifiés. Ils enfreindraient probablement toutes les règles qu'ils se sont fixées et me diraient carrément qu'ils sont horrifiés.

— Et vivre dans un bus... tu pourrais partir demain.

Il valait peut-être mieux aller droit au but.

— Je suppose. Pas vraiment demain. Je n'ai pas l'intention de faire ça.

Il se tourna vers elle. Si Mattie avait besoin de partir, il le gérerait.

Mais Llwyd savait maintenant qu'il voulait passer du temps avec elle avant que cela arrive.

— Dans ce cas, on peut trancher pour ce soir.

Mattie le regardait fixement et il se rendit compte qu'il devait être très clair. Il poursuivit :

— Aucun de nous ne peut prédire l'avenir, Mattie. Mais si nous ne faisons pas ce qui nous semble juste en ce moment, alors aucun de nous n'aura d'avenir.

— Tu es sûr ?

Elle tremblait à présent. Il pouvait l'emmener là où se trouvait ce qui lui servait de chambre, ce qui ne devait pas être loin, et lui montrer à quel point il était sûr. Ou bien il pouvait lui montrer qu'il ne s'agissait pas que de sexe. S'ils devaient coucher ensemble, ils devaient se faire confiance. Il comptait sur son honnêteté, car Hannah l'avait humilié en lui faisant croire qu'elle pouvait l'accepter tel qu'il était, alors que ce n'était pas le cas. Il devait faire savoir à Mattie qu'il était capable de voir tout ce qu'il y avait en elle et l'accepter, avant que leur relation prenne une autre tournure.

— Certain. Tu veux bien me montrer ta maison, maintenant ? dit-il, enlaçant leurs doigts.

Mattie lui avait montré le salon et la cuisine, qui se trouvaient à quelques pas l'un de l'autre dans la moitié avant du bus. Le bureau et la salle à manger étaient constitués de deux banquettes, qui semblaient avoir été récupérées de l'intérieur original du bus, de part et d'autre d'une table.

— J'aime beaucoup les photos.

Il désigna les cartes encadrées qui s'alignaient sur toute la longueur de la partie avant du bus, au-dessus des fenêtres.

— Elles viennent de mon frère Justin. On s'envoie à tour de rôle une carte tous les mois, pour se donner des nouvelles. Quand j'ai acheté le bus, j'ai choisi les plus belles pour les encadrer.

— Ça donne une impression de cosy. C'est chaleureux.

Llwyd se pencha ensuite sur la question plus pratique de l'alimentation électrique. Ils sortirent avec une torche pour qu'il puisse voir les panneaux solaires sur le toit, puis Mattie lui montra la batterie et le générateur de secours dans le coffre à bagages. Ils avaient tous deux eu besoin de se faire suffisamment confiance pour partager les choses qu'ils gardaient secrètes. Et maintenant, ils avaient besoin l'un de l'autre. Lorsque Llwyd l'enlaça, elle se sentit confiante. Poussée par plus qu'un désir téméraire d'oublier toutes les raisons pour lesquelles ils ne devraient faire ce qui allait suivre. Ils avaient passé un accord, et quand il l'embrassa, la sensation fut encore plus exquise et excitante.

Mattie le prit par la main, le ramena dans le bus, verrouilla la porte derrière eux. En sécurité dans leur petit monde. Puis elle tira la porte coulissante qui menait à l'arrière du bus.

— Salle de bains. J'ai l'eau chaude et… Oh !

Llwyd l'embrassait sans se soucier de la température de l'eau de la douche. Mattie tendit la main vers la porte la plus éloignée et la fit glisser également.

— Chambre à coucher.

Il sourit.

— Elle est plus grande que je ne le pensais.

C'était parce que la plupart de ses vêtements étaient soigneusement pliés dans les profonds tiroirs sous le lit, et le reste se trouvait dans le mince placard mural qui faisait partie de la cloison entre la chambre et la salle de bains.

— J'ai tout ce dont j'ai besoin.

Pour l'instant, elle avait besoin de lui. Et il le savait. Il s'assit au bord du lit et l'attira sur ses genoux, un bras dans son dos, l'autre main passant de sa joue à son cou, puis plus loin encore pour caresser sa poitrine.

— Je te préviens, Llwyd… J'aime beaucoup ça.

— Ah oui ?

Apparemment, elle venait d'agiter un chiffon rouge devant un taureau, et il continua jusqu'à ce qu'elle crie.

— Toi aussi, je te préviens. *Ça*, j'aime beaucoup.

Ils étaient maintenant tous les deux sur le fil du rasoir. Ils voulaient que cela dure, mais la passion les en empêchait. Elle défit les boutons de sa chemise et passa ses mains sur sa poitrine. Llwyd pensait manifestement que des cicatrices et une main partiellement paralysée pouvaient avoir de l'importance pour une amante, et Mattie s'était demandé comment lui montrer que ce n'était pas le cas. Mais ce n'était pas la peine, car le désir l'emportait sur tout cela, plus fort et plus clair que toutes leurs incertitudes. Ils se déshabillèrent mutuellement, impatients et fébriles. Le seul point sur lequel Llwyd marqua une hésitation, c'est lorsqu'elle prit un préservatif dans le tiroir du petit meuble près du lit.

— Je peux ? murmura-t-elle.

Elle s'agenouilla devant lui. Llwyd lui sourit.

— Je n'ai pas eu beaucoup d'entraînement pour les mettre d'une seule main...

Il gémit lorsque Mattie lui montra que ce n'était pas pour cela qu'elle avait demandé. Le regarder, voir le désir dans ses yeux, était très érotique.

— Viens ici.

Mattie savait exactement quoi faire. En s'asseyant à califourchon sur lui, ils avaient chacun les deux mains libres. Ils étaient face à face, en mesure de tout voir. Il soutint son poids tandis qu'elle le guidait en elle. Lentement, doucement, il la remplit d'une manière qui les fit crier tous deux. Mattie sentit une larme rouler sur sa joue et il l'essuya avec son pouce. Llwyd savait que ce qui se passait était trop fort pour les mots.

Il mit un bras autour de sa taille pour l'empêcher de bouger trop brusquement. Alors qu'il l'embrassait, sa main trouva son sein. S'il faisait cela trop longtemps, elle allait jouir bien trop vite...

Il chuchota dans son oreille tout ce qu'il comptait faire encore. Son imagination, l'une des zones les plus érogènes qui soient, fit se resserrer les muscles qui l'enveloppaient et il gémit, relâchant son bras autour de sa taille pour que ses hanches soient libres de bouger avec l'orgasme qui la happait. Quand Llwyd poussa un cri, il lui parut très lointain, mais elle sentit chaque exquise pulsation de sa jouissance.

Ils restèrent agrippés l'un à l'autre durant de longs moments, haletants. Elle sentait son cœur battre contre le sien. Et puis la lente redescente, le sentiment de sécurité dans ses bras et l'incapacité à bouger. Lorsqu'elle descendit enfin prudemment de ses genoux, une dernière sensation la fit frissonner. Ensuite elle savoura ces instants précieux, lovée dans ses bras, sentant la chaude rémanence de la vibration dans son corps.

— Mattie..., murmura Llwyd en embrassant son front.

— Oui, je sais. Je l'ai ressenti aussi.

— C'est bien. Parce que je n'ai pas les mots pour le dire. Tu es le plus bel esprit libre qui soit. Et la plus sensée...

Mattie éclata de rire.

— C'est gentil, mais venant d'un homme qui vient de s'envoyer en l'air à l'arrière d'un bus, je ne suis pas sûre que ça convaincra qui que ce soit.

— De s'envoyer formidablement en l'air. Et c'est un bus très pratique. Cela doit compter pour quelque chose.

Elle se blottit contre lui, sentant sa chaleur l'envelopper.

— Tu vois, là ?

Elle tira sur le rideau qui couvrait la vitre à l'arrière du bus.

— Oui ?

— C'est une issue de secours. Juste au cas où tu te réveillerais au matin et que tu aurais changé d'avis.

— Je n'en ai pas besoin, murmura-t-il contre sa joue. Demain matin, tout ira bien. Je te le promets.

Mattie sentit Llwyd se réveiller en sursaut, juste après minuit. Elle alluma la lampe de chevet et le trouva assis, se frottant les yeux, comme pour s'éclaircir les idées.

— Tu as rêvé ?

— Euh… Pardon de t'avoir réveillée.

Llwyd se rallongea, essayant manifestement de faire comme si rien ne s'était produit.

— Qu'est-ce qui se passe, Llwyd ?

Elle se blottit contre lui, et il l'enlaça.

— Je… Un bruit, peut-être. Ou alors j'ai pris conscience d'être dans un endroit inconnu. Ça m'a fait sursauter.

Elle le serra fort dans ses bras.

— J'aurais dû penser que tu dormirais mieux dans ton propre lit.

Il roula brusquement, recouvrant son corps du sien.

— Tu n'as pas à penser à tout. Si j'ai besoin de quelque chose, je te le dirai. Si tu as besoin de quelque chose, tu me le dis, d'accord ?

Cette soudaine expression de domination la fit sourire.

— Compris. Il y a bien une chose dont j'ai besoin.

— Et qu'est-ce que c'est ?

Elle le sentit durcir subitement contre son bas-ventre. Il savait exactement ce dont elle avait besoin.

— Un peu plus de temps avec ton corps magnifique ?

Llwyd sourit jusqu'aux oreilles.

— Mais avec grand plaisir. Tout le temps que tu veux.

Il tint parole. Mattie s'étira sous lui, langoureuse dans le plaisir de sa caresse. Elle aimait son rythme, la façon dont ils trouvaient une position qui leur plaisait, puis Llwyd en explorait toutes les possibilités. L'importance qu'il accordait à leur connexion, son regard soutenant le sien pendant qu'il lui faisait l'amour. Il connaissait le pouvoir des mots et de l'imagination, et savait comment amener son corps plus loin que la simple excitation, jusqu'à un état qui ressemblait beaucoup à la félicité. Et puis il y avait le feu. Un feu continu. Elle avait pensé que le désir désespéré qu'elle avait ressenti la première fois était quelque chose qui n'arrivait que très rarement, mais il était de nouveau là. Llwyd trouva le doux siège d'un plaisir presque insoutenable. L'orgasme la souleva tout entière, mais Llwyd exigea encore plus d'elle, la poussant au-delà de ses limites, en terre inconnue.

Mattie murmura son nom. Elle voulait qu'il ressente le plaisir bouleversant qui l'avait submergée. En inclinant un peu plus ses hanches, elle sentit son corps se raidir. Encore un peu, et il cria, le corps convulsé sous l'emprise d'une vague à laquelle il semblait impuissant à résister.

Il s'immobilisa, les mains posées sur le lit de part et d'autre d'elle. Il respirait comme s'il venait de courir un marathon, baigné de sueur. Mattie lui caressa la joue.

— Coucou, toi. Je m'appelle Mattie.

Elle avait l'impression d'avoir enfin rencontré l'homme qui avait accaparé toute son attention au cours des dernières semaines. Ces moments passés ensemble les avaient envahis, les débarrassant tous deux de leurs peurs et de leurs hésitations. Elles étaient toujours là, se bousculaient encore pour se faire entendre, mais pour l'instant, ils pouvaient les ignorer. Il sourit, la regardant droit dans les yeux.

— Llwyd. J'ai entendu parler de toi, et je ne saurais te dire à quel point je suis heureux de te connaître enfin.

Il se pencha pour l'embrasser. Elle pouvait maintenant passer les mains sur ses épaules, l'une parfaite et finement musclée, l'autre encore parfaite, mais avec une cicatrice. Ils s'étaient montré ce que leurs corps pouvaient faire, et il ne pouvait douter combien elle raffolait du sien.

Quand il leva sa main gauche, effleurant sa joue du pouce et de l'index, cela lui parut naturel et juste.

— Tu me sens avec tes doigts ? demanda-t-elle tout bas.

— Oui. Je te sens. Un peu plus que d'habitude, j'avoue.

— Je suppose qu'on n'observe pas un remède miracle.

Il devait y avoir une raison physiologique à cela. Tout son propre corps paraissait très sensible à son contact.

— Dommage. Imagine les gros titres, sinon !

— « Des médecins revendiquent une avancée dans les techniques de régénération des nerfs ! » lança Mattie en riant.

— Tu peux t'attribuer tout le mérite de la recherche.

Il s'écarta délicatement de son corps, brisant ainsi les derniers vestiges de leur connexion. Mais celle-ci planait encore entre eux. Mattie avait tout ce qu'elle voulait, ici et maintenant. Demain serait un autre jour.

Llwyd avait connu de meilleures nuits. Mais quand il se réveilla à 5 heures du matin, il ne se souvenait pas de s'être senti aussi prêt pour la journée depuis longtemps. Il était étalé dans le lit, et en cherchant Mattie, il la vit écrasée contre la fenêtre de l'issue de secours du bus. Éprouvant une vague culpabilité, il la ramena vers le centre du lit, et elle se réveilla à moitié, avant de se rendormir.

Il devrait partir. Il fallait qu'il rentre chez lui pour changer de vêtements avant d'aller travailler. Et aussi pratique que puisse être la douche de Mattie, cela ne suffirait pas à chasser son souvenir de son esprit, de manière à lui permettre de se concentrer sur la journée.

Mais d'abord, il avait une promesse à tenir. Il avait dit à Mattie que ce matin se passerait bien, et il était déterminé à faire en sorte qu'il en soit ainsi.

Il se glissa hors du lit, prenant soin de ne pas la réveiller, et ramassa ses vêtements sur le sol. Il avait désormais l'habitude de prendre son temps et de se concentrer pour boutonner sa chemise, mais ce matin, cela lui paraissait étrange. C'était comme si, pendant la nuit, il avait à nouveau été « entier », et qu'il s'était réveillé en constatant que rien n'avait changé. La cicatrice sur son flanc était toujours là, ainsi que la rougeur de la peau sur ses côtes. Il expira doucement en se battant avec le bouton qui fermait son pantalon, puis glissa les pieds dans ses chaussures.

Il ouvrit précautionneusement la porte coulissante qui menait à l'avant du bus. Réalisant qu'il n'était pas tout à fait sûr du lieu où il se trouvait, il se dirigea vers le pare-brise ; à travers, il vit le village en contrebas et la courbe de la baie. De l'autre côté, le vert luxuriant des champs et des arbres, une ferme en pierre nichée au sommet de la colline. Tout était calme et il n'y avait aucun signe de mouvement, mais il fut heureux de constater que Mattie n'était pas tout à fait seule ici.

Revenant à la petite cuisine, il ouvrit les placards et trouva une cafetière, mais pas de café. Il y avait du thé, en revanche, et il mit la bouilloire en marche. Il dénicha deux tasses dans un autre placard, rangées dans un dispositif à vaisselle qui semblait avoir été conçu pour un bateau, et il prépara le thé. Comme il ne pouvait pas porter les tasses en même temps qu'il faisait coulisser la porte qui le séparait de Mattie, il fit deux trajets, posant les tasses sur la petite table à côté du lit.

Prendre un moment pour la regarder dormir était pure gourmandise. Mais il lui semblait important de préserver cette vision d'elle dans sa tête. Finalement, il frôla du doigt la peau douce derrière son oreille, pour qu'elle se réveille sans sursauter.

— Bonjour.

Il sourit lorsque les yeux de Mattie s'ouvrirent et se fixèrent sur lui. Encore une chose qu'il voulait garder.

Puis elle réalisa où elle se trouvait, et qu'il était là aussi. Le charme se rompit lorsqu'elle ramena la couette autour d'elle et se redressa, le visage plissé d'incertitude.

— Quelle heure est-il ?

Son regard parcourut le petit espace, comme si elle essayait de vérifier si quelque chose avait changé.

— Il est tôt. Je dois rentrer chez moi pour changer de vêtements, et je ne voulais pas partir…

Partir en la laissant se réveiller seule et se demander où il était. Il avait estimé qu'une note manuscrite ne suffirait pas, et le regard abasourdi de Mattie venait de le confirmer.

— Je t'ai préparé du thé.

Il vit les épaules de Mattie se détendre légèrement.

— Merci. Je… je n'ai plus de café.

Elle dégagea son bras de la couette pour prendre la tasse, tout en l'observant avec une certaine méfiance.

Il avait pensé que ce serait beaucoup plus facile. Qu'un baiser et une tasse de thé suffiraient peut-être à les convaincre tous les deux que le monde n'avait pas changé cette nuit. Leurs vies venaient de se joindre, avec des conséquences tellement bouleversantes qu'il était aisé de penser que tout serait différent à partir de maintenant.

— J'ai jeté un coup d'œil dehors. Je n'ai pas remarqué la ferme quand on est arrivés ici hier soir, mais d'après ce que je vois, le village est toujours au bon endroit, et la baie aussi.

Elle sourit brusquement, écarta le rideau qui couvrait la fenêtre arrière du bus et jeta à son tour un coup d'œil à l'extérieur. La couette glissa un peu et Llwyd essaya de ne pas remarquer la courbe douce de ses épaules.

— En effet.

— Je suis toujours quelqu'un qui a des racines et des responsabilités ici, et mes week-ends sont réservés dans un avenir proche. Tu es toujours une femme qui possède un bateau, un bus et un vélo, par conséquent, je comprends que tu n'as pas encore trouvé d'endroit où t'installer.

Cela fit rire Mattie.

— Si on avait décidé d'éviter tout engagement amoureux, on n'aurait pas pu mieux organiser les choses.

— Non, à moins que j'aie été un Montaigu et toi une Capulet, objecta-t-il en souriant. Mais je n'aurais rien changé à ce qui s'est passé cette nuit, Mattie.

— Moi non plus. Merci, Llwyd. Tu as dit que ce matin, tout irait bien. C'est le cas.

La couette avait encore glissé de quelques centimètres. Il n'avait pas envie de partir maintenant, pourtant il le fallait. Il se risqua à dire :

— J'aimerais beaucoup que nos chemins se recroisent…

— Ils se recroiseront, assura Mattie avec une certitude qui le fit frissonner à cette idée. Combien de temps exactement te faut-il pour rentrer te changer puis te rendre à l'hôpital ?

Elle l'avait probablement déjà calculé toute seule.

— Une heure.

— Donc si tu pars d'ici à 7 heures... ?

— Je serai là-bas à 8

heures.

Il lui prit la tasse à moitié vide des mains et la posa avec la sienne sur la table.

— Tu vas encore m'obliger à me déshabiller ?

— Ce n'est que justice, n'est-ce pas ?

Elle lâcha la couette et Llwyd ne put s'empêcher de la regarder. La lumière du matin filtrait à travers les minces rideaux et sa peau était encore rosie par le sommeil. Ses yeux semblaient d'un bleu plus vif que dans la pénombre de la nuit dernière, et... Llwyd tendit la main et elle s'écarta, riant.

— Pas touche.

Elle savait que c'était un défi pour lui. Llwyd laissa échapper un faux soupir et s'attaqua aux boutons de sa chemise...

Ils ne pouvaient pas être ensemble tous les soirs. Llwyd l'avait su dès le début, et mercredi soir dans son bus, suivi de jeudi soir chez lui, c'était suffisant, n'est-ce pas ? Malgré tout, Mattie lui avait manqué le vendredi soir, après qu'il fut allé chercher Peter pour qu'il passe le week-end avec lui.

Samedi, à 19 heures, son téléphone sonna. Peter était dehors, dans le jardin, et semblait avoir décidé de creuser un trou pour une raison quelconque. Llwyd se tenait à la fenêtre, l'observant pendant qu'il appuyait sur la touche de réponse.

— Salut ! Prête pour la navigation de nuit ?

— Non ! Je ne peux pas, Llwyd.

Mattie avait l'air paniquée.

— Quelle partie tu ne peux pas faire ?

— J'étais en train de me préparer pour aller à la marina, et ton père m'a appelée et m'a dit que si je venais un peu plus tôt pour ma leçon, il me montrerait le bateau sur lequel il travaille. Je lui avais posé des questions sur les bateaux en bois. J'ai dit oui, il m'a dit « dans une heure au chantier naval » et il a raccroché.

— Oui, c'est ce qu'il fait. Quand il a dit tout ce qu'il avait à dire, il raccroche. Ça peut être déstabilisant au début, mais il suffit de le rappeler...

— Non, Llwyd, je ne peux pas. Comment vais-je lui dire que je ne peux pas sortir le *Matilda Rae* de la marina ?

Llwyd soupira. La stratégie de son père devenait claire.

— D'accord, respire à fond. Tu l'as déjà fait, et tu l'as fait à la perfection.

— Oui, mais tu étais avec moi.

— Purement en tant que spectateur intéressé. Tu as bien préparé le cours de navigation nocturne ?

— Eh bien... oui. J'ai fait une sieste après le déjeuner, puis j'ai bu trois tasses de café, alors je serai probablement éveillée jusqu'à jeudi prochain. J'ai entièrement lu le dossier qu'il m'a donné, j'ai imprimé les prévisions météo et j'ai tracé des trajectoires autour de toute la baie.

— Très bien, alors. C'est ton bateau, Mattie. Tu es le capitaine.

Il y eut un silence à l'autre bout du fil.

— Mattie... ?

— D'accord. Je comprends ce que tu dis. C'est de ça qu'il s'agit, hein ? M'approprier le *Matilda Rae* ?

— Oui. Et quand tu es en mer, tu ne pars pas du principe que la personne qui t'accompagne va relever ce que tu as oublié. Quelles que soient ses qualifications. C'est toi qui es aux commandes.

Llwyd avait très envie de lui dire qu'il la retrouverait à la marina et que Peter et lui iraient avec elle jusqu'au chantier naval. Mais il avait confiance en son père, et si ce dernier pensait que Mattie était prête, alors elle l'était.

— Je te crois sur parole. Et je ferais mieux de vérifier mes feux et ma navigation avant de partir.

Maintenant, elle comprenait la démarche.

— Bonne idée. Ne le laisse pas intervenir, et s'il reste là à observer le ciel, ne tombe pas dans le numéro du vieux marin. Il aura vérifié les prévisions météo, et montre-lui que tu l'as fait aussi.

— Pigé, déclara Mattie, dont la voix prit ensuite un ton taquin. Et toi, quelles sont tes qualifications pour conduire le *Matilda Rae*, Llwyd ?

— Je suis complètement fou de toi et je ne te laisserai jamais te jeter à l'eau toute seule, *cariad*. Oh ! et j'ai un diplôme pour enseigner, bien que mon assurance ait expiré. J'aidais papa pendant les vacances d'été quand j'étais à l'université. Je n'en ai pas parlé parce que j'avais des vues sur toi et que je pensais qu'il pourrait y avoir un conflit d'intérêts si nous avions une relation de tutorat.

En y réfléchissant, il s'agissait peut-être moins d'une plaisanterie que Llwyd ne le laissait entendre.

— C'est sensé, dit-elle avec un sourire qu'il perçut dans sa voix. Je crois que j'ai compris, merci. Je suis prête à aller montrer à ton père ce dont je suis capable.

— C'est l'esprit. Tu gardes une pensée pour moi, ce soir ?

— Un tas de pensées, mon chou, répliqua Mattie en riant. Mais pas quand je serai à la barre. Ce serait trop dangereux.

Llwyd mit fin à l'appel et resta un moment à regarder Peter dans le jardin. C'était plus qu'il n'en pouvait supporter. Il appela son neveu, qui revint en courant vers la maison.

— Tu as envie d'aller te promener sur la colline avant d'aller te coucher ?

— Bof. Pas trop, non.

Llwyd réessaya :

— Eh bien, tu pourrais m'accompagner ? Mattie emmène le *Matilda Rae* au chantier naval ce soir, et on pourra le voir de là-haut.

— Ah ! d'accord. Tu n'avais qu'à le dire.

Llwyd nota d'être un peu plus transparent avec son neveu à l'avenir.

Mattie avait fait un départ parfait de la marina, même si elle l'affirmait elle-même, et une arrivée un peu moins parfaite au chantier naval, puisqu'elle avait dû s'y reprendre à deux fois pour s'aligner correctement contre la jetée. Elle avait décidé que l'attaque était la meilleure forme de défense et s'était empressée de montrer au père de Llwyd le bulletin météo, de l'inviter à monter à bord pour voir les routes qu'elle avait tracées autour de la baie et lui montrer qu'elle maîtrisait les feux de navigation de l'embarcation.

— Très bien, capitaine. Vous voulez voir mon dernier projet, maintenant ?

— Oui, avec plaisir !

Mattie lui sourit, consciente de l'honneur qu'il venait de lui faire en l'appelant « capitaine ».

— Alors, ce soir, on est deux aux commandes ? dit-elle.

— Il n'y a qu'un seul capitaine sur un bateau. Et ici, tout le monde m'appelle Rhys.

Mattie le suivit, fébrile. Peut-être qu'elle s'était un peu surestimée. Mais elle avait une heure avant la tombée de la nuit, et cette heure fut consacrée à l'atelier, où une élégante coque à ossature de bois était en cours de construction. Rhys lui montra les montants et les supports en bois façonné, tous aussi lisses que de la soie lorsqu'elle passa la main dessus. Un autre bateau plus petit, presque terminé, arborait des accessoires en bois étincelants, rehaussés de laiton.

— Ils sont si beaux. On dirait des œuvres d'art.

Rhys gloussa, visiblement satisfait de sa réaction.

— Ce sont des bateaux qui fonctionnent. Des voiliers. Leur place est sur la mer.

— J'imagine que sur un tel bateau on peut écouter, n'est-ce pas ? Entendre le vent et l'eau.

— Oui. Vous voyez celui-là, là-bas ? dit Rhys, désignant une coque avec un mât rabattu, rangée dans un châssis contre le mur. C'est celui de Llwyd.

— Il ne m'a jamais dit qu'il avait un voilier.

La coque était en partie recouverte d'une bâche, mais Mattie pouvait voir les mêmes lignes élégantes et les mêmes menuiseries étincelantes.

— Il ne l'utilisait pas tellement quand il vivait à Londres, répliqua Rhy, avant de lui adresser un sourire éclatant. Llwyd est plus intéressé par la vitesse en ce moment.

Mattie grimaça.

— Il a passé un peu de temps à me montrer comment me débrouiller avec le *Matilda Rae*. Si j'avais su…

— Il n'y a rien de mal à cela. C'est un bon bateau. Vous avez fait un excellent choix en l'achetant.

— En fait, ce n'est pas moi qui l'ai choisi. C'était un cadeau, d'un membre de la famille qui a plus d'argent que de bon sens. Voilà pourquoi j'ai besoin que vous m'appreniez.

C'était tellement facile. Mattie pouvait le dire maintenant, et si Rhys posait d'autres questions sur Leigh et son cadeau, elle pourrait y répondre. Llwyd l'avait aidée à se libérer du poids que représentait le fait de garder tout cela secret.

— D'accord. Mais ça reste un bon bateau.

— Je vous suis très reconnaissante, à Llwyd et à vous, de m'avoir aidée à comprendre ça. Euh, fit-elle en regardant sa montre. C'est l'heure de sortir en mer, maintenant ?

— Je pense que oui.

Sous la direction patiente de Rhys, Mattie manœuvra soigneusement le *Matilda Rae* autour de la baie, se familiarisant avec l'utilisation des feux et du système de navigation dans l'obscurité. Elle s'entraîna à entrer et à sortir de la marina dans le noir, puis ils quittèrent la baie, se déplaçant parallèlement aux lumières le long de la côte.

Il y avait beaucoup à observer et elle devait se concentrer. Mais Mattie se sentait plus confiante maintenant, et Rhys était là pour la guider dans les manœuvres dont elle n'était pas sûre. Il la laissait commettre ses propres erreurs, intervenant chaque fois qu'elle avait l'impression de s'attirer des ennuis, mais lui laissant la possibilité de se corriger d'abord. À 1 heure du matin, il mit finalement fin à la séance.

— On en a fait assez pour ce soir. Si vous continuez, vous allez vous fatiguer et oublier des trucs.

Rhys dut voir le regard déçu de Mattie, car il ajouta :

— On n'est pas très loin d'Ogof Briallu, si vous voulez toujours pêcher un peu ?

— Cela me semble être un endroit idéal. Mais je ne sais pas ce que cela veut dire en anglais.

— Primrose Cavern. La grotte des primevères. Il n'y a pas de primevères à cette époque de l'année et on n'ira pas dans la grotte. Il faut un plus petit bateau pour ça. Mais c'est le meilleur coin de pêche nocturne sur cette partie de la côte.

— Vous avez le temps d'y aller ?

— J'ai toujours le temps de pêcher.

Ils pénétrèrent dans une minuscule baie abritée, bordée d'affleurements rocheux encadrant une petite plage. Rhys indiqua l'entrée des grottes, accessibles uniquement par la mer, et ils jetèrent l'ancre au centre de la crique. Il avait apporté une canne à pêche facile à manier pour Mattie, et ils s'assirent ensemble sur le pont, attendant dans l'obscurité que le poisson morde.

— Vous avez emmené Llwyd pêcher ici ? demanda-t-elle.

— Oui, lui et son frère Huw venaient souvent ici quand ils étaient jeunes. Vous devriez lui demander de vous emmener explorer les grottes.

Mattie acquiesça. Elle le ferait peut-être, bien qu'elle préférât que Llwyd ait l'idée de lui faire découvrir ce lieu d'enfance sans y être sollicité.

— Ça doit être bon de l'avoir de nouveau à la maison.

Rhys hocha la tête, tirant sur sa ligne pour remonter un poisson qu'il détacha délicatement de l'hameçon avant de le relâcher dans l'eau.

— Vous ne voulez pas de celui-là ? demanda-t-elle.

— Trop petit. On prendra ce qu'on veut manger et on rendra le reste : les jeunes poissons qui n'ont pas encore eu l'occasion de se reproduire, les espèces protégées.

— Je ne pense pas pouvoir avaler autre chose que des bâtonnets de poisson panés. L'idée de tuer un poisson pour le manger me donne un peu la nausée. Si j'attrape quelque chose, vous pouvez le remettre à l'eau.

— Vous ne savez pas ce que vous ratez. Mais si vous êtes sûre, je donnerai le surplus à Huw. Il les utilisera au restaurant.

— Parfait. Ça me donnera une raison d'essayer d'attraper quelque chose.

Mattie sursauta lorsque sa ligne fut tirée vers le bas, et Rhys l'aida à remonter le poisson.

— Celui-là est assez gros ?

— Il fera l'affaire, dit Rhys en retirant l'hameçon, avant de demander, de but en blanc : Llwyd vous a raconté ce qui lui est arrivé à Londres ?

— L'agression ? Oui, il me l'a dit.

— Vous devez en savoir plus que nous. Étant médecin.

Llwyd n'avait pas tout expliqué à ses parents ? Un soupçon d'inquiétude envahit Mattie.

— Il ne vous a pas parlé de ses blessures ?

— Il nous dit, à sa mère et à moi, que tout va bien. C'est justement ça qui inquiète sa mère.

On aurait dit que Rhys s'inquiétait aussi. Mattie ne pouvait pas leur en vouloir. « Tout va bien » n'était pas le type de propos le plus rassurant, surtout quand tout ne va manifestement pas bien.

— Je... moi-même je ne dis pas tout à mes parents.

Elle se sentit soudain coupable, se demandant si ses parents croyaient vraiment à ses propos rassurants quand elle rentrait fêter les anniversaires et Noël avec eux.

— Moi non plus, quand j'étais jeune. Mais vous êtes médecin, Mattie. Vous ne pouvez pas tout nous expliquer ?

Rhys voulait manifestement savoir, et c'était délicat.

— Je souhaite vraiment vous aider, mais comme je n'ai pas lu le dossier médical de Llwyd, je n'ai pas une vue d'ensemble et je pourrais dire quelque chose de trompeur. Mais il me semble que ce n'est pas à moi de vous donner des informations. Il faut que Llwyd le fasse.

— Oui. Vous avez raison.

— Ça vous ennuie si je vous suggère quelque chose ?

— Je vous en serais reconnaissant, admit Rhys d'une voix que l'émotion faisait trembler.

— Que diriez-vous de dresser une liste de questions, de choses précises que vous voulez savoir, plutôt que de demander simplement comment ça va en général ? Parfois, tout expliquer point par point de manière concrète rend les choses beaucoup plus faciles.

— Cela semble sensé. On essayera. Merci.

La ligne de Mattie recommença à tirer, et Rhys tendit la main pour la stabiliser.

— On dirait que vous en avez un autre..., dit-il.

Ils pêchèrent pendant une heure, puis Rhys décida que la glacière était suffisamment pleine pour le restaurant et sa propre consommation.

— Vous êtes certaine de ne pas vouloir en prendre un ?

— Certaine. Je ne saurais vraiment pas quoi en faire.

— D'accord. Je vous raccompagne à la marina. Ma voiture est garée à l'extérieur.

— Quoi ? Vous voulez dire que vous avez garé votre voiture à l'extérieur de la marina et que vous m'avez laissé venir toute seule à votre chantier naval !

— Vous vous en êtes bien tirée, non ? rétorqua-t-il avec un immense sourire.

Oui. Cela avait été dans ses cordes, et manœuvrer le *Matilda Rae* seule avait été un grand pas en avant.

— Quand je pense que vous m'avez demandé comment parler à votre propre fils ! Je devrais peut-être vous dire que vous savez exactement comment obtenir le meilleur des gens, et vous conseiller de l'appliquer à vous-même.

Mattie se dirigea vers la barre, alluma les feux de navigation et fit démarrer le moteur, faisant doucement tourner le bateau dans l'eau comme Rhys le lui avait enseigné. Lorsqu'elle se retourna, il était en train de rire.

— Il semble qu'on a appris tous les deux quelque chose ce soir.

10

Mattie avait dormi sur le *Matilda Rae* avec l'intention de retourner au bus dès qu'il ferait jour, mais elle avait eu une panne d'oreiller. Elle fut réveillée par son téléphone.

— Désolé, je t'ai réveillée ?

— Non, je somnolais. Quelle heure est-il ?

— Onze heures passées. Huw m'a appelé. Ça te dirait de manger un de ces poissons que tu as pêchés hier soir ?

— Est-ce que je dois le nettoyer ? Ou le faire cuire ?

— Mais non. Il n'y a pas trop de monde au restaurant aujourd'hui, alors Peter et moi allons y prendre un déjeuner tardif, vers 2 heures. Je peux rappeler Huw pour lui dire que tu te joindras à nous ?

— Merci. Ce serait vraiment gentil.

Mattie s'efforça de ne pas trop réfléchir à l'idée qu'il s'agissait d'un déjeuner dominical en famille, ce qui paraissait un peu intimidant.

— Je passe te chercher à deux heures moins le quart.

— Super. À tout à l'heure.

Mattie passa en revue ses vêtements, tous empilés sur le lit. Le bus n'avait pas beaucoup d'espace de rangement, et elle avait déjà mis presque toutes ses plus jolies tenues depuis qu'elle avait rencontré Llwyd. Elle avait consulté le site Internet du restaurant, qui montrait des photos de repas informels avec des vues splendides sur la baie, et avait décidé que sa seule jupe d'été avec un pull léger ajouré qu'elle ne portait quasiment jamais devrait suffire. Peut-être devrait-elle envisager de faire du shopping et d'utiliser des espaces vides du bateau pour y ranger ses vêtements.

Lorsque Llwyd arriva, il était seul.

— Où est Peter ?

— Je l'ai laissé au restaurant. Montre à un garçon de huit ans un bus dans lequel on peut vivre et il y aura une file d'attente de tous les gamins du coin qui voudront le voir dès demain midi.

— J'imagine

Il ne semblait plus aussi vital de garder ce secret maintenant que Llwyd le savait, et qu'il ne pensait pas que le bus était d'une impraticabilité sans nom. Mais c'était bien qu'il évite d'en parler ; cela en faisait un endroit privé dont seules quelques personnes connaissaient l'existence.

— Il paraît que tu es allée à Ogof Briallu pour pêcher.

Il y avait une pointe de regret dans la voix de Llwyd. Peut-être aurait-il voulu l'y emmener lui-même pour la première fois. Mattie l'enlaça et déposa un baiser sur ses lèvres.

— Il faisait nuit à ce moment-là. J'aimerais que tu m'y amènes un autre jour, pour que je puisse le voir correctement.

Elle avait visiblement marqué un point. Il l'embrassa.

— Tu es superbe aujourd'hui.

— Tu vas devoir arrêter de dire ça. J'ai fait le tour de ma garde-robe...

Le sourire de Llwyd s'élargit.

— J'ai parlé de tes vêtements ?

Lui aussi marquait un point. Mattie se dégagea de son étreinte, avant qu'ils finissent par sauter le déjeuner.

— On y va ?

En faisant entrer Mattie dans le restaurant, Llwyd constata que l'établissement n'était en effet qu'à moitié plein. Georgina était à la réception et elle se présenta à Mattie.

— Je n'ai jamais entendu parler de toi, alors j'ai hâte de te découvrir par moi-même.

Elle jeta un coup d'œil à Llwyd, qui sourit. Les manières faciles et amicales de Georgina étaient l'une des choses qui contribuaient au succès du restaurant. Avec la cuisine…

— Venez saluer Huw. Il se cache dans la cuisine, comme d'habitude. Peter est avec lui.

— Moins de monde aujourd'hui ? demanda Llwyd à son frère pendant que Georgina faisait visiter les lieux à Mattie.

Huw haussa les épaules.

— On a été pleins vendredi et samedi, et c'est le troisième week-end consécutif où on fait des bénéfices. On est en train d'y arriver.

— Je vais prendre quelques photos supplémentaires pour vos réseaux sociaux.

— Je vais en prendre une avec Mattie, proposa Peter, et Huw eut un sourire narquois.

— Il y a quelque chose que nous devrions savoir, Llwyd ?

— Tu te souviens quand Georgina et toi vous êtes mis ensemble pour la première fois ?

Peter pivota la tête vers son père, visiblement désireux de connaître la réponse.

— Bon, d'accord. On lâche l'affaire et on vous laisse un peu d'espace. On ne le redemandera pas, hein, Peter ?

Peter opina du chef.

— On te laisse travailler, alors. Viens, Peter, dit Llwyd.

Georgina et Mattie les retrouvèrent quelques instants plus tard, puis sa belle-sœur les guida vers une des tables extérieures et s'assit avec eux pour faire une petite pause. Mattie regarda autour d'elle. Le restaurant était situé sur le promontoire à l'embouchure de la baie, et ils étaient abrités du vent par des écrans en verre.

— Quelle vue incroyable ! s'exclama-t-elle.

L'après-midi prit le dessus. Il n'y avait pas de carte proprement dite, Huw et Georgina cuisinaient ce qu'ils avaient, et c'était toujours délicieux. Huw apparut avec trois assiettes, le poisson fraîchement pêché frit dans une pâte à la bière, accompagné de frites croustillantes. Mattie fut encouragée à goûter avant que Huw retourne à la cuisine, et lorsqu'elle roula des yeux de plaisir devant la saveur du poisson, il hocha la tête, satisfait du résultat de ses efforts.

Georgina les laissa déjeuner, ensuite Huw se joignit à eux pour le café, s'inclinant en riant lorsque Mattie applaudit la tarte à la mélasse que Georgina avait préparée pour le dessert. Son père appela pour demander si Peter aimerait venir essayer une maquette de bateau radiocommandé qu'il avait fabriquée. Lorsque Peter acquiesça avec enthousiasme, Huw dit que Georgina irait chercher Peter chez ses grands-parents plus tard et le ramènerait à la maison.

Ils allèrent dans la cuisine pour dire au revoir, et Llwyd glissa discrètement un billet sous l'un des aimants de la porte du réfrigérateur. Huw et Georgina refusaient toujours les offres de paiement de la famille, et ce compromis évitait de longues discussions.

Puis, enfin, ils se retrouvèrent seuls, longeant le chemin en pente qui descendait vers le parking. Llwyd sentit les doigts de Mattie effleurer le dos de sa main, et il enroula son bras autour de ses épaules, marchant au même pas qu'elle.

— C'était magnifique. Je ne savais pas que le poisson pouvait avoir un tel goût. Et le restaurant est tout simplement sublime. Est-ce que j'ai tort de me réjouir que ce soit fini et que je t'aie pour moi toute seule maintenant ?

— Probablement. Mais comme je ressens exactement la même chose, je ne vais pas te juger.

Il l'entraîna jusqu'à l'un des bancs qui bordaient le belvédère à côté du restaurant. Llwyd n'avait pas envie de conduire dans l'immédiat, il voulait juste regarder Mattie. Le vent taquinait ses boucles sur son visage, ses yeux brillaient.

— Mattie, je... Mattie, veux-tu être ma compagne ?

Elle leva les yeux vers lui. Les conséquences étaient importantes. Prétendre qu'ils n'étaient que deux personnes passant un peu de temps ensemble n'allait plus fonctionner.

— Ça me plaît bien. Oui, je serai ta compagne. Merci de me l'avoir demandé.

Elle se pencha pour l'embrasser sur la joue. Ils avaient franchi l'étape de la confiance dans un avenir sur lequel ils pourraient avoir un certain contrôle, et ce n'était facile pour aucun d'eux. Elle se rapprocha de lui et il l'enlaça.

— J'ai discuté avec ton père hier soir, pendant qu'on pêchait. Il semble que toi et moi ayons plus de choses en commun que je ne le pensais.

À la gravité de son ton, Llwyd comprit qu'il allait sans doute devoir faire face à des vérités gênantes.

— Je pense que c'est un peu compliqué pour lui et ta mère, poursuivit-elle. Il m'a dit que lorsqu'ils te demandent comment tu vas, tu affirmes juste que tout se passe bien.

Llwyd fronça les sourcils, un peu mal à l'aise.

— Et toi, qu'est-ce que tu as dit ?

— J'ai suggéré qu'ils fassent une liste des questions spécifiques qu'ils veulent poser, parce qu'alors ils pourraient vraiment obtenir les informations qu'ils veulent.

Un bon conseil. Quand il ne s'appliquait pas à lui.

— Parfois, il vaut mieux ne rien savoir, Mattie.

Il entendit une note de défensive s'insinuer dans sa voix.

— Je crois qu'il est sincèrement inquiet, Llwyd. Et ta mère aussi. Tu as déjà essayé d'expliquer ce qui se passe ?

Il ne répondit pas. Un « non » sous-jacent.

— Je suis tout à fait consciente de ma propre hypocrisie. Je cache beaucoup de choses à mes parents et je leur dis également que tout va bien. Il faut peut-être que je réajuste un peu mon attitude vis-à-vis d'eux, moi aussi.

Décidément, Mattie n'y allait pas de main morte, surtout avec elle-même.

— Je ne veux pas leur faire de mal, objecta-t-il.

— Je suppose que si elle est mariée à ton père, ta mère est capable de faire face à la vérité.

Llwyd soupira. Dit ainsi, cela semblait tellement évident.

— Oui.

— Alors dis-lui. Montre-lui les cicatrices.

Llwyd ouvrit la bouche pour protester, mais Mattie le fit taire d'un regard sévère.

— Tu crois qu'elle n'a pas imaginé à quoi elles ressemblent ? C'est pire que tout.

— D'accord. J'irai les voir la semaine prochaine.

— Et tu leur parleras ? Tu répondras à leurs questions ?

— Oui. Je leur expliquerai peut-être que je n'étais pas très bien après le départ de Hannah et que je voulais nier tout ce qui s'était passé.

Elle l'embrassa avec fougue. Après deux nuits de séparation, elle avait visiblement autant soif de lui qu'il avait soif d'elle.

— C'est un baiser de compassion ? Ou tu m'offres du sexe parce que tu as eu ce que tu voulais ? Je dois te dire que je ne suis à l'aise avec aucune de ces options.

— Et je ne te propose rien, je te fais savoir ce que je veux, répliqua Mattie. Est-ce que ça te va ?

— Oui, ça me va très bien. C'est parfait.

Llwyd l'embrassa à nouveau, la sentant fondre contre lui.

— N'hésite pas à me dire ce que tu veux quand tu veux, *cariad*.

Les trois semaines passées avaient été idylliques. Ils s'étaient lentement engagés dans le type de connexion émotionnelle profonde qui leur permettait d'explorer comment ils pourraient tous deux briser les règles qu'ils s'étaient fixées, et se créer un avenir. Mattie s'était refusé de penser à ce qui pourrait arriver s'ils se trompaient, parce que croire en un avenir la rendait bien plus heureuse que tout.

Une ou deux fois par semaine, ils sortaient sur le bateau pour la soirée. Mattie prenait de l'assurance et se servait progressivement de tout ce qu'on lui avait appris.

— Où envisages-tu d'aller ce soir ? demanda Llwyd.

— Ogof Briallu ?

Elle s’était entraînée à le prononcer comme il fallait.

— Tu veux aller pêcher ?

— Non, j’aimerais que tu me montres l’endroit. Tu veux bien être le capitaine de mon navire ce soir ?

— Avec plaisir, répondit-il, son sourire entendu révélant qu’il savait ce qu’elle avait en tête.

Ils filèrent vers le soleil couchant, puis ralentirent alors que Llwyd longeait la côte rocheuse. Les falaises autour d’Ogof Briallu se dressaient au loin, et lorsqu’ils entrèrent dans la crique abritée et jetèrent l’ancre, le bateau se stabilisa en un doux va-et-vient au rythme des vagues. Llwy coupa le moteur, et Mattie n’entendit plus que le bruit de l’eau.

— Bon, *milady*. Puisque j’ai réussi à vous emmener dans cet endroit désert, vous avez le choix. Je peux vous faire subir les derniers outrages ou vous mettre au travail pour nettoyer les fonds de cale.

Mattie fit semblant de réfléchir.

— On n’a pas une pompe de cale ?

— Pas ce soir, non. Alors ?

Elle l’enlaça et le serra contre elle. Ils se balançaient ensemble avec le mouvement de l’embarcation.

— Tu as déjà fait l’amour sur un bateau ?

Il haussa les yeux au ciel. Elle aimait que Llwyd ne réponde jamais à ce genre de questions. Pour lui, hier et aujourd’hui étaient deux mondes différents.

— On va allumer les feux de mouillage et activer les détecteurs de proximité. De toute façon, presque personne ne vient par ici après la tombée de la nuit, et si papa voit nos lumières, il ira pêcher un peu plus loin.

— Aucune chance de sauvetage alors ?

— Aucune, fit-il en l’embrassant. Qu’est-ce qu’on fait ?

Mattie ne savait pas très bien ce qu'impliquait de faire l'amour sur un objet en perpétuel mouvement, mais Llwyd semblait assez sûr de lui, et c'était lui qui dirigeait le navire ce soir. Elle le suivit jusqu'à la cabine et ils s'installèrent tous les deux sur le lit. Après avoir retiré ses chaussures, il s'appuya sur la tête de lit et l'attira dans ses bras.

— Ferme les yeux, lui murmura-t-il à l'oreille.

Elle pouvait sentir le doux roulis des vagues, ainsi qu'il le lui avait appris, même si là, c'était bien plus sensuel, et elle commença à se détendre.

— Concentre-toi.

Un bras soutenait son dos, et elle sentit son autre main effleurer son corps. Il lui enlevait lentement son sweat-shirt et son bermuda. C'était merveilleux. Sa caresse se déplaçait au rythme des vagues. Il était aussi calme que la course du soleil dans le ciel, aussi chaud que ses rayons. La tentation d'ouvrir les yeux était presque irrésistible, mais elle pouvait ressentir beaucoup plus de lui ainsi. Au bon moment, il l'allongea sur les oreillers. Il s'était écarté, mais ses mots coulaient encore sur elle, lui disant toutes les choses qu'elle avait besoin d'entendre, afin qu'elle puisse accepter la vulnérabilité de le laisser faire tout cela.

Puis elle sentit qu'il bougeait délicatement ses cuisses, la laissant deviner ce qui allait se passer. Lorsque cela se produisit, et ce fut d'une écrasante intensité, Mattie ne put réprimer le sentiment qui l'envahit. Lorsqu'elle ouvrit les yeux, la cabine était presque plongée dans l'obscurité, et elle alluma la lampe, et tous deux battirent des cils dans l'éblouissement soudain.

— Tu es sûre de vouloir ça, *cariad* ?

Llwyd avait beau s'être fait à l'idée que le sexe signifiait se montrer à l'autre, il était en général plus détendu sous une lumière plus douce.

— Tu veux bien fermer les yeux pour moi ? À ton tour.

Ils restèrent à l'ancre à Ogof Briallu toute la nuit. Mattie se réveilla tôt le lendemain matin. Des pas silencieux au-dessus de sa tête lui indiquèrent que Llwyd était debout.

Elle sortit du lit, enfila ses vêtements tout en préparant le café. C'était un des avantages de la proximité de la cuisine avec la chambre. Lorsqu'elle monta avec les tasses, elle trouva Llwyd sur le pont principal. Il lui sourit.

— J'étais sur le point de descendre te réveiller.

Ils avaient le temps. Une demi-heure avant de devoir repartir. Et cette demi-heure était soudain précieuse. Llwyd portait des chaussures de bateau et un jean, mais son T-shirt était accroché au dossier d'un siège. Ses cicatrices dans le dos et sur le côté étaient bien visibles, tout comme ses épaules solides et ses hanches fines. Elle se rapprocha et il l'entoura de ses bras.

— Tu travailles ton bronzage ?

Elle l'avait vu tant de fois au chantier naval et sur le pont. Mais jamais sans sa chemise, même quand le soleil était le plus fort.

— Je suppose... Je n'arrivais pas à comprendre comment cela pourrait améliorer les choses pour maman si elle voyait mes cicatrices, mais tu avais raison et elle dit que c'est le cas. Je ne sais toujours pas pourquoi tu ne les vois pas. En tout cas, tu n'as pas l'air de les voir.

— Je les vois. Mais je ne les vois pas comme quelque chose qui indique que tu as failli. Elles montrent que tu as survécu.

Il se pencha pour l'embrasser.

— Dès le premier jour où je t'ai vue, j'ai pensé que tu étais quelqu'un dont je pourrais facilement tomber amoureux. Je t'aime, Mattie.

— Je t'aime aussi. Qu'est-ce qu'on va faire ?

Les mots étaient difficiles à dire. S'ils ne s'aimaient pas, ils n'auraient jamais l'occasion de se faire du mal.

— Il est toujours temps d'y travailler, Mattie. Non ?

La pensée de ce qu'ils pourraient devenir s'ils réussissaient l'emportait sur tout le reste.

— Oui, on va y travailler.

11

— J'ai un garçon de huit ans. Accompagné d'une enseignante de son école. Sa mère est en route, mais elle en a pour un moment. Je suis sûre que sa cheville est cassée. Vous êtes dispo ? demanda l'infirmière à Mattie à la réception des urgences.

— Je viens de finir avec mon dernier patient. Où est-il ?

— Chambre trois. Tenez, le dossier.

Elle devrait peut-être biper Llwyd. Mais elle examinerait d'abord le garçon. Mattie afficha son sourire le plus professionnel, ouvrit la porte puis pila, bouche bée.

Peter.

Il était allongé sur le lit, chaussure et chaussette gauches enlevées, une attelle temporaire autour de la cheville. À côté de lui se trouvait une jeune femme qui parut très soulagée de l'arrivée de Mattie.

— Bonjour, je suis Mlle Grant. Voici Peter Morgan. Il est tombé dans la cour de récréation et il a mal à la cheville...

— D'accord, merci de l'avoir accompagné. Je connais Peter. Bonjour, mon grand. Comment ça va ?

Le visage de Peter était couvert de crasse et de larmes.

— Ça va. Maman vient ?

— Oui. Ton école l'a prévenue. Je vais examiner ta cheville et ensuite j'appellerai ton oncle Llwyd.

Une intuition confuse disait à Mattie qu'il serait préférable qu'elle en sache un peu plus avant d'appeler Llwyd. Peter réussit à sourire.

— Merci. Ça fait mal...

— Je sais, et je vais te donner quelque chose pour que tu te sentes mieux. C'est juste ta jambe qui te fait mal ?

Peter hocha la tête, et Mattie défit soigneusement l'attelle puis examina sa cheville. Laquelle en effet pouvait bien être cassée. Elle ouvrit la porte et fit signe à une infirmière.

— Vous êtes libre ? J'ai besoin que vous alliez chercher des médicaments et que vous mettiez une blouse à Peter.

L'infirmière acquiesça, prit note des analgésiques et s'éloigna en hâte.

Le numéro de portable de Georgina figurait sur le formulaire, et Mattie sortit son téléphone pour le composer, souriant à Peter. Georgina répondit presque aussitôt et Mattie entendit le bruit d'un moteur de voiture en arrière-plan.

— Georgina, c'est Mattie. Je suis avec Peter et il va bien. On s'occupe de lui.

— Oh ! Dieu merci ! Mattie, je suis si contente que ce soit toi. Je suis en route. Puis-je lui parler ?

— C'est pour cela que je t'appelle. J'entends que tu es en voiture, alors gare-toi et rappelle-moi, c'est plus prudent.

— Bien sûr, je comprends. À tout de suite.

Le téléphone de Mattie sonna au moment où l'infirmière revenait, et elle le passa à Peter pendant qu'elle vérifiait les médicaments. Elle entendit Peter expliquer à Georgina :

— Il y a un grand garçon dans la classe supérieure. Il m'a sali le visage et il m'a donné un coup de pied...

— Peter, je peux parler à ta mère, s'il te plaît ?

Mlle Grant était restée assise en silence mais elle tendait à présent la main vers le téléphone ; Peter le serra contre sa poitrine, une larme coulant le long de sa joue.

— Pas maintenant, intervint Mattie. Peter est en train de parler à sa maman. Puis-je vous dire un mot ?

Elle fit sortir Mlle Grant de la pièce, laissant l'infirmière avec Peter. Mlle Grant se lança aussitôt :

— Je pense que Peter se trompe. Je voulais juste dire à sa mère ce qui s'est réellement passé.

— Vous l'avez vu tomber ? demanda Mattie.

— Je suis certaine qu'il est tombé. Je devrais peut-être appeler le directeur de l'école.

— Lui, a-t-il vu Peter tomber ?

— Non, mais il est directement responsable de tout enfant qui se blesse dans l'enceinte de l'école.

Cela ressemblait à une menace et Mattie lui sourit. Peter était sous sa responsabilité maintenant et s'il avait quelque chose à dire sur la façon dont il s'était blessé, elle voulait l'entendre.

— Nous disposons d'un espace réservé à l'usage des soignants, et il serait peut-être préférable que vous y passiez votre appel.

Mlle Grant adressa à Mattie l'un des sourires les moins sincères qu'elle ait jamais vus.

— Bien sûr. Merci.

Peter avait l'air beaucoup plus joyeux lorsqu'elle revint. Il avait raccroché le téléphone et l'infirmière lui tenait compagnie en bavardant. Mattie apporta les comprimés avec un verre d'eau. Le petit garçon reprit ses explications.

— Mlle Grant s'est trompée. Il m'a vraiment donné un coup de pied et je suis tombé...

Mattie s'assit sur la chaise à côté du lit.

— Voilà comment ça marche, Peter. Je suis là pour toi, pour personne d'autre. Je te crois et je veux entendre ce que tu as à dire. C'est compris ?

Peter acquiesça.

— Maintenant, l'infirmière va t'aider à enfiler une chemise d'hôpital pendant que je vais te programmer une radio et trouver ton oncle Llwyd. D'accord ?

— Où est Mlle Grant ?

— J'ai demandé qu'elle attende dans une autre pièce pendant qu'on s'occupe de toi.

— Je ne l'aime pas, déclara Peter d'un ton grave.

Mattie lui sourit et quitta la pièce avant d'être tentée de lui donner raison à voix haute. Elle appela d'abord Llwyd et, pendant qu'elle remplissait le formulaire de radiographie, il franchit en trombe les portes de la salle d'urgence.

— Il va bien ? Il a quelqu'un avec lui ?

— Oui, j'ai demandé à l'infirmière de rester auprès de lui. Georgina est en route.

— Dans quelle chambre est-il ?

— Attends un instant. Viens par ici.

Mattie lui fit signe d'entrer dans une pièce vide et ferma la porte avant d'expliquer :

— Puisque tu es l'oncle de Peter, je veux que tu agisses en tant que simple parent. Ce qui signifie que tu n'interviens pas en tant que médecin.

Llwyd fronça les sourcils.

— Tu es en train de me dire que je suis trop impliqué affectivement pour soigner une cheville cassée ?

— Oui, Llwyd. Les directives sont très claires sur ce point. Tu dois donc rester en arrière et laisser d'autres gérer.

— Tu as raison, bien sûr, admit Llwyd en soupirant. Qu'est-ce que tu veux que je fasse ?

— Je veux juste que tu lui parles. Il était un peu bouleversé parce que, quand il est arrivé, son enseignante a dit qu'il était tombé dans la cour de récréation, mais Peter affirme qu'un des autres enfants lui a donné un coup de pied. Lorsqu'il l'a dit à Georgina, Mlle Grant a essayé de lui prendre mon téléphone.

Une fureur froide, dure, surgit dans les yeux de Llwyd.

— Et qu'est-ce que tu as fait ?

— Je l'ai fait sortir de la chambre. Elle est en salle de repos, en train d'appeler le directeur de l'école.

— Ça craint ? lâcha Llwy avec un brusque sourire.

— Pas le moins du monde. Je n'ai pas de comptes à lui rendre sur la façon dont je traite mes patients. Llwyd, tu sais mieux que moi qu'il y a une différence émotionnelle entre être blessé accidentellement et être blessé délibérément.

Mattie avait envie de le prendre dans ses bras, mais elle devait rester concentrée et professionnelle.

— J'ai besoin que tu sois son oncle, pas son médecin.

— D'accord. En tant que parent le plus proche de Peter jusqu'à ce que Georgina arrive, je demande que cette enseignante n'ait plus accès à lui. Quel est son nom, déjà ?

— Mlle Grant.

Mattie posa sa main sur l'épaule de Llwyd.

— Je suis désolée que cela lui soit arrivé. Tu sais que je ferai tout pour qu'il aille bien.

— Oui, merci, Mattie.

Il s'approcha d'elle, puis sembla soudain se souvenir de l'endroit où ils se trouvaient.

— Peut-être que je ne suis pas la bonne personne pour le faire parler et que tu devrais appeler un des psys de l'hôpital.

— Non. Tu es exactement la personne qu'il faut pour lui parler, Llwyd. D'abord parce que tu es son oncle, mais aussi parce que tu sais ce que l'on ressent quand on est blessé par quelqu'un. Heureusement, il ne l'est pas aussi gravement que tu l'as été, et on peut tout arranger.

Il déposa un baiser sur sa joue.

— Merci, *cariad*. J'y vais.

Llwyd n'était pas seulement un médecin exceptionnel, il se montra aussi un excellent parent. Celui que tous les patients souhaitaient avoir à leur chevet, gentil et encourageant, et si solide qu'il semblait impossible que quoi que ce soit de mal puisse arriver en sa présence. Peter lui avait volontiers relaté l'histoire du garçon plus âgé qui lui avait jeté une poignée de terre au visage et Llwyd avait été parfait, écoutant attentivement et répondant, faisant savoir à Peter qu'on le croyait et qu'il était en sécurité.

Lorsque Georgina arriva, Llwyd lui expliqua ce qui s'était passé tandis que Mattie parlait au chef de l'orthopédie, qui examina les radiographies et dit qu'il effectuerait l'intervention mineure nécessaire pour réduire la fracture et plâtrer la cheville. Mattie passa la tête par la porte de la chambre de Peter et fut accueillie par trois visages souriants.

Georgina était assise sur le lit, les bras autour de son fils. Parfois, un câlin de maman était le meilleur remède.

— Peter a bien une cheville cassée. Le Dr Edwards va venir s'occuper de lui et il pourra rentrer avec toi ce soir.

Georgina acquiesça, soulagée, avant de dire :

— Mattie, tu pourrais me montrer où se trouve le distributeur de boissons ? Je rêve d'un thé, et je pense que Llwyd et Peter prendraient volontiers quelque chose aussi.

— Bien sûr. Viens avec moi.

Mattie se doutait que Georgina souhaitait lui parler en privé. Elle conduisit Georgina dans le hall principal.

— Je voulais juste te remercier, Mattie, dit Georgina. Llwyd est très bon dans son métier, et je doute qu'il ait été facile pour lui de ne pas se mêler du dossier de Peter.

— Llwyd savait exactement ce qu'il avait à faire. Je le lui ai juste fait remarquer, au cas où il aurait été tenté de s'écarter de la ligne de conduite, en tant que parent du patient.

— Merci quand même. Et pour avoir cru Peter, plutôt que cette enseignante. Je n'avais pas réalisé qu'elle avait essayé de lui prendre le téléphone et que tu l'en avais empêchée.

— D'après mon expérience, les enfants donnent une très bonne image de ce qui se passe si on les laisse faire. C'est l'une des raisons pour lesquelles je fais ce travail. Mais si tu as des questions, n'hésite pas à m'appeler…

Mattie avait été occupée le reste de l'après-midi, mais le Dr Edwards lui avait dit que l'intervention s'était bien passée et qu'il laissait Peter sortir. Puis Llwyd l'avait trouvée.

— Je vais ramener Georgina et Peter chez eux.

Il semblait agité. Presque nerveux. Sans sa blouse, qu'il avait retirée, il ressemblait à n'importe quel parent inquiet.

— Il va bien ?

— Oui, je crois. Merci, Mattie. Pour tout.

— N'oublie pas de m'envoyer un message plus tard pour me dire comment il va.

Elle voulait aussi savoir comment allait Llwyd.

Il sortit sa clé de maison de sa poche, déjà déconnectée de son porte-clés. Ils avaient convenu que Mattie passerait la nuit avec lui au cottage.

— Je ne sais pas à quelle heure je serai à la maison.

— Tu veux que je t'attende là-bas ?

La chaleur inonda ses yeux verts.

— Cela ne te dérange pas ?

— Absolument pas. Ta télé est bien plus grande que la mienne, et je peux piller ton frigo.

— Merci, souffla-t-il en lui mettant la clé dans la main.

Ce n'était pas normal. Il était médecin. Il avait été chirurgien. Garder la tête froide était une condition *sine qua non* du métier, n'est-ce pas ?

Et Llwyd avait réussi à garder la tête froide pendant qu'il était avec Peter et Georgina. Il avait appelé Huw, qui était allé à Cardiff pour rencontrer un tour-opérateur haut de gamme, qui envisageait d'inclure le restaurant dans un de ses itinéraires, et avait réussi à être franc tout en étant rassurant. Il avait parlé au directeur de l'école de Peter au nom de Georgina, et constaté qu'il était lui aussi préoccupé par la façon dont Peter avait été blessé.

Mais un simple regard à Mattie l'avait fait craquer. Peut-être parce que c'était l'un des aspects les plus agréables de leur relation. Craquer, puis sentir qu'elle le remettait sur pied. Leur confiance mutuelle faisait qu'il ne pouvait rien lui cacher. C'était si précieux...

Il avait ramené Peter et Georgina chez eux, attendant le retour de Huw avant de partir. Lorsqu'il revint au cottage, il vit le vélo de Mattie, appuyé contre le mur, qui lui faisait signe de rentrer.

Elle était affalée sur le canapé du salon, et regardait la télévision, mangeant des toasts et du beurre de cacahuète. Le sentiment, dont il se souvenait vaguement, de trouver quelqu'un qui l'attendait à la fin de la journée le frappa de plein fouet. Il lui sourit et s'assit près d'elle.

— C'est tout ce que tu as mangé pour le dîner ?

— Non, répondit-elle en éteignant la télévision. J'ai pris une banane, une poire et j'ai réchauffé une tourte au poulet fermier. C'était très bon. Et toi, tu as mangé ?

— Georgina a sorti du congélateur un plat qui s'est avéré le meilleur mets réconfortant que j'aie jamais mangé. Le directeur de Peter est passé voir comment il allait.

— Ah oui ? Et ça a été ?

— Oui. C'est un homme sympathique, et j'ai été impressionné par sa volonté de régler tout ça. Il a demandé s'il pouvait parler à Peter quelques minutes, il a écouté tout ce qu'il avait à dire sur ce qui s'était passé, puis il l'a rassuré en lui disant qu'il ne se produirait rien de grave quand il retournerait à l'école. Il va même lui donner quelques leçons par vidéo chaque jour afin qu'il ne prenne pas de retard.

— Super. Et l'enseignante ?

— Il a pris toute la responsabilité sur lui et a présenté ses excuses, même si à mon avis, ce n'est pas de sa faute. Apparemment, lorsqu'il a appris ce qui était arrivé, il a dit que tout devait être fait avec précaution, parce qu'il s'agissait d'une agression d'un enfant sur un autre. Mlle Grant en a déduit qu'il valait mieux pour l'école que ce soit un accident.

Mattie se redressa, indignée.

— Tu ne fais pas taire un enfant parce que ce qu'il dit ne colle pas à ton objectif. C'est une enseignante, bon sang.

L'engagement indéfectible de Mattie envers ses jeunes patients le faisait toujours sourire. La façon dont elle les écoutait d'abord, et tous les autres gens impliqués ensuite.

— Calme-toi. Tu prêches un converti.

Elle lui jeta un regard noir. C'était une autre chose qu'il aimait chez elle : si elle pensait que quelque chose n'allait pas, elle ne lâchait rien.

— Et donc ? Elle a droit à un savon et cent lignes ?

— Le directeur ne l'a pas précisé. Il a parlé à tous ceux qui ont vu ce qui s'est passé et aux parents de l'autre garçon. Mais il a dit à Georgina que Mlle Grant n'aurait plus aucun contact avec Peter jusqu'à nouvel ordre. Huw et Georgina auront l'occasion de le rencontrer officiellement et leur avis sera pris en compte pour décider des mesures à prendre.

— Hum. Il a l'air de prendre la chose au sérieux. Bon, et toi ? demanda-t-elle. Comment ça va ?

— Moi ? éluda Llwyd, faisant semblant de ne pas savoir de quoi elle parlait.

— Ne me prends pas pour une cruche, je te connais.

Elle se rapprocha de lui et le serra dans ses bras.

C'était ce qu'elle avait donné à Peter. Une affection chaleureuse, de la compréhension et la possibilité de dire ce qu'il pensait. Pour l'instant, il semblait que Peter savait mieux que lui comment y répondre.

— Tu avais raison. J'ai pu me servir de ce qui m'était arrivé pour parler à Peter.

— Cela n'a pas dû être facile. Bravo. Je suis fière de toi.

Cela comptait beaucoup pour lui. Il l'enlaça tendrement.

— Qu'est-ce qui a fait écho avec lui ? demanda-t-elle.

Llwyd savait ce qu'elle faisait. Mattie décomposait tout en petits morceaux. Une question à la fois rendait les choses plus faciles à gérer. L'approche de Mattie ressemblait à une technique, mais c'était un acte d'amour.

— Peter m'a dit qu'il avait essayé de s'enfuir, mais l'autre garçon ne voulait pas le laisser partir. J'ai tenté de lui faire entendre que je comprenais sa peur, qu'il lui arrivait quelque chose qu'il ne pouvait pas arrêter lui-même. Mais qu'il était en sécurité maintenant.

— Je pense qu'il t'a entendu. Bon, on a fait tout ce qu'on a pu pour Peter et je m'en réjouis. Que dirais-tu de regarder le rugby ? Il y a un match ce soir, non ? Je veux juste savoir comment la moitié de l'hôpital peut s'enflammer pour un match où il y a tant de blessés. Il doit y avoir un truc qui m'échappe.

— Si tu vis ici depuis trois ans et que tu ne comprends toujours pas, peut-être que tu ne comprendras jamais.

— Hum. Commençons par l'essentiel. Il faut des chips et de la bière, c'est ça ? Je vais en chercher et tu m'expliqueras les règles à mesure du match, d'accord ?

12

Mattie ne comprenait toujours pas les règles du rugby, et Llwyd lui avait reproché plusieurs fois d'applaudir au mauvais moment. Mais ça avait été bon de partager ces quelques heures ensemble, de bien des façons différentes, et lorsqu'ils s'étaient blottis l'un contre l'autre dans le lit, il s'était endormi tout de suite.

À 2 heures du matin, Mattie se réveilla en sursaut. Llwyd était assis tout droit dans le lit, et le cri qu'elle pensait être dans ses rêves était bien réel. Elle se redressa, enroula son bras autour de ses épaules et s'aperçut qu'il tremblait.

— Rendors-toi. Ce n'est rien...

Mattie le serra fort, attendant que ce « rien » relâche son emprise sur lui.

— Tu as fait un cauchemar ? demanda-t-elle doucement.

Il avait cessé de trembler et la berçait dans ses bras. Comme si c'était la seule chose qui pouvait le réconforter.

— Oui. J'étais sous la pluie, et Peter était là aussi.

— Peter va bien, Llwyd. Tu n'as pas à t'inquiéter.

— Je sais. Cela a dû réveiller quelques souvenirs.

— Je suis désolée si j'ai empiré les choses pour toi.

Mattie avait senti qu'il avait besoin de parler, mais peut-être l'avait-elle poussé un peu trop fort.

— C'est arrivé. Ce n'est ni pire ni meilleur, c'est juste là. Je pense que le fait de parler permet de l'extérioriser...

— C'est l'idée générale, admit-elle.

Elle l'enveloppa dans la couette pour le réchauffer. Llwyd commençait à se calmer et il s'allongea de nouveau, la serrant contre lui.

— On pourra parler encore ? Pas maintenant, mais...

— Bien sûr. Mais tu sais que toi et moi... On ne peut pas tout faire seuls.

— Tu crois que j'ai besoin d'aller voir un psy ? Ça fait un moment que tout cela s'est passé. Remuer des vieux souvenirs, je ne sais pas si ça sert à grand-chose...

— Hey. Ressentir quelque chose est une raison suffisante.

— D'accord. Je vais y réfléchir.

Mattie était restée éveillée un moment, veillant sur lui, mais Llwyd dormait paisiblement et elle avait fini par sombrer dans le sommeil. Elle se réveilla tôt le lendemain matin et le trouva appuyé sur un coude, la veillant à son tour.

— Arrête ! protesta-t-elle. J'aurais pu faire n'importe quoi. Ronfler. Marmonner... Comment savoir ? Je dormais.

— Tu étais magnifique. Tu as froncé le nez plusieurs fois, mais tu l'as fait de façon très adorable, *cariad*.

Elle lui donna un coup de poing dans les côtes.

— Ne me fais pas le coup de la *cariad*, hein.

Il rit, fit glisser la couette sur le sol et l'enlaça. Il avait cessé d'essayer de cacher son corps, et son insistance à tout voir était incroyablement sexy. L'observer dans la lumière du petit matin était devenu l'une des occupations favorites de Mattie. Il pouvait cependant faire un peu froid. Mais lorsqu'il couvrit son corps du sien, la chaleur commençait à palpiter dans ses veines. Les emmenant dans un endroit où la pensée était laissée en arrière et ne pouvait pas leur faire de mal.

Les trois dernières semaines n'avaient pas été faciles. Mattie suivait une formation continue et était donc absente un jour par semaine. Llwyd passait du temps avec Peter.

Ce n'était pas vraiment cela, le problème.

Llwyd avait pensé que le cauchemar, après que Peter avait été blessé, serait une exception. Mattie l'avait accepté et l'avait soutenu. Quand c'était revenu la nuit suivante, elle était restée et l'avait aidé à le surmonter également. Mais combien de nuits brisées allait-elle encore tolérer avant de partir ? Combien de temps encore avant qu'elle reprenne ses esprits et admette que certaines choses sont irréparables ?

Peter allait bien, et Llwyd savait que ses craintes pour lui étaient disproportionnées. Huw le lui avait suggéré avec précaution, et Llwyd l'avait nié, en toute mauvaise foi. Mais il avait demandé à ses parents de prendre Peter pour le week-end afin qu'il puisse se remettre les idées en place. Même s'il n'avait vu Mattie qu'un soir la semaine précédente, il ne l'avait pas corrigée lorsqu'elle avait supposé qu'il était occupé, et Llwyd avait passé le week-end seul.

D'une manière ou d'une autre, il réussit à mettre tout cela de côté. Il pouvait travailler avec elle durant la journée, et les quelques nuits où il se permettait de rester avec elle, il ne dormait pas assez longtemps pour rêver. Les cauchemars le troublaient encore quand Mattie n'était pas là, mais il pouvait s'en accommoder. Du moment qu'elle ne les voyait jamais.

Et puis, la vie commença à revenir à la normale, comme un bateau qui se redresse après une tempête. Il se mit à penser à tous leurs bons moments et à rejeter ses peurs. Il l'avait appelée et l'avait invitée à dîner. Peter serait chez ses parents le vendredi soir. Il ferait la cuisine.

Mattie avait paru comprendre qu'il s'agissait d'un nouveau départ. Elle portait une robe d'été bleue qu'il n'avait jamais vue et qu'elle qualifia en riant de « nouvelle bricole » lorsqu'il lui dit qu'elle était belle.

Georgina lui avait donné une recette de salade de saumon facile à préparer, qui s'était avérée assez compliquée pour Llwyd, mais qui avait beaucoup plu à Mattie. Ils étaient de nouveau sur les rails.

— Mmm, fit-elle en goûtant le pudding au chocolat qu'il avait réchauffé pour le dessert. C'est Georgina qui l'a fait, n'est-ce pas ?

— Tu crois que je ne sais pas cuisiner ? feignit de s'offusquer Llwyd.

— Tu es un excellent cuisinier, bien meilleur que moi. Mais les gousses de vanille écrasées sont le domaine de Huw et Georgina.

— Tu as trouvé un morceau de vanille écrasée ?

Llwyd examina sa portion avec sa cuillère et se rendit compte que les épaules de Mattie tremblaient de rire.

— Tu as vu Georgina, c'est ça ? demanda-t-il.

— Oui. Désolée, elle a amené Peter voir le Dr Edwards avant-hier et m'a envoyé un message pour savoir si j'étais libre pour prendre un café après. Mais j'apprécie que tu aies fait un tel effort pour le dîner, même si tu n'as écrasé aucune gousse de vanille. Je te remercie.

— De rien. Dois-je aller écraser des grains de café ?

— Attends qu'on ait fini le pudding. Je t'aiderai.

Lorsqu'ils sortirent boire le café dehors. Mattie dit :

— Peter avait l'air d'aller très bien. Apparemment, le Dr Edwards était très satisfait de l'évolution de sa jambe.

— Oui, j'ai gardé un œil dessus aussi. De façon tout à fait officieuse, bien sûr. Il est retourné à l'école et tout se passe bien. Il s'est avéré que c'était la partie émergée de l'iceberg en ce qui concerne le comportement de l'autre garçon, et il est maintenant dans une autre école, où ils peuvent lui apporter l'aide dont il a besoin.

— C'est une situation plutôt triste, en fait. Et toi, comment vas-tu ?

— Très bien, répondit-il, préférant éluder. J'ai appris que tu étais passée au chantier naval hier soir.

— Oui, j'ai fait un tour dans la baie, juste pour m'entraîner. Ton père a dû me voir et il m'a envoyé un texto pour me demander si je voulais passer prendre une tasse de thé. J'avais l'intention de l'appeler. Je voulais savoir s'il connaissait quelqu'un qui pourrait vendre le *Matilda Rae* pour moi.

— Tu le vends ?

L'idée que Mattie avait discuté de cela avec son père avant lui ne le réjouissait pas outre mesure. Tout comme le souvenir que Mattie se sentait à un moment donné retenue à Cartref Bay par ce seul bateau.

— Je ne sais pas encore. Quand tu as suggéré que j'apprenne à m'en servir et à me l'approprier... Tu avais raison, et maintenant que je sens qu'il est à moi, je peux en faire ce que je veux. C'est un beau bateau, et j'aime l'avoir, mais mon abonnement à la marina va se terminer l'année prochaine, et je ne suis pas sûre de pouvoir me permettre de le garder toute seule.

— Je suis sûr que papa ne verrait pas d'inconvénient à ce que tu l'amarres au chantier naval. Il y a beaucoup de place là-bas.

— Oui, mais la marina s'occupe de tout... des réparations et de l'entretien. D'après ton père, si je vendais le *Matilda Rae*, je pourrais utiliser la moitié de l'argent pour acheter un très joli bateau et l'autre moitié pour m'en servir davantage. Les frais de carburant pour les longs trajets, etc.

Merci, papa. C'était une solution tout à fait sensée.

— Tu pourrais aussi mettre de l'argent de côté pour acheter un vrai logement. Tu ne peux pas vivre dans le bus éternellement.

Mattie serra les lèvres.

— Non, je ne pense pas que je sois prête à faire ça maintenant. Le bus est très bien.

— Alors tu pars...

C'était la seule chose que Llwyd redoutait et la première qui lui vint à l'esprit. Les trois dernières semaines avaient fait des ravages, même s'il essayait de le nier.

Elle le regarda fixement.

— Je n'ai jamais dit que je partais. Si c'était le cas, je t'en aurais parlé.

Son ton était froid maintenant. Presque glacial.

— Peut-être que c'est exactement ce que tu es en train de me dire. Tu ne veux plus du bateau, c'est très bien, je comprends ton point de vue. Mais si tu as l'intention de rester, pourquoi garder le bus ?

— Parce que c'est ma maison, Llwyd, et que je l'aime bien. Et puisqu'on en est à poser des questions, j'en ai une pour toi. Pourquoi m'évites-tu depuis un moment ?

— J'ai des obligations familiales, Mattie. Tu le sais bien.

Elle le regarda pensivement. Llwyd avait la désagréable impression qu'elle voyait clair en lui.

— Je ne comptais pas en parler parce que… je savais que tu traversais une période difficile, et je voulais être là pour toi chaque fois que tu aurais besoin de moi, sans m'imposer non plus. Quand j'ai vu Peter l'autre jour, il m'a raconté ce qu'il avait fait ces derniers week-ends. Il s'avère que pendant deux d'entre eux il était avec tes parents.

La culpabilité le cingla. Il aurait dû savoir qu'il ne fallait pas tenter de garder des secrets dans une communauté aussi unie que Cartref Bay.

— J'avais besoin d'un peu de temps pour moi.

— Je comprends. Mais j'ai été vraiment blessée parce que si tu avais dit quelque chose, je t'aurais donné l'espace dont tu avais besoin. Tu n'avais pas besoin de me mentir.

— Je n'ai pas conscience de l'avoir fait.

Si Llwyd ne s'était pas particulièrement bien comporté, il n'avait pas menti pour autant.

— Eh bien… tu ne m'as pas dit la vérité. Tu savais que je supposerais que tu passerais du temps avec Peter.

Sauf qu'il n'y avait plus eu d'espace pour lui durant cette période. Entre les cauchemars et l'inquiétude que Mattie découvre qu'il n'était pas à la hauteur pour la faire rester, il ne pouvait plus respirer. Cela l'oppressait de nouveau.

— Mattie, je ne peux pas avoir une relation où je suis constamment sur le qui-vive, à me demander si tu seras encore là demain.

Llwyd réalisa trop tard qu'il donnait l'impression que c'était de sa faute à elle. Alors que ce n'était pas le cas, c'était la sienne.

— Et, moi, je ne peux pas avoir une relation avec quelqu'un qui ne me fait pas confiance.

Mattie semblait vraiment en colère maintenant. Elle se leva d'un bond et balaya la tasse de café à moitié vide qui se trouvait sur la table à côté d'elle. La tasse tournoya dans les airs, laissant échapper un arc de liquide, et s'écrasa contre le coin du patio, des morceaux brisés roulant sur la pelouse.

Pendant un instant, Llwyd se demanda si tout allait bien se passer. Si elle rirait, et ensuite il rirait aussi. Mais Mattie était déjà en mouvement, contournant la maison. Il entendit les roues de sa bicyclette crisser sur le gravier, puis le silence, rompu seulement par le chant solitaire d'une grive.

Maintenant, il savait. Il avait fait fuir Mattie et à présent il n'y avait vraiment plus rien qui la retenait ici. Il pourrait la revoir, c'était probable. Mais elle était déjà partie.

Mattie pédalait aussi vite qu'elle le pouvait sur la piste cyclable. Llwyd lui avait manqué au cours des dernières semaines, elle avait senti une distance préoccupante entre eux. Découvrir qu'il l'avait délibérément évitée l'avait blessée, mais elle lui avait trouvé des excuses, et décidé que ce soir serait un nouveau départ. Sauf qu'en réalité cela s'était révélé une fin.

Une fin qui ne lui avait laissé aucune chance de parler. Elle avait bien dit des choses, dont certaines qu'elle regrettait à présent. Mais il n'en avait entendu aucune. Il ne lui faisait pas confiance, et il l'avait accusée d'être aussi désinvolte que Leigh, et aussi irréfléchie que Helen.

Elle souleva son vélo au-dessus du portail qui menait au terrain d'Owen et de Gwen. Pourquoi en était-elle arrivée à jeter sa tasse de café ? Cela lui avait fait du bien sur le moment, mais maintenant elle trouvait ça idiot.

Elle verrouilla son vélo sur le râtelier à côté du bus et monta dedans. Faillit déchirer la nouvelle robe qu'elle avait achetée spécialement pour ce soir, car elle ne la porterait plus jamais.

Mattie enfila un pantalon de survêtement et un T-shirt, et s'assit sur le siège du conducteur du bus.

Elle pouvait partir. Elle tourna les clés dans le contact, espérant à moitié que le bus ne démarrerait pas – elle ne l'avait pas pris pour sa balade habituelle le week-end dernier. Mais le moteur hoqueta, se calma et se mit en route.

Le réservoir d'essence était plein et… Mattie n'allait nulle part. Si elle ne se présentait pas à l'hôpital lundi matin, il y aurait une personne en moins aux urgences. Elle avait des congés de côté, et si elle ne les prenait pas rapidement, les RH l'avaient menacée de les perdre, alors peut-être pourrait-elle persuader le chef de service qu'elle avait vraiment besoin de vacances. Mais fuir ne changerait rien.

Mattie éteignit le moteur. Enjambant sa jolie robe abandonnée, elle gagna sa chambre, ferma les portes coulissantes. Puis elle se jeta sur son lit et pleura.

Llwyd avait passé le week-end à faire bonne figure devant Peter. Cela avait été épuisant, et la première personne qu'il vit en arrivant sur le parking de l'hôpital, c'était Mattie.

Il ralentit la voiture, gardant ses distances. Elle devait l'avoir vu, mais ne le montra pas, s'engageant sur l'allée qui menait aux bureaux de l'administration situés plus loin.

Llwyd ne voulait pas penser à ce que cela signifiait. Mattie était déjà partie. Au fil de la semaine, il devint de plus en plus évident qu'elle ne voulait plus aucun contact avec lui. Les médecins des urgences s'entraidaient souvent, mais Mattie s'esquivait pour ne pas avoir à s'occuper du même patient que lui. Tout cela aurait pu tourner au jeu, à un détail près. Llwyd avait le cœur brisé. Hannah avait beau lui avoir ôté sa confiance, il ne s'était jamais endormi en pensant à elle. Mattie était différente, comme une lumière brûlant dans l'obscurité, qu'il ne pourrait jamais atteindre.

Et puis, le vendredi après-midi, alors qu'il se disait que cette semaine avait été la pire et que les choses ne pouvaient que s'améliorer désormais, il tomba sur elle à la sortie des urgences. Elle lui adressa un demi-sourire.

Toujours radieuse. Même si elle avait l'air de ne pas avoir passé une bonne nuit de sommeil depuis longtemps. Llwyd imagina qu'il n'était pas non plus au mieux de sa forme.

— Llwyd, je voulais te dire que j'ai pris des congés et que je ne serai pas là pendant les deux prochaines semaines.

Elle avait tenu sa promesse de le prévenir si elle partait. Llwyd s'efforça de sourire.

— Merci, Mattie. J'apprécie que tu m'aies mis au courant.

— Prends bien soin de toi.

— Toi aussi.

Mattie s'éloigna, et Llwyd ne put que poursuivre son chemin. Rentrer chez lui et enfin, après avoir arpenté le jardin, retourner dans son lit vide.

Mais ses mots résonnaient dans sa tête. « Prends bien soin de toi. » Et dans la claire lumière du matin, il sut exactement ce qu'il devait faire pour prendre soin de lui-même. Il se rendit à la ferme où Mattie avait garé son bus, constata que ce dernier ne s'y trouvait pas, et continua à monter la colline jusqu'à la maison, où était Gwen, une tasse de thé à la main.

— Bonjour, Llwyd. Vous cherchez Mattie ?

La présence fréquente de sa voiture à côté du bus n'était pas passée inaperçue, et Mattie avait pris soin de le présenter à Gwen et Owen.

— Oui. Vous savez si elle reviendra plus tard ?

— Non. Elle est partie hier soir. Elle n'a pas dit quand elle serait de retour. Mattie va et vient à sa guise. Cela fait un moment et je pense qu'elle a décidé de partir en voyage. Pourquoi ne pas l'appeler ? ajouta Gwen.

— Je le ferai. Merci, Gwen.

— Vous voulez une tasse de thé, mon chou ?

La sollicitude de Gwen indiqua à Llwyd que son désarroi se lisait sur son visage, et il se força à sourire.

— Non, merci, mais il faut que j'y aille. Bonne journée.

Alors qu'il redescendait la colline, ces mots résonnèrent à nouveau dans son esprit. « Prends soin de toi. » C'était aussi le genre de chose que l'on dit quand on ne s'attend pas à revoir quelqu'un.

13

Mattie n'avait pas beaucoup réfléchi à sa destination. Mais au moment de partir, elle sut où elle voulait aller. Elle avait appelé son frère aîné, Justin, et lui avait demandé si elle pouvait loger chez lui à Londres pendant un certain temps, et il avait accepté sur-le-champ.

Justin et sa femme, Caroline, l'accueillirent avec effusion, et accueillirent le bus avec surprise. Mais Caroline vint à la rescousse, prenant le bébé James et la petite Tess, âgée de trois ans, par la main, et exigeant que Mattie leur fasse une visite guidée. Lorsque Justin eut inspecté le moteur et le système électrique, puis jeté un coup d'œil à la salle de bains et à la cuisine, il se ravisa et approuva l'étrange logis.

C'est alors seulement que Mattie réalisa ce qu'elle avait fait. Elle s'était retrouvée le cœur brisé, seule, et était rentrée « à la maison ». Llwyd lui avait montré quelque chose en fin de compte.

Ils avaient fait un vrai déjeuner dominical traditionnel. Ils étaient allés au théâtre. Mattie était allée faire du shopping dans Oxford Street avec Caroline, et des visites dans quelques musées et galeries. Elle s'était beaucoup promenée et avait renoué avec la ville qu'elle avait quittée, mais qui semblait toujours attendre son retour.

Personne ne lui avait demandé ce qu'elle faisait là. Justin et Caroline avaient accepté ses vagues allusions à quelques « trucs professionnels » qu'elle devait suivre, et avaient insisté pour qu'elle reste pendant ses deux semaines de vacances. Et lorsque Tess avait supplié de pouvoir dormir dans le bus, Caroline avait demandé si elle le pouvait aussi, pour s'assurer que sa fille ne fasse pas de bêtises.

Il avait fallu à Justin et Mattie plusieurs manœuvres prudentes avant qu'ils parviennent à ranger le bus dans la petite allée devant la maison. Mattie avait montré à Caroline comment actionner l'alarme, qui réveillerait sans aucun doute toute la rue si quelqu'un osait poser un doigt sur le véhicule. Tess dit au revoir à son père, et Justin s'occupa de bébé James, qui ne se souciait vraiment pas de dormir dans un bus ou dans son propre berceau. Il le coucha, puis, le bébé endormi, il redescendit dans le salon.

— Tu crois que Caroline est bien là-bas, toute seule ? Il n'y a pas grand-chose à faire dans un bus. Une fois qu'on a compris que ce n'est qu'un bus, je veux dire, s'enquit Mattie.

— Tu plaisantes ? Elle va bien. Tess va manquer d'énergie à un moment donné, et quand Caroline l'aura mise au lit, elle s'assiéra avec son livre et une tasse de chocolat chaud, et aura un peu de temps pour elle. C'est un plaisir rare quand on a des enfants.

— J'imagine. Je devrais peut-être lui envoyer un message et lui dire de m'appeler si elle a besoin de quoi que ce soit.

Justin haussa les épaules.

— Si tu veux. Ou tu peux juste lui faire un coucou par la fenêtre. Tu veux boire quelque chose ?

Il se dirigea vers le buffet et en sortit une bouteille et deux verres qu'il posa sur la table basse.

— Juste un fond. Merci.

Justin les servit et s'assit près d'elle sur le canapé. Mattie lui donna un petit coup d'épaule.

— C'est chouette d'être là, tous les deux.

— Oui. C'est bien de pouvoir partager un bon moment, Mats. Cela fait trop longtemps qu'on n'a pas fait ça.

— Le tourbillon de la vie. J'apprécie vraiment que vous me receviez ici.

— C'est un plaisir. Toujours. Maman et papa sont au courant pour le bus ? demanda-t-il après avoir bu une gorgée.

— Non. Je n'arrête pas de me dire que je devrais être un peu plus honnête avec eux, et puis tout s'écroule quand je me rends compte qu'ils seraient furieux contre moi. Tu ne vas pas leur dire, n'est-ce pas ?

— Pas si tu ne veux pas que je le fasse. Mais tu pourrais le faire.

Mattie commençait à se demander si elle n'avait pas été piégée. Caroline et Tess ailleurs pour la nuit, et une bouteille de bon whisky sur la table, pour lui délier la langue. Ou peut-être que Justin avait simplement saisi l'occasion.

— Sérieusement, Jus ? Tu sais que maman penserait que je suis aussi irresponsable que Helen l'était. Et je ne veux pas l'inquiéter. Tu as vu par toi-même que le bus est une très bonne maison pour moi.

— C'est une excellente maison. En fait, j'ai un peu peur que Caroline et Tess décident de partir avec, ce soir.

— Elles n'iront pas loin. Il ne reste plus beaucoup d'essence dans le réservoir.

Justin rit et passa son bras autour de ses épaules.

— Ouf. Me voici soulagé. Il y a quelque chose que tu devrais savoir..., reprit-il ensuite.

Une vague inquiétude s'empara de Mattie.

— Est-ce que ça va me plaire ?

— Peut-être. Probablement pas. Mais il faut que tu l'entendes, car tu n'as aucun moyen de te souvenir de ce qui s'est passé quand Helen est morte.

Mattie but une nouvelle gorgée de whisky et attendit.

— Maman était dévastée. Elle est montée dans sa chambre et n'en est plus redescendue. Papa a dit qu'elle avait un gros rhume et qu'on ne devait pas aller la voir, car on risquait de l'attraper. Mais elle a pleuré. Pendant des jours. Quand grand-mère et grand-père t'ont ramenée à la maison une semaine plus tard, elle pouvait à peine te prendre dans ses bras sans éclater en sanglots, c'est papa qui s'est occupé de toi le premier mois.

— Mais... je croyais que maman et Helen n'étaient pas si proches que ça ?

— Elles étaient différentes, et elles avaient l'habitude de se disputer terriblement. Mais elles s'aimaient et se réconciliaient toujours après. J'imagine très bien tante Helen venir nous voir en bus, et maman et nous, les enfants, allant dormir dans ce bus pour la nuit.

Mattie sentit des larmes se former et les refoula avec impatience.

— Je... Je pensais que maman désapprouvait Helen.

— Elle était en colère contre elle. Parce qu'elle était morte. Et elle a commis une grave erreur en s'enfermant dans cette colère, parce que ça lui faisait trop mal de te voir grandir et devenir comme elle. Tu peux lui pardonner ?

— Il n'y a rien à pardonner, Justin. Papa et maman... Ils m'ont recueillie et je ne les remercierai jamais assez pour cela. J'avais l'impression de...

Mattie secoua la tête, essayant de mettre de l'ordre dans ses pensées. Puis elle reprit :

— Essayer d'être plus responsable que Helen est juste ma façon de leur montrer que je leur suis réellement reconnaissante. Mais... comment tu sais tout cela ?

— Je ne le savais pas, jusqu'à récemment. Je savais ce qui s'était passé, bien sûr, mais je n'avais que neuf ans et je ne comprenais pas tout. Papa a dit quelque chose qui m'a fait réfléchir à Noël dernier. On était en train de trier les ornements du sapin et j'en ai trouvé de très beaux que je n'avais jamais vus auparavant. Papa m'a dit de les ranger, parce que tante Helen les avait données à maman et que cela la bouleverserait si on les mettait sur le sapin.

— Mais... Maman m'a donné des choses qui appartenaient à Helen. Elle m'a tout dit d'elle...

— Je pense que cela a dû lui coûter beaucoup. Elle a essayé de faire ce qu'il fallait, mais c'était maladroit ou brutal parce qu'elle n'a jamais pu se défaire de son chagrin.

La prise de conscience frappa Mattie comme un coup de poing dans l'estomac.

— Je suis tellement désolée... Je ne savais pas...

— Ne le sois pas. Tu n'étais pas censée savoir. Je vois maintenant que c'était la mauvaise décision, et que tu aurais dû le savoir.

Les larmes commencèrent à couler sur les joues de Mattie. Lorsque Justin la prit dans ses bras, elle essaya de le repousser, mais il refusa de la lâcher.

— Arrête, Justin. C'est ma faute.

— Ne sois pas si bête. Je ne t'ai pas dit ça pour te faire du mal, je te l'ai dit parce que je pense que tu as besoin de savoir. J'ai demandé à Caroline son avis...

— Quoi ? Tu l'as dit à Caroline ?

Mattie aimait beaucoup Caroline et soupçonner qu'elle puisse penser le pire d'elle la mettait mal à l'aise.

— Tu crois qu'elle n'était pas déjà au courant ? Mattie, il est évident que maman ne s'est jamais remise de la perte de Helen, et que tu es restée à l'écart, prétendant que tu n'avais rien à voir avec Helen et Leigh, pour que maman se sente mieux. Mais personne n'a jamais dit la vérité, et c'est notre responsabilité. Quand papa et maman t'ont adoptée, Mark et moi t'avons adoptée aussi, et on a promis de s'occuper de toi et d'être tes grands frères.

Mattie avait la tête qui tournait. Justin la serra dans ses bras et elle lui rendit son étreinte. Son grand frère la réconfortait, comme quand ils étaient enfants et qu'il pouvait faire en sorte que tout aille bien dans son monde.

— J'ai un bateau, Justin.

— Ah oui ? Quel genre de bateau, un bateau à rames ?

— Non, bien plus grand que ça. Il y a un pont inférieur avec une cabine, une cuisine, une salle d'eau... Il est presque aussi grand que le bus. Il est amarré dans la marina de Cartref Bay depuis près d'un an parce que je ne savais pas m'en servir.

— D'accord, tu as un grand bateau que tu ne peux pas utiliser. Dis-moi que ce n'est pas aussi simple que ça, Mattie, ou je vais devoir retirer tout ce que j'ai dit sur le fait que tu es un être humain responsable et sensé.

— C'est Leigh qui me l'a donné.

— Bonté divine. Leigh. Il est venu, il t'a donné un bateau que tu ne pouvais pas utiliser et puis... Il n'est plus dans le coin, n'est-ce pas ?

— Non. Je ne m'attendais pas vraiment à ce qu'il ait l'endurance pour rester en contact. Ça m'a fait mal quand je l'ai constaté, mais... Pff. Ce qu'il y a de bien avec Leigh, c'est qu'il est constant.

— Oui, constant dans son inconscience. Pourquoi ne m'as-tu rien dit, Mattie ? Je comprends que tu ne puisses pas te débarrasser toi-même de ce truc encombrant, mais j'aurais pu venir et tout régler pour toi. Je l'aurais peut-être sabordé pendant que tu ne regardais pas.

— C'est un bateau très cher. Il aurait mieux valu que tu le vendes quand je ne regardais pas.

— Papa et maman ne sont pas au courant non plus, je suppose.

— À ton avis ?

— Je prends ça pour un non. Bon, tu as un bus. On est tous les deux d'accord pour dire que c'est un endroit plutôt cool pour vivre. Tu as aussi un bateau que tu ne sais pas utiliser mais dont tu ne peux pas te débarrasser parce que Leigh te l'a donné et qu'il est ton père biologique.

— Je sais m'en servir maintenant. J'ai rencontré quelqu'un qui m'a appris.

— Aha. Un bus, un bateau, un gars... Qui est le gars, Mattie ? Ai-je besoin de le savoir ?

— Il s'appelle...

Mattie fondit en larmes. Elle s'était promis qu'elle ne pleurerait plus, mais c'était plus fort qu'elle.

— Hum, fit Justin. Est-ce que je dois jouer au grand frère et venir lui régler son compte ?

— Non ! protesta Mattie en lui donnant un coup de coude dans les côtes. Ne t'avise pas de le faire. C'est quelqu'un de bien. Il est médecin et on travaille ensemble. Il est vraiment super avec les enfants, ça ne le dérange pas de dormir dans un bus, et...

Elle aimait Llwyd. Et elle l'avait fui.

— Mattie… Quand vas-tu arrêter d'essayer d'être quelqu'un que tu n'es pas ?

Justin la serra à nouveau dans ses bras, puis gémit lorsque le son de James s'agitant dans son berceau retentit sur le babyphone.

— James, s'il te plaît. Calme-toi, mon chéri. Je dois discuter avec ta tante Mattie.

— Vas-y. Je ne peux plus en parler. J'ai besoin d'un peu de temps pour absorber tout ça.

— Je ne serai pas long. Reste ici, surtout.

— Où irais-je ? Caroline a les clés de mon bus.

— Très juste. Tiens, ressers-toi. Même si je doute que ça te permette de penser plus clairement.

Probablement pas. Pour l'instant, elle n'avait pas du tout envie de penser. Mattie tendit la main vers la bouteille, puis changea d'avis. Tout ce que Justin avait dit était logique, comme une vérité qui se cachait à la vue de tous. Elle avait eu tellement peur de décevoir ses parents qu'elle les avait fuis. Et c'était devenu une habitude, une sorte de besoin. Elle était libre de partir au premier signe de discorde, mais la seule chose qu'elle n'avait jamais été, c'était libre de rester.

Tôt ou tard, elle allait devoir se battre. C'était peut-être le bon moment pour commencer à le faire.

Cela faisait plus d'une semaine que Mattie était partie. Llwyd avait ragé contre elle, puis s'était ravisé, parce qu'il l'aimait. Il avait pleuré de sa propre stupidité pour l'avoir fait fuir. Ensuite le week-end était arrivé et il s'était ressaisi, pour Peter. Ils avaient passé le plus clair de leur temps au chantier naval, où le père de Llwyd commençait à dessiner le premier bateau de Peter. Ce serait un petit esquif, avec des rames et une voile, assez robuste pour deux au début, mais assez léger pour que Peter puisse se débrouiller seul quand il serait un peu plus grand. Llwyd s'attendait à passer ses samedis à emmener Peter sur le plan d'eau local.

— Tu as réfléchi à la couleur que tu veux ? demanda son père à Peter.

— Oui, mais je n'ai pas encore décidé.

Peter prenait la chose très au sérieux, comme il se devait. Llwyd se souvenait bien de sa propre fierté et de son excitation lorsque son père avait annoncé son intention de lui construire son premier bateau. Mais même cela ne réussissait pas à l'intéresser autant que cela aurait dû. Sans Mattie, rien n'avait la même saveur.

— Ce n'est pas un choix facile, je te l'accorde, admit son père. *Mam-gu* est au bureau. Pourquoi n'irais-tu pas jeter un coup d'œil au livre d'idées avec elle ?

Peter opina, et se dirigea en boitillant vers le bureau, où sa grand-mère était en train de faire du rangement. Le livre d'idées contenait des photos de pratiquement tous les bateaux construits par son père, classés par taille et par type. Peter en aurait pour un moment.

— Des nouvelles de Mattie ? demanda son père.

— Elle est en congé en ce moment, répondit-il, surpris.

— Dommage. Je pensais que ça marcherait entre vous.

— Pour être honnête, je ne suis même pas sûr qu'elle revienne, admit Llwyd. Tu n'as pas eu de nouvelles d'elle, n'est-ce pas ? Au sujet du *Matilda Rae*.

— Non. Mattie m'a appelé il y a quelques semaines pour me remercier de mes conseils et me dire qu'elle réfléchissait encore. Le bateau est toujours dans la marina, hein ?

— Je l'espère. Je ne vois pas où il pourrait être ailleurs.

— Écoute, *bach*..., dit son père après un moment.

— Papa... Ça ne changera rien.

Quoi que son père s'apprêtât à dire, Llwyd n'avait pas envie de l'entendre. Il était parti en vrille et avait essayé de pousser Mattie dans une direction qu'elle ne voulait pas prendre, et elle avait eu raison de le quitter.

— C'est justement le problème, fiston, non ?

Un silence pesant s'installa. Son père rassembla les croquis du bateau de Peter et les rangea. Llwyd quitta l'atelier et se mit à errer sans but vers la jetée, se demandant si le fait d'emprunter un canot et de ramer autour de la baie ne lui permettrait pas d'évacuer un peu le dégoût qu'il éprouvait à l'égard de lui-même.

Puis il revint vers son père.

— C'est quoi le problème, papa ? Je n'arrive pas à le comprendre.

— On n'y arrive jamais quand on a le nez dessus.

Llwyd haussa un sourcil. Son père avait raison, mais il espérait quelque chose d'un peu plus substantiel.

— J'ai toujours été fier de toi, Llwyd. Jamais autant que lorsque tu as été blessé.

— J'ai été nul à ce sujet, papa. Je n'ai pas été franc avec vous.

Son père acquiesça. Il y avait eu beaucoup de larmes lorsque Llwyd avait fini par parler à ses parents et leur montrer les cicatrices, et sa mère n'avait pas été la seule à en verser. Mais depuis, ils s'étaient rapprochés tous les trois.

— Mattie t'a-t-elle dit une seule fois que tu n'étais pas un homme à cause de ta main ? Ou de tes cicatrices ?

Son père avait raison.

— Non, jamais. Mais elle est partie, papa. Elle m'a quitté et... Pour être honnête, elle a fait exactement ce qu'il fallait. Je n'étais pas bien, les cauchemars étaient revenus et j'ai essayé de le lui cacher. J'aurais dû le lui dire et lui demander un peu de respiration, mais je ne l'ai pas fait. Mattie est un esprit libre, et j'ai essayé de l'enchaîner ici parce que j'avais peur de la perdre. J'ai fini par la faire fuir.

— C'est bien ce que ta mère et moi avons pensé. Je sais que l'histoire de Peter t'a beaucoup affecté. Tu aimes Mattie, oui ou non ?

— Ça n'a pas d'importance, papa, parce que c'est fini. Si Mattie est partie, je ne peux pas la suivre.

— Pourquoi ? À cause de Peter ? Llwyd, ce que tu fais en aidant Huw et Georgina est merveilleux. Mais tu sous-estimes ta mère si tu penses qu'elle ne peut pas se charger du garçon. Huw et toi ne vous en sortiez pas si mal quand vous étiez enfants, même si j'étais occupé à développer mes projets et que votre mère s'occupait du bureau.

— Et le cottage ? Que deviendrait-il ?

Llwyd connaissait la réponse, mais il voulait entendre son père lui dire que les nouvelles possibilités qui se dessinaient soudain pouvaient devenir des réalités.

— Ne sois pas une tête de mule, Llwyd. Tu sais très bien qu'il a déjà été loué. Tu dois voir les choses comme quand tu étais jeune. Tu cherchais ce que tu voulais et tu le prenais.

Il était inutile de dire à son père qu'il ne pouvait plus faire cela et, pour être franc, Llwyd commençait à penser que ce n'était qu'une excuse. Sa prétendue incapacité le protégeait de tout le négatif que Hannah avait pensé de lui. Mais Mattie l'avait toujours considéré comme plus que la somme de ses blessures. Elle était la personne la plus courageuse qu'il ait jamais rencontrée, d'une honnêteté terrifiante et d'une beauté absolue.

— Peut-être que je devrais prendre exemple sur Mattie.

S'il avait l'assurance nécessaire pour envisager d'essayer de reconquérir Mattie, ce serait en grande partie grâce à elle.

— Tu pourrais faire pire, *bach*..., dit son père en riant.

14

Llwyd avait mal dormi samedi, mais il avait la tête trop pleine de rêves impossibles pour cauchemarder. Il emmena Peter au cinéma le dimanche après-midi et s'assoupit pendant tout le film. Sur le chemin du retour, le garçon exigea qu'ils aillent voir sa grand-mère et son grand-père.

— Pourquoi veux-tu aller les voir ? demanda Llwyd.

— Parce que j'ai décidé de la couleur de mon bateau.

De toute évidence, l'information ne pouvait pas attendre.

— Tu aimes être avec eux ?

— Oui.

— Plus que moi ?

— Est-ce que je dois choisir ? Maman dit qu'on peut aimer deux choses et qu'on n'est pas obligé de choisir entre les deux.

Georgina parlait peut-être de nourriture. Mais il semblait qu'elle avait donné à Peter un bon conseil, qui pouvait s'appliquer à de nombreuses situations.

— Ta mère a raison. Désolé d'avoir demandé.

— Ce n'est pas grave.

Une fois chez ses parents, son père conseilla à Llwyd de rentrer chez lui. Il appellerait Georgina pour qu'elle vienne chercher Peter plus tard.

— Tu as l'air fatigué, *bach*. Va dormir un peu.

Il céda, non sans un certain soulagement. Sa mère le suivit jusqu'à la porte d'entrée, et l'embrassa pour lui dire au revoir.

— Qu'est-ce que c'est que ça ? lâcha-t-il.

— Tu es trop grand pour un baiser de ta mère ? Rentre chez toi, Llwyd. On peut prendre Peter chez nous quand tu le souhaites.

Papa avait donc parlé à maman. Ce n'était pas surprenant. Et même s'il lui manquait encore des réponses, il en avait quelques-unes. Il envisageait la possibilité de faire une liste et se demandait si ce n'était pas une façon trop clinique de prendre la décision la plus importante de sa vie, quand la réponse se présenta d'elle-même. En tournant dans l'allée, il faillit heurter l'arrière du bus de Mattie.

Elle se précipita vers lui. Ce n'était pas la rencontre que Llwyd avait rêvée, mais soudain, il n'y avait plus aucune décision à prendre. Elle ouvrit la portière de sa voiture.

— Désolée... désolée. Ça va ?

— Oui, répondit Llwyd, détachant sa ceinture et sortant du véhicule. C'est ma faute, je pensais à autre chose...

— Pardon, c'est moi. Quand on conduit un grand bus, on imagine facilement que tout le monde peut vous voir.

— Non. J'aurais dû faire plus attention. C'est bon de te voir, Mattie. Je te remercie d'être venue.

Elle sourit brusquement, ses joues rougissant.

— C'est bon de te voir aussi. Tu... tu veux entrer pour prendre un café ?

— Merci. Avec plaisir.

Le bus était aussi propre et bien rangé qu'à l'accoutumée, même si Llwyd remarqua que tout était sécurisé pour le voyage. Il ne pouvait qu'espérer que Mattie était arrivée à destination. Il se glissa sur l'un des sièges près de la table et se laissa aller à apprécier sa présence.

— Llwyd, je suis venue te dire que je suis désolée. Je n'aurais jamais dû disparaître comme ça sans te dire où j'allais.

— Excuses non acceptées, Mattie. Tu n'as aucune raison d'être désolée. C'est moi. Je t'ai fait fuir. Je l'ai fait parce que je n'arrivais pas à croire que je pourrais un jour être assez bien pour toi. J'ai eu tort et j'en suis profondément navré.

Il sursauta lorsque Mattie abattit son poing sur la table.

— Si tu n'acceptes pas mes excuses, je n'accepterai pas les tiennes !

Il avait presque oublié à quel point c'était délicieux d'être exaspéré par elle.

— On peut se mettre d'accord pour un pardon mutuel ?

— Hum. Seulement parce que j'ai encore des choses à dire et parce que je veux aller jusqu'au bout.

Un frisson d'effroi le saisit. « Aller au bout » semblait terriblement définitif, or il s'était dit que la persuader de revenir vers lui pourrait être une entreprise de longue haleine.

— Tu veux faire ça maintenant ?

Peut-être vit-elle la terreur sur son visage. Elle glissa sa main vers la sienne à travers la petite table, et Llwyd la prit.

— Ce que je veux vraiment te dire, Llwyd, c'est qu'on essaye tous les deux de trouver notre équilibre. De différentes manières...

Elle avait raison. Mattie essayait d'équilibrer le côté créatif et têtu de sa nature avec toute la pression qu'elle subissait pour agir de manière responsable. Et lui essayait de se rééquilibrer dans sa tête comme dans son corps, d'accepter une nouvelle réalité physique.

— Mais il y a une chose dont je suis sûre. Je t'aime et j'espère que tu m'aimes encore. Car si c'est le cas, je crois qu'on pourra trouver notre équilibre ensemble.

Llwyd sentit une larme couler sur sa joue.

— *Cariad*...

Elle se pencha et l'embrassa. Soudain, tout devint étonnamment simple. Ils s'aimaient et ils allaient s'en sortir ensemble.

Mattie ne s'y attendait pas. Elle savait que Llwyd serait gentil, mais elle ne pensait pas qu'il voulait encore d'elle, après la façon dont elle s'était comportée. Or, si, elle le voyait dans ses yeux. Il était prêt à lui donner une chance, et elle était résolue à ne pas la gâcher cette fois-ci.

Elle lui parla de son voyage à Londres. De Justin et de ce qu'il lui avait dit à propos de leur mère et de Helen. Elle avait compris que le fait d'être incapable de s'installer dans un endroit n'était qu'un moyen d'éviter le rejet qu'elle avait toujours ressenti au sujet de Leigh, et le besoin désespéré d'être acceptée par sa mère et son père.

— Je ne te fuyais pas, Llwyd. Je fuyais toutes les choses que je pensais qu'ils voulaient, et que je n'avais jamais vraiment remises en question. Alors je suis allé les voir.

— Avec ton bus ? Comment ça s'est passé ?

Ses yeux verts brillaient d'humour.

— Ils étaient horrifiés. Maman a fondu en larmes et papa m'a fusillé du regard. Mais j'ai tenu bon. Je leur ai dit combien je les aimais et que je leur devais tout. Que ce devait être dur, pour maman en particulier, de me voir faire le même genre de choses que Helen, mais que je voulais être honnête avec eux.

— Bravo. Ils l'ont pris comment ?

— Étonnamment bien. Maman n'a pas cessé de pleurer, mais elle m'a serrée dans ses bras et m'a dit qu'elle m'aimait. Qu'elle souffrait parfois de voir à quel point je ressemblais à Helen, mais qu'elle m'aimait aussi pour ça. Papa a demandé s'il pouvait examiner le bus, et je l'ai laissé faire un tour.

— Et il a apprécié ?

— J'ai eu un peu de mal à lui reprendre les clés par la suite. Je leur ai aussi parlé du bateau. Je me suis dit qu'il n'y avait qu'un pas à franchir. J'ai tout mis sur le dos de Leigh.

— Tu as eu raison. C'est entièrement de sa faute. Ton père veut aussi conduire ton bateau ?

— Ils vont venir dans un mois environ. Je vais le garder d'ici là, juste pour pouvoir leur faire faire un tour. Llwyd, tu avais raison. Je n'ai pas besoin de déménager sans cesse pour me trouver. J'ai juste besoin d'être moi-même.

— Tu voudrais retourner à Londres, pour être plus près de ta famille ?

— Je veux être avec toi, Llwyd. Et tu dois rester ici.

Elle ne lui demanderait jamais de quitter Cartref Bay.

— Non, répliqua-t-il en souriant. C'est surprenant comme les familles peuvent trouver la réponse si on les laisse faire.

— Quoi ? fit-elle, stupéfaite. C'est chez toi, ici, Llwyd.

— Oui, et ça le sera toujours. Mais mon père m'a dit sans détour que j'utilisais mes liens avec cet endroit comme une tactique d'évitement. Je ne voulais pas affronter mes craintes d'être moins bien qu'avant mon agression, et j'ai campé sur mes positions, obstinément. J'ai acheté cette maison et j'ai décidé de prendre Peter tous les week-ends...

— Non, Llwyd. Je vous ai vus ensemble, Peter et toi, et ce n'est pas juste un moyen d'éviter l'engagement. Il t'aime...

— Et je l'aime. Huw et Georgina ont besoin d'aide en ce moment, mais je ne suis pas le seul à pouvoir leur en apporter. Papa m'a assuré que maman et lui participeraient un peu plus, et honnêtement... Huw et moi avons grandi ensemble au chantier naval, et je ne peux pas imaginer une meilleure enfance pour Peter. Tout ce que je demande, c'est qu'on décide ensemble ce qu'on veut faire.

Cela rendait les choses très faciles.

— J'aime être ici, Llwyd, et si tu veux bien, j'aimerais rester. Peter est un garçon formidable, et on raterait vraiment quelque chose si on renonçait à passer nos week-ends avec lui. Et on pourrait aller visiter Londres et voir ma famille. Les faire venir ici.

Il la regarda fixement.

— Tu n'es pas en train de dire ça parce que tu penses que c'est ce que je veux, si ?

— Je le dis parce que c'est ce qui nous rendra heureux tous les deux. Tu ne veux pas être heureux, Llwyd ?

— Je veux être heureux avec toi, *cariad*.

C'était tout ce qu'elle pouvait lui demander. Tout ce qu'elle voulait aussi. Elle sourit.

— Chez toi ou chez moi, alors ?

— Chez toi. Ensuite, peut-être chez moi ?...

Il existait un engagement plus fort qu'une bague. Plus précieux. Llwyd espérait que Mattie le comprendrait. Il restait à cette dernière encore une semaine de vacances, mais Llwyd travaillait, et il avait appelé son père sur le chemin du retour de l'hôpital pour récupérer le coffret en bois finement sculpté. Mattie était dans la cuisine du cottage, vêtue d'un short et d'un T-shirt, et triait des sacs de courses.

— J'ai du steak ou du poulet. Beaucoup de légumes, des citrons pour le poulet et des baies roses pour le steak...

— Tout ça peut attendre quelques jours ?

— Oui. Tu veux faire autre chose ?

— Le lundi soir, il reste plein de tables libres chez Huw et Georgina. Tu veux y aller ?

Mattie se retourna et l'embrassa.

— Super. Mais cette fois, c'est nous qui payons l'addition, d'accord ?

— Oui.

Avec un peu de chance, ils boiraient du champagne.

— Qu'est-ce que je dois porter ? Je vais aller voir.

Il lui prit la main, l'arrêtant avant qu'elle puisse ouvrir les portes du jardin et se diriger vers le bus, maintenant garé à côté de la maison, faisant d'eux des voisins immédiats.

Il garda sa main dans la sienne et s'agenouilla.

— Je ne peux plus attendre, Mattie. Je te promets de t'aimer toute ma vie. Veux-tu m'épouser ?

— Je t'aime aussi, Llwyd, s'écria-t-elle. Oui, je le veux !

Mattie le releva et il la prit dans ses bras, l'embrassa.

— Quoi qu'il arrive par la suite...

— Quoi qu'il arrive, répliqua-t-elle en l'embrassant aussi. J'aime que tu n'aies pas pu attendre. C'était le bon moment.

— Il y a quelque chose que j'aimerais que tu voies...

Il la conduisit au salon. Le coffret en bois était posé sur la table basse, devant le canapé, et ils s'assirent tous deux.

— Quelle belle boîte, murmura-t-elle, en touchant le bois sculpté du bout des doigts.

— Ouvre-la.

Mattie souleva le couvercle et porta une main à sa bouche lorsqu'elle vit ce que le coffret contenait.

— Oh ! C'est la bible de votre famille ?

Il acquiesça, prit une paire de gants en coton blanc dans la boîte, les enfila et sortit la bible, qu'il ouvrit sur la table.

— Tu vois ? Naissances, décès et mariages, l'histoire de la famille Morgan depuis trois cents ans.

— Je n'arrive pas à lire. C'est en gallois, traduis-moi ce qui est écrit.

— Plus tard...

Il tourna délicatement les pages vers les plus récentes qui avaient été cousues dans la bible à mesure que la famille s'était agrandie et avait dépassé les limites des pages vierges.

— Voici mon père et ma mère.

Mattie se pencha en avant, lisant les lignes qu'il indiquait.

— Rhys Morgan et Annalise Evans... Et après ?

— Il est écrit : « Ont déclaré leur intention de se marier. » Et plus bas, il y a leur mariage, un an plus tard.

— Donc ils ont donc inscrit leurs fiançailles dans le livre ainsi que leur mariage ?

— Oui. Il serait trop tôt pour qu'on y écrive les nôtres ? Tu n'es pas obligée...

— Je peux ? Ton père serait d'accord ? J'en serais tellement honorée.

— Je lui ai dit pourquoi je voulais la bible quand je suis allée la chercher ce soir. Il s'est précipité pour prendre le coffret. Je n'ai pas encore de bague pour toi, mais j'ai ça.

— C'est... juste merveilleux, Llwyd. S'il te plaît, j'aimerais que tu mettes mon nom avec le tien. Je pense qu'on devrait écrire « déclaration solennelle ». Cela donne bien plus l'impression qu'on est sincères.

— Va pour une déclaration solennelle.

Il sortit de sa poche le stylo à plume que son père lui avait donné et écrivit leurs noms, ainsi que leur intention de se marier. Puis il tamponna soigneusement l'inscription.

— C'est très beau, Llwyd. Ouh la la ! je ne peux même pas bien le regarder parce que je pleure et que je ne veux pas mouiller la page.

— Que dirais-tu d'aller à Londres ce week-end ? Je réserverai un joli hôtel et on pourrait trouver une bague qui te plaise vraiment, ensuite on inviterait tes parents à dîner. Comme ça, ils seront les premiers à la voir.

Elle noua ses bras autour du cou.

— C'est parfait, Llwyd. Merci beaucoup. Ma mère va adorer. On peut regarder l'encre sécher ?

À cet instant, regarder l'encre sécher était la seule et unique chose au monde qu'il voulait faire. Son nom et celui de Mattie. Ensemble, avec une déclaration solennelle de leur amour.

JENNIFER TAYLOR

Inavouable révélation

Traduction française de
GENEVIEVE BLATTMANN

BLANCHE

HARLEQUIN

Titre original :
THE GREEK DOCTOR'S SECRET SON

Ce roman a déjà été publié en 2016.

1

En se glissant avec son fils Jacob dans la queue pour le ferry qui devait les conduire à Constantis, la petite île grecque où ils passeraient les vacances, Amy Prentice sentit pointer son anxiété.

Tout avait paru si facile, ce matin, quand ils s'étaient mis en route ! De chez elle, en Angleterre, l'idée lui avait paru excellente : une fois sur l'île, elle révélerait à Jacob que son père était grec. Mais maintenant, elle doutait. Elle craignait d'ouvrir la boîte de Pandore.

Et si une complication surgissait ? Quelque chose qu'elle n'aurait pu prévoir ? Si elle ne se montrait pas très prudente, elle pourrait très bien créer plus de problèmes qu'elle n'en réglerait…

A huit ans, Jacob en savait très peu sur son père, à part qu'il était médecin et qu'il travaillait aux Etats-Unis — ce qui expliquait qu'il ne l'ait jamais vu. Il avait tout accepté sans poser de questions, du moins jusqu'à ce que les autres enfants de sa classe commencent à le chahuter un peu. Même si une partie d'entre eux venait de familles monoparentales, au moins gardaient-ils le contact avec leur parent absent. Jacob, lui, n'avait encore jamais rencontré son père — ce dont elle était totalement responsable.

Neuf ans plus tôt, Nicolaus Leonides, n'avait pas fait mystère de son manque d'intérêt pour l'enfant qu'elle portait, et elle n'avait aucune raison de penser qu'il avait changé d'avis entre-temps. Surtout avec tout ce qu'elle avait pu lire à son sujet !

Nico avait atteint tous les buts qu'il s'était fixés, notamment celui de devenir un chirurgien esthétique mondialement réputé.

Son nom était désormais synonyme de perfection, et seuls des gens très fortunés pouvaient s'offrir les soins qu'il dispensait dans son cabinet californien. Alors, non, même si elle avait eu l'intention de le contacter — ce qui n'était pas le cas —, les problèmes de Jacob ne l'intéresseraient sûrement pas. Séjourner sur cette île où Nico avait passé presque toutes ses vacances durant son enfance et son adolescence était simplement une façon de donner à Jacob une notion de son héritage paternel.

Pourtant, elle se sentait soudain incertaine, et même anxieuse.

Elle marqua une pause, la lourde valise à la main, envisageant pour la centième fois le pour et le contre.

Jacob, qui s'était déjà engagé sur la passerelle, se rendit alors compte qu'elle ne l'avait pas suivi.

— Grouille-toi, m'man ! On va rater le ferry si tu te dépêches pas !

Son excitation la fit sourire.

Ce voyage donnait un coup de fouet bienvenu à son moral. En temps qu'infirmière en chef de l'unité d'évaluation médicale de l'hôpital de Dalverston, elle était soumise à des horaires très exigeants. Ces vacances, même courtes, seraient l'occasion de rattraper toutes ces heures qu'elle ne pouvait pas consacrer à son fils.

Prenant une profonde inspiration, elle souleva sa valise pour gravir la passerelle.

Les dés étaient jetés. Si sa décision devait être source de problèmes, eh bien, elle les réglerait du mieux qu'elle pourrait. Et puis, il n'y avait aucune raison qu'ils tombent sur Nico. Il était à des milliers de kilomètres d'ici, sûrement occupé à remplir toujours plus ses coffres-forts débordants.

Lorsque Nico se présenta à l'embarquement, les derniers passagers étaient déjà à bord, et le ferry se préparait à appareiller.

Skata ! S'il le manquait, il serait coincé ici jusqu'au lendemain, ce qu'il ne pouvait pas se permettre. Pas avec tous les patients déjà inscrits pour la matinée sur son carnet de rendez-vous.

Il s'élança et sauta sur la passerelle juste au moment où l'équipage s'apprêtait à la remonter, en adressant un sourire d'excuse au vieux marin qui fronçait les sourcils dans sa direction.

Il était malgré tout heureux de constater qu'il était encore en assez bonne forme pour ce genre d'exercice. Trois ans plus tôt, lorsqu'il avait fait son infarctus, il avait vraiment cru devoir se résigner à une existence sédentaire. Il lui avait fallu de longs mois pour s'accoutumer à l'idée de sa propre mortalité, mais il s'était finalement aperçu que la possibilité d'apprécier la vie lui était toujours offerte. L'essentiel était de ne pas prendre de risques inutiles.

Ouvrir son cabinet en Californie et attirer une nombreuse patientèle avait été jusque-là une véritable raison d'être, et il avait dû pour cela travailler dix-huit heures par jour et passer sur le Net le peu de temps libre qu'il lui restait. Son cardiologue lui avait dit sans détour qu'il ne pouvait pas continuer sur ce rythme. Du moins, pas s'il voulait éviter une nouvelle crise cardiaque. Aussi avait-il réorganisé son mode de vie, en commençant par le plus gros problème auquel il était confronté — le stress.

Il avait donc vendu son cabinet pour revenir en Grèce et avait pris une année sabbatique afin d'envisager ce qu'il souhaitait faire du reste de sa vie.

Cela n'avait pas été aisé. S'engager dans une autre voie que celle à laquelle il avait consacré presque vingt années lui apparaissait impossible. Jusqu'au jour où il s'était rendu sur Constantis, cette île minuscule où sa sœur et lui séjournaient autrefois avec leurs grands-parents pour les vacances.

Là, il s'était découvert une puissante envie de s'y installer.

Comme à l'époque, il n'y existait aucun service médical. Pour se faire soigner, il fallait se rendre sur le continent…

Il avait contacté l'IKA, l'organisme de sécurité sociale grecque, qui avait accueilli avec un enthousiasme mesuré son projet d'ouvrir une clinique offrant des soins élémentaires ainsi qu'une unité d'hospitalisation d'une dizaine de lits. Ce n'est qu'au terme de longues négociations qu'il avait enfin reçu le feu vert. Et, surtout, sans doute, grâce à sa proposition de financer lui-même le coût de la construction.

Depuis son ouverture, douze mois plus tôt, la clinique Ariana Leonides ne désemplissait pas.

Il remonta le pont du bateau, souriant en passant à plusieurs connaissances.

Même s'il avait une dizaine d'assistants dans sa clinique, il était bien connu des insulaires — une facette de son job qu'il appréciait. En Californie, il avait toujours su que les invitations pour les cocktails ou les soirées qu'il recevait n'étaient dues qu'à son statut social...

Des cris et une soudaine agitation attirèrent son attention sur un groupe de personnes agglutinées contre la rambarde.

Vite, il se fraya un passage parmi elles.

Une fille était allongée sur le pont, inconsciente. A sa tenue — un short en jean et un débardeur —, il était évident que c'était une touriste. Un jeune homme était agenouillé près d'elle, l'air paniqué.

— Je ne comprends pas ce qu'il s'est passé, dit celui-ci d'une voix angoissée. Elle était en train de prendre des photos avec son smartphone, et elle... Elle s'est effondrée !

Nico saisit le poignet de la jeune fille et constata l'extrême rapidité de son pouls.

— Ça lui arrive souvent de s'évanouir ?

— J'en sais rien, moi. On s'est rencontrés y a deux jours !

— Je vois. Comment s'appelle-t-elle ?

— Jane, répondit le garçon. Et elle est australienne, c'est tout ce que je sais. On n'a pas eu le temps de se dire grand-chose. On a juste fait la bringue ensemble.

« La bringue... » Autrement dit, ils avaient sans doute bien bu et peut-être même pris de la drogue. Il avait déjà eu affaire à plusieurs cas de ce genre. Le plus difficile, alors, était de le faire avouer à ces jeunes, afin de leur prescrire un traitement approprié.

Se redressant, il entraîna le jeune homme à l'écart.

— A-t-elle pris quelque chose ? Je suis médecin. Vous devez me dire si elle s'est droguée, sinon je ne pourrai rien pour elle.

— Non ! Ce n'est pas ça du tout !

Le jeune homme avait beau protester, il mentait, c'était évident.

— Ecoutez-moi bien, insista Nico d'un ton plus dur. Je me fiche de ce que *vous*, vous pouvez avoir avalé. Ce qui m'importe, c'est elle. Si elle a pris de la drogue, j'ai besoin de savoir quoi. Sans traitement adéquat, elle pourrait en mourir. Est-ce que vous comprenez ce que je vous dis ?

— Mais puisque je vous dis que je la connais pas ! s'écria le gars, qui, brusquement, tourna les talons pour se fondre dans la foule des curieux et disparut.

Pestant entre ses dents, Nico s'agenouilla de nouveau près de Jane. Elle était brûlante, et sa respiration superficielle appuyait la théorie de l'overdose. Le problème était de savoir de quelle drogue il s'agissait.

Partant de l'hypothèse qu'elle avait absorbé un stupéfiant, il la fit rouler sur le côté de crainte qu'elle ne vomisse.

— Ma mère, elle est infirmière, dit une petite voix à côté de lui. Je peux aller la chercher, si vous voulez.

Une assistante lui serait précieuse en effet, surtout si le cœur de Jane lâchait.

Relevant la tête, il rencontra le regard d'un gamin de sept ou huit ans avec des cheveux châtains et des yeux bruns. Curieusement, son visage lui parut familier.

Il lui sourit.

— Ce serait bien, oui. Je crois que je vais avoir besoin d'aide.

Le garçon partit aussitôt en courant.

Nico reporta son attention sur la fille, dont il contrôla une fois de plus le pouls et la respiration. Il n'y avait aucune amélioration, mais au moins l'état de Jane n'avait pas empiré.

— Jacob m'a dit que vous aviez besoin d'aide ?

La voix claire couvrit une seconde le bruit ambiant, et il eut l'étrange sensation que son cœur, brusquement, cessait de battre.

Amy ? Ici ? Non, ce n'était pas possible.

Pourtant, alors qu'il fixait la silhouette fine qui se découpait en contre-jour devant lui, il sut que si. C'était bien elle que le destin venait de remettre sur son chemin...

— *Toi ?*

Il eut l'impression qu'elle avait crié. Mais non, elle avait à peine murmuré, il le savait.

Il se redressa, s'efforçant de mettre de l'ordre dans ses pensées.

Il y avait peu de choses de son passé qu'il regrettait, pour la bonne raison qu'il s'était toujours focalisé sur l'avenir et sur la carrière qu'il s'était promis d'embrasser. Chacune de ses décisions avait été mûrement réfléchie — sauf une : jamais il n'avait eu l'intention de la mettre enceinte.

Son regard glissa sur ses cheveux châtains mi-longs et les courbes gracieuses de son corps avant de rencontrer ses yeux verts.

Le temps semblait n'avoir eu aucune prise sur elle. Pourtant, presque neuf ans s'étaient écoulés. Incroyable.

— Amy...

Après toutes ces années, son nom franchit ses lèvres avec un naturel qui le surprit.

— Tu as une idée de ce qu'il lui arrive ?

La question lui fit brutalement reprendre pied dans la réalité : le moment serait très mal choisi pour égrener ses regrets sur ce qu'il s'était passé entre Amy Prentice et lui.

Il se pencha de nouveau sur la fille, s'obligeant à ne pas déborder de son rôle de médecin.

— Je penche pour une overdose, répondit-il, soulagé de constater qu'il pouvait encore fonctionner en mode professionnel. Tiens, tu pourrais regarder dans son sac à dos ? On trouvera peut-être un indice qui permette de savoir ce qu'elle a pu prendre.

— D'accord.

Amy s'agenouilla afin d'ouvrir le sac, faisant de son mieux pour calmer le tremblement de ses mains.

Le choc de cette rencontre avec Nico ne favorisait certes pas le calme exigé dans ce genre de circonstance. Surtout pour Jacob. Il n'était pas question que son fils apprenne que cet homme était son père !

Aussi, se concentra-t-elle sur le sac de la fille où elle découvrit, sous les habituels articles indispensables pour tout vacancier, une petite bouteille en verre qu'elle montra à Nico.

— Sauf erreur de ma part, c'est du GBL. Le flacon est à moitié vide, mais on ne peut pas deviner ce qu'elle a ingurgité aujourd'hui.

— C'est sûr. Mais, au moins, on sait à quoi on a affaire. Ce qui ne garantit pas que nous pourrons l'aider.

Amy acquiesça en soupirant.

Le gamma-butyrolactone était devenu très populaire chez les étudiants. Une simple petite dose provoquait un puissant effet sédatif, et si on le mélangeait avec de l'alcool, il devenait potentiellement très dangereux. Il menait alors le plus souvent à l'inconscience, voire à la mort. Pour avoir une chance de s'en sortir, cette fille devait immédiatement recevoir le traitement nécessaire.

— C'est quoi, ça, maman ? C'est un remède pour guérir ?

Elle s'efforça de sourire.

Jacob n'avait que huit ans, et elle s'efforçait de le protéger de ce genre de chose. Du moins, aussi longtemps que ce serait possible. Elle s'apprêtait à lui expliquer qu'il n'y avait rien de grave lorsque Nico la devança.

— Non, ce n'est pas un remède. C'est quelque chose qu'elle n'aurait pas dû avaler.

— C'est de la drogue, alors ? insista Jacob. On en a parlé à l'école. Pourquoi y a plein de gens qui veulent en prendre, si ça rend malade ?

— Je suis comme toi, mon bonhomme. Moi non plus, je ne comprends pas...

Devant le sourire que Nico adressa à Jacob, elle sentit la peur lui étreindre le cœur.

La ressemblance entre eux était si forte qu'il lui parut incroyable que Nico ne la remarque pas. Si Jacob était châtain comme elle, il avait en revanche la peau légèrement olivâtre de son père, ainsi que ses yeux bruns. Et le même nez bien droit.

Elle dut résister à l'envie de le cacher derrière elle afin que Nico ne devine pas qu'il s'agissait de son fils. Un fils que, après tout, il ne méritait pas. Pas après ce qu'il lui avait dit lorsqu'elle avait subi cette fausse couche.

« C'est mieux comme ça », avait-il répondu quand elle le lui avait révélé. Ils n'avaient jamais envisagé d'avoir un enfant, et, pour lui, le fait qu'elle l'ait naturellement perdu avait tout simplifié.

Même si elle avait pu constater qu'il n'avait pas sauté de joie à l'annonce de sa grossesse, elle n'en avait pas moins été profondément blessée.

Ils s'étaient rencontrés à l'hôpital où elle achevait son programme de maîtrise en sciences infirmières. Elle était en dernière année tandis que Nico était là dans le cadre d'un programme d'échanges. L'hôpital était réputé pour son excellence dans le domaine de la chirurgie esthétique, et il y avait accepté un poste de consultant. C'est au cours d'une collecte de fonds qu'ils s'étaient connus. Elle avait renversé par inadvertance du café sur sa veste. Si elle en avait été mortifiée, Nico avait pris au contraire sa maladresse avec une bonne humeur surprenante. Il avait même insisté pour aller lui chercher un autre café. Ils avaient sympathisé, et quelques jours après, il l'avait invitée à dîner.

Deux mois plus tard, elle était éperdument amoureuse de lui. Elle pensait — ou du moins elle l'espérait vivement — qu'il éprouvait les mêmes sentiments à son égard. Cependant, sa réaction à sa grossesse puis à sa fausse couche s'était chargée de lui ouvrir les yeux : en fait, elle n'avait été pour Nico ni plus ni moins qu'un agréable interlude pendant qu'il était à Londres. Jamais il n'avait eu l'intention de donner un caractère officiel à leur liaison !

Elle avait mis alors un terme à leur relation. Devant le peu de cas qu'il en faisait, elle n'aurait pas supporté de continuer à le voir. Et c'est aussi la raison pour laquelle elle ne lui avait rien dit en découvrant deux mois plus tard qu'elle était toujours enceinte. Elle avait en fait porté des jumeaux et n'avait expulsé que l'un d'entre eux.

A ce moment-là, Nico, ayant achevé son séjour dans le cadre du programme d'échanges, était reparti s'installer à Los Angeles afin de perfectionner ses compétences. Elle aurait pu le retrouver, mais à quoi bon ? Il avait été très clair : il ne voulait ni d'elle ni de leur enfant.

Et il n'y avait aucune raison qu'il ait changé d'avis depuis.

Elle avait réussi tant bien que mal à surmonter cette épreuve, mais il n'était pas question que Jacob connaisse lui aussi la douleur de l'abandon. Autrement dit, elle allait devoir se montrer très prudente, garder la tête froide.

Pas de panique. Avant tout, elle devait s'assurer que Nico ne découvre jamais que Jacob était son fils.

2

Nico avait averti la clinique, si bien qu'une ambulance les attendait à leur arrivée dans le petit port pittoresque de Constantis. Il supervisa le transfert lui-même afin d'être certain que la fille soit hospitalisée aussi vite que possible. Elle n'avait toujours pas repris conscience, et plus la syncope se prolongeait, plus elle courait le risque de ne jamais se réveiller.

L'ambulance venait de s'éloigner, et il se dirigeait vers le parking pour récupérer sa voiture, quand il aperçut Amy et le garçon en train de débarquer.

Il ne pouvait décemment pas partir sans la saluer. Il se devait au moins de la remercier de l'aide qu'elle lui avait apportée. Qu'il le veuille ou non, ils étaient loin d'être des étrangers l'un pour l'autre. Des années s'étaient écoulées depuis, mais le souvenir du plaisir qu'il avait connu dans ses bras était toujours là, bien présent. Amy avait été la seule à ouvrir en lui des endroits restés jusqu'alors fermés à toutes les autres...

De fugaces images de ce qu'ils avaient vécu tous les deux à Londres s'imposèrent dans son esprit, avec une force telle qu'il en fut brièvement déstabilisé.

Ça ne lui arrivait pour ainsi dire jamais. Il avait appris très tôt à réprimer ses émotions. Se sentir dépassé était pour lui une expérience très désagréable, aussi fit-il de son mieux pour se ressaisir.

Peut-être Amy avait-elle réveillé des sentiments qu'il avait oubliés, mais tout ça, c'était du passé. Beaucoup d'eau avait coulé sous les ponts depuis.

Son regard revint malgré lui sur le garçon.

Quel âge pouvait-il avoir ?

Sept ans. Huit, peut-être… En attendant, il était la preuve qu'Amy n'avait pas été longue à se remettre de son départ.

Cette pensée l'accompagna alors qu'il se dirigeait vers eux en se forçant à sourire.

Curieusement, l'idée qu'elle l'ait remplacé aussi vite le dérangeait. Il se rappela sa détresse lorsqu'elle avait fait cette fausse couche. Avait-elle alors ressenti le besoin de les remplacer, lui et cet enfant qu'elle avait perdu ? D'une certaine manière, c'était compréhensible, et pourtant il avait du mal à y croire. Pour autant qu'il sache, Amy n'était pas du genre à passer sans états d'âme des bras d'un homme à ceux d'un autre.

— Merci de ton aide, dit-il d'un ton professionnel afin de reprendre ses distances.

Son regard tomba sur sa valise.

— A priori, tu as l'intention de rester quelque temps sur l'île ?

— Exactement. Nous serons à la pension Marina, à deux pas de la plage. Et nous sommes très impatients d'aller nous baigner. Hein, Jacob ?

Elle sourit au garçon, mais il crut saisir une fugace expression de peur dans son regard.

— Je suis sûr que vous passerez un bon séjour, répondit-il poliment tout en s'interrogeant sur la raison de son attitude. Ma sœur et moi sommes très souvent venus en vacances ici avec nos grands-parents.

— Et toi ? Tu es aussi en vacances en ce moment ?

— Oh non. J'habite ici, maintenant. J'ai ouvert ma propre clinique sur l'île depuis un an.

— C'est vrai ?

— Eh oui. C'est un endroit fantastique, et j'estime que j'ai une chance incroyable.

— C'est certain. Mais tu ne me feras pas croire que c'est ta seule raison d'être venu exercer ici. Je présume que c'est aussi l'endroit idéal pour profiter du lucratif marché européen. Il y a une demande très forte en Europe pour la chirurgie esthétique, et la Grèce est plus proche que les Etats-Unis.

— La clinique Ariana Leonides ne propose pas de chirurgie esthétique. Son objectif premier est de procurer des soins de santé primaires à la population locale et aux touristes…

Amy le fixait, bouche bée.

Visiblement, elle était surprise. Et, sans savoir pourquoi, il eut besoin de mettre les choses bien au clair.

— Il y a aussi une unité d'hospitalisation de dix lits pour les cas de chirurgie mineure.

— Oh. Je n'avais pas pensé que…

Elle haussa les épaules.

— Ce n'est pas du tout ce que j'aurais imaginé. Mais j'ai des excuses. Après tout, il y a très longtemps que nous nous sommes perdus de vue, tous les deux. Et je me doute que ta vie a dû connaître quelques bouleversements.

— Comme la tienne, je suppose.

— Oui. C'est vrai.

Une fois de plus, il saisit cet éclair de peur dans son regard. Il faillit lui demander ce qu'il l'inquiétait ainsi, mais elle se pencha pour saisir sa valise.

— Bien, je ne veux pas te retarder, Nico, tu dois être pressé d'aller auprès de ta patiente. Ça m'a fait plaisir de te revoir. Je te souhaite bonne chance.

Tournant les talons, elle se dirigea vers les taxis.

Il n'y en avait que trois sur l'île, mais il y en avait un de libre. Il la regarda tendre sa valise à Aristote, le conducteur, afin qu'il la range dans le coffre, avant de pousser gentiment son fils sur la banquette arrière.

Le taxi s'éloigna ensuite dans un nuage de gaz d'échappement, et il resta là à le suivre des yeux, regrettant de ne pas lui avoir proposé de la revoir.

Il se sentait comme démuni.

« Démuni » ! Le terme ne lui convenait vraiment pas. Il avait tout ce qu'il souhaitait, tout ce dont il avait besoin. Et il avait depuis longtemps pris la résolution de s'accrocher à son statut de célibataire. A cet égard, il tenait trop de son père pour prendre le risque de « se mettre la corde autour du cou », comme celui-ci le lui avait seriné toute sa vie. Son infarctus l'avait contraint à faire malgré lui de grands changements dans sa vie, mais sur le fond il était toujours le même. On n'échappe pas à ses gènes, après tout.

Alors, connaître une aventure, quelle qu'elle soit, avec Amy, c'était hors de question — à supposer qu'elle y soit prête elle-même, ce dont il doutait fortement. Quant à fonder une famille, il n'en avait pas davantage l'intention. Il refusait de soumettre un enfant au genre d'éducation qu'il avait reçue, d'où sa réaction lorsqu'Amy lui avait annoncé qu'elle était enceinte : il s'était aussitôt projeté dans sa propre enfance, revivant ce qu'il avait connu en grandissant dans l'ombre de son père, un homme révéré encore aujourd'hui dans le monde des affaires, mais que peu de gens connaissaient réellement.

Christos Leonides était un homme froid, impitoyable, qui avait toujours fait passer ses intérêts professionnels avant sa femme et ses enfants. Bien que sa sœur Electra et lui-même n'aient jamais eu à se plaindre de maltraitances physiques, tous deux portaient encore à ce jour les cicatrices émotionnelles de l'indifférence paternelle. Leur mère avait fait de son mieux pour la compenser, mais cette froideur les avait traumatisés. Surtout lui. Si Electra semblait avoir réussi à tourner la page sur ces années difficiles en créant sa propre famille, lui-même n'était toujours pas parvenu à surmonter son angoisse de devenir un jour comme son père. Aussi avait-il purement et simplement écarté l'idée d'avoir une descendance.

Toutefois, même si cela l'avait soulagé qu'Amy ait fait une fausse couche, il devait reconnaître que la perte de leur enfant avait été malgré tout douloureuse. Il avait caché ses sentiments sous une fausse indifférence, ce qui, il en avait conscience, avait profondément blessé Amy. Elle avait vécu une des pires expériences que peut traverser une femme, et l'attitude distante qu'il avait alors affectée n'avait fait que l'enfoncer un peu plus dans le désarroi.

C'est avec le cœur lourd qu'il se dirigea vers la clinique.

Il y avait peu de choses qu'il regrettait dans sa vie, mais cela en était assurément une.

Amy termina de déballer sa valise, et lorsque son regard erra sur la pièce aux murs blanchis à la chaux, elle sentit que sa tension l'avait un peu quittée.

Rencontrer Nico avait été un vrai choc, mais elle s'en était finalement sortie plutôt mieux que toutes ces fois où elle avait imaginé la scène. D'ailleurs, son cœur battait à peine plus vite qu'à son habitude, ce qui était bien la preuve qu'elle n'éprouvait plus rien pour lui. N'est-ce pas ?

— On peut aller à la plage, maman ?

— Pourquoi pas ? Nous pourrons même nous baigner. Tu n'as qu'à te changer.

— Oui !

Jacob fonça vers l'armoire où elle venait de ranger ses affaires et en sortit son maillot. Moins de deux minutes plus tard, après s'être déshabillé et l'avoir enfilé, il se précipita vers la porte.

— Hé ! Une minute, jeune homme, protesta-t-elle en s'avançant vers lui, le tube de crème solaire à la main. Et on ne boude pas ! Je t'ai déjà expliqué qu'il faisait bien plus chaud ici que chez nous et qu'il est très important que tu te protèges la peau avant de sortir. Pas question que tu prennes des coups de soleil.

— Je parie qu'il en met pas, lui, de la crème, marmonna Jacob en plissant le nez alors qu'elle lui en appliquait sur le visage.

— De qui parles-tu ?

— Du monsieur qui était sur le ferry. Le docteur. Celui que tu as appelé Nico.

Soudain, il fronça les sourcils en inclinant la tête.

— Mais comment que tu savais, son nom, d'abord ? Et puis, il savait le tien, aussi. Pourquoi ?

— Je... euh... Nous nous sommes déjà rencontrés, il y a longtemps.

Elle revissa le bouchon sur le tube, les doigts un peu tremblants.

Elle aurait dû se douter que ces détails n'échapperaient pas à Jacob, qui avait manifesté très tôt un sens aigu de l'observation.

— Où ça ? demanda-t-il, les yeux brillant de curiosité. C'est où que tu l'as rencontré ? Tu m'as dit que t'étais jamais venue ici.

— Et c'est vrai, répondit-elle en affectant de s'assurer qu'elle avait tout ce qu'il fallait dans le sac de plage.

Serviettes, lunettes de soleil, bouteille d'eau...

— Alors, c'est où ? A l'hôpital ? Il travaillait à Dalverston, lui aussi ?

— Non. Nous nous sommes connus à Londres, quand je faisais mes études d'infirmière.

— A Londres ? C'est là que t'as rencontré mon papa, aussi, hein ? Il le connaît, tu crois ? insista Jacob avec une excitation croissante. Peut-être qu'il a des photos de lui et qu'il sait où il habite. On lui demandera, hein, maman ? Dis, on lui demandera ? S'il te plaît !

— Jacob, arrête. Nico... Enfin, je veux dire, cet homme ne sait rien sur ton père.

D'une certaine manière, ce n'était pas tout à fait faux. Nico n'avait aucun moyen de savoir que Jacob était son fils. Mais elle n'en devait pas moins déformer la vérité, ce dont elle avait horreur.

— Allez, assez de questions pour l'instant. On va se baigner, d'accord ? Le dernier dans l'eau a perdu !

Relevant aussitôt le défi, Jacob fila vers la terrasse qui menait au jardin.

Elle le suivit plus posément.

Il avait commencé à poser beaucoup de questions lorsque les autres enfants s'étaient mis à le chahuter. Quoi d'étonnant ? Il connaissait si peu de son père. Il n'avait même jamais vu de photo de lui.

Tout ça à cause d'elle. Elle avait délibérément tenté d'effacer cette période de sa vie, trop éprouvante pour elle. Mais elle ne pourrait pas éternellement éluder la curiosité légitime de Jacob. Qu'elle le veuille ou non, il lui faudrait un jour lui parler de Nico. C'était d'ailleurs la raison pour laquelle elle l'avait amené ici, à Constantis. Lui donner une notion de sa véritable identité serait un premier pas, le reste viendrait ensuite. Toutefois, à présent que Nico était déjà entré en scène, les choses risquaient de se précipiter.

Ne devrait-elle pas dès maintenant révéler à Jacob qui était Nico, et expliquer ensuite à Nico qu'il était son père ?

Non ! Hors de question de dire quoi que ce soit à Jacob tant qu'elle ignorerait la réaction de Nico lorsqu'il apprendrait qu'il avait un fils. Elle refusait de prendre le risque de blesser l'enfant si Nico devait le rejeter.

Une éventualité qu'elle ne pouvait malheureusement pas exclure.

— On va la garder ici pour la nuit. Il faudra peut-être la transférer demain sur le continent, mais ce serait trop dangereux de la déplacer maintenant. Tu peux la surveiller ? Elle a repris conscience, d'accord, mais elle n'est pas encore sortie d'affaire.

Sophia acquiesça avec son sérieux habituel.

Infirmière intérimaire, Sophia Papadopolous avait à de nombreuses reprises prouvé ses compétences au sein de l'unité d'hospitalisation, et il envisageait de lui offrir un poste permanent. Après un long séjour en Italie, elle était revenue à Constantis à la suite d'un chagrin d'amour. Lui-même était de retour à cause de sa santé. Chacun avait ses raisons de vivre sur cette île…

Et Amy ? Etait-elle ici pour de simples vacances, ou avait-elle une autre motivation ? Elle avait eu l'air sincère en apprenant qu'il s'était installé ici. Mais alors, pourquoi avoir choisi spécifiquement cet endroit ? Ce n'était pas les lieux de villégiature qui manquaient en Grèce, et de bien plus attirants que Constantis…

S'efforçant de chasser cette question perturbante de son esprit, il se rendit dans son bureau pour appeler l'ambassade australienne d'Athènes.

Il avait trouvé le passeport de Jane dans une poche de son sac à dos et put donc communiquer ses coordonnées à une secrétaire, qui promit d'avertir les parents de la jeune fille.

D'après son passeport, Jane Chivers n'avait que dix-huit ans, et, bien qu'elle soit majeure, il supposait que sa famille voudrait savoir ce qui était arrivé. A leur place, en tout cas, c'est ce qu'il souhaiterait...

Une pensée étrange, songea-t-il en raccrochant. Etait-ce la rencontre avec Amy et son fils qui la lui avait soufflée ? Que se serait-il passé si elle n'avait pas perdu leur enfant ?

Conscient qu'il touchait là un point très sensible, il jugea plus prudent de ne pas s'engager sur ce terrain. Il s'assura que tout était en ordre à la clinique avant de rentrer chez lui.

Il y avait eu une consultation prénatale dans l'après-midi. Elena Delmartes, un de leurs médecins les plus expérimentés, s'en était chargée.

Visiblement, les femmes appréciaient de ne pas avoir à se rendre sur le continent pour leur suivi prénatal. Même si la plupart préféraient encore accoucher chez elles, elles honoraient régulièrement les visites de contrôle. Ce système fonctionnait très bien. D'après ses dossiers, très peu de femmes manquaient leurs rendez-vous à la clinique, ce qui n'avait pas été le cas à l'époque où elles devaient pour cela prendre le ferry. De plus, les bébés avaient de meilleures chances de naître en bonne santé sur l'île.

Comme toujours, il prit plaisir à rouler tranquillement sur la petite route qui le ramenait chez lui.

Sitôt qu'il avait obtenu le feu vert pour sa clinique, il s'était mis en quête d'une habitation. Ignorant les luxueuses villas érigées le long de la côte, il avait entrepris de chercher dans les villages nichés au pied des montagnes, et il était tombé sur une ancienne ferme inhabitée pour laquelle il avait eu un coup de foudre instantané. Il avait toutefois dû attendre des mois que tous les membres de la famille des propriétaires donnent leur accord pour vendre leur part, et il n'avait pu s'y installer enfin qu'un an plus tôt.

Il y avait encore beaucoup à faire, mais il prenait chaque jour un peu plus de plaisir à aménager la propriété et à lui redonner meilleure mine. C'était un peu comme lui faire subir une chirurgie esthétique qui lui redonnait un bon coup de jeune…

Après s'être garé dans la cour, il resta un instant assis à respirer l'air pur et chargé de l'odeur des vignes qui poussaient alentour.

La récolte de raisin serait très bonne, cette année. Et s'il faisait son propre vin ?

Pourquoi pas ?

Il ferma les yeux une seconde, s'imaginant en train de siroter un verre de sa récolte avec une femme assise près de lui.

Elle aurait des reflets roux dans les cheveux, des yeux verts plissés par le soleil, et un sourire…

Qu'est-ce que c'était que ces bêtises ?

Il réagit aussitôt en se dirigeant vers la maison, où il s'immergea dans sa routine du soir : douche, changement de tenue, préparation du dîner.

Mais il avait beau faire, il ne pouvait pas effacer de son esprit cette Amy qui lui avait souri avec une telle chaleur dans le regard.

D'accord, il y avait longtemps qu'il ne l'avait pas vue, mais ça ne suffisait pas à expliquer ce qu'il ressentait. Surtout qu'il n'avait eu aucun mal à la faire apparaître. Et à présent que son image était dans sa tête, ce serait difficile de l'en déloger.

3

— *Efharisto.* Merci. C'était excellent.

Amy accompagna ses remerciements d'un grand sourire alors que Jacob et elle quittaient la table.

Le petit déjeuner avait été très simple, mais vraiment délicieux : yaourt épais agrémenté de miel et de figues fraîches, suivi d'une sélection de minigâteaux. Elle se félicitait d'avoir choisi cette pension familiale. Jacob y gagnerait une meilleure idée du mode de vie grec qu'il ne l'aurait eue en séjournant dans un grand hôtel. Cela lui permettrait de mieux comprendre son héritage paternel — du moins, elle l'espérait.

Toutefois, alors qu'elle le suivait hors de la grande salle à manger, elle en doutait.

A quoi bon, si elle ne lui révélait pas que Nico était son père ? Jacob aurait besoin de preuves tangibles de l'existence de celui-ci : des photos, des rencontres. Pour l'instant, son père n'était qu'une silhouette impalpable dans son imagination, ce qui ne suffisait pas à le prémunir contre les moqueries dont il avait récemment fait l'objet. Il lui fallait des preuves qu'il avait bel et bien un père.

Décidément, la seule façon de les lui fournir serait de révéler la vérité à Nico.

Tout à ses pensées, elle s'aperçut à peine qu'ils étaient déjà arrivés à la plage. Bien que l'heure soit matinale, le soleil était très chaud, aussi sa première tâche fut-elle, comme toujours, d'enduire Jacob de crème solaire. Elle avait vu trop de personnes sérieusement brûlées pour négliger cette précaution. Puis, après s'être assurée qu'il jouait tranquillement dans l'eau peu profonde avec d'autres enfants, elle sortit son livre du sac.

Il s'agissait du dernier roman de son auteur favori, mais elle ne parvenait pas à se concentrer. La question qui se posait à elle tournait en boucle dans sa tête. Devait-elle révéler à Nico qui était Jacob ?

Tout dépendrait de sa réaction, qu'elle ne pouvait bien évidemment pas anticiper. Si Nico devait avoir la même attitude que lorsqu'elle avait perdu le jumeau de Jacob, sans doute serait-il préférable qu'elle garde son secret pour elle.

Elle vit à peine le temps passer. Après que Jacob l'eut réquisitionnée pour construire un château, elle dut le convaincre qu'il était temps de se mettre à l'abri du soleil. Et comme il était presque midi, elle décida de l'emmener déjeuner.

Après avoir enfilé des T-shirts secs, ils contournèrent le promontoire et découvrirent une petite *taverna* avec une terrasse ombragée donnant sur le port. Et tous deux purent bientôt déguster leur sandwich-salade en observant l'animation des bateaux de pêche déchargeant leurs prises du matin.

Quand Nico surgit au pied des quelques marches de la terrasse, elle faillit s'étrangler sur sa bouchée. Et en jetant un œil autour d'elle, elle remarqua qu'elle n'était pas la seule femme à noter son arrivée avec intérêt.

A en juger par son costume et sa chemise blanche ouverte au col qui mettait en valeur son teint hâlé, il venait directement de sa clinique.

Malgré elle, elle compara l'homme qu'elle avait sous les yeux à cet instant à celui qu'elle avait connu neuf ans plus tôt.

Il était indéniablement plus mince. Plus imposant, aussi. Même s'il avait toujours eu cette présence dominatrice, elle apparaissait plus puissante encore aujourd'hui.

Ce n'était pas pour la rassurer, car une fois qu'il saurait pour Jacob, elle avait conscience que la situation ne lui appartiendrait plus. Connaissant Nico, il se pourrait qu'il veuille tout prendre en charge, ce qu'elle refusait absolument. Comment être sûre qu'il ferait de Jacob sa priorité ? Quelle garantie aurait-elle que son fils ne souffrirait pas de ce changement dans son existence ? C'était surtout cela qui l'angoissait. La réaction de Jacob passait avant les conséquences du retour de Nico dans sa propre vie.

Nico se figea une seconde en apercevant Amy assise à la terrasse, et il fut même tenté de tourner les talons.

Sauf que ce serait un peu trop révélateur. Souhaitait-il vraiment lui donner le sentiment qu'il était gêné de la revoir ?

Non, évidemment.

Il s'arrêta donc près de sa table, avec un sourire qu'il espéra naturel.

— Bonjour. Je vois que vous avez découvert ma « cantine » préférée, tous les deux !

— J'ignorais totalement que tu y venais, rétorqua un peu vivement Amy.

— Je m'en doute. C'est une simple coïncidence, bien sûr.

Il était évident qu'il avait touché un point sensible, mais lequel ? Il n'en avait aucune idée. Toutefois, il ne tenait pas à creuser la question, sous peine de se retrouver entraîné dans une situation qu'il regretterait ensuite. Il lui fallait au contraire se montrer distant. Amy Prentice et lui avaient eu une liaison. Il ne lui avait fait aucune promesse, ne lui avait pas demandé plus qu'elle n'avait été prête à donner. Si elle n'était pas tombée enceinte, sans doute ne se serait-il même pas souvenu de son nom.

Encore que... Etait-ce bien sûr ?

La question, insistante, exigeait une réponse.

Il refusa de s'y attarder. Ce ne serait qu'une perte de temps.

Pourtant, même s'il n'avait pas pensé à Amy depuis longtemps, il était conscient que, quelque part au plus profond de lui, elle avait toujours occupé une parcelle de son esprit. Qu'il le veuille ou non, avant cette fausse couche, elle avait marqué d'une pierre blanche cette période de son existence. Autrement dit, elle avait une certaine emprise sur lui — ce qui lui était très désagréable. Il avait toujours fait en sorte de vivre sa vie comme il l'entendait, sans avoir de comptes à rendre à personne.

— Tu passes de bonnes vacances, ici ? s'enquit-il en tirant une chaise.

Il aurait pu aller s'asseoir ailleurs, bien sûr, mais il ne voulait pas non plus accorder plus d'importance que cela à leur rencontre.

— Nous ne sommes arrivés qu'hier, répondit-elle en se tournant vers son fils. Et, jusque-là, nous sommes enchantés. N'est-ce pas, Jacob ?

— Mmh mmh, fit le gamin, la bouche pleine, en hochant la tête.

Ce qui le fit rire.

— Je prends ça pour un oui. Apparemment, tu as un sacré appétit.

— Il peut, oui ! dit Amy en piquant une olive du bout de sa fourchette. Nous nous sommes bien baignés avant de faire un château de sable.

Nico dut détourner les yeux devant le désir inattendu qu'il ressentit en voyant ses lèvres pleines se refermer sur l'olive. Il s'empressa d'attraper le menu et fit mine de l'étudier.

A quoi bon repenser à tous ces baisers qu'ils avaient échangés ? Il n'y avait aucune chance pour qu'il ait l'occasion de renouveler l'expérience. Ainsi qu'il l'avait déjà découvert, Amy Prentice avait le pouvoir de bouleverser sa vie. Or, ce n'était absolument pas ce qu'il souhaitait. Il ne devait pas perdre de vue que, s'il était venu s'installer à Constantis, c'était pour sa santé. Et pour fuir le stress.

— Docteur Leonides ! Je suis si heureuse de vous voir ici !

Maria Michaelis, qui gérait le café avec Stavros, son mari, le salua avec chaleur alors qu'elle venait prendre sa commande.

Maria avait figuré parmi ses premiers patients lorsqu'il avait ouvert sa clinique. Diabétique, elle avait affronté de nombreux problèmes, dont le plus sérieux était de ne pouvoir tomber enceinte. Toutefois, après qu'il lui avait ajusté son traitement, cela s'était arrangé. Le seul ennui, c'était qu'elle le considérait désormais comme un véritable thaumaturge.

Il se leva pour l'embrasser.

— *Kalimera*, Maria. Comment allez-vous ?

— Je me porte comme un charme, docteur ! s'exclama-t-elle en tapotant son ventre rebondi. Ce petit-là m'aide à croquer la vie à pleines dents !

— N'en faites pas trop non plus, l'admonesta-t-il d'un air faussement sévère, avant de s'adresser à Amy. Maria est enceinte de sept mois de son premier enfant, et je dois sans cesse lui conseiller de ralentir le rythme.

— Toutes mes félicitations.

Comme Amy souriait à Maria, il la trouva plus belle que jamais. Avec ses cheveux châtains relevés en queue-de-cheval et son visage dénué de tout maquillage, elle avait tout au plus l'air d'être la grande sœur du garçon assis à son côté.

Une fois de plus, alors qu'il se tournait vers Jacob, il eut l'impression étrange de l'avoir déjà vu.

Avait-il rencontré son père ? Serait-ce quelqu'un avec qui il avait travaillé à Londres ?

Soudain, il avait envie d'en savoir plus sur celui qui l'avait supplanté dans le cœur d'Amy et lui avait fait cet enfant.

Il devrait attendre d'être seul avec Amy pour avoir des réponses à ses questions…

L'idée de se retrouver en tête à tête avec elle éveilla en lui un désir qu'il fut prompt à étouffer. Ce serait trop dangereux de se laisser entraîner sur ce terrain glissant.

Il se força à reporter son attention sur la conversation.

— Vous savez déjà si c'est un garçon ou une fille ? A moins que vous ne préfériez garder le suspense jusqu'au bout ?

— Je voulais attendre, mais Stavros n'a rien voulu savoir ! répondit Maria en riant. On a attendu si longtemps pour avoir cet enfant… C'est un garçon, et on va l'appeler Nicolaus, comme le docteur. Parce que, sans lui, on n'aurait jamais eu la chance de devenir des parents. Le Dr Leonides est le magicien qui nous a aidés à réaliser notre vœu le plus cher !

Perplexe, Amy sourit poliment alors que Nico balayait ces compliments d'une plaisanterie.

Jamais elle ne l'avait vu entretenir des relations aussi amicales avec ses patients. Ce qui était de toute évidence le cas entre cette femme et lui. Qu'avait-il bien pu se passer pour qu'il modifie à ce point le regard qu'il portait sur la vie ?

Tandis qu'il passait sa commande, elle étudia son profil à la dérobée.

Lorsqu'elle l'avait connu, il était tellement centré sur son besoin de réussir, de prouver son mérite dans tous les domaines… Mais elle savait intuitivement que ce n'était plus le cas. S'il était toujours le même ou presque en apparence, il semblait avoir radicalement changé. Assurément, elle ne l'avait pas connu aussi bien qu'elle l'avait cru… Et cela la troublait plus qu'elle ne l'aurait voulu.

Lorsque la serveuse déposa son assiette devant Nico, Jacob et elle avaient terminé de déjeuner, et Amy fit signe à Maria de lui apporter la note.

Nico secoua la tête.

— Laisse-moi vous l'offrir.

— Pas question, se récria-t-elle en ouvrant son sac. Combien vous dois-je, Maria ?

Celle-ci, indécise, promena son regard de l'un à l'autre, et Nico reposa ses couverts en soupirant.

— Comme tu veux, Amy. Si tu tiens à tout prix à payer, vas-y. Je n'ai aucune envie de me disputer avec toi.

Elle se sentit devenir pivoine. Consciente que son refus devait paraître puéril, elle remit son porte-monnaie dans son sac avec une assurance qu'elle était loin d'éprouver.

— Alors, merci, Nico. C'est très gentil à toi. N'est-ce pas, Jacob ?

Celui-ci acquiesça d'un air distrait. Il était clair qu'il s'ennuyait et qu'il avait juste envie de s'en aller.

Maria se pencha alors vers Nico pour lui dire à l'oreille quelques mots, qui, certainement, le contrarièrent.

Avait-elle remarqué la ressemblance entre Nico et Jacob ? Lui en avait-elle fait la remarque ?

Peut-être Amy dramatisait-elle, mais quelque chose dans le regard de Nico qui fixait à présent Jacob l'alarma. Soudain, elle éprouva le besoin de partir.

Prenant son fils par la main, elle se dirigea vers les marches, et ce n'est qu'à contrecœur qu'elle se retourna en entendant Nico l'appeler.

— Oui ? Qu'y a-t-il ?

— Je suppose que tu seras soulagée d'apprendre que la fille que nous avons soignée sur le ferry a repris conscience.

Il s'était exprimé sur un ton détaché, mais son regard passa de nouveau avec insistance d'elle à Jacob.

— Oh ! tant mieux, répondit-elle, le ventre crispé.

Elle lança un furtif regard à son fils et sentit sa gorge se nouer.

Elle avait eu beau prendre toutes les précautions pour le protéger du soleil, sa peau avait déjà commencé à prendre une belle teinte dorée, ce qui accentuait encore davantage sa ressemblance avec Nico. Il faudrait vraiment être atteint de myopie prononcée pour ne pas remarquer que Jacob avait la même couleur d'yeux que son père et que son nez était l'exacte réplique du sien.

Le cœur affolé, elle marmonna un rapide au revoir et descendit les marches de la terrasse en entraînant Jacob.

Bien sûr, si Nico lui posait la question, elle pourrait nier. Mais à quoi bon ? Il avait déjà des doutes. Tout ce qu'il restait à faire maintenant, c'était restreindre les dégâts que cette révélation provoquerait.

Quoi qu'il arrive, sa priorité était de protéger Jacob. Quitte, pour cela, à quitter l'île.

Après le déjeuner, Nico retourna à la clinique alors qu'il avait eu l'intention de prendre son après-midi. Aucune opération n'était programmée, et il avait prévu de s'accorder un peu de détente bien méritée, mais rencontrer Amy avait soulevé en lui trop de questions, et il savait qu'il ne connaîtrait pas la paix tant qu'il n'aurait pas de réponses.

L'une d'elles, surtout, se répétait avec insistance : était-il possible que le fils d'Amy soit le sien ?

Il gagna directement son bureau et s'installa dans son fauteuil pour tenter de mettre un peu d'ordre dans son esprit.

Bon. Il était resté sur le fait qu'Amy avait fait une fausse couche et avait ainsi perdu l'enfant qu'ils avaient conçu ensemble. Elle était alors enceinte de six semaines environ. Elle avait refusé de se rendre ensuite à l'hôpital sous prétexte que ces avortements spontanés étaient très courants et que de toute façon ils ne pourraient rien faire de plus. Pourtant, lorsque Maria lui avait demandé si Jacob était de sa famille, force lui avait été de reconnaître en son for intérieur la nette ressemblance entre ce gamin et lui.

Les yeux fermés, il revit le visage du garçon.

Un regard d'un brun profond, comme les siens, et la forme du nez typique des Leonides. Les trois fils de sa sœur Electra avaient hérité du même. Electra et lui avaient d'ailleurs souvent plaisanté sur cette « marque de fabrique » qui signait indéniablement leur héritage...

Donc, oui, tout portait à croire que Jacob était son fils. Mais comment était-ce possible ? Amy lui aurait-elle délibérément menti ? Aurait-elle prétexté un avortement spontané afin de l'écarter ? Aurait-elle, à l'extrême, prévu dès le début d'avoir un bébé et de l'élever sans lui ?

Il fronça les sourcils, perplexe.

Certaines femmes préfèrent élever leur enfant sans l'intervention du père, mais pas Amy. Non, ça ne lui correspondait pas. Elle avait été trop honnête, trop transparente pour se livrer à ce genre de manigances. Du moins était-ce ce qu'il avait cru à l'époque...

Et soudain il sentit monter en lui une bouffée de colère.

En fait, que savait-il d'elle *vraiment* ? Pas grand-chose. Il ignorait de quoi elle était capable. Il l'avait jugée gentille, douce et incapable de duperie, mais peut-être s'était-il fait berner depuis le départ. Qui sait s'il n'avait pas été à ses yeux qu'un simple donneur de sperme ?

L'idée qu'elle ait pu l'utiliser avant de le rejeter le révoltait.

Brusquement, il repoussa son fauteuil et se leva pour se diriger d'un pas rageur vers la porte.

Il était grand temps qu'il aille demander quelques explications à Amy !

Amy sortait de la douche quand elle entendit un coup à la porte de la chambre. Jacob jouait avec sa console sur le lit, mais elle préféra s'envelopper d'une grande serviette et aller ouvrir elle-même.

C'était Helena, qui gérait la pension familiale avec son mari Philo. Devant sa tenue, celle-ci lui adressa un sourire d'excuse.

— *Kalispera.* Désolée de vous déranger au mauvais moment, mais quelqu'un demande à vous voir.

Amy sentit son cœur s'accélérer sous le coup de l'appréhension. Qui, à part Nico, pourrait lui rendre visite ? Mais elle n'était pas certaine d'être encore prête à l'affronter. Pas avant d'avoir bien préparé ce qu'elle allait lui dire.

— Oh ! Merci, Helena. Mais je ne peux pas vraiment le recevoir comme ça...

— Pas de souci, la rassura aussitôt Helena. J'ai installé le docteur dans le salon avec un verre d'orangeade. Il n'y a personne d'autre, alors vous pourrez y rester pour bavarder tranquillement, ajouta-t-elle avant de tourner les talons.

Amy regarda s'éloigner la bonne dame dans le couloir en se mordillant les lèvres.

Quel autre choix avait-elle que de rejoindre Nico ? Le connaissant, il serait capable de venir la trouver ici même si elle ne se montrait pas. Or, il n'était pas question de prendre le risque que Jacob surprenne leur conversation.

Elle enfila en hâte une robe en cotonnade d'un vert pâle très doux qui lui allait bien et appliqua une touche de rouge corail sur ses lèvres pour compenser sa pâleur. Quant à ses cheveux, comme elle n'avait pas le temps de les sécher, elle les rassembla encore humides sur sa nuque et les attacha avec un clip argenté.

C'était sans doute stupide de faire autant d'efforts, mais c'était pour elle une façon de sentir qu'elle contrôlait la situation.

— Il faut que j'aille voir quelqu'un, dit-elle à Jacob en glissant ses pieds dans les sandales dorées.

Les talons lui offraient trois centimètres de plus, qui seraient les bienvenus face au mètre quatre-vingt-trois de Nico.

— Je serai dans le salon si tu as besoin de moi. Mais je n'y resterai pas longtemps, alors autant que tu restes ici à jouer, d'accord ?

— D'accord, répéta son fils sans la regarder, trop absorbé par son jeu pour se soucier de son absence.

Toutefois elle n'aimait pas le laisser seul, aussi annoncerait-elle d'entrée de jeu à Nico qu'elle n'avait pas l'intention de s'attarder. Quoi qu'il soit venu lui dire, il devrait se montrer bref et concis.

Prenant une forte inspiration, elle poussa la porte du salon.

Nico se tenait devant la fenêtre, il se retourna à son entrée. Comme il était à contre-jour, elle ne pouvait pas distinguer son expression.

Elle s'en sentit désavantagée. Ce qu'elle compensa aussitôt en prenant les devants.

— Helena m'a dit que tu souhaitais me parler ? Il vaudrait mieux que ce ne soit pas long, car j'ai dû laisser Jacob seul.

— Je comprends, répondit Nico, la tête légèrement inclinée alors qu'il emprisonnait son regard dans le sien. Je veux juste une réponse toute simple à une question simple : Jacob est-il mon fils ?

4

Plusieurs tentatives d'explication se bousculèrent dans la tête d'Amy, mais elle savait qu'aucune d'elles ne satisferait Nico. D'autant plus qu'il avait de toute évidence déjà deviné la vérité.

— Oui.

Il ferma les yeux une brève seconde puis s'avança vers elle. Incertaine, elle attendit, mais il passa près d'elle et continua vers la porte, avant de sortir sans avoir dit un mot.

Elle se laissa tomber dans un fauteuil, vidée de toute énergie.

Et, maintenant ? Qu'avait-il l'intention de faire ? Avoir un fils ne comptait-il pas, pour lui ? Du moins pas suffisamment pour vouloir en savoir davantage ?

Non, visiblement, connaître son fils n'intéressait pas plus Nicolaus Leonides aujourd'hui qu'il y a neuf ans.

Des larmes lui montèrent aux yeux — de déception pour Jacob et de désillusion pour elle. Jamais elle ne s'était sentie aussi malheureuse, même face à l'indifférence de Nico devant la perte du jumeau de Jacob.

Assis dans sa voiture, Nico regardait fixement l'horizon sans le voir. Tout ce qu'il percevait, c'était ce manteau de grisaille qui semblait s'être refermé sur lui.

Un fils. Il avait un fils. Ça devrait être le moment de faire le point, de réévaluer sa vie et de faire des plans pour l'avenir, mais il ne parvenait pas à sortir de l'engourdissement qui s'était saisi de lui. Il avait vécu ces huit dernières années en ignorant totalement l'existence de ce fils, qui n'avait probablement jamais entendu parler de lui non plus. Car, il en était certain, Amy avait dû aussi garder le silence à son sujet. Mais pourquoi ? Il aurait dû lui poser la question tout de suite. Celle-ci, et toutes les autres qui lui venaient à l'esprit. Encore que... non. Il ne pourrait pas supporter ses réponses. Pas maintenant. Pas alors que tout lui apparaissait si gris et stérile.

Il tourna la clé de contact, posa ses mains tremblantes sur le volant et s'éloigna de la pension familiale.

En cette fin d'après-midi, les routes étaient encombrées par les touristes qui rentraient de la plage, et il se força à être attentif et à ne pas rouler trop vite. Du coup, il lui fallut presque une heure pour rentrer chez lui. Mais ça n'avait aucune importance. Ce qui comptait dans l'immédiat, c'était la réponse qu'Amy lui avait fournie. Ce petit mot de trois lettres qui bouleversait tout — *oui*.

Le coup au cœur qu'il ressentit à retardement le fit grimacer. Sortant de la voiture, il regarda le soleil disparaître et le ciel s'embraser. Le monde, soudain, reprenait ses couleurs. L'or vira à l'orange, avant de s'assombrir en un rouge presque grenat. Il n'aurait su dire combien de temps il s'attarda là, mais il ne restait plus qu'une traînée dorée à l'horizon quand il se décida à réagir.

Une fois à l'intérieur, il sortit une bouteille d'eau du réfrigérateur et but de longues gorgées, comme s'il rentrait d'une longue marche dans le désert. Et, d'une certaine façon, c'était ce qu'il éprouvait. Il tournait enfin le dos à ces contrées grises, et il avait à présent besoin de réponses, *toutes* les réponses, aussi désagréables puissent-elles être.

Cette rencontre ne resterait pas sans suite. Amy allait avoir beaucoup d'explications à lui fournir.

Après avoir attrapé un pull, il retourna à sa voiture.

A la fin du dîner, Jacob avait du mal à garder les yeux ouverts et menaçait de piquer du nez dans son assiette. Il protesta un peu lorsqu'Amy le ramena dans leur chambre, mais plus par habitude qu'autre chose. D'ailleurs, il s'endormit avant qu'elle ait fini l'histoire qu'elle lui lisait.

Après avoir éteint la lampe de chevet, elle sortit sur la terrasse. Leur chambre, située au rez-de-chaussée, donnait sur le jardin. Elle s'assit dans un des fauteuils en osier et ferma un instant les yeux pour s'imprégner de la paix qui y régnait et écouter le bruit des vagues s'échouant sur le sable.

Mais elle ne réussit pas à se détendre.

Elle n'avait pas envisagé de tomber sur Nico, mais c'était arrivé, et il lui fallait désormais faire en sorte de protéger son fils à tout prix. Nico allait certainement chercher à la revoir. Même s'il ne voulait rien avoir à faire avec Jacob, il prendrait la situation en main sans la moindre concertation, comme il l'avait toujours fait. C'était sa façon de procéder.

Sauf que là, ça ne serait pas aussi simple. Il n'était pas le seul à être concerné. Jacob l'était aussi. Si elle l'avait amené à Constantis, c'était bien sûr pour lui créer un lien avec son héritage paternel, mais il n'était pas question qu'il découvre qui était Nico et qu'il apprenne que son père l'avait rejeté. Elle ne pouvait pas se permettre de prendre le risque.

Donc ils quitteraient Constantis dès demain matin. Jacob voudrait savoir pourquoi, surtout après s'être tant démenée pour organiser ce séjour, mais elle trouverait une raison. A elle d'improviser. Peut-être pourrait-elle lui dire qu'ils changeaient d'île pour suivre la trace des pirates ? Il adorait les histoires de corsaires. Avec un peu de chance, elle pourrait le convaincre qu'il n'y avait rien d'étrange à bouleverser leurs plans…

— Amy, il faut qu'on parle.

Elle sursauta alors qu'une silhouette surgissait de l'obscurité. Plongée dans ses pensées, elle n'avait pas entendu Nico approcher.

— Vraiment ?

— Oui. Je suppose que Jacob dort ? demanda-t-il en jetant un regard en direction de la chambre.

Il ne semblait ni furieux ni contrarié, et elle ne savait trop comment répondre. Surtout alors qu'elle sentait la peur monter en elle.

— Oui. Je n'ai même pas pu terminer son histoire. Cette journée passée à jouer sur la plage l'a épuisé.

— Ça n'a rien d'étonnant. Et il n'est sûrement pas habitué à la chaleur non plus.

— C'est vrai. Nous n'avions encore jamais voyagé. Enfin si, une ou deux fois en Angleterre, mais jamais à l'étranger. C'est tout nouveau, pour lui.

— Et ça lui plaît ?

Pourquoi discuter de choses aussi insignifiantes, alors qu'ils avaient tant de questions autrement plus importantes à soulever ?

Elle esquissa un haussement d'épaules, agacée.

— Oui, bien sûr.

— Tant mieux. Constantis est un endroit superbe. Mais je doute que ce soit pour ça que tu as choisi de séjourner ici, n'est-ce pas ?

Le ton de Nico s'était durci, et elle sut qu'ils en avaient terminé avec les banalités. Le moment était venu d'aborder le vrai motif de la visite de Nico.

— Non. Je suis venue à cause de toi, Nico, répondit-elle sans détour.

Il s'assit dans le fauteuil libre en face d'elle.

— Ah oui ? Je croyais que tu ignorais que j'habitais ici ? Ce n'est pas ce que tu m'as dit ?

— Si, et c'était vrai. J'ai été très surprise de te rencontrer sur le ferry.

— Mmh. Alors, si ce n'était pas pour me voir, pour quelle raison es-tu ici ?

— Jacob traverse une période difficile. Depuis quelque temps, on se moque de lui à l'école parce qu'il n'a pas de père... Tu ne m'avais pratiquement jamais parlé de ta famille, Nico, mais tu avais évoqué les vacances que tu passais ici avec tes grands-parents. Alors, j'ai eu envie d'offrir quelque chose de toi à Jacob, une idée de la vie que l'on mène ici. Mais je commence à me dire que j'ai commis une erreur.

— Une erreur ?

Une fois encore, son ton ne laissait rien paraître de ce qu'il pensait.

Elle refusa de se laisser déstabiliser. Maintenant qu'elle avait commencé, elle avait l'intention d'aller jusqu'au bout et de lui dire ce qu'elle gardait depuis trop longtemps pour elle.

— Oui, une erreur. Jacob aurait besoin de s'immerger dans le style de vie grec et d'éprouver un vrai sentiment d'appartenance, avec des données solides sur son père et son héritage paternel. Mais comme, de toute évidence, tu n'es pas prêt à les lui offrir, nous allons repartir. Je préfère ça, plutôt qu'il ne découvre que son père se moque totalement de lui.

Devant l'attaque, Nico se figea.

Amy ne manifestait pas le moindre égard face au ressenti éprouvé à la soudaine révélation qu'il avait un fils, songea-t-il avec amertume. Mais quoi d'étonnant ? Après tout, il n'avait jamais vraiment compté pour elle. Sinon, elle ne lui aurait pas menti pour la fausse couche afin de se débarrasser de lui.

Il eut un rire dur.

— Donc, tu fais tes bagages et tu pars sans même me laisser le choix de ma décision ? Franchement, de ton arrogance ou de ta bêtise, je ne sais pas ce qui me consterne le plus !

— Il ne s'agit pas de bêtise, rétorqua-t-elle avec la même fureur rentrée que lui. Tu m'as clairement dit, il y a neuf ans, que tu ne voulais pas d'enfant — ou, pour être précise, que tu ne voulais pas de *notre* enfant. Et il est évident que tu n'as pas changé d'avis. Donc, plus vite nous serons partis, plus vite nous retournerons dans l'oubli en ce qui te concerne. Ce n'est pas difficile à comprendre, si ?

Il se prit la tête entre les mains.

Il sentait ses émotions sur le point de déborder. La colère le disputait à l'excitation, la peur à l'espoir… Il dut fournir un énorme effort pour s'éclaircir un peu l'esprit, du moins suffisamment pour réfléchir.

Alors qu'Amy se levait pour s'éloigner, il se leva d'un bond et la prit par les poignets afin de la retenir.

— Il y a neuf ans, tu m'as annoncé que tu avais fait une fausse couche, et brusquement je découvre que tu m'as menti, que tu n'as pas perdu l'enfant comme tu l'avais prétendu. Peux-tu seulement imaginer ce que j'éprouve ? T'es-tu seulement posé la question ?

Elle le fixa muette, les yeux agrandis par l'effroi.

Il secoua la tête.

— Pour agir ainsi, j'en doute ! Parce que tu voulais un enfant, n'est-ce pas ? Et il se trouve que j'étais là au bon moment pour toi. Le fait est que tu t'es servie de moi pour devenir enceinte. Et une fois ton objectif atteint, tu m'as annoncé que tu avais perdu le bébé. Ton plan était parfait, je le reconnais. Tu as obtenu ce que tu voulais sans avoir à t'encombrer de moi !

Amy considérait Nico avec un sentiment d'horreur croissant.

Il ne la croyait tout de même pas aussi machiavélique ?

Sur le point de protester, elle était pourtant incapable de prononcer un mot pour sa défense.

Nico prit visiblement son silence pour un aveu.

— On m'a parlé de femmes comme toi, mais j'ai toujours trouvé difficile de croire qu'on puisse être aussi froidement calculateur. Pourtant, tu es la preuve que ça existe. Certaines sont bel et bien prêtes à toutes les fourberies pour obtenir ce qu'elles veulent.

Elle n'avait rien calculé, non ! Ni sa grossesse ni sa fausse couche, et pas davantage le fait que Jacob ait eu un jumeau. Il fallait qu'elle lui réponde, qu'elle le convainque.

— Tu te trompes, Nico. Du tout au tout. Je n'ai jamais…

— Epargne-moi tes mensonges, tu veux ? Nous laisserons nos avocats respectifs se charger de cette affaire.

Le regard qu'il lui adressa alors, chargé d'un insoutenable mépris, acheva de l'accabler.

— Nos avocats ? répéta-t-elle, hébétée.

— Oui. Cette histoire est trop complexe pour que nous nous en occupions nous-mêmes, d'autant plus que je n'ai pas confiance en toi. J'appellerai le mien dès demain matin, il devrait te contacter rapidement.

Sur ce, Nico tourna les talons et se dirigea vers le bord de la terrasse.

Elle ne pouvait pas le laisser partir ainsi ! Il fallait qu'il comprenne ce qui était réellement arrivé avant que la situation se détériore inexorablement.

— Nico ! Attends ! cria-t-elle en courant pour le rattraper.

Elle le retint par la manche avant qu'il n'atteigne les marches et l'obligea à lui faire de nouveau face.

— Nous pouvons très bien nous entendre sans avoir besoin de passer par des avocats. Une fois que tu sauras ce qui est réellement arrivé, je suis sûre que tu envisageras les choses différemment.

— Crois-tu ? ironisa-t-il en la fixant avec un dédain insupportable. Que vas-tu inventer ? Une histoire larmoyante pour expliquer comment tu t'es servie de moi ? Alors je t'écoute. Ça risque d'être intéressant...

Son bref rire moqueur lui fit l'effet d'une gifle.

— A quoi bon te révéler la vérité si tu la tournes en dérision ? rétorqua-t-elle, outrée, en s'écartant de lui. Après tout, appelle ton avocat si tu veux. Peut-être que *lui* sera plus attentif à ce que j'ai à dire.

Elle commença à s'éloigner, mais Nico la retint en lui agrippant le bras. Il l'attira vers lui, si près qu'elle sentit son souffle chaud sur le visage.

— Après que je lui aurai raconté comment tu m'as menti ? J'en doute fort ! Tu es une menteuse accomplie, Amy. Je te prenais pour une femme douce et attentionnée, mais je me trompais. Tu faisais seulement semblant de tenir à moi, et tu étais même très convaincante, je le reconnais. Je ne suis pas du genre crédule, pourtant je me suis pris à ton jeu. Alors que, en fait, tu te fichais de moi.

Le sourire qu'il esquissa était si chargé de mépris qu'elle en fut terriblement meurtrie.

— Tu étais prête à tout pour avoir cet enfant, n'est-ce pas ? Et moi qui croyais naïvement que nous avions réellement partagé quelque chose de fort en faisant l'amour… Mais non. Ce qui m'intéresserait, maintenant, c'est de savoir jusqu'où tu pourrais aller pour obtenir ce que tu veux.

Et, brusquement, il lui prit le visage entre ses mains et se pencha pour l'embrasser.

Un baiser qui la prit au dépourvu. Fougueux et presque passionné, oui, mais punitif.

Elle se débattit tandis que des larmes jaillissaient de ses yeux.

Ce n'était pas ce qu'elle avait souhaité. Ses reproches, sa rancœur la blessaient. Il était évident que Nico lui en voulait, et elle ne pouvait s'en prendre qu'à elle. Pourquoi ne lui avait-elle pas expliqué ce qu'il s'était réellement passé ? Peut-être aurait-elle dû l'avertir lorsqu'elle avait découvert qu'elle était encore enceinte, mais Nico *n'avait pas* voulu d'enfant ! Et pas voulu d'elle, non plus. Aussi, cette condamnation était profondément injuste.

Elle réussit à interrompre ce baiser vindicatif.

— Je n'ai *jamais* essayé de me servir de toi, Nico ! gémit-elle, en larmes.

Sans doute perçut-il sa sincérité et sa détresse, car il s'immobilisa.

D'instinct, elle savait qu'elle n'avait que quelques secondes pour lui révéler la vérité, aussi les mots franchirent-ils précipitamment ses lèvres.

— Je ne cherchais pas non plus à tomber enceinte. Et j'ai réellement cru que j'avais perdu le bébé quand j'ai fait cette fausse couche. Le problème, c'est que j'attendais des jumeaux…

Sa voix se brisa alors qu'elle relevait la tête pour rencontrer son regard. Même après toutes ces années, il lui était encore douloureux de songer à l'enfant qu'elle n'avait pas pu garder.

— L'un d'eux n'a pas survécu — le frère ou la sœur de Jacob. Mais lui est resté.

5

Seul le doux clapotement des vagues s'échouant sur la plage perturbait le silence. Nico le percevait, mais comme s'il était à des kilomètres de là. Comme s'il avait été coupé de tout.

Non, Amy ne lui avait pas menti. Elle avait bien porté son enfant, le jumeau de celui qu'elle avait perdu, et elle l'avait mis au monde.

Il avait encore du mal à assimiler cette révélation. Bien sûr, il allait devoir sérieusement envisager ce qu'il comptait faire, mais c'était encore trop tôt. Dans l'immédiat, son esprit fonctionnait au ralenti. En l'espace de quelques heures, il avait découvert successivement qu'il avait un fils, que la mère le lui avait caché, puis qu'elle ne l'avait pas utilisé comme il l'avait cru. C'était déjà beaucoup...

— Nico ?

La voix d'Amy trahissait son anxiété. Elle avait sans doute besoin qu'il la rassure, qu'il lui dise que tout se passerait bien, qu'ils allaient trouver des solutions...

Mais il ne le pouvait pas. Du moins, pas encore. Et peut-être jamais. Avoir un fils, cela allait bouleverser sa vie. Comment, il ne pouvait pas encore le savoir, mais c'était inévitable. Il n'avait jamais voulu d'enfant. A présent qu'il était devant le fait accompli, il lui faudrait forcément procéder à des réajustements. Et rien que d'y penser, il éprouvait une telle angoisse qu'il dut s'éclaircir la voix avant de parler.

— Il semble que nous ayons beaucoup de choses à discuter,

Amy. Mais pas ce soir. Nous avons tous les deux besoin de temps pour réfléchir à tout ça. D'accord ?

— Tu me crois, n'est-ce pas, Nico ? Tu me crois quand je te dis que je n'ai jamais essayé de te piéger ?

Devant son insistance, il hocha la tête.

— Oui, je te crois. Mais je regrette d'apprendre seulement maintenant pour Jacob.

— Je ne pensais pas que tu le souhaiterais. Après ma fausse couche, tu m'avais dit clairement que tu étais soulagé, que de toute façon tu ne voulais pas d'enfants. Alors, quand j'ai découvert que j'étais toujours enceinte, je n'ai pas voulu t'entraîner de force dans une situation que tu n'aurais pas choisie.

Il hocha la tête lentement.

Evidemment, elle avait raison. Cette nouvelle ne l'aurait pas fait sauter de joie. Mais il n'aurait pas pour autant tourné le dos à ses responsabilités. Il aurait fait ce qu'il fallait pour Amy et l'enfant...

Toutefois, il n'était pas certain que ç'aurait été suffisant. Jacob aurait souffert, en grandissant, de comprendre que son père n'entretenait des contacts avec lui que par sens du devoir. Il était bien placé pour le savoir. Son propre père n'avait jamais fait mystère de ne pas avoir voulu de descendance. Christos Leonides avait simplement cédé aux instances de son épouse, qui venait d'une famille très riche grâce à laquelle il avait pu monter son affaire. Nico avait toujours soupçonné Ariana, sa mère, d'avoir en quelque sorte exercé un chantage sur son père : elle l'épouserait, mais à la condition qu'il lui fasse des enfants. Or, si Christos s'était plié à ses exigences, il n'avait pas pour autant rempli son rôle de père auprès de leurs enfants. Il les avait toujours ignorés, sa sœur et lui.

Et si lui-même tenait de son père ? S'il lui était impossible d'éprouver la moindre affection pour Jacob ? D'après ce qu'il avait pu voir, le petit garçon semblait heureux et équilibré. Même si, d'après Amy, il avait été harcelé à l'école, il se savait aimé, ce qui était l'essentiel. Or, il risquait de provoquer des bouleversements malheureux s'il endossait son rôle de père. La crainte de ne pas être celui qu'un enfant de cet âge pouvait espérer.

Devait-il, oui ou non, se révéler à Jacob alors qu'il ignorait les répercussions que pourrait déclencher ce genre d'aveu ?

Il se sentait tiraillé.

Amy ignorait ce qu'il se passait dans la tête de Nico, mais, à son expression, elle n'avait aucun mal à deviner qu'il s'agissait de questions perturbantes pour lui. Il était clair qu'il n'avait pas changé d'avis quant à la paternité. S'ils voulaient dénouer cette situation, ils allaient devoir trouver un compromis. Elle était prête à faire des concessions, du moment que Jacob ne s'en trouve pas déstabilisé.

— Je me rends bien compte que c'est un choc pour toi, Nico, commença-t-elle, avant de s'arrêter car Donna Roberts, la jeune femme qui occupait la chambre à côté de la sienne et avec qui elle avait échangé quelques mots sur la plage le matin même, sortait sur la terrasse.

Dès que celle-ci les vit, elle s'empressa de les rejoindre.

— Excusez-moi, vous n'auriez pas une crème après-soleil ? Darcey s'est exposée sur la plage ce matin, et depuis, elle n'est pas bien. Ses épaules la font souffrir, et elle a des nausées.

— J'ai un lait, je vais le chercher, dit aussitôt Amy. Comment se sent-elle ? Est-elle fiévreuse ?

— Oh non, pas à ce point-là. Elle a juste quelques cloques. Mais elle nous met les nerfs en pelote avec ses jérémiades. Tim ne le supportait plus, il est sorti prendre un verre. J'aurais bien préféré l'accompagner au lieu de jouer les gardes-malades…

— Voulez-vous que je l'examine ?

Surprise, Amy se tourna vers Nico.

Elle frémit en sentant son bras effleurer le sien, et soudain elle ne put penser à rien d'autre qu'à leur baiser.

Peut-être avait-il été punitif, mais il avait réveillé en elle le souvenir de tous ceux qu'ils avaient échangés. Aucun homme, jamais, ni avant ni depuis, ne lui avait inspiré un tel désir.

— Je suis le docteur Leonides, je dirige la clinique Ariana Leonides dans le centre-ville.

Le calme de la voix de Nico fut pour elle comme une douche fraîche bienvenue.

Elle avait conscience que ce genre de réaction était inopportun. Peu importe ce qu'elle avait pu éprouver neuf ans plus tôt pour Nico, seule comptait la réaction de Jacob s'il découvrait que ce dernier était son père. Pouvait-elle faire confiance à Nico ? Saurait-il placer l'intérêt de Jacob avant le sien et lui exprimer un minimum d'affection ? Elle devait s'en assurer avant de prendre une décision.

Elle réagit en percevant l'hésitation de Donna.

— Je me porte garant pour le Dr Leonides. Il est vraiment médecin.

Donna haussa les épaules.

— Ce n'est pas ça... En fait, nous n'avons pas pris d'assurance voyage. Tim trouvait que ce serait du gaspillage et qu'on aurait sûrement de meilleures occasions de dépenser cet argent. Alors, évidemment, il va être furieux si on se retrouve avec une facture pour des frais médicaux...

— Je comprends, la rassura Nico. Mais vous n'avez rien à craindre. Je n'ai pas l'intention de vous faire payer une consultation.

— C'est très gentil à vous. D'ailleurs, peut-être que Darcey arrêtera de se plaindre, une fois que vous l'aurez examinée.

Visiblement soulagée, Donna les conduisit jusqu'à sa chambre.

Amy, ne souhaitant pas gêner, s'arrêta sur le seuil.

Une fillette d'environ six ans était recroquevillée sur un des lits, en pleurs. Même de loin, on pouvait remarquer la vive rougeur de son visage.

— Bonjour, Darcey, dit gentiment Nico en s'accroupissant près d'elle. Je suis le docteur Nico, et je voudrais voir tes épaules. Tu veux bien ? Ta maman m'a dit que tu souffrais beaucoup ?

Darcey confirma d'un hochement de tête en levant vers lui de grands yeux bleus noyés de larmes.

— Oui. Ça fait très mal.

— Je comprends.

Avec beaucoup de douceur, il observa sa peau rouge vif et s'arrêta plus attentivement sur son épaule gauche où apparaissait une plaque écarlate couverte de grosses cloques pleines de liquide séreux. Sans les toucher, il les étudia sous différents angles avant de se relever. Et lorsqu'il s'adressa à la mère, Amy saisit la colère qu'il réprimait sous son ton froid.

— L'épaule de votre fille est brûlée au second degré, et elle souffre aussi à mon avis d'une insolation. Il lui faut des soins immédiats. Je vais faire en sorte qu'elle soit tout de suite admise à la clinique.

— A la clinique ? s'exclama Donna. Pour un malheureux coup de soleil ? Pour quoi faire ?

— Les brûlures telles que celles-ci sont très sérieuses, qu'elles soient causées par le soleil ou par autre chose. Votre fille devra rester sous surveillance pendant quelques jours.

Lorsqu'il se tourna vers Amy, son regard s'adoucit.

— Tu pourrais préparer Darcey ? Il faudrait couvrir ces cloques. Les cicatrices seront plus discrètes et peut-être même invisibles, si on leur accorde le temps qu'il faut pour guérir.

Sous son regard, elle sentit comme une chaude couverture l'envelopper. Devait-elle comprendre qu'il lui pardonnait de lui avoir caché l'existence de Jacob ? Elle l'espérait de tout cœur, car il lui apparaissait soudain essentiel de ne pas être en désaccord avec lui.

— Je m'en charge, répondit-elle en essayant de se rappeler ce qu'elle avait dans la mallette de premiers secours qu'elle avait apportée par habitude — une chance.

— J'ai une boîte de gazes non pelucheuses dans ma chambre. Je vais la chercher.

— Parfait, répondit Nico avant de se tourner de nouveau vers la mère de la petite fille. Je vais vous accompagner à la clinique. Et je vous suggère d'avertir votre mari.

— Je… Euh… Oui, bien sûr, répondit Donna qui, manifestement contrariée, sortit dehors en ouvrant son portable.

Amy retourna dans sa chambre prendre sa mallette. Lorsqu'elle revint, Nico était au téléphone pour organiser l'admission de Darcey à la clinique.

Elle se concentra sur la fillette pour apaiser autant que possible ses douleurs. Le frère de Darcey, Harvey, l'observait avec une sorte d'excitation fascinée. Dès qu'elle eut terminé, il lui adressa un large sourire.

— Darcey ne pourra plus aller nager, maintenant, hein ?

— Non, répondit-elle en relevant gentiment les cheveux du visage de la fillette quand elle se remit à pleurer. Ne t'en fais pas, ma puce, ça ne durera pas. Tu pourras bientôt te baigner de nouveau.

— Mais pas pendant ces vacances-ci, insista Harvey, qui prenait visiblement un malin plaisir au malheur de sa sœur.

Son sourire s'élargit encore quand les larmes de Darcey redoublèrent.

— Oh ! le bébé qui pleure ! T'es un bébé ! Un bébé ! Ouh ouh !

— Ça suffit ! déclara Nico en lançant un regard réprobateur au garçon. C'est méchant de faire pleurer ta sœur.

Amy réprima son amusement devant le visage soudain empourpré de Harvey. Apparemment, il n'avait pas l'habitude de se faire réprimander. Se faire un peu « remonter les bretelles » ne pourrait que lui faire du bien. A son propre avis, les enfants devaient apprendre les limites à ne pas franchir, et Nico partageait visiblement son opinion.

Sans qu'elle puisse s'expliquer pourquoi, cette constatation lui insuffla une bouffée d'espoir. Elle avait peut-être tort, mais elle voulait y voir un bon présage.

Elle continua de s'occuper de Darcey en l'enveloppant dans un drap de bain lorsque celle-ci commença à grelotter sous l'effet du coup de soleil.

Nico pinça les lèvres en considérant la fillette.

— J'aimerais la conduire au plus vite à la clinique.

Elle ne pouvait qu'approuver, bien sûr. Plus vite Darcey serait prise en charge, mieux ce serait. Mais Donna ne réapparaissait toujours pas, et elle sentait croître l'impatience de Nico.

— Je vais aller voir où est Donna, proposa-t-elle en se dirigeant vers les portes vitrées.

Comme elle sortait, elle l'aperçut sur la terrasse, à quelques mètres de là. Il était clair que celle-ci avait pleuré.

Amy poussa un soupir intérieur. Elle se serait volontiers passée d'un autre drame ce soir…

— Tim est en rage, lui annonça Donna quand elle la rejoignit. Selon lui, c'est ma faute. Mais pourquoi est-ce que ça devrait toujours me retomber sur le dos ? C'est ses gosses à lui aussi, après tout, non ? Il serait temps qu'il s'en rende compte et qu'il s'occupe un peu d'eux. Il les voit à peine le week-end, et quand il est là, c'est pour leur crier dessus. Ah, je peux vous dire que ce serait plus facile d'être seule pour les élever ! Au moins, je serais en droit de me faire plaindre pour ce que je dois supporter !

— C'est sans doute le choc qui l'a rendu aussi furieux, suggéra Amy.

En fait, elle en doutait fort. Quoi qu'il en soit, le moment serait mal choisi pour discuter des aptitudes parentales du père. Ce qui lui fit penser à ses propres inquiétudes.

Quel père serait Nico ? Pourrait-il — et voudrait-il — seulement accepter ce rôle ?

Elle repoussa aussitôt ces questions hors sujet dans l'immédiat. Elle y réfléchirait plus tard.

— Le Dr Leonides est pressé de partir. Avez-vous prévu de retrouver votre mari à la clinique, ou va-t-il revenir ici pour s'occuper de votre fils ?

— Il nous rejoindra là-bas. Quand il aura fini son verre, évidemment, répondit Donna avec un soupir.

Amy se garda de tout commentaire. Il ne lui revenait pas de critiquer l'attitude du père.

Après s'être assurée que Jacob dormait profondément, elle retourna dans la chambre des Roberts et vit que Nico s'apprêtait à porter Darcey jusqu'à sa voiture.

Le voir avec cette enfant dans les bras lui serra le cœur.

Elle n'avait pas connu la joie de le voir tenir leur fils bébé. Nico et elle avaient été privés de tous ces précieux souvenirs, et à cause d'elle. Parce qu'elle avait refusé de l'avertir.

Peut-être aurait-il mal réagi s'il avait su, mais quoi qu'il en soit, elle se sentait coupable. Oui, elle aurait beaucoup à se faire pardonner — si toutefois Nico lui en offrait la possibilité.

— Le père de Darcey se rend directement à la clinique, l'informa-t-elle en s'efforçant de ne rien trahir de ses réflexions. Il te retrouvera là-bas.

— D'accord... Amy, promets-moi de ne rien précipiter. Nous devrons parler, et je veux que tu attendes un peu avant de quitter Constantis, si c'est ce que tu as prévu de faire.

— Es-tu certain de le vouloir, Nico ? lui demanda-t-elle presque à voix basse en rencontrant son regard.

— Certain...

Elle s'attendait à ce qu'il ajoute quelque chose, mais, après une infime hésitation, il tourna les talons et s'éloigna. Elle le regarda porter la fillette jusqu'à sa voiture puis regagna sa chambre, pensive.

Jacob dormait bienheureusement, inconscient des événements de la nuit, et elle se pencha pour lui caresser les cheveux avec tendresse.

Elle aimait cet enfant. Elle voulait lui offrir ce qu'il y avait de mieux. Mais comment être sûre que faire entrer Nico dans leur vie serait une bonne chose pour lui ? Elle allait accéder à la demande de Nico de ne pas quitter l'île tout de suite. En effet, il y avait beaucoup de choses à considérer avant de pouvoir prendre une décision, et jamais elle ne se pardonnerait si elle faisait un choix qui, au bout du compte, nuirait à Jacob.

Le lendemain matin, Nico partit pour la clinique plus tôt que d'habitude.

Avant toute chose, il se rendrait au chevet de Darcey. Les blessures de la fillette ne menaçaient pas sa vie, mais il ressentait un lien particulier avec elle. Ce qu'il lui arrivait, en particulier l'apparent désintérêt de ses parents, le touchait de très près. Aucun enfant, jamais, ne devrait être traité ainsi. Tous, sans discrimination, devraient être aimés et choyés, tout comme lui-même voulait aimer et choyer Jacob.

Il se figea à cette brusque révélation.

Pourquoi ce garçon, dont la veille encore il ignorait tout, prenait-il une telle importance pour lui ? Tout comme Amy...

Ces émotions qui ne lui étaient pas familières l'effrayaient, et c'est au prix d'un effort qu'il parvint à sourire à Sophia qui venait le saluer.

— *Kalimera*, Sophia.

— *Kalimera*, docteur Leonides. Je suppose que vous venez voir notre nouvelle petite patiente ?

— *Ne*. Comment va-t-elle, ce matin ?

Sa voix était rauque et il dut s'éclaircir la gorge.

Il devait absolument se reprendre.

— Ses parents sont-ils arrivés ? demanda-t-il plus fermement en promenant son regard sur la salle ensoleillée.

Il avait longuement réfléchi lors de la conception de sa clinique. Avant tout, il voulait en faire un endroit plaisant pour les patients. Une cloison amovible pouvait être installée lorsqu'on devait héberger des hommes et des femmes afin de séparer la pièce en deux sections distinctes. Et même si, par manque de place, il n'était pas possible de procurer des chambres individuelles aux patients, chaque lit était installé dans une alcôve qui offrait un minimum d'intimité, ce que tous appréciaient.

— Non, répondit Sophia en le précédant vers le box du fond. Ils sont partis peu après vous, hier soir, et ils ne sont pas encore revenus.

Il eut du mal à contenir sa colère, mais à aucun prix il ne voulait perturber Darcey.

Il adressa un sourire rassurant à la petite fille.

— Alors ? Comment te sens-tu ce matin, petite ?

— J'ai mal à mes épaules, mais plus à ma tête, répondit-elle avec sérieux, avant de se pencher pour voir derrière lui. Ma maman, elle est pas là ?

— Non. Mais je pense qu'elle va bientôt arriver, répondit-il en repoussant doucement une mèche tombée sur son visage.

Darcey n'ajouta rien, ce qui lui donna la très nette impression qu'elle ne le croyait pas.

Peut-être sa mère l'avait-elle habituée à lui faire souvent faux bond, songea-t-il en l'examinant. Si c'était le cas, il ne se priverait pas de dire franchement aux parents ce qu'il en pensait.

Il signala à Sophia de poursuivre le traitement. La température de Darcey devrait être régulièrement contrôlée et la zone de l'inflammation scrupuleusement nettoyée, mais il n'envisageait pas d'autres soins. Les brûlures du second degré — celles qui provoquent des cloques sur la peau — guérissent le plus souvent d'elles-mêmes. Même si l'épiderme est atteint, le derme, la couche la plus épaisse de la peau, guérit en principe sans laisser de cicatrice. Et Darcey avait, à beaucoup d'égards, eu de la chance, car la zone endommagée était relativement restreinte. Si cela avait été plus étendu, il aurait peut-être fallu avoir recours à la chirurgie plastique.

Il se tourna vers Sophia.

— Je repasserai plus tard. Prévenez-moi quand les parents seront là. J'aimerais leur parler.

— Bien sûr, docteur... Je dois vous annoncer que je vous quitterai à la fin du mois. Je vais me marier.

— Oh ? Eh bien, félicitations ! Je suis très heureux pour vous, Sophia, même si je regrette de vous voir partir. J'avais compté vous offrir un poste permanent.

— Et j'en aurais été très heureuse. Mais on vient de proposer un travail à mon fiancé, et c'est à Boston. J'ai longtemps hésité à partir faire ma vie aux Etats-Unis, sauf que...

— Je comprends. C'est une grosse décision à prendre, mais je suis sûr que vous ne le regretterez pas.

Après avoir renouvelé ses félicitations à l'infirmière, il gagna son bureau avec l'intention de s'acquitter de la paperasse administrative qui s'accumulait. Même s'il avait du personnel pour se charger de la complexité du système de santé grec, il était toujours sollicité pour un problème ou un autre.

Ouvrant le dossier de Darcey Roberts, il y colla un post-it précisant de ne pas facturer son intervention. Il avait promis à sa mère de ne rien demander, et il respectait toujours ses promesses.

S'il promettait à Amy de jouer un rôle dans la vie de Jacob, il devrait là aussi tenir parole...

A cette idée, il se leva et alla se poster devant la fenêtre, laissant son regard errer sur la baie.

Il était encore trop tôt pour que les ferries circulent, mais plusieurs bateaux de pêche prenaient le large.

Ce spectacle apaisant suffisait généralement à lui changer les idées, mais pas aujourd'hui. Il était trop préoccupé par les événements des dernières vingt-quatre heures. Il avait passé une nuit blanche. Comment dormir, alors que son esprit était assailli par toutes sortes d'émotions inconnues ? Découvrir qu'il avait un fils l'avait bouleversé, mais ce n'était pas uniquement cela qui l'avait tenu éveillé. C'était aussi Amy. Quels sentiments lui inspirait-elle ? Parce que, s'il se proposait de jouer un rôle dans la vie de Jacob, Amy ferait bien évidemment partie de l'histoire...

Il ferma les yeux, tentant d'appréhender plus clairement ce qu'il éprouvait en coupant son esprit de tout le reste.

Il ne pouvait le nier, la revoir avait été un choc. Il se rendait compte à présent que, s'il n'avait pas pensé à elle depuis longtemps, il ne l'avait pas pour autant oubliée. Elle était restée dans un coin de sa mémoire, et la revoir libérait une multitude de souvenirs. Son rythme cardiaque s'accéléra alors que certains s'imposaient à lui. Comme leurs longues promenades main dans la main dans le parc, leurs soirées « pizza-film » sur le canapé de son salon, et bien sûr leurs nuits d'amour...

Il rouvrit brusquement les yeux.

Mieux valait ne pas s'engager sur ce chemin. Pas alors qu'il ne savait pas très bien où il en était. L'amour avec Amy avait été une expérience passionnelle, même s'il s'était toujours efforcé de ne pas céder à l'ivresse du moment. Avec les autres femmes qu'il avait connues, il n'avait pas été confronté à ce problème. L'une d'elles l'avait même accusé d'être « sentimentalement déconnecté » au point qu'elle avait l'impression de faire l'amour avec un étranger.

Avec Amy, cependant, ç'avait été différent. Dès le début, elle lui avait fait vivre une expérience unique, aussi bien physiquement qu'affectivement. Elle avait éveillé en lui des émotions dont il ne se serait jamais cru capable, ce qui l'angoissait.

Son regard demeura fixé sur le ballet des bateaux.

S'il acceptait de devenir le père de Jacob, comment être sûr qu'il ne retombe pas sous le charme d'Amy ? Il pouvait toujours se répéter qu'il serait assez fort pour résister, mais l'était-il ? Si le baiser qu'ils avaient échangé hier constituait un indice, il pouvait difficilement se croire prémuni contre l'envoûtement qu'elle exerçait sur lui.

Serait-il vraiment raisonnable de s'engager avec elle et Jacob alors que l'avenir était si incertain ? Même s'il s'était remis de son infarctus, son cardiologue ne lui avait pas caché que la possibilité qu'il en subisse un autre n'était pas à négliger. Il avait envie de vivre une longue vie bien remplie, mais rien ne garantissait que cela lui serait possible, aussi se devait-il de considérer l'impact que cela pourrait avoir sur ses proches. Jusqu'à présent, le problème ne s'était pas posé, mais la situation n'était plus la même à présent. Pour s'exprimer sans détour, quels avantages Jacob et Amy tireraient-ils d'une relation avec lui s'il devait ressortir brutalement de leur vie ?

6

Amy fut surprise de voir la famille Roberts dans la salle à manger lorsque Jacob et elle en franchirent le seuil pour y prendre leur petit déjeuner. Comme elle répondait au signe de bienvenue de Donna, elle ne put s'empêcher de se demander ce qu'ils faisaient là. Si Jacob avait été conduit à l'hôpital, rien ni personne n'aurait pu la convaincre de quitter son chevet.

Donna s'avança vers elle alors qu'elle se servait un café.

— Je voulais vous remercier pour hier soir. Vous nous avez évité de subir les jérémiades de Darcey toute la nuit !

Amy parvint à esquisser un sourire.

— Vous n'êtes pas restés à la clinique avec elle, alors ?

— Pour quoi faire ? Elle y est en sécurité, et puis, entre nous, j'étais soulagée de pouvoir m'éclipser. Rien n'est plus exaspérant qu'un gosse qui n'arrête pas de geindre. Alors, non, merci, je préférais dormir dans mon lit.

Amy ne formula aucun commentaire.

Donna retourna à sa table. La famille Roberts avait fini de déjeuner, et il était clair qu'ils s'apprêtaient à aller à la plage.

Amy avait du mal à comprendre qu'ils puissent choisir de s'amuser alors que leur fille guettait sûrement leur visite. Comment pouvait-on être aussi insensible ?

Quand Jacob et elle allèrent à leur tour s'installer sur le sable, elle se rendit rapidement compte qu'elle était incapable de se détendre. Le souvenir de la soirée de la veille l'en empêchait.

N'avait-elle pas commis une erreur en promettant à Nico qu'ils ne quitteraient pas l'île ? Sur le moment, il était anxieux de conduire Darcey à la clinique, et elle avait eu le sentiment de ne pas avoir le choix. Mais avait-elle bien fait ? Si au moins elle savait ce qu'il éprouvait vraiment pour Jacob ! Mais elle n'en avait aucune idée, et c'était ce qui la tourmentait le plus. Pour rien au monde elle ne voudrait exposer son fils à une désillusion. Elle était prête à tout pour le protéger. Pour elle, c'était un absolu auquel aucun parent ne devrait déroger.

Cela l'amena à songer à la petite Darcey, toute seule à la clinique. Ne supportant pas d'imaginer la détresse de Darcey alors que celle-ci attendait en vain la visite de ses parents, Amy décida de prendre le taureau par les cornes.

Elle se leva et se dirigea vers le couple en train de se dorer au soleil à quelques mètres de là.

— Je me demandais quand vous comptiez aller voir Darcey, expliqua-t-elle devant le regard interrogateur de Donna.

— Eh bien, dans la soirée, sans doute, répondit celle-ci en bâillant. A quoi bon perdre son temps dans un hôpital alors qu'il fait si beau ici ?

— Elle ne vous manque pas ? insista-t-elle.

Donna esquissa un haussement d'épaules fataliste.

— Si, bien sûr. Mais on ne peut pas passer sa vie à courir après ses gosses, non ? Il faut bien se ménager des temps pour soi.

Et elle ferma les yeux, signifiant clairement que pour elle le sujet était clos.

Amy retourna donc sur sa serviette, mais elle ne pouvait toujours pas se relaxer. Ses pensées tournaient en boucle dans sa tête. Et surtout sa promesse à Nico et les répercussions qu'elle pourrait générer.

Finalement, incapable de supporter cela plus longtemps, elle annonça à Jacob qui revenait chercher à boire qu'ils allaient rendre visite à Darcey à la clinique.

Avec un peu de chance, quand ils seraient sur place, elle pourrait parler à Nico. Ce serait toujours mieux que de rester assise là à imaginer ce qu'il pourrait se passer !

Jacob rechigna un peu à l'idée de quitter la plage, mais il se consola en découvrant qu'ils prenaient le car local, qui les conduisit au centre-ville après s'être arrêté dans plusieurs villages pour charger d'autres passagers.

Elle aida Jacob à descendre du car et regarda autour d'elle, regrettant de ne pas avoir demandé à Helena de lui indiquer le chemin de la clinique. Ils étaient sur une place dont partaient plusieurs rues, et elle ignorait totalement laquelle y menait.

Comme le découragement commençait à la gagner, Jacob la tira par le bras.

— Regarde, m'man ! C'est un fort !

L'excitation dans sa voix lui rappela que ces vacances étaient censées être avant tout pour lui. Elle avait peut-être à parler avec Nico, mais pas aux dépens de Jacob. Pas question de lui gâcher sa journée.

— Tu veux qu'on aille le voir ? suggéra-t-elle, amusée de le voir sauter sur place en tapant des mains.

— Oui !

Il partit devant en courant, et elle le suivit à un pas plus tranquille.

C'était jour de marché, de nombreux stands étaient dressés autour de la place. Elle se promit d'y revenir après leur visite du fort et d'y acheter quelques souvenirs qui rappelleraient à Jacob ses premières vacances à l'étranger… Quant à elle, vu tout ce qu'il s'était passé depuis qu'elle était tombée sur Nico à bord du ferry, elle ne risquait pas de les oublier !

Après avoir raccompagné son dernier patient, Nico s'assura auprès de Theodora, sa réceptionniste, qu'il n'y avait pas de rendez-vous de dernière minute.

La matinée avait été inhabituellement calme, et il avait terminé pour une fois assez tôt. Aussi décida-t-il de profiter de ce temps libre pour se rendre dans le centre. Les jours précédents, il n'avait pas pris le temps de s'occuper de son Frigidaire, qui avait un besoin urgent d'être réapprovisionné.

Et pourquoi n'inviterait-il pas Amy et Jacob à dîner un soir ?

Non. Tant qu'Amy et lui n'auraient pas discuté cartes sur table et pris des dispositions, il préférait garder une certaine distance.

Toutefois, cette pensée le tarabusta tout le long du chemin. Il savait ce qu'il voulait faire, mais il n'était pas convaincu que ce soit la bonne solution. Indépendamment de ses problèmes de santé, que se passerait-il si son enthousiasme initial s'effritait ? En dehors de son travail, il avait rarement eu affaire à des enfants. Même s'il adorait les fils de sa sœur, il n'avait encore jamais éprouvé le désir de fonder sa propre famille. Il concevait sans mal les dégâts qu'il pourrait provoquer s'il établissait une relation avec Jacob et s'apercevoir, quelques mois plus tard, qu'il était incapable de remplir son rôle de père et finissait par disparaître pour de bon de la vie de son fils. Pour rien au monde, il ne voudrait que ce garçon grandisse en pensant que son père l'avait rejeté. Il ne connaissait que trop, pour l'avoir lui-même vécu, les ravages que cela inflige à l'estime de soi.

Une fois sur la grande place, il acheta des fruits et des légumes sur le marché hebdomadaire, ainsi qu'un *horiatiko psomi* — une sorte de pain cuit en plein air dans des fours à bois. Comme il échangeait des plaisanteries avec les commerçants, il s'étonna de constater la différence qu'il y avait entre sa vie aux Etats-Unis et celle d'aujourd'hui.

En Californie, il avait eu une femme de ménage qui s'était occupée de tout et avait veillé à ce que ses moindres désirs soient exaucés. A l'époque, il avait tout accepté sans se poser de questions, mais il se rendait compte à présent de l'irréalité de la vie qu'il avait menée. Il ne la regrettait pas le moins du monde. Il préférait, et de loin, mettre la main à la pâte. Au moins gardait-il ainsi les pieds bien sur terre et voyait-il ce qui était vraiment essentiel dans l'existence — assurément pas le succès ou un compte en banque bien rempli, ainsi qu'il se l'était imaginé au début de sa carrière.

Amy aurait du mal à le croire s'il le lui confiait...

Comme si le simple fait de penser à elle pouvait la faire apparaître, elle surgit soudain devant lui avec Jacob. Tous deux se tenaient devant un étal où l'on vendait des baklavas — ces délicieux gâteaux au miel si populaires en Grèce.

Il s'immobilisa, le cœur battant.

Ils étaient trop absorbés dans le choix de leurs pâtisseries pour l'avoir remarqué, aussi pourrait-il aisément les éviter en se faufilant entre les stands. Ce serait préférable, étant donné qu'il ne savait pas encore quelle attitude adopter avec Jacob.

Pourtant, il sentait l'excitation croître en lui. Une force qu'il n'avait encore jamais éprouvée le poussait à les rejoindre. Laquelle, il aurait été bien en peine de le dire. Tout ce qu'il savait, c'est que son cœur l'engageait à aller vers eux, même s'il avait conscience que ce pourrait être une erreur.

Pour lui qui n'avait jamais obéi qu'à lui-même, c'était une révélation choquante. Etait-il à ce point ambivalent ? Comment pouvait-il espérer prendre un jour des décisions capitales pour l'avenir, s'il laissait ses instincts prendre le pas sur sa raison ?

— Essayez ceux-là, à la pistache. Moi, ce sont ceux que je préfère.

Amy se retourna brusquement, et ses yeux s'agrandirent quand elle découvrit Nico derrière elle.

Elle avait envisagé de passer à la clinique, mais le rencontrer là, sur ce marché, la prenait totalement au dépourvu. Comme elle sentait le rouge lui monter aux joues, elle s'empressa de reporter son attention sur l'étal.

— Ils sont si appétissants qu'on a envie de tous les prendre, marmonna-t-elle, troublée.

Quoi de plus naturel que de se sentir nerveuse alors qu'elle ignorait toujours les intentions de Nico envers Jacob ? Et puis, inutile de se mentir, ce serait vain de prétendre qu'il lui était indifférent. Sa seule présence semait le chaos dans ses émotions.

Prenant une discrète inspiration, elle s'efforça de se ressaisir tandis que la marchande glissait les gâteaux dans une boîte pâtissière en carton. Elle connaissait visiblement Nico et bavarda avec lui tout en nouant un ruban autour du petit paquet. Et lorsqu'Amy lui tendit un billet pour la régler, elle le repoussa gentiment en secouant la tête.

— C'est un cadeau, traduisit Nico pour elle. Kara et son mari sont mes patients, et c'est une façon pour elle de me remercier.

— Mais je...

— N'insiste pas, dit-il en lui prenant la main, sinon elle interprétera ton refus comme une insulte. Remercie-la, tout simplement. Elle sera ravie, crois-moi.

— Oh... Eh bien, *efharisto*, murmura-t-elle, tourneboulée par la chaleur des doigts de Nico sur les siens. Merci, Kara. Je suis sûre que nous allons nous régaler.

Puis elle retira rapidement sa main, déterminée à ne pas trahir l'émoi que provoquait en elle ce contact.

Le temps où il pouvait faire d'elle son esclave d'une simple caresse était révolu !

La femme la gratifia d'un sourire chaleureux avant d'ajouter quelques mots à l'adresse de Nico.

Même si Amy ne les comprit pas, elle sut qu'elle lui parlait de Jacob.

Kara avait-elle elle aussi remarqué les similitudes physiques entre le père et le fils ? Mais comment s'en étonner ? C'était tellement évident. Tout ce qu'elle souhaitait, c'était que personne ne s'avise d'en parler directement à leur fils. Imaginer la peine et la perplexité de Jacob s'il venait à apprendre que Nico était son père la rendait malade d'appréhension. Tant qu'elle ignorerait les intentions de Nico, elle allait devoir tout faire pour éviter ce genre de situation.

— Nous devrions rentrer à l'hôtel, maintenant, dit-elle avec un entrain qu'elle était loin de ressentir.

Prenant la main de Jacob, elle l'entraîna vers l'arrêt du car. Elle regrettait de ne pas pouvoir rendre visite à Darcey, mais, à la clinique, le risque que des gens commentent ouvertement la ressemblance entre le père et le fils était trop grand.

Comme Nico leur emboîtait le pas, elle souleva la boîte des pâtisseries.

— Merci encore, Nico. Tu es certain de ne pas vouloir les prendre ? Sans regrets ?

— Sans regrets ! répondit-il en riant.

Elle grimaça.

— Je devrais t'imiter. Je ne suis pas sûre que ma ligne supporte toutes ces calories.

— Ne t'inquiète pas pour ta ligne, elle est parfaite.

Elle éprouva une étrange sensation — étrange, mais plutôt agréable — alors que le regard de Nico redessinait ses formes avec une appréciation évidente.

Même si elle avait eu de nombreuses occasions, elle avait toujours évité de nouer une autre relation. Ce qui n'avait d'ailleurs exigé aucun sacrifice de sa part. Pour elle, Jacob passait avant toute autre chose, et elle se refusait à risquer de le déstabiliser en introduisant un homme dans leur vie. Et puis, de toute façon, elle n'en avait jamais rencontré auprès de qui elle aurait rêvé de vieillir sereinement.

Sauf Nico.

Le cœur serré, elle détourna la tête.

Elle l'avait aimé plus que tout, mais avait appris à ses dépens que l'amour n'était pas toujours payé de retour. Parce que Nico, lui, ne l'avait pas aimée. Autrement, comment aurait-il été aussi soulagé lorsqu'elle avait cru avoir perdu leur enfant ? Il lui était encore douloureux d'y songer, mais elle devait regarder les choses en face : même s'il acceptait de jouer un rôle dans la vie de Jacob, il ne souhaiterait pas jouer de rôle dans la sienne.

— Ça vous plairait de venir dîner un soir chez moi, Jacob et toi ?

Avait-elle bien entendu ?

— Pardon ? dit-elle, déconcertée.

— Jacob et toi. Nous pourrions dîner ensemble…

Elle vit l'expression de Nico s'adoucir alors qu'il suivait des yeux Jacob, qui s'était écarté pour s'arrêter devant un stand de jouets en bois.

— Ce serait une bonne occasion de mieux nous connaître, lui et moi.

— Dois-je comprendre que tu as pris une décision ? demanda-t-elle non sans une certaine anxiété.

— Je crois, oui.

Nico hocha lentement la tête, et elle put saisir à son expression pensive que c'était un choc autant pour lui que pour elle.

— Tu dois être certain, Nico ! Parce que, une fois que tu auras révélé à Jacob ce que tu es pour lui, nous ne pourrons plus revenir en arrière. Tu le comprends, je suppose ?

— Bien sûr. Et c'est bien pour ça que je ne te propose pas de le lui dire tout de suite.

Se rembrunissant, il prit une profonde inspiration.

— Il faut d'abord que je te révèle certaines choses, Amy. Des choses qui pourraient t'amener à ne pas souhaiter que j'entre dans la vie de Jacob.

— Que veux-tu dire ?

— Pas ici. Il vaut mieux que nous soyons seuls pour ça...

Il jeta un coup d'œil par-dessus son épaule alors que leur car arrivait.

— Demain soir, ça te conviendrait ? Je pourrais passer vous prendre après la fermeture de la clinique, vers 17 heures.

— D'accord, répondit-elle, un peu étourdie.

Que pouvait-il avoir à lui dévoiler de si important qui puisse la dissuader d'annoncer à Jacob qu'il était son père ? se demanda-t-elle comme ils montaient dans le car.

Elle n'avait aucun moyen de le savoir.

Elle devrait attendre jusqu'au lendemain soir pour le découvrir. Et le temps risquait de lui paraître long, car elle avait le sentiment très perturbant qu'elle n'allait pas du tout aimer ce qu'il comptait lui avouer.

7

Le lendemain, Nico termina ses consultations à la clinique, en proie à de sérieux doutes.

Sur le moment, inviter Amy et Jacob lui avait paru une bonne idée. Ce serait l'occasion pour elle de prendre conscience des conséquences possibles s'il intervenait dans la vie de Jacob et devait subir un nouvel infarctus. Toutefois, force lui était d'admettre qu'il avait des réticences à le lui annoncer. Reconnaître sa vulnérabilité ne lui serait pas facile. C'était sans doute stupide, mais il craignait d'apparaître à ses yeux comme diminué.

Il s'efforça de s'ôter cette pensée de l'esprit durant le trajet jusqu'à l'hôtel, où il arriva à 17 heures à peine passées.

Amy et Jacob l'attendaient sur la terrasse.

Il s'accorda deux secondes pour prendre une forte inspiration avant d'ouvrir sa portière.

Sans doute son ego allait-il en prendre un sacré coup, mais rien ni personne ne pouvait le dissuader de révéler la vérité à Amy.

— Prêts ? demanda-t-il en s'avançant vers eux.

Elle avait choisi une robe corail toute simple, qui mettait en valeur son léger hâle et lui allait à ravir. Elle était si jolie, si jeune, là, devant lui, tenant Jacob par la main, qu'il éprouva le besoin presque impérieux de la toucher.

Se penchant, il lui effleura la joue de ses lèvres, et s'attarda juste une demi-seconde de plus pour respirer l'odeur sucrée de sa peau.

Inutile de se mentir, cette femme faisait vibrer en lui une corde très sensible.

S'écartant, il se tourna vers Jacob.

Il ne lui était pas facile d'afficher un calme qu'il ne possédait pas, mais il s'y efforça. Il n'était pas question de laisser entrevoir son trouble à Amy, surtout qu'elle n'ignorerait bientôt plus ses problèmes de cœur et que cette révélation modifierait certainement le regard qu'elle portait sur lui : il ne serait plus à ses yeux l'homme fort dont elle s'était peut-être forgé l'image.

— Que dirais-tu d'aller dans la crique taquiner un peu le poisson avant de dîner ? proposa-t-il à Jacob, faisant de son mieux pour ignorer la douleur que cela éveillait en lui. Tu as déjà pêché en mer ?

— Nan, répondit le gamin, dont les yeux s'étaient allumés d'une lueur excitée. Si on attrape un poisson, on pourra le faire cuire pour le manger ce soir ?

— Pourquoi pas ? Bien sûr.

Saisi d'une émotion soudaine, il lui ébouriffa les cheveux.

Il devait se retenir de le soulever dans ses bras pour l'étreindre. C'était ce qu'il aurait dû faire à sa naissance. Il aurait dû être là dès le premier jour, dès la première minute. S'il n'avait pas réagi aussi lâchement quand Amy avait perdu le jumeau de Jacob, elle lui aurait certainement annoncé qu'elle était toujours enceinte, et il n'aurait pas gâché tout ce temps précieux.

C'est le cœur lourd de ce regret qu'il conduisit Jacob jusqu'à sa voiture et qu'il l'installa à l'arrière en fixant la ceinture de sécurité. Après quoi, il ouvrit la portière pour Amy.

Elle leva les yeux en se glissant sur le siège passager, et au bref regard qu'elle lui lança, il sut qu'elle avait décelé son trouble.

Il tourna la clé de contact en prenant une longue inspiration.

Tant qu'il ne l'aurait pas informée de son infarctus, il ne pourrait pas lui révéler ses sentiments. Il ne devrait même pas être autorisé à en avoir. Si Amy ne le jugeait pas apte à jouer le rôle de père pour Jacob, il s'inclinerait.

Amy sentait son anxiété croître. En d'autres occasions, elle aurait apprécié le trajet. Le paysage était superbe. Le vert profond et les gris de la montagne offraient un contraste saisissant avec le turquoise de la mer. Mais elle ne pouvait effacer de son esprit l'image de Nico ébouriffant les cheveux de Jacob. Elle le savait, ce geste tout simple avait été un instant crucial pour lui. Elle avait pu le lire dans ses yeux et voir l'effet que cela avait sur lui. Ce qu'elle ne comprenait pas, en revanche, c'était cette tristesse qu'il avait manifestée ensuite. Son secret, quel qu'il soit, avait de toute évidence une grande importance pour lui.

Plongée dans ses réflexions, elle ne s'aperçut qu'ils étaient arrivés que lorsque Jacob jaillit de la voiture. Elle se figea un instant, promenant un regard stupéfait autour d'elle.

Elle ne s'était pas posé la question, mais si elle avait essayé de deviner dans quel genre de maison vivait Nico, elle se serait sûrement représenté quelque chose d'assez tape-à-l'œil. En tout cas, pas quelque chose de rustique comme cette ancienne ferme.

— Alors ? Qu'en penses-tu ? demanda-t-il, les mains enfoncées dans ses poches.

Elle fut surprise de se rendre compte qu'il était nerveux.

— Tu as un panorama superbe ! répondit-elle avec un enthousiasme sincère. Mais j'avoue que je suis étonnée de ton choix. Ce n'est pas du tout ce que j'aurais imaginé.

— Tu me voyais dans quelque chose de plus prétentieux, le genre villa avec piscine, sauna et court de tennis ?

Il eut un rire bref en secouant la tête.

— Pour ça, j'ai déjà donné, et je n'ai aucune envie de recommencer.

— Vraiment ? Alors, tu as subi une métamorphose étonnante. Une vie haut de gamme, cela avait toujours été au top de tes ambitions.

Le visage de Nico parut soudain se fermer.

— C'est vrai que j'ai totalement remis en question la façon dont j'envisageais ma vie, mais ça n'a rien d'exceptionnel. Des événements, des circonstances font que l'on est contraint de reconsidérer ce qu'on attend de l'avenir. Mais je suppose que je ne t'apprends rien, Amy, tu as dû l'expérimenter pour toi-même. Avoir un enfant et décider de l'élever seule, ça n'a sûrement pas été facile.

— Si c'est un reproche...

Il secoua la tête.

— Absolument pas. Je ne t'ai pas amenée ici pour que nous nous disputions. Je me demande seulement comment tu as pu te débrouiller avec un bébé. Il a sûrement fallu à un moment donné que tu reprennes ton travail. Comment as-tu fait ?

— Mes parents m'ont aidée, ils ont vraiment été très présents. Ils se sont occupés de Jacob jusqu'à ce qu'il soit assez grand pour être admis dans une garderie.

— D'accord, mais ça n'a tout de même pas dû être simple.

— C'est vrai, pourtant je ne regrette rien. Ça en valait la peine...

Elle esquissa un haussement d'épaules.

A quoi bon ressasser le passé ?

— Cette page est tournée, maintenant, et nous devons prendre des décisions pour l'avenir. Tu avais quelque chose à me dire, non ?

— Oui. Mais ça attendra après le dîner. J'ai promis à Jacob de l'emmener pêcher, et je crois qu'il ne me laissera pas me défiler ! plaisanta Nico alors que le petit garçon arrivait en courant vers eux.

Elle les regarda s'éloigner tous les deux pour préparer leur matériel.

Elle grillait de savoir ce qu'il avait à lui révéler et qui aurait probablement un impact majeur sur les décisions qu'ils devaient prendre... Mais il lui fallait encore attendre. D'ici là, elle s'efforcerait de ne pas trop se tourmenter.

C'était plus facile à dire qu'à faire.

Ils avaient pêché trois poissons. Jacob était aux anges parce que c'était lui qui avait attrapé le plus gros.

Nico lui montra comment ôter les écailles.

— Bravo, tu t'en sors vraiment très bien ! déclara-t-il lorsque le garçon eut terminé.

Il lui demanda ensuite d'écailler l'autre tandis qu'il se chargeait de les éviscérer, et il fut le premier surpris de découvrir qu'il prenait un réel plaisir à lui transmettre son savoir-faire. Il avait à peu près son âge lorsque son grand-père lui avait appris ces gestes, et il était heureux de raviver les excellents souvenirs qu'il gardait de ces moments-là.

Quand les poissons furent prêts, ils les rapportèrent dans un seau à la maison, où ils trouvèrent Amy installée sur la terrasse.

Elle avait décidé de rester sur place plutôt que de les accompagner, et il en avait été soulagé et reconnaissant. Elle lui avait donné une chance d'être seul avec Jacob, et il avait pu ainsi profiter d'un répit bienvenu.

Elle était impatiente d'entendre ce qu'il avait à lui dire, c'était évident, mais lui-même n'était pas pressé. Même si c'était stupide, il ne pouvait s'empêcher de penser que cela modifierait le regard qu'elle posait sur lui. Stupide ou non, se discréditer à ses yeux exigeait de sa part un gros effort. Son ego en souffrirait assurément. Mais il devait lui dire la vérité, il n'avait pas le choix. Pas question de garder ce genre d'information pour lui alors que cela pèserait sur toute décision qu'elle pourrait prendre concernant son implication dans la vie de leur fils.

— On a attrapé trois poissons, maman, et c'est moi que j'ai pêché le plus gros ! déclara fièrement Jacob en exhibant sa prise.

— Bravo ! s'exclama-t-elle, rayonnante.

Toutefois, même si son sourire restait bien en place, il vit la chaleur disparaître de ses yeux quand elle releva la tête vers lui.

— Il est doué, n'est-ce pas ?

— C'est sûr, approuva-t-il, la gorge nouée.

Mais quelle raison aurait-elle de s'adresser à lui avec la même affection ? Après tout, il l'avait laissée tomber, non ? D'accord, il avait ignoré qu'elle était toujours enceinte, mais il n'avait pas cherché à la joindre une fois qu'il avait quitté Londres. A l'époque, il avait sincèrement pensé que c'était préférable ainsi. Leur histoire était terminée, alors autant rompre. Pourtant, il regrettait de ne pas avoir gardé le contact. Elle avait été si bouleversée après sa fausse couche, et il fallait bien admettre qu'il ne l'avait pas vraiment soutenue...

Mais ce n'était pas le moment de penser à ça, ils avaient bien d'autres sujets de préoccupation, à présent, songea-t-il en se dirigeant vers la cuisine.

Jacob l'y suivit, ce qui fut pour lui l'occasion de lui montrer l'art et la manière de lever les filets de poisson, ce que le garçon prit visiblement plaisir à faire.

— Parfait, l'encouragea-t-il. Tu t'en sors comme un chef.

Comme Jacob rougissait de fierté, il ne put s'empêcher de songer à sa propre enfance et à son attente toujours déçue de compliments paternels. Aussi se promit-il de ne jamais oublier de féliciter Jacob quand cela s'imposerait.

Sauf que... Aurait-il d'autres occasions de le faire ?

Tout dépendait de la décision que prendrait Amy une fois qu'il l'aurait informée quant à sa santé.

Il y songeait encore alors qu'il allumait le barbecue avant d'enduire les filets d'huile d'olive et d'aromates puis de les placer entre deux grilles métalliques.

Comme Jacob s'avançait pour l'observer, il le retint.

— C'est très chaud, Jacob. Il vaudrait mieux que tu aides ta maman à préparer une salade. Il y a tout ce qu'il faut dans le Frigidaire, et tu peux aussi apporter le pain. Il est dans la corbeille sur le buffet.

Tandis que Jacob et Amy s'affairaient à l'intérieur, il posa le poisson sur les braises et le surveilla. Ce serait dommage de rater la cuisson et de gâcher cette expérience pour son fils.

Oui, c'était *son* fils, et il le serait toujours, quoi qu'Amy puisse en décider !

Cette évidence fut si puissante qu'il dut se forcer pour se concentrer sur sa tâche. La tension qu'il avait sentie aller crescendo en lui, tout au long de la journée, semblait avoir atteint un sommet. Tant de choses dépendaient de la décision d'Amy ! Pour tout dire, c'était son avenir à lui qu'elle tenait entre ses mains.

Une fois le dîner terminé, Jacob fut installé dans le salon pour regarder une émission de dessins animés à la télévision. Les personnages s'exprimaient en grec, mais cela ne freinait pas son enthousiasme.

Après lui avoir apporté deux boules de glace dans un bol, Amy rejoignit Nico à l'extérieur.

Il avait débarrassé la table et leur avait servi le café sur la terrasse.

— Tu t'es décidément domestiqué, ironisa-t-elle devant les tasses fumantes. Qu'est devenu l'homme qui ne savait pas faire chauffer de l'eau, sans parler d'y verser du café ?

— Il a eu un réveil difficile en revenant ici.

Il avait répondu sur le ton de la plaisanterie, mais elle perçut la tension dans sa voix. Ce qu'il avait à lui dire aurait un impact majeur, elle en était certaine.

— Engager une gouvernante pour s'occuper de moi, ça n'aurait pas été bien vu des insulaires, crois-moi, ajouta-t-il alors qu'ils s'asseyaient tous les deux à la table.

— Donc, tu fais tout toi-même — la cuisine, le ménage, les courses ?

Elle avait conscience que, en échangeant ce genre de banalités, ils ne faisaient que repousser l'instant où il lui confierait son secret.

— Oui. En plus des travaux de la maison. J'ai reconstruit moi-même cette terrasse qui s'était effondrée peu avant que je m'installe. Peut-être que ma formation de chirurgien esthétique a servi à quelque chose, finalement ! conclut-il avec un rire teinté d'amertume.

— Ça te manque ?

— La chirurgie ? Oui, parfois. Mais pas la vie que je menais alors. Je me sens bien mieux ici.

— Et tes ambitions de devenir riche et célèbre ?

— J'ai découvert que ce n'est pas ce que je souhaite, finalement...

Nico marqua une pause, et elle s'immobilisa, certaine qu'il s'apprêtait à lui révéler ce qui le tourmentait.

— J'ai fait un infarctus, lui confia-t-il enfin, les yeux baissés sur sa tasse. Suffisamment grave pour qu'on me garde en soins intensifs pendant deux semaines.

Elle sursauta. La douleur qu'elle ressentit était si intense qu'elle en eut un bref instant le souffle coupé.

Il se tut et, à son regard fixé sur elle, elle comprit qu'il essayait d'interpréter sa réaction.

Pouvait-il saisir à quel point elle était choquée et même terrifiée à l'idée qu'il avait frôlé la mort ?

— Hé, dit-il, l'air inquiet en prenant sa main entre les siennes, ça va ? Désolé. J'aurais sans doute dû te parler de ça de façon moins brutale.

— Mais tu n'es plus en danger, maintenant, n'est-ce pas ?

Malgré elle, sa voix trahissait sa peur.

Elle vit Nico se raidir.

— Non. J'ai procédé à de nombreuses transformations dans ma vie, et je vais bien.

Lâchant sa main, il se releva pour traverser la terrasse et aller s'appuyer contre la rambarde en laissant son regard se perdre sur la baie. Sa voix, quand il poursuivit son récit, était tendue, comme s'il luttait pour contenir ses émotions.

— Mes médecins ont attribué ça à toutes les tensions auxquelles j'étais soumis, alors j'ai estimé qu'il était temps pour moi de tout changer. Mais je ne suis pas naïf au point de penser que ça ne peut pas se reproduire, Amy. Et c'est pourquoi tu dois décider de ce que nous devons faire pour Jacob. Faut-il lui apprendre maintenant que je suis son père alors que je peux être victime d'un autre infarctus dans quelques années ?

Elle ne pouvait pas se résigner à l'entendre parler ainsi. Il souffrait, et elle était prête à tout pour l'aider, pour le réconforter.

Le cœur serré, elle se leva pour le rejoindre et, impulsivement, l'enlaça.

— Ne dis pas ça, Nico. N'y pense même pas !

Son corps était rigide contre le sien. Comme toujours, il refusait de céder à ses émotions. Pourtant, ce serait le moment ou jamais qu'il baisse sa garde.

Elle se pressa davantage contre lui et sentit ses muscles se relâcher. Très légèrement, mais c'était l'encouragement dont elle avait besoin.

Enroulant les bras autour de son cou, elle attira son visage vers le sien.

Nico demeura tout d'abord figé, et elle se préparait déjà à la déception que son rejet lui infligerait, mais il s'empara enfin de ses lèvres, avec un désir dont elle ne se souvenait que trop bien.

Une vague chaude déferla alors dans tout son être. Sa bouche sur la sienne réveillait cette passion que jamais aucun autre homme n'avait suscitée en elle.

Elle tremblait quand il la relâcha, et elle rassembla le peu de force qu'il lui restait pour retourner à son fauteuil.

Nico était resté où il était, au bord de la terrasse, et son expression était toujours aussi impénétrable. Leur baiser l'avait-il bouleversé autant qu'elle ? Impossible à dire.

Elle le savait, elle ne devait pas commettre l'erreur d'y accorder trop d'importance. Elle ne voulait pas se retrouver de nouveau avec le cœur en miettes. Et, surtout, il n'était pas question que Jacob en souffre...

A présent, elle mesurait dans toute leur ampleur les dégâts émotionnels que Jacob subirait s'il se prenait d'affection pour Nico — ce qui ne manquerait pas de se passer — et que la vie de ce dernier soit de nouveau mise en danger. Etait-il indispensable de placer son fils dans ce genre de situation ? De le laisser s'attacher à son père alors qu'il pourrait le perdre prématurément ?

Les questions se bousculaient dans sa tête au point de l'étourdir. Si encore elle avait eu des réponses à leur apporter...

Et puis elle prit conscience que Nico lui parlait.

— Excuse-moi, murmura-t-elle, s'efforçant de se ressaisir.

Mais comment y parvenir alors que les questions continuaient de l'assaillir ? Comment réagirait-elle si quelque chose arrivait à Nico, en imaginant le pire ?

Elle se sentirait perdue, démunie, dévastée. Nico ne faisait plus partie de sa vie depuis si longtemps qu'elle ne devrait pas se mettre dans un tel état, mais c'était pourtant le cas.

— Je crois qu'il est temps que je vous raccompagne tous les deux à l'hôtel, fit-il observer, sur un ton qui ne révélait rien de ses émotions.

Elle acquiesça en silence.

C'était préférable, Nico semait bien trop le chaos en elle. Elle avait besoin de réfléchir calmement, en dehors de toute émotion. Elle s'accrochait à l'espoir de trouver une solution satisfaisante pour eux trois : pour Nico, pour elle, et surtout pour Jacob. Mais comment ?

Elle annonça à Jacob qu'ils partaient et lui promit de le laisser jouer sur sa console en rentrant, pour compenser sa déception de devoir renoncer aux dessins animés. Peu après, Nico arrêtait sa voiture devant leur pension.

Le dîner venait de se terminer. Elle pouvait entendre les bruits de vaisselle alors que Helena et Philo débarrassaient les tables. Yanni, leur fils adolescent, les aidait en portant les verres dans la cuisine, au sous-sol. Tout était si normal, si banal... Elle avait du mal à accorder une réalité à ce qu'elle venait de vivre au cours de la dernière heure. Nico lui avait dit qu'il était en quelque sorte en sursis. Qu'il pouvait mourir à tout instant. Etait-ce possible ?

— Nico, commença-t-elle, je...

Elle fut interrompue par un énorme bruit de vaisselle brisée, suivi d'un cri aigu.

Avant qu'elle ait pu détacher sa ceinture, Nico avait déjà bondi de la voiture. Elle s'apprêtait à le suivre à l'intérieur quand elle se rendit compte que Jacob était sur ses talons. Jugeant préférable de le tenir à l'écart tant qu'elle ne saurait pas ce qui les attendait, elle ouvrit la porte du salon.

— Tu vas m'attendre ici. Je reviens te chercher dans un instant.

Jacob ne protesta pas, Dieu merci. Mais devant son air apeuré, elle s'empressa de l'étreindre.

— Ne t'inquiète pas, mon ange ! Nico est médecin. Si quelqu'un est blessé, il pourra le soigner, j'en suis sûre.

Rassuré, il attrapa une bande dessinée abandonnée sur la table et s'installa pour la lire.

Elle se précipita vers la salle à manger et s'arrêta en haut de l'escalier menant à la cuisine.

Yanni était étalé au pied des marches dans une mare de sang et de verre brisé. Une large plaie apparaissait sur son bras droit et une autre sur le côté de son torse. Toutes deux saignaient abondamment. Le garçon gémissait de douleur tandis que Nico s'affairait à le débarrasser des plus gros morceaux de verre. Helena sanglotait dans un coin, et Philo, blême, les observait d'un regard fixe.

Elle attrapa plusieurs serviettes propres sur l'étagère avant de descendre et en tendit la moitié à Nico.

— Tiens. Ça servira de compresses.

Elle pressa fermement celles qui lui restaient sur le bras du garçon. La coupure était profonde, et un gros lambeau de chair ne tenait plus que par un fil.

Nico soupira en secouant la tête.

— Il lui faut quelque chose tout de suite pour calmer la douleur. Tu restes avec lui pendant que je vais chercher ma mallette dans la voiture ?

— Bien sûr.

Elle continua à presser la blessure à deux mains afin de comprimer l'artère.

Yanni tremblait à présent violemment. Il était visiblement à la limite de l'état de choc. Il avait de toute urgence besoin de liquide de remplissage vasculaire pour compenser la perte de sang. Aussi fut-elle soulagée de voir Nico revenir avec une poche de sérum physiologique et ce qu'il fallait pour poser une perfusion.

Songeant qu'il vaudrait mieux trouver une occupation à Philo, elle l'appela d'un signe de la main.

— On va le mettre sous perfusion le plus vite possible. Vous pourriez me trouver quelque chose pour suspendre cette poche ? lui demanda-t-elle en introduisant avec dextérité la canule dans une veine de l'avant-bras de Yanni.

Philo partit en courant. Il revint au bout de quelques minutes, alors qu'elle finissait d'installer la tubulure, avec un portemanteau auquel elle suspendit aussitôt le sérum.

— Parfait. Merci.

Nico avait administré un antiémétique ainsi qu'une dose de morphine afin de soulager la douleur, mais Yanni avait besoin de soins chirurgicaux. Aussi ne fut-elle pas surprise lorsque Nico l'informa qu'il avait appelé une ambulance.

Celle-ci arriva peu de temps après, alors qu'ils venaient enfin de juguler l'hémorragie.

— Je le conduis directement au bloc, l'informa Nico tandis que les infirmiers chargeaient le garçon sur une civière. Je veux m'assurer que son bras n'a pas subi de dégâts musculaires. Si c'est le cas, il pourrait y avoir des répercussions plus tard.

— Il a une mauvaise blessure au torse, aussi, chuchota-t-elle, même si Yanni, sous l'emprise de la morphine, ne pouvait plus les entendre.

— Oui, je sais. Il devra passer par la chirurgie plastique s'il ne veut pas garder une vilaine balafre.

— Ça tombe bien pour lui, il est entre de bonnes mains pour ça...

— Merci du compliment, dit Nico en lui retournant brièvement son sourire.

Il parut sur le point d'ajouter quelque chose, mais s'éloigna.

Elle le suivit des yeux alors qu'il faisait monter Helena dans sa voiture.

Qu'avait-il failli lui dire ? Etait-ce en rapport avec le patient ou quelque chose de plus personnel ?

Frissonnant soudain, elle croisa les bras sur sa poitrine et rentra dans l'hôtel.

Elle était consciente de se laisser mener par ses émotions, et même effrayée de constater à quel point elle pouvait être vulnérable. Ce que Nico lui avait révélé l'avait profondément choquée. Elle ne l'avait pas vu depuis très longtemps, mais, quelque part, elle avait toujours pensé qu'il vivait sa vie comme il l'avait choisie. Curieusement, elle en avait éprouvé une sorte de réconfort. Mais la situation n'était plus la même, maintenant : elle devait compter avec les répercussions que pourrait avoir l'éventuelle disparition de Nico…

Fermant les yeux, elle prit une profonde inspiration pour tenter de faire refluer la douleur qui l'étreignait à cette idée.

Seules comptaient les émotions de Jacob. Pas les siennes !

8

Il y avait longtemps que Nico n'avait pas réalisé une opération aussi délicate et complexe, mais la confiance lui revint rapidement, à mesure que les gestes s'imposaient.

Comme il l'avait craint, un des principaux muscles du bras avait été atteint. C'est là-dessus qu'il se concentra avant tout, en remettant tout minutieusement à sa place. Même si Yanni souffrirait forcément de séquelles — des faiblesses dans le bras, voire un manque de coordination —, la rapidité de son intervention lui épargnerait probablement des années de douleur et de désolation. Ce qui le réjouissait.

Alors, pourquoi ne pas envisager d'utiliser ses compétences pour aider d'autres personnes dans la même situation que Yanni ?

C'était la première fois qu'il reconsidérait sa décision d'abandonner la chirurgie, et il en fut un peu déstabilisé. Il avait toujours été si sûr du choix qu'il avait fait ! Brusquement, il avait l'impression que le sol se dérobait sous ses pieds.

Fermant résolument son esprit à ces pensées, il focalisa toute son attention sur sa tâche.

Après avoir nettoyé le lambeau de peau, il le repositionna pour le recoudre avec des points minuscules.

Sofia, qui faisait office d'infirmière, secoua la tête.

— J'ignorais qu'on pouvait faire un travail aussi minutieux, docteur. C'est stupéfiant !

— J'aurais peut-être dû faire un cursus de broderie, finalement, remarqua-t-il en souriant sous son masque.

— Absolument. Au moins, j'aurais su à qui m'adresser pour broder ma robe de mariage !

Cette plaisanterie fit rire l'équipe, ce qui détendit sensiblement l'atmosphère.

Bien que tous soient des professionnels aguerris, aucun n'avait encore eu affaire à ce genre de situation. Nico avait engagé deux semaines plus tôt un jeune médecin, Leonardo, qui paraissait en particulier fasciné, aussi s'assura-t-il qu'il puisse bien voir ce qu'il faisait. Peut-être devrait-il aussi songer à transmettre ses compétences à cette nouvelle génération ? A bien y réfléchir, ce serait dommage, voire honteux, que tout son savoir reste en friche.

Il était 5 heures du matin quand ils terminèrent, et tout le monde était épuisé. Y compris lui, bien sûr. Dès que Yanni eut été conduit en salle de réveil, il se tourna vers la petite équipe qui l'avait assisté.

— Merci à tous. Vous avez fait un travail fantastique. Si Yanni retrouve le plein usage de son bras, ce sera grâce à vous.

Les applaudissements qui éclatèrent spontanément le touchèrent au point qu'il dut alors quitter la salle, de crainte de craquer.

S'il attribuait ces émotions à son retour au bloc après une si longue absence, il n'était pas dupe. Il avait conscience, au plus profond de lui, que ce n'était pas l'unique raison.

Helena et Philo, qui avaient passé la nuit à la réception, se levèrent tous deux d'un bond à son arrivée, et il ne put que compatir devant la peur qui marquait leurs traits. A présent qu'il avait un enfant, il pouvait comprendre ce qu'il en était de redouter le pire.

— Yanni va bien, dit-il en s'efforçant d'ignorer la boule logée dans sa gorge. L'opération s'est extrêmement bien passée, et même si nous devons nous attendre à quelques problèmes, je suis certain que votre fils retrouvera la pleine mobilité de son bras avec le temps.

Helena se laissa retomber sur sa chaise, éclatant en sanglots. Philo, encore sous le choc, semblait incapable de comprendre ce qu'il venait d'entendre.

Nico lui posa la main sur l'épaule — un geste de sympathie dont il n'était pas coutumier.

— Yanni s'en sortira, Philo. Faites-moi confiance.

Incapable de prononcer un mot, Philo se contenta de lui serrer très fort la main.

Après avoir accordé au couple un instant pour se ressaisir, il leur expliqua qu'une infirmière viendrait très bientôt les chercher pour les conduire au chevet de Yanni.

Même si l'état du garçon nécessitait du calme, il devinait aisément que les parents, eux, avaient désespérément besoin de voir leur fils. Pour le comprendre, il lui suffisait d'imaginer Jacob dans ce lit à la place de Yanni.

Saisi d'une nouvelle émotion à cette idée, il prit rapidement congé d'eux, s'assura auprès de Sofia qu'aucun problème n'était survenu, puis gagna son bureau où il s'allongea sur le divan.

Il se sentait épuisé, mais c'était une bonne fatigue, de celles qui viennent du sentiment du devoir accompli.

Comme, une fois encore, l'idée qu'il gâchait son don l'assaillait, il comprit qu'il lui fallait reconsidérer son avenir. Réfléchir à la direction qu'il voulait donner à sa carrière professionnelle, mais pas uniquement...

Il soupira.

Quand Amy se déciderait-elle, pour Jacob ?

Ils avaient été interrompus la veille par l'accident de Yanni, mais à présent qu'elle était au courant pour son infarctus, il devait absolument savoir si oui ou non elle acceptait qu'il ait sa place dans la vie de Jacob. Il avait aussi besoin de connaître ses sentiments : portait-elle un autre regard sur lui ?

Bien sûr, c'était Jacob qui comptait avant tout, mais...

Les parents âgés de Philo avaient été appelés pour remplacer leur fils et leur belle-fille encore à l'hôpital. Ils étaient dans la salle à manger lorsqu'Amy y arriva avec Jacob pour le petit déjeuner.

Ils s'exprimaient très mal en anglais, mais, par des mimiques, ils lui firent comprendre que Yanni avait bien supporté l'opération.

Après leur avoir exprimé son soulagement, elle alla chercher deux jus d'orange pour Jacob et pour elle.

Donna Roberts, qui se trouvait devant le buffet, esquissa une grimace.

— Apparemment, ce n'est pas le festin, aujourd'hui... Une seule sorte de pain, et même pas de confiture. Juste du miel — et encore, même pas local.

— Je suppose que les parents de Philo n'ont pas eu le temps de tout préparer, fit observer Amy. Ç'a dû être très désorganisé, avec l'accident de Yanni. Vous en avez entendu parler, je suppose ?

— Oh oui.

Elle écrasa une figue entre ses doigts et, ne la trouvant manifestement pas assez mûre, la reposa sur le plat en soupirant.

— Tim et moi avons vu l'ambulance. On revenait de la *taverna*. Après, Harvey nous a dit que Yanni s'était blessé. Il était sur place, et aux premières loges en plus !

— Parce qu'il était là *tout seul* ?

— Bah, oui, pourquoi pas ? A presque dix ans, il n'a besoin de personne pour s'occuper quand on sort une heure ou deux !

Et Donna regagna sa table, manifestement contrariée par les doutes qu'Amy avait exprimés sans le vouloir sur ses qualités d'éducatrice.

Même si Amy s'efforçait de se convaincre que cela ne la regardait pas, elle ne pouvait réprimer sa colère. Laisser un enfant de cet âge seul était à son sens impardonnable. Mais que pouvait-elle y faire ?

Jacob étant impatient d'aller à la plage, ils s'y rendirent sitôt leur petit déjeuner terminé. Donna, son mari et leur fils y étaient déjà. Sans doute leur journée se déroulerait-elle comme la veille : baignades et exposition au soleil toute la journée, puis visite à Darcey en fin de journée.

Elle se força à repousser ces pensées de son esprit et se concentra pour aider Jacob à construire un château de sable. Ils l'avaient presque terminé lorsque Harvey arriva en courant... Pour sauter dessus.

Devant l'expression ahurie et dépitée de Jacob, Amy réagit aussitôt.

— Hé ! Mais c'est méchant, ce que tu fais là !

Le garçon n'avait assurément que faire de ses reproches. Il lui tira la langue puis s'acharna sur le château en le piétinant.

Furieuse, elle rassembla leurs affaires et entraîna Jacob vers l'hôtel.

Ce serait inutile de faire des reproches au gamin. A quoi bon ? Il était clair que cela glisserait sur lui comme de l'eau sur les plumes d'un canard. En revanche, elle allait devoir trouver quelque chose pour faire oublier à Jacob ce détestable épisode. Elle songea alors à l'excursion dans des grottes qu'elle avait envisagée.

Pourquoi pas aujourd'hui ? Cette sortie serait la bienvenue.

Après s'être rhabillés en hâte, ils coururent pour arriver au port, juste à temps : le bateau était prêt à partir.

Elle se réjouit de voir le plaisir que Jacob prenait à ce court voyage, surtout quand des dauphins se mirent à accompagner le bateau. Quant aux grottes, creusées à même la falaise par les vagues et éclairées par la lueur verdâtre que diffusait le plancton, elles étaient réellement spectaculaires. Jacob, émerveillé, prit des photos pour les montrer à ses amis à leur retour.

Son fils semblait avoir oublié les moqueries qui rendaient sa vie difficile. Peut-être n'aurait-elle pas besoin de lui révéler que Nico était son père, finalement...

Elle ne put penser à rien d'autre alors qu'ils revenaient au port.

C'était tentant de laisser les choses telles qu'elles étaient, mais, elle en avait conscience, ce serait de la lâcheté. Le harcèlement pourrait recommencer, auquel cas elle serait obligée de révéler la vérité à Jacob, qui serait à fois contrarié et blessé parce qu'elle ne lui aurait pas dit qui était son père quand il aurait eu l'occasion de le rencontrer. Et la situation n'en serait que plus compliquée.

Oh ! flûte... Et les vacances seraient bientôt terminées. Elle n'avait plus qu'une semaine pour prendre sa décision.

Ce fut une matinée plutôt calme, ce dont Nico ne put que se réjouir. Il reçut notamment deux touristes victimes de coups de soleil superficiels, à qui il conseilla de boire beaucoup d'eau, de s'enduire de gel d'Aloe Vera et de rester à l'ombre.

Dès qu'il eut terminé ses consultations, il se rendit dans l'unité d'hospitalisation.

Le lit de Yanni avait été isolé de la grande salle afin qu'il soit au calme, mais il était bien réveillé à son arrivée.

— *Kalimera*, Yanni. Je suis content de voir que tu as meilleure mine que ce matin.

— Et je me sens mieux, répondit le garçon avec un sourire timide.

Etudiant en archéologie à l'université d'Athènes, il était rentré pour les vacances afin d'aider à l'hôtel familial.

— Très bien, dit Nico en tirant une chaise. J'ignore ce que tes parents t'ont dit, mais je crois qu'il est préférable pour toi de savoir précisément ce que j'ai dû faire hier soir.

De la façon la plus simple possible, il lui expliqua brièvement l'intervention qu'il avait pratiquée.

— Au début, ton bras sera raide et comme engourdi. Mais, je te rassure tout de suite, ça s'arrangera avec le temps.

— Je pourrai quand même m'en servir ? demanda Yanni d'un ton anxieux. Si je deviens archéologue, j'aurai besoin de mes deux bras. Je ne pourrai pas aller sur des sites de fouille si je suis handicapé.

Nico hocha la tête.

Son patient avait besoin de savoir exactement contre quoi il allait devoir se battre.

— Il te faudra être patient, répondit-il sans détour. Pour retrouver toute ta mobilité, tu devras suivre un programme très exigeant de physiothérapie. Je vais contacter dès aujourd'hui le chef du service à l'hôpital sur le continent et lui demander qu'il te reçoive. Je suis certain qu'avec de la volonté, tu y arriveras. La détermination est un atout majeur, dans ce cas.

Le garçon hocha la tête à son tour.

— Ça, j'en ai. Je ferai ce qu'il faut, docteur Leonides.

Nico acquiesça avec un sourire et laissa Yanni réfléchir à ce qu'il venait de lui dire.

Ce garçon avait les qualités nécessaires pour regagner l'usage de son bras, il se réjouissait d'avoir été une étape essentielle sur le chemin de sa guérison.

Non, il ne pouvait pas renoncer à la chirurgie, ce serait gaspiller sa formation et son expérience. Il trouverait le moyen de s'organiser, même si cela devait le contraindre à apporter des changements dans sa vie. S'il trouvait quelqu'un pour assurer la gestion courante de la clinique, il pourrait travailler plusieurs jours par semaine sur le continent…

Soudain il prit conscience qu'il lui fallait concrétiser son vague projet d'aider d'autres patients dans des cas similaires. En fait, il était conscient de s'être d'une certaine manière laissé aller, ces deux dernières années. Son infarctus avait gravement atteint sa confiance en lui, et il avait en quelque sorte choisi la solution de facilité en tournant le dos à la chirurgie. Il était grand temps de reprendre les commandes, même s'il n'avait aucune intention de s'exposer à nouveau aux pressions qu'il avait subies. Cela l'aiderait à se retrouver, à retrouver celui qu'Amy avait connu neuf ans plus tôt…

Soudain, une pensée l'interpella.

Quelle part le besoin de convaincre Amy que l'homme qu'il était aujourd'hui n'avait rien à envier à celui qu'elle avait connu jouait-il dans son désir de retourner à la chirurgie ?

Reprendre le scalpel ne changerait peut-être rien à la façon dont elle le voyait. Et ça ne ferait sûrement pas non plus de différence dans ses décisions concernant Jacob. Il aurait intérêt à bien garder en tête ces deux points importants. Cela pourrait lui épargner de bonnes migraines…

Tandis qu'Amy et Jacob retournaient à leur pension, le petit garçon n'arrêta pas de commenter tout ce qu'il avait vu. Une fois dans leur chambre, il insista pour qu'Amy lui laisse voir les photos qu'il avait prises, aussi les chargea-t-elle sur son iPad qu'elle lui confia avant d'aller se doucher.

Elle revint vingt minutes plus tard, s'attendant à le voir toujours plongé dans les photos, mais il avait disparu.

Inquiète, elle se précipita dehors, et s'arrêta net en le découvrant sur la terrasse, assis à une table avec Nico.

A les voir tous deux penchés sur le iPad, elle sentit son cœur se serrer.

Jacob ressemblait à Nico au point que c'en était réellement troublant.

Nico redressa la tête à cet instant et lui sourit, mais son regard trahissait une certaine circonspection.

Craignait-il qu'elle ne lui reproche son arrivée inopinée ? A moins qu'il se soucie de ce qu'elle déciderait de dire à Jacob ? Evidemment, ce ne serait pas facile pour lui de reconnaître Jacob comme son fils alors qu'il avait très clairement, dans le passé, décrété qu'il ne voulait pas d'enfant...

Comme elle prenait place à côté d'eux, elle eut du mal à cacher l'amertume que ce rappel douloureux réveillait en elle.

— Tu sais quoi, maman ? Nico dit qu'il a *nagé* dans les grottes ! Tu te rends compte ? C'est cool, hein ?

— Très cool, oui, répondit-elle, consciente de la légère tension dans sa voix. Tu pourras peut-être en faire autant, toi aussi.

— C'est vrai ? Quand ? demanda-t-il en se levant d'un bond.

— Oh... Je ne sais pas. Un jour.

Quelle idiote. Pourquoi avait-elle évoqué cette possibilité ?

— Tu ne pourras pas sauter du bateau. Pour ça, c'est interdit, ils nous l'ont dit. Et j'ignore comment on pourrait y aller autrement.

— Moi, je parie que Nico le sait. Hein, Nico ? dit-il en tournant un regard implorant vers lui.

Flûte. Elle ne savait que trop où ça les mènerait.

Mais avant qu'elle ait pu intervenir et changer de sujet, Nico répondit.

— Oui. Et je peux vous y conduire, si vous le voulez. Il y a un courant très fort à l'endroit où les bateaux s'ancrent, c'est pour ça qu'il est interdit de s'y baigner. Mais on peut nager dans une grotte plus proche de la rive. Et, là, ce n'est pas dangereux.

— Génial ! On y va quand ? Demain ?

Elle ferma les yeux une seconde, dépitée.

Maintenant, têtu comme elle le connaissait, Jacob ne lâcherait pas Nico tant qu'il ne l'aurait pas convaincu de les y emmener.

— Nico a sûrement autre chose à faire, Jacob. Il n'est pas en vacances comme nous, lui !

— En fait, je suis libre demain après-midi, déclara Nico. En temps ordinaire, j'en aurais profité pour mettre à jour ma paperasse en souffrance, mais elle attendra bien encore un peu. Je serai donc ravi de vous conduire tous les deux jusqu'à ces grottes.

Il la regardait calmement, sans rien laisser paraître de ce qu'il pensait. Jacob lui avait forcé la main, ni plus ni moins.

— Ne te sens surtout pas obligé, protesta-t-elle, cherchant désespérément une raison de refuser.

— Pourquoi pas ? J'aurais bien besoin de m'offrir une récréation, et une bonne baignade dans les grottes me semble tout à fait indiquée. Et je suis sûr que ça te plairait aussi, Amy.

Son ton était si neutre qu'elle ne comprit pas la soudaine chaleur qui l'assaillit.

Non, Nico ne les invitait pas pour passer du temps avec elle. C'était évident, même si elle avait du mal à l'accepter. Mais elle ne pouvait pas s'empêcher de trouver que son regard avait une lueur particulière. Une lueur qu'elle n'avait pas vue depuis longtemps...

Elle relégua cette idée stupide au second plan en voyant Jacob se mettre à danser autour de la table en tapant des mains. La perspective de cette excursion le mettait dans une telle joie qu'elle aurait mauvaise grâce à le décevoir.

— Eh bien alors, d'accord. Nous serons enchantés d'y aller. N'est-ce pas Jacob ?

Pour toute réponse, celui-ci lança son poing en l'air et poussa un *youpi !* tonitruant avant de disparaître à l'intérieur.

— Apparemment, ce programme lui convient, ironisa-t-elle.

Nico se mit à rire.

— Ça tombe bien, c'est le but ! Sérieusement, Amy, ça ne t'ennuie pas ? J'aurais sans doute dû réfléchir avant de...

— Non, ne t'inquiète pas, le coupa-t-elle, avec un sourire destiné à cacher ses réticences.

Elle n'avait que trop conscience que plus Jacob passerait de temps avec Nico, plus il s'attacherait à lui. Ce qu'elle comprenait très bien, puisque c'était exactement ce qu'il lui arrivait à elle aussi...

Perturbée par cette idée, elle fut soulagée de le voir se lever. Elle allait pouvoir à loisir continuer à chercher la bonne réponse à cette question lancinante : devait-elle oui ou non révéler à Jacob que Nico était son père, ou attendre encore un peu ?

Cette décision n'aurait pas dû lui poser autant de souci, mais retrouver Nico avait tout changé, surtout maintenant qu'il lui avait confié son problème cardiaque : serait-il raisonnable de laisser Jacob s'attacher à lui alors qu'il ne serait peut-être plus là pour le voir grandir ?

Non ! Elle se refusait à imaginer un monde où il n'existerait plus. C'était si douloureux de l'envisager qu'elle eut du mal à se ressaisir lorsqu'il se tourna vers elle.

— Je vous laisse, alors, annonça-t-il. J'étais juste passé voir les parents de Darcey. Elle a quitté la clinique cet après-midi, et je voulais m'assurer qu'ils se mettent bien dans la tête qu'elle doit impérieusement rester à l'ombre jusqu'à la fin de leurs vacances. Mais il semble qu'ils sont sortis pour la soirée.

— Ah bon ? En tout cas, espérons qu'ils seront assez responsables pour suivre tes instructions.

— Oui, acquiesça Nico en regardant autour de lui comme s'il était impatient de partir.

Il avait peut-être des projets pour la soirée. Avec son charme, il n'avait sûrement que l'embarras du choix pour se trouver une compagne. Quoi qu'il en soit, elle ne voulait pas le retenir contre son gré, même si ce n'était pas l'envie qui lui manquait.

— Eh bien, merci encore, pour demain. Cette excursion sera la bienvenue.

— Je l'espère, dit-il en souriant.

Son cœur s'emballa une fois de plus devant la chaleur qu'exprimait son regard, et rien ne lui parut plus naturel que le léger baiser qu'il déposa sur ses lèvres.

— *Kalispera*, Amy. A demain.

— *Kalispera*, Nico, murmura-t-elle en le suivant des yeux alors qu'il s'éloignait.

Un instant après, elle entendit le rugissement du moteur, et alors seulement elle s'autorisa à respirer de nouveau. Sans même s'en apercevoir, elle posa les doigts sur sa bouche, qui lui parut brûlante.

C'était si doux de se laisser aller à espérer...

Mais soudain elle fut saisie d'une angoisse proche de la panique en prenant conscience de la précarité de la situation.

Il était hors de question qu'elle laisse ses émotions obscurcir son discernement, hors de question qu'elle permette à son désir de lui imposer sa loi. Jacob comptait plus que tout, la priorité était de faire ce qu'il fallait pour lui, même si elle eut donné cher à cet instant pour sentir les mains de Nico sur elle.

Elle avait vécu cela neuf ans plus tôt, ils avaient fait l'amour passionnément. Pourtant, au bout du compte, ils s'étaient séparés. Alors, pourquoi en serait-il autrement aujourd'hui ? Et pourquoi devrait-elle même se poser la question ?

Les réponses étaient là, toutes proches de sa conscience, mais elle redoutait de les explorer. Mieux valait les laisser où elles étaient.

9

Le lendemain après-midi, Nico prit une longue inspiration en se garant devant la pension Marina.

Il avait été incapable de s'ôter ce baiser de l'esprit. Au point qu'il avait dû fournir beaucoup d'efforts pour se concentrer sur ses patients ce matin.

C'était une première pour lui. Son travail avait *toujours* été sa priorité. Or, chaque fois qu'il baissait sa garde, il retrouvait le goût sucré des lèvres d'Amy et le besoin de le savourer de nouveau. Toutefois, même si elle ne l'avait pas repoussé, rien ne lui permettait de penser qu'elle aurait encore envie qu'il l'embrasse.

Ignorant cette pensée défaitiste, il entra, faisant résonner la clochette de l'entrée.

Il vit Helena, accourue au bruit, blêmir.

— Yanni va bien, lui annonça-t-il aussitôt. Je l'ai vu avant de quitter la clinique. Il était assis dans son lit, en train de bavarder avec un autre patient.

— Oh ! Dieu merci ! soupira-t-elle en pressant une main sur son cœur. Nous attendons des clients aujourd'hui, et j'ai dû rester pour tout préparer pendant que Philo lui rendait visite. Mais, en vous voyant arriver, j'ai eu peur que vous n'apportiez une mauvaise nouvelle.

— Pas du tout ! Au contraire, Yanni se remet très bien. D'ailleurs, s'il continue comme ça, vous devriez pouvoir le retrouver la semaine prochaine.

— C'est vrai ? Ce serait fantastique ! s'exclama Helena qui se pencha pour s'adresser à quelqu'un au-delà de lui. Le Dr Leonides vient de me dire que Yanni pourra peut-être rentrer la semaine prochaine. C'est super, non ?

— Génial, oui !

La voix d'Amy...

Il se retourna lentement, en se promettant de ne pas réagir en la voyant.

Peine perdue.

Elle portait une petite robe bain de soleil rose pâle à fines bretelles, qui découvrait ses épaules hâlées et mettait en valeur les douces rondeurs de ses seins.

De folles idées l'assaillirent, qu'il s'efforça de réprimer.

Inutile de s'emballer alors qu'il ignorait totalement son état d'esprit. L'arrivée de Jacob qui, après avoir traversé la réception en courant, faillit le percuter, fut une diversion bienvenue.

— Hé là, mon gars ! Un accident suffit, tu ne trouves pas ?

— Il est tellement excité, expliqua Amy à voix basse. Je ne te dis pas le nombre de fois où il m'a demandé quand tu viendrais nous chercher.

— Eh bien, maintenant que je suis là, autant nous mettre en route, non ? Vous avez tout ce qu'il faut ? Maillots, serviettes et tout ?

— A priori, oui. Jacob a aussi pris son tuba, son masque et ses palmes.

— Le grand jeu ! plaisanta-t-il en ébouriffant les cheveux de son fils.

Il était heureux de voir le plaisir que Jacob prenait à la perspective de cette excursion. Les enfants n'ont en fait pas besoin de cadeaux onéreux ; ce qu'il leur faut avant tout, c'est de l'attention.

Il emmagasina cette réflexion dans un coin de son esprit avant de se retourner vers Helena.

— Désolé de vous avoir fait peur. Et, je vous le répète, Yanni est en très bonne voie de guérison. Vous n'avez plus aucune raison de vous tourmenter.

— Merci, docteur, répondit-elle, en baissant les yeux vers Jacob avant de les lever de nouveau vers lui.

Il contint un sourire en voyant son expression changer.

Visiblement, Helena avait remarqué la ressemblance entre Jacob et lui, songea-t-il en les précédant jusqu'à sa voiture dont il ouvrit les portières. Amy aurait du mal à garder longtemps le secret. Jacob lui-même finirait probablement par s'en apercevoir tôt ou tard. Elle allait devoir prendre une décision. Si elle envisageait de révéler la vérité à Jacob, autant le faire aussi vite que possible. Pour tout dire, il ne voyait pas ce qu'elle attendait.

A moins qu'elle n'ait toujours pas confiance en lui ?

Neuf ans plus tôt, il n'avait pas fait mystère qu'il ne voulait pas d'enfants. Mais elle avait tout de même dû se rendre compte qu'il n'était plus le même, non ? Car, s'il n'avait alors pas l'intention de fonder une famille, il avait radicalement changé d'avis aujourd'hui. Il souhaitait être un père pour Jacob. Il le voulait plus que tout. Il était même choqué de découvrir l'importance que cette décision prenait pour lui.

A présent, il lui fallait convaincre Amy de sa sincérité.

Il s'assit au volant et, redressant les épaules, tourna la clé de contact.

Après ce qu'il s'était passé entre eux, ce ne serait sans doute pas facile de la persuader, mais il était désormais déterminé à jouer, d'une manière ou d'une autre, son rôle dans la vie de Jacob.

Il leur fallut à peine une demi-heure pour atteindre les grottes, et Amy regretta presque que le voyage se termine déjà. C'était plus simple quand ils roulaient. Nico avait dû rester concentré sur les petites routes sinueuses, ce qui lui avait épargné de devoir discuter avec lui. D'un autre côté, il leur fallait à présent s'occuper de Jacob.

Jacob devait trouver bizarre qu'elle ne parle pas à Nico, mais elle était trop nerveuse pour cela. Le souvenir de leur baiser l'obsédait, or elle ne voulait pas que cela l'influence. Son seul objectif devait être Jacob et ce qui était bon pour lui, se répétait-elle. Ce qu'elle-même souhaitait ne comptait pas.

— L'entrée des grottes est plus bas, annonça Nico en désignant un chemin creusé à flanc de falaise.

— Ç'a l'air plutôt raide, remarqua-t-elle. Tu es certain qu'il est prudent d'y aller ?

— Oui. Des marches ont été taillées dans la roche, et il y a une rampe pour s'accrocher, donc ça ne devrait pas poser de problème. Le mieux, c'est que je porte ton fourre-tout, comme ça, tu pourras t'occuper de Jacob.

— D'accord.

Dès qu'elle lui ouvrit la portière, Jacob s'élança vers le chemin. Elle le rappela aussitôt.

— Jacob ! Tu attends que nous ayons fini de décharger la voiture, lui ordonna-t-elle fermement, ignorant son expression contrariée.

Nico l'aida à sortir son gros sac du coffre, et elle rougit alors qu'ils se frôlaient malgré eux.

Elle s'en voulait de réagir autant à sa présence. En général, elle n'était pas aussi nerveuse. Mais avec lui, c'était différent. En fait, malgré les années écoulées, il lui faisait toujours le même effet.

Après neuf ans ! Ce n'était pas normal…

Elle y réfléchissait toujours quand ils arrivèrent sur la plage, et elle soupira de plaisir devant les vagues qui s'échouaient sur le sable scintillant.

Ils étaient seuls, et elle avait à cette seconde l'impression de pénétrer dans un petit coin de paradis.

Nico s'était approché d'elle sans qu'elle l'ait entendu arriver.

— C'est superbe, non ? J'adore ce coin, et en plus il est très peu fréquenté.

— Oui, c'est magnifique, murmura-t-elle. Si je vivais ici, je crois que j'y viendrais souvent.

Comme elle levait les yeux vers lui, elle oublia une seconde de respirer en rencontrant son regard. Le désir qu'elle pouvait y lire était si intense qu'elle se sentit trembler. Et quand il chercha sa main, elle y glissa tout naturellement la sienne.

— Elles sont où, les grottes ? Je les vois pas.

La question de Jacob la fit aussitôt revenir sur terre, et elle dut prendre une longue inspiration pour se reprendre.

Elle n'imaginait que trop bien ce qui se serait passé si Nico et elle avaient été seuls. Ils auraient fait l'amour ici même, sur le sable blanc scintillant. Et elle était convaincue que c'était exactement ce que Nico avait en tête aussi.

Nico eut du mal à réprimer le désir inopiné qui s'était emparé de lui. Il n'avait rien vu venir, songea-t-il en regardant Amy s'éloigner de quelques pas. Il était en train d'admirer le panorama, quand il s'était retrouvé tout à coup saisi par l'envie impérieuse de lui faire l'amour. Et le plus troublant, c'était sa certitude qu'Amy l'avait souhaité aussi.

S'efforçant de se ressaisir, il se déshabilla, ne gardant que son short de bain sur lequel il avait enfilé son jean. Amy devait avoir eu la même idée car elle était en train d'ôter sa robe.

Il retint un instant sa respiration en la découvrant dans son très sobre maillot une pièce.

Très sobre mais très échancré, ce qui enflamma brusquement ses sens, au point qu'il attrapa précipitamment sa serviette pour dissimuler la réaction très physique qui en résultait.

— Tu penses que je devrais enduire Jacob d'écran solaire, ou il n'en aura pas besoin dans les grottes ? demanda-t-elle.

Sa voix tendue et presque enfantine déclencha une sonnette d'alarme en lui, et il se traita d'idiot.

Peut-être avait-il *vraiment* envie de faire l'amour avec Amy, et peut-être était-ce ce qu'elle voulait aussi, mais ils savaient l'un et l'autre que ce serait une erreur. Ils devaient avant tout penser à Jacob. Elle ne tenait certainement pas à ce qu'il vienne perturber leur vie alors que tous les deux se débrouillaient très bien sans lui depuis neuf ans.

— Non, pas besoin, répondit-il d'une voix rauque. En plus, il vaut mieux ne pas polluer l'eau avec des produits huileux qui pourraient nuire au plancton qui vit dans les grottes. Il est recommandé à ceux qui viennent nager ici de renoncer à toute crème ou huile solaire.

— Oh. D'accord.

Elle drapa donc une serviette sur les épaules de Jacob pour le protéger du soleil.

— On est prêts.

— Parfait. Gardez vos sandales, on va avoir de la varappe à faire. En revanche, vous pourrez les ôter dans les grottes, elles sont tapissées de sable.

Ils atteignirent les cavernes une vingtaine de minutes plus tard, et il les aida l'un après l'autre à descendre au niveau de l'entrée.

— C'est bas et étroit au départ, mais ça s'élargit très vite. Tu n'es pas claustrophobe, j'espère ?

— Pas que je sache, répondit Amy.

A la légère tension qu'il perçut dans sa voix, il sut qu'elle connaissait la même émotion que lui lorsqu'il avait dû la prendre par la taille pour sauter du rocher. Leur désir était à fleur de peau, indéniable.

Mais où cela pourrait-il les mener ? Ils avaient eu leur chance, et ce serait naïf d'imaginer qu'ils puissent remonter le temps et reprendre leur histoire là où ils l'avaient interrompue. Ils n'étaient plus les mêmes aujourd'hui, jamais ils ne retrouveraient ce qu'ils avaient partagé neuf ans plus tôt.

Il avait le cœur lourd en se baissant pour entrer dans les grottes.

Même s'il avait conscience que c'était totalement vain, il ne pouvait s'empêcher de regretter son attitude d'alors. Si par miracle une chance lui était donnée de retourner dans le passé pour le modifier, jamais il ne laisserait Amy le quitter.

10

Au bout d'une heure de baignade, Amy se hissa sur un rocher. Tout en se frictionnant avec sa serviette, elle regarda Jacob éclabousser Nico et rire aux éclats lorsque celui-ci lui répondit en le soulevant pour le projeter dans l'eau, pour le plus grand plaisir de l'un et de l'autre.

Jamais elle ne pourrait jouer avec son fils comme Nico le faisait ! Elle se rendait compte à cet instant de ce que Jacob avait manqué en traversant ces années sans père.

— C'est bon, déclara Nico en sortant de l'eau, je capitule.

Il secoua la tête alors que Jacob insistait de sa voix flûtée pour qu'il revienne.

— Accorde-moi une récréation, d'accord ? Je vais souffler un peu et peut-être revenir après.

Elle fut surprise de constater que Jacob acceptait sans rechigner.

— Je suis bluffée, avoua-t-elle comme il la rejoignait. Jacob n'a pas l'habitude de céder aussi facilement.

— Ah bon ?

Attrapant sa serviette, il commença à s'en frictionner.

— Il a peut-être simplement compris que j'avais besoin d'un répit.

Ou plutôt, que Nico n'était pas du genre autoritaire et qu'il n'avait donc pas à se comporter en rebelle.

C'était un point de plus pour Nico, car Jacob aurait tout à gagner de son influence. Il avait besoin d'une figure masculine à prendre pour modèle.

Sur le point d'en parler à Nico, elle se ravisa.

Même si sa présence serait très bénéfique pour Jacob, il y avait également des aspects négatifs à mettre dans la balance. Le plus sérieux de tous étant sa santé. Même si Nico lui apparaissait très en forme, elle ne pouvait ignorer le risque qu'il subisse une nouvelle attaque cardiaque, ainsi qu'il l'en avait avertie. Et l'idée que Jacob en souffre lui était insupportable. Sans parler d'elle-même...

La force de son émotion la prit au dépourvu.

Se rallongeant sur sa serviette, elle ferma les yeux.

Pourtant, il y avait longtemps que Nico était sorti de sa vie. Neuf ans, c'est long. Evidemment, elle avait souvent pensé à lui. Comment s'en étonner alors que Jacob était un rappel constant de son existence ? Mais, depuis le temps, elle aurait dû passer à autre chose, et si elle ne pouvait pas rester indifférente au sort de Nico, elle devrait pouvoir au moins maintenir une certaine distance. Et, pourtant, non. Elle savait avec certitude que le monde s'effondrerait pour elle si Nico mourait.

Quelques minutes plus tard, Nico annonça qu'il était temps de rentrer.

Elle se réjouit de cette diversion. Elle avait besoin de se retrouver seule pour ordonner ses pensées. Elle aida Jacob à se sécher, se demandant toujours s'il était judicieux de lui révéler que Nico était son père.

A cet instant, Nico ramassa une bouteille de soda et une boîte en plastique abandonnée sur les rochers.

— Les gens sont vraiment inconscients ! pesta-t-il. Ce genre de chose peut être fatal pour la faune locale. Les poissons et les oiseaux s'étouffent en avalant les détritus. C'est catastrophique pour eux.

— Tu as raison, trop de gens sont irresponsables. Ils ne...

Elle s'interrompit en percevant un cri.

— Tu as entendu ça ? On dirait que ça vient des autres grottes.

— Oui.

Aussitôt, il s'avança sur l'étroite bande de sable qui longeait la paroi.

Elle le suivit en tenant fermement la main de Jacob.

Une enfilade de plusieurs grottes prolongeait celle où ils avaient nagé, mais Nico les avait avertis qu'il était dangereux d'y entrer en raison de la force des courants. Une fois devant la plus vaste, ils perçurent nettement des cris venant de l'intérieur.

— Quelqu'un a un problème. J'y vais, déclara Nico.

Sans hésiter, il y pénétra et disparut aussitôt.

Elle ne tergiversa pas longtemps : il était hors de question qu'elle le laisse y aller seul.

Se tournant vers Jacob, elle se montra aussi convaincante que possible pour bien lui faire prendre conscience de la gravité de la situation.

— On va suivre Nico. Mais toi, tu ne vas pas dans l'eau. Tu m'entends, Jacob ? Tu *n'y vas pas*. D'accord ?

Son fils acquiesça avec un sérieux qu'elle lui avait rarement vu. Il avait peur, aussi, c'était évident. Elle serra sa main dans la sienne en priant le ciel d'avoir pris la bonne décision. Elle n'aimait pas l'effrayer, mais elle ne voulait pas non plus laisser Nico se débrouiller seul.

La grotte était bien plus vaste que celle dans laquelle ils avaient nagé ; elle était aussi bien plus claire, car ouverte directement sur la mer. Elle dut attendre un instant que ses yeux s'adaptent à la lumière avant de pouvoir distinguer ce qu'il se passait.

Quelqu'un était dans l'eau, un jeune garçon d'après ce qu'elle pouvait voir, et il était manifestement en difficulté.

Près de l'entrée de la grotte était ancré un bateau, qu'elle reconnut sans mal : c'était celui sur lequel ils avaient fait leur sortie la veille. L'adolescent devait en avoir sauté. A moins qu'il n'en soit tombé accidentellement. L'équipage était en train de mettre un dinghy à l'eau, mais elle doutait qu'ils arrivent à temps. Le courant ne cessait d'entraîner le garçon vers le fond, et elle retint son souffle en le voyant disparaître une fois de plus sous l'eau.

— Je vais le soutenir en attendant que le dinghy arrive jusqu'à lui, lança Nico avant de plonger.

Elle sentit son angoisse monter d'un cran devant les efforts qu'il devait fournir pour ne pas se laisser entraîner par le courant, lui aussi. Alors qu'il allait enfin atteindre le garçon, celui-ci fut une fois de plus aspiré sous la surface.

Elle ne put contenir un cri d'alarme lorsque Nico plongea. Et elle eut l'impression qu'il mettait beaucoup trop longtemps à réapparaître. Mais quand ce fut le cas, il n'était pas seul — il tenait l'adolescent dans un bras et devait visiblement lutter pour rester avec lui hors de l'eau.

Le dinghy approchait, non sans mal, et elle pria pour qu'il reste à Nico assez de force pour tenir le coup jusqu'à ce qu'il arrive jusqu'à eux.

Enfin, l'adolescent put être hissé dans la petite embarcation, suivi de Nico, que les hommes déposèrent ensuite là où Jacob et elle l'attendaient. Tandis que Nico recommandait aux hommes de conduire le garçon directement à la clinique dès qu'ils seraient de retour au port, elle lui tendit une serviette sans un mot — aucun ne pouvait franchir ses lèvres à cet instant. Elle avait eu si peur en le voyant disparaître sous l'eau...

Des larmes lui montèrent aux yeux, qu'elle n'eut pas le temps d'essuyer avant qu'il ne les voie.

— Amy, que se passe-t-il ? Il y a un problème ?

— Non. Ce n'est rien, répondit-elle en se tournant vers Jacob. C'était stupide de la part de ce garçon de vouloir aller nager dans la grotte, hein ?

Jacob hocha la tête puis regarda Nico avec une expression de pure vénération.

— C'était super comme t'as plongé dans l'eau pour le sauver !

— Si je n'avais pas été là, quelqu'un d'autre l'aurait fait à ma place, répondit-il sur un ton proche de la désinvolture, en lui ébouriffant les cheveux. Bon, on a eu assez d'émotions pour aujourd'hui, non ? Il est temps que je vous raccompagne à l'hôtel, ta mère et toi.

Jacob fit la moue.

— Oh… Faut vraiment qu'on y aille ? Tu veux pas nous emmener chez toi ? On pourrait retourner pêcher !

— Pas aujourd'hui, intervint fermement Amy. Après toute cette agitation, je suis sûre que Nico a besoin de calme.

— Détrompe-toi ! Un peu de compagnie serait au contraire la bienvenue. Tu sais, à un moment, je me suis vraiment demandé si je n'avais pas présumé de mes forces. Le courant dans cette grotte est vraiment très fort.

Il était sincère, elle le savait. Ce qui la plaçait dans une position très inconfortable : si elle refusait sa proposition, Jacob et lui seraient déçus. Mais était-il vraiment raisonnable de se rendre chez lui dans l'état d'esprit où elle se trouvait ? Voir Nico happé par les vagues avait cristallisé ce qu'elle avait pensé plus tôt : elle ne pourrait pas supporter qu'il lui arrive quoi que ce soit parce que… Parce que ses sentiments pour lui étaient encore très forts, voilà pourquoi.

Un sentiment proche de la panique se saisit d'elle.

Admettre ce qu'elle éprouvait avait été difficile, mais le cacher à Nico lui semblait carrément impossible. Toutefois, elle ne devait pas oublier que son fils aurait toujours la première place dans son cœur, quoi qu'il arrive. Si elle jugeait qu'il n'était pas dans l'intérêt de Jacob de lui révéler que Nico Leonides était son père, alors, une fois qu'ils auraient quitté l'île, ils ne le reverraient pas.

Tout en conduisant, Nico sentait la tension monter en lui.

Il s'était brièvement arrêté à la clinique en chemin afin de prendre des nouvelles de l'adolescent qui, Dieu merci, se remettait très bien de sa mésaventure. Il l'avait sermonné avant de le laisser partir en espérant lui avoir mis un peu de plomb dans la cervelle.

Comme s'il était bien placé pour donner des conseils ! S'il avait un tant soit peu réfléchi aux conséquences, il n'aurait pas invité de nouveau Amy chez lui ce soir. Il voulait tester les limites de sa volonté ? Eh bien, il allait être servi ! Le simple fait de penser à elle réveillait un insupportable désir.

Arrivé devant la maison, et comme Amy aidait Jacob à descendre de la voiture, il croisa son regard. Il se rendit compte de sa nervosité et éprouva alors une bouffée de tendresse pour elle.

Quoi qu'il arrive, il protégerait cette femme. Il l'avait blessée par le passé, mais il ferait en sorte que cela ne se reproduise pas. Quitte à ressortir de sa vie et de celle de leur fils, si c'était le prix à payer pour garantir leur bonheur et leur tranquillité.

Amy rangea dans le Frigidaire la salade qu'elle venait de préparer puis regarda sa montre une fois de plus.

Elle avait poussé Nico et Jacob à retourner pêcher le temps que ce soit prêt, mais pourquoi tardaient-ils autant ? Plus vite ils reviendraient, plus vite Jacob et elle pourraient dîner et rentrer. Même si Nico n'avait rien fait pour l'alarmer, elle se sentait toujours terriblement nerveuse en sa présence. Et si elle continuait comme ça, Jacob finirait par se demander si elle lui cachait quelque chose — ce en quoi il n'aurait pas tort.

— On n'a pêché qu'un poisson, m'man. Et c'est même pas moi qui l'ai eu, c'est Nico ! annonça Jacob sur un ton dépité, alors qu'ils arrivaient tous les deux.

— Ce n'est pas grave, mon cœur. Tu auras bien d'autres occasions de réessayer… Et d'y parvenir !

Consciente que Nico pourrait prendre cela pour une invitation, elle leva les yeux vers lui.

— C'est exactement ce que je lui ai dit.

Au-delà de son sourire, il lui parut tendu.

Pourquoi ? Regretterait-il de les avoir invités ?

Elle aurait mauvaise grâce à le lui reprocher. Après tout, la situation devait être aussi stressante pour lui que pour elle. Cette réflexion la poussa à prendre une rapide décision.

— Bon, eh bien, puisque vous n'avez pas rapporté ce qu'il faut pour le dîner, nous allons rentrer à la pension. Non, Jacob, dit-elle au petit garçon qui s'apprêtait à protester. On ne va pas demander à Nico de nous offrir le repas.

— Pas de problème, remarqua calmement ce dernier. Le frigo est plein.

— Oh ! maman ! On reste, hein ? Dis que tu veux bien qu'on mange avec Nico. *S'il te plaît...*

Devant son ton implorant, elle sentit sa volonté vaciller.

Elle devrait insister pour qu'ils rentrent, ce qui, en mettant un peu de distance entre Nico et elle, lui donnerait la possibilité de réfléchir. Il n'était pas question pour elle de prendre une décision dictée par l'émotion plutôt que par un solide bon sens.

— Jacob, essaie de comprendre. Nico a sûrement autre chose à faire que de nous préparer un repas.

— Nous serions trois, intervint Nico. Tu ne penses tout de même pas que vous me regarderiez en vous tournant les pouces ?

Il ouvrit le Frigidaire et s'adressa à Jacob avant qu'elle ait pu protester davantage.

— Je te charge du dessert, mon gars. Tu trouveras des fruits, des yaourts, du fromage... A toi de choisir ce que tu veux mettre dedans.

— Ouais !

Un sourire jusqu'aux oreilles, Jacob plongea dans le frigo.

Amusée malgré elle, elle secoua la tête.

— Tu te rends compte au moins que tous tes petits plats préférés risquent de finir dans une improbable bouillie au goût totalement indéfinissable ?

— Oh ! tu sais, ça ne pourra pas être pire que certains des repas que je me suis cuisinés quand j'ai dû me débrouiller seul, ironisa Nico en sortant des couverts d'un tiroir.

— A ce point-là ?

— Tu n'as pas idée ! Je n'y connaissais strictement rien. J'avais toujours eu quelqu'un pour s'en charger à ma place, et j'étais incapable de me faire cuire un œuf.

— Mais si j'en juge par le repas que tu nous as mijoté l'autre soir, tu as fait de gros progrès depuis. C'était vraiment très bon.

— Merci. En fait, après mon infarctus, j'ai compris que je devais apporter de grands changements dans ma vie, et apprendre à cuisiner en faisait partie…

Son ton s'était soudain fait plus grave. Et elle se raidit en devinant qu'il s'apprêtait à lui révéler quelque chose d'important.

— Ce que j'essaie de te dire, Amy, c'est que je ne suis plus celui que tu as connu. Et je… Je comprendrai si tu me considères différemment aujourd'hui.

11

Nico guetta la réponse d'Amy en retenant son souffle.

Sans doute serait-ce trop lui demander que de mettre son cœur sur la table, mais il ne pouvait pas s'empêcher d'espérer qu'elle le ferait. Il avait besoin de savoir si l'homme qu'il était aujourd'hui valait moins à ses yeux que celui qu'elle avait connu. Moins que son premier amant.

Il avait été surpris et ému quand elle lui avait révélé qu'elle n'avait fait l'amour avec aucun homme avant lui. C'était la première fois qu'il se retrouvait dans cette situation. Les femmes qu'il avait fréquentées étaient comme lui cramponnées à leur indépendance, et le sexe était pour elles une agréable expérience qui ne les engageait certainement pas pour la vie. Mais Amy, elle, était vierge, ce qui avait déclenché une étrange réaction de sa part. Non seulement, il avait eu le sentiment qu'elle lui offrait un cadeau très précieux, mais il avait pris conscience de sa responsabilité. En tant que son premier amant, il s'était senti investi d'un devoir : celui de lui rendre cette expérience aussi belle que possible.

Et elle l'avait été.

Une étrange chaleur se répandit en lui alors qu'il revivait le plaisir qu'il avait pris à la voir frémir et à l'entendre gémir sous ses caresses. Et le plus étonnant était l'impression qu'il avait eue d'expérimenter lui aussi une sorte de baptême. Le baptême de la volupté. Rien ne l'avait préparé à la puissance de cette expérience.

Et il était d'autant plus ému aujourd'hui de constater la force et la clarté intactes de ce souvenir.

Il croyait réellement avoir relégué une fois pour toutes ces souvenirs dans le passé, mais non. Rencontrer Amy Prentice avait été une étape essentielle de sa vie. S'il n'avait pas été aussi stupidement déterminé à faire ses preuves, il se serait rendu compte de l'importance des moments qu'ils passaient ensemble. Il ne l'aurait pas quittée, il serait resté avec elle. Avec elle et Jacob. Et, il en était certain, il ne se retrouverait pas dans la situation actuelle. Parce qu'Amy ne l'aurait pas abandonné après son infarctus. Elle l'aurait soutenu en dépit de tout.

Oui, il avait eu sa chance, et il ne l'avait pas saisie.

Il fut reconnaissant à Amy de ne rien dire car il n'aurait pas pu supporter des mots de réconfort ou, pire, de pitié.

— Et si on se faisait des kebabs ? suggéra-t-il avec un enthousiasme forcé. Ce sera prêt en vingt minutes, et on peut les cuire dehors sur le barbecue.

— Super, répondit-elle d'une voix plate qui l'alarma.

Devait-il comprendre que, pour elle, il n'était plus l'homme qui lui avait fait découvrir la passion ? Que son aveu l'avait diminué à ses yeux ?

Cette idée le déprimait, aussi se força-t-il à se concentrer sur la préparation des brochettes en piquant les morceaux de viande enduits d'huile d'olive et d'ail. Il avait allumé le feu, et une bonne odeur de pin l'accueillit lorsqu'il sortit. Les mâchoires serrées, il jeta une poignée d'herbes fraîches sur les braises afin de donner plus de goût à la viande.

S'il était incapable de faire ses preuves en tant qu'amant, au moins pouvait-il se montrer capable de concocter un repas décent.

Tout en dégustant les brochettes, Amy ne cessait de ressasser ce que Nico lui avait dit. Elle s'en voulait de n'avoir rien répondu.

Le considérait-elle différemment ? Oui. Elle ne pouvait le nier.

Il n'était plus le Nico qu'elle avait connu neuf ans plus tôt, c'était indéniable. A cause de son infarctus ou autre chose. Il avait été plus dur, plus déterminé, plus égoïste aussi. Alors, comment s'étonner que son regard sur lui se soit modifié ? Prétendre le contraire reviendrait à admettre qu'elle était toujours aussi follement amoureuse de lui.

Ayant fini son assiette, Jacob quitta un instant la terrasse pour aller chercher le dessert, et Nico et elle se retrouvèrent seuls.

Comme elle portait le dernier morceau d'agneau à sa bouche, elle rencontra le regard de Nico et sentit son cœur se serrer devant le mélange de nostalgie et de désir qu'elle y lut.

Nico avait envie d'elle. Comme un homme a envie d'une femme qu'il trouve attirante. Cela n'avait rien de surprenant. Après tout, n'était-ce pas ce qu'elle éprouvait pour lui, elle aussi ?

Elle fut soulagée lorsque son fils revint cinq minutes plus tard et déposa les coupes sur la table, l'air très content de lui.

Yaourt, figues, miel liquide et feta, le délicieux fromage caillé de brebis, composaient un dessert original et très appétissant.

— Mmh, très alléchant, remarqua Nico en plongeant sa cuillère dans sa coupe.

L'intermède lui avait permis de se ressaisir à lui aussi.

Etait-elle encore amoureuse de cet homme ? Après toutes ces années et ce qu'il s'était passé depuis ?

Oui, bien sûr, elle éprouvait quelque chose pour lui, mais ce n'était plus de l'amour. Comment un sentiment aussi fort aurait-il pu survivre sans encouragement ? Sans le moindre espoir qu'il lui soit retourné ? Leur séparation avait certainement tué ce qui avait brûlé pour lui dans son cœur...

Pourtant, plus elle cherchait à s'en convaincre, moins elle y parvenait. Ç'aurait été plus simple si ses sentiments pour Nico étaient morts, mais à quoi bon se mentir ? Elle éprouvait toujours quelque chose pour lui, et le temps seul pourrait lui révéler ce que c'était.

Quand Nico rangea les assiettes dans le lave-vaisselle, la nuit tombait et les lanternes baignaient la terrasse d'une lueur dorée.

Il était temps de raccompagner Amy et Jacob à la pension Marina, même s'il n'avait pas envie de les voir rentrer. Mais les retenir ne serait pas raisonnable. Pas raisonnable du tout. Amy et lui ne pourraient pas résister, et ils se retrouveraient dans le même lit. Or, même s'il était certain qu'elle le souhaitait autant que lui, il n'en était pas question. Laisser le désir prendre le pas sur la raison serait le plus sûr moyen d'aller droit dans le mur...

Soudain, une brusque bourrasque venant de la mer renversa un des fauteuils, en même temps que les premières gouttes s'écrasaient sur le sol.

A cette époque de l'année, si les pluies étaient rares, elles étaient en général le signe avant-coureur de terribles orages. Et si Amy et Jacob espéraient regagner leur hôtel, ils devaient se mettre en route immédiatement.

— Désolé, mais si vous voulez rentrer, il faut partir tout de suite. La tempête qui s'annonce risque d'être violente, et je ne voudrais pas qu'on reste coincés au bord de la route.

— D'accord, répondit Amy en se précipitant pour retenir une chaise qu'une rafale menaçait d'envoyer valser. Mais d'où sort-elle, cette tornade ? C'est incroyable ! Il n'y avait presque pas de vent et...

— Je sais. Et c'est d'autant plus dangereux. Beaucoup de bateaux se perdent à cause de ça. Moins maintenant, parce que les pêcheurs ne sortent presque plus sans consulter les avis météo.

Tout en parlant, il était allé décrocher des cirés. Il en tendit un à Amy et aida Jacob à mettre l'autre, trop grand pour lui, bien sûr, avant d'en enfiler un lui-même.

Un vrai déluge se déversait désormais du ciel, devenu en quelques minutes d'un noir d'encre, et des rafales rabattirent la pluie sur eux alors qu'ils couraient vers la voiture.

Pourtant, cet ouragan n'était rien en comparaison de celui qui faisait rage en lui. Il avait tellement envie d'Amy ! Avec une passion qui défiait toute raison. Toute mesure.

Parce qu'il n'avait pas fait l'amour depuis longtemps ?

Ce serait tellement plus simple. Mais non, inutile de se mentir, c'était elle qu'il désirait. *Amy*. Elle seule était capable d'éveiller ses sens à ce point. Et même s'il ne devait plus jamais la tenir dans ses bras, son désir pour elle ne se désavouerait pas.

Amy se cramponnait à son siège tandis que Nico, totalement concentré, négociait les virages de la route battue par le vent. Mais ce n'était pas tant la tempête qui l'effrayait que ce désir puissant qui les poussait l'un vers l'autre. Et cela ne faisait que confirmer ce qu'elle redoutait. Car décider du rôle de Nico dans la vie de Jacob n'en serait que plus difficile.

— Hé ! Qu'est-ce que... ?

Brusquement arrachée à ses réflexions quand la voiture pila, elle découvrit sans mal la raison de cet arrêt brutal : des rochers qui avaient dévalé du flanc de la montagne bloquaient la route.

Nico se tourna vers elle.

— Ne bouge pas, je vais aller voir si on peut passer. Mais j'en doute.

Anxieuse, elle le suivit des yeux alors qu'il devait presque se plier en deux pour combattre les bourrasques. Il venait d'atteindre les rocs quand un grondement retentit.

Un nouvel éboulement s'annonçait.

Elle s'apprêtait à descendre pour lui crier de revenir quand il vint en hâte reprendre sa place au volant.

— Ferme la portière, ordonna-t-il en passant la marche arrière. Il ne faut pas qu'on reste ici.

Il recula pour s'éloigner aussi vite que possible du danger, ne s'arrêtant que lorsqu'ils atteignirent une section plus large de la route lui permettant de faire un demi-tour.

— Je crains que vous ne puissiez pas rentrer à votre pension ce soir, remarqua-t-il.

Avec pour seule lumière les faibles lueurs du tableau de bord, elle ne parvenait pas à lire son expression.

— Jacob et toi, vous allez devoir passer la nuit chez moi, ajouta-t-il. Ou plus. Tout dépendra du temps qu'ils mettront à dégager la route.

— Tu crois que ça peut être long ?

Elle put voir ses doigts se crisper sur le volant.

— Aucune idée. Au moins quelques heures, mais il peut y avoir eu d'autres éboulements sur le chemin, auquel cas ça peut carrément prendre plusieurs jours.

Oh non ! Quelques heures, elle pourrait le supporter, mais quelques jours ? Saurait-elle résister à la tentation ? Et lui ?

Les yeux fermés, elle fit de son mieux pour apaiser son anxiété.

Mais la bataille était perdue d'avance, surtout dans les circonstances où ils se trouvaient.

Rouvrant les yeux, elle regarda le profil de Nico à la dérobée et éprouva un petit coup au cœur d'appréhension et d'excitation mêlées.

Qui sait ce qu'il pourrait arriver si les intempéries les contraignaient à cohabiter plusieurs jours ?

12

— Désolé, c'est un peu chiche question mobilier, je n'ai pas encore pu meubler toutes les pièces. Mais vous avez une salle de bains-toilettes pour vous deux, annonça Nico en ouvrant la porte des chambres d'amis.

Le sourire d'Amy fut un peu forcé, mais quoi d'étonnant ? La tension entre eux était presque palpable. Si Jacob n'était pas là, il ne savait que trop bien ce qu'il se passerait. Il ne se fatiguerait pas à jouer le rôle d'hôte parfait, c'est certain...

Pour quelqu'un qui s'était toujours targué d'exercer un contrôle rigoureux sur ses émotions, il devait reconnaître que, à cette seconde, celles-ci le menaient par le bout du nez. Mais pas question de se laisser faire. Amy devait se sentir libre de décider si elle souhaitait qu'il intervienne dans la vie de Jacob, sans qu'il ait recours à une sorte de chantage émotionnel.

— Bien. Je vais chercher ce qu'il faut pour faire les lits.

Elle l'arrêta en posant la main sur son bras.

Un geste anodin, qui eut pourtant un effet galvanisant sur eux deux. Elle retira sa main, mais pas avant qu'il ait pu voir dans ses yeux le reflet de son propre désir.

— Dis-moi simplement où c'est, et je m'en occuperai. Je ne veux pas que tu déranges tes habitudes pour nous, Nico.

— Dans ce cas...

Il la conduisit jusqu'à la vieille armoire à linge dont des années d'usage avaient poli les rayonnages en cèdre.

— Prends ce qu'il te faut, dit-il en lui indiquant la pile de draps.

Il la vit respirer l'odeur si particulière des draps, mélange d'air frais de la montagne et de lavande.

— Mmh... Ça sent si bon, remarqua-t-elle avec une lueur de ravissement dans le regard.

— C'est vrai. C'est une femme du village qui se charge de mon linge. J'ignore son secret pour me le rendre aussi discrètement parfumé, mais j'apprécie chaque fois que je me glisse dans mes draps.

— Ah, ah ! fit-elle, l'air faussement accusateur. Donc, tu ne maîtrises pas toutes les tâches domestiques...

— Non, c'est vrai. Le repassage n'est pas dans mes cordes, par exemple.

Il lui retourna son sourire puis s'empressa de se détourner de crainte qu'il ne soit trop révélateur.

— Tu peux te débrouiller ? Tu trouveras des couvertures dans l'armoire, et aussi des serviettes. Prends ce qu'il vous faut. Pendant ce temps, je vais nous faire des cafés. Je suis sûr que tu en as besoin, comme moi.

Il avait conscience de la sécheresse de son ton, mais, à cet instant, c'était le seul moyen pour lui de maintenir une distance entre eux. Même s'il regrettait déjà le sentiment d'intimité qu'il avait éprouvé avec elle un instant plus tôt. Il allait devoir se montrer très prudent et s'assurer que ces instants de plaisir partagés ne prennent pas trop d'importance. Il ignorait combien de temps Amy devrait rester, et il n'était pas question de baisser sa garde et de laisser ses émotions prendre les commandes.

— Un café sera le bienvenu, merci.

Il alla dans la cuisine le préparer.

Une tâche simple, mais à laquelle il accorda toute son attention : Amy aimait le boire bien chaud, avec une larme de lait...

Et, brusquement, il fut de nouveau assailli par un flot de souvenirs : le nez d'Amy se plissant tandis qu'elle respirait l'arôme du café, sa bouche qui en aspirait une gorgée, le goût un rien amer sur ses lèvres alors il l'embrassait...

La scène était si vivante qu'il s'en sentit presque étourdi.

Ce n'était pas un simple souvenir. Non, il *revivait* cet instant. Il goûtait *réellement* le café sur la bouche d'Amy. Au point qu'il avait du mal à croire que cela ne se passait pas ici et maintenant. Et qu'arriverait-il s'il poursuivait cette scène ? Eprouverait-il le même désir impérieux de l'embrasser ?

Un gémissement sourd monta de sa gorge.

Oui. Incontestablement.

Amy termina de faire le lit puis s'avança devant le vieux miroir au tain piqué de l'antique coiffeuse.

Jamais ses émotions ne l'avaient plongée dans une telle confusion. Sa tête lui disait de se ressaisir, mais le message de son cœur était d'une nature tout autre, et impossible à ignorer : serait-ce vraiment grave si elle s'abandonnait à ses sentiments et s'autorisait à faire de nouveau l'amour avec Nico ? Si elle acceptait que ce ne soit que pour une fois et sans y accorder trop d'importance, qu'aurait-elle à craindre ?

Elle était une adulte, après tout. Une mère, quelqu'un de responsable professionnellement, pas une gamine incapable d'affronter les aléas de la vie. Et si elle avait des besoins comme toute femme, pourquoi ne pas y céder ? Qui pourrait l'en blâmer, d'autant plus que personne ne le saurait. Ils pourraient passer la nuit ensemble et y prendre plaisir sans que le monde en soit bouleversé pour autant...

Elle sentit la tentation enfler en elle, mais parvint à la juguler. Car, elle le savait, elle serait ensuite hantée par la crainte que sa vie et, pire, celle de Jacob, n'en soit perturbée. Parce que, au bout du compte, ce n'étaient ni ses désirs ni ses besoins qui comptaient, mais ceux de son fils.

Tournant le dos au miroir, elle se dirigea vers la cuisine où elle retrouva Jacob et Nico.

Devant les moustaches de lait qu'arborait Jacob, elle força un sourire amusé à ses lèvres et lui ébouriffa tendrement les cheveux.

— J'espère que tu en as laissé pour Nico ?

— Il adore le lait, ajouta-t-elle à l'intention de ce dernier. Il en boirait des litres par jour si je le laissais faire.

— Pas de soucis de ce côté-là. Un des fermiers du coin m'approvisionne. Encore que ce n'est pas du lait de vache, mais de chèvre. Il n'y a pas de vaches ici, la terre ne leur convient pas.

— Oh ! Et tu aimes ça, Jacob ?

— Oui. Ç'a un drôle de goût au début, mais après ça va. Je peux aller regarder la télé, maintenant ?

— Bien sûr, vas-y.

Dès qu'ils furent seuls, Nico l'observa en inclinant la tête.

— Tu as l'air surprise, Amy. Pourquoi ? Jacob est si difficile que ça ?

— Non, pas du tout. C'est juste qu'il aime tellement le lait de vache que je suis surprise qu'il accepte aussi facilement quelque chose de différent.

— Peut-être est-ce son héritage grec qui fait surface, suggéra Nico avec un sourire. J'ai toujours adoré le lait de chèvre, alors Jacob doit tenir de moi.

— C'est bien possible.

Elle rit avec lui, même si l'idée d'un autre point commun entre le père et le fils lui était douloureuse. Et tandis que Nico leur servait le café, elle songea qu'elle n'avait pas le droit de les séparer, tous les deux. D'ailleurs, quelle raison aurait-elle vraiment de cacher la vérité à Jacob ? Il avait le droit de savoir que Nico était son père.

Quoi qu'il en soit, elle ne pourrait pas tergiverser très longtemps. Il ne leur restait plus qu'une semaine à passer ici, et ce serait stupide d'attendre la dernière minute pour révéler la vérité à leur fils. Jacob aurait ainsi une chance de parler à son père, ce qui serait essentiel s'ils devaient poser les jalons de leur relation à venir.

Elle se sentit frissonner alors qu'elle regardait Nico en train d'ajouter du lait dans son café.

Si elle expliquait la situation à Jacob, Nico et elle devraient aussi fixer certaines règles quant à leur propre relation…

Nico ne parvenait pas à trouver le sommeil. Peut-être était-ce dû au café qu'il avait bu… Il finit par se lever pour sortir sur la terrasse et respirer l'air de la nuit.

Il était minuit passé, et même si l'orage s'était calmé, le vent était frais et la mer toujours très agitée.

Une fois que les dégâts de la tempête seraient nettoyés, tout reprendrait son cours normal. Et lui aussi. Encore que… Il ne lui serait pas facile de faire semblant. Il avait été si près de faire l'amour avec Amy, ce soir… Même si rien ne s'était passé, il ne pouvait ignorer le désir qui l'avait saisi. De toutes les femmes qu'il avait connues, elle était la seule à l'émouvoir ainsi.

Un mouvement attira son attention.

Elle était là, sur la terrasse, appuyée contre la balustrade. Les bourrasques toujours fortes soulevaient ses cheveux, qui dansaient comme une bannière de soie. Elle portait toujours ses vêtements, et il se demanda si elle avait seulement essayé de dormir.

Peut-être l'attendait-elle ?

Il n'eut même pas conscience de bouger et de s'avancer vers elle. Avec le vent, elle ne devait pas l'avoir entendu approcher, mais elle ne frémit même pas lorsqu'il lui posa doucement les mains sur les épaules.

— Amy.

Le vent emporta son nom sitôt qu'il franchit ses lèvres, mais ils n'avaient pas besoin de mots. Ils n'avaient besoin de rien ni de personne — sauf d'eux.

Se penchant, il pressa sa bouche sur son cou, très doucement. Un baiser qui l'aurait détendue si c'était simplement ce qu'elle avait souhaité. Ce qui n'était manifestement pas le cas. Oh non. Comme elle ouvrait les yeux, il put y lire les mêmes questions que celles qui le tourmentaient : était-ce bien ce qu'ils voulaient ? Devaient-ils s'abandonner à leur désir ? Une nuit de passion suffirait-elle à l'apaiser ?

Il n'existait peut-être pas de réponses, songea-t-il, étrangement résigné, en s'écartant pour lui tendre la main. Rien que des conséquences.

Amy y plaça la sienne, et il la guida vers la porte-fenêtre de sa chambre.

Sur le seuil, il s'arrêta afin de lui accorder le temps de décider, elle aussi. Et quand elle le franchit en l'entraînant avec elle, son soulagement fut aussi fort que sa joie.

Même si tous deux avaient conscience des problèmes auxquels ils seraient confrontés par la suite, cela ne changeait rien au fait qu'ils avaient toujours autant envie l'un de l'autre.

13

La fraîcheur de la nuit entrait par la porte-fenêtre. Amy entendait les vagues se briser sur la grève et marteler les rochers en un rythme qui semblait faire écho aux battements de son cœur. Curieusement elle n'éprouvait aucune peur. Pour la première fois depuis des jours, elle savait que c'était exactement ce qu'elle voulait faire. Ce qu'elle *devait* faire. S'efforcer d'ignorer ses sentiments ou de les museler était finalement aussi vain que de tenter de remettre du champagne renversé dans sa bouteille. Elle se devait d'affronter ses émotions, de les gérer et d'aller de l'avant — si c'était possible…

A cette idée, un frisson de panique lui parcourut le dos sans toutefois entamer sa détermination. Pas alors que Nico était là, derrière elle.

Elle se retourna lentement, s'autorisant à absorber tous les détails.

Contrairement à elle, il avait dû essayer de dormir, car il portait un pantalon de jogging et un T-shirt large. Devant ses cheveux en bataille et la barbe naissante qui ombrait ses joues, elle sentit son ventre se crisper. Ses yeux sombres rivés sur elle semblaient deux aimants qui l'attiraient inexorablement à lui.

Elle réduisit la distance qui les séparait jusqu'à ce qu'elle perçoive la chaleur de son corps. Il tenait toujours sa main, et elle le sentit desserrer délibérément son étreinte.

Avait-il des scrupules ? S'inquiétait-il des conséquences possibles sur Jacob ? Ou sur lui-même ?

Ces questions et bien d'autres l'étourdissaient, semaient toujours plus le doute en elle.

— Rien ne nous oblige à faire quoi que ce soit, Amy. Pour tout dire, je crois même qu'il est tout à fait décommandé pour nous de franchir ce pas.

L'angoisse dans sa voix l'interpella.

— Tu le crois vraiment ?

— Bien sûr, murmura-t-il en relâchant sa main. Si nous faisons l'amour, il sera d'autant plus difficile pour toi de décider du rôle que je dois jouer dans la vie de Jacob.

— Et... C'est ton seul souci ?

— Le seul, non. Mais le principal, oui.

Son regard se riva au sien.

— Amy... Ce que je ressens ne compte pas. Il s'agit de Jacob et de l'impact que cela peut avoir sur lui. C'est cela qui importe. Je refuse de faire quelque chose que tu regretterais plus tard.

— Alors, pourquoi ne pas en faire une exception ? Une sorte de chant du cygne plutôt que l'amorce d'autre chose ?

— Parce que tu crois sincèrement pouvoir le vivre comme ça ? Tu pourrais faire l'amour avec moi et tourner la page ?

Le pourrait-il, lui ? L'oublier après avoir vécu des instants de volupté avec elle ? L'idée lui était odieuse, mais comment le lui reprocher, alors que c'était ce qu'elle devrait faire elle-même.

Elle eut un petit rire bref qui, du moins l'espérait-elle, masquait sa tristesse.

— Pourquoi pas ? Nous sommes en âge de comprendre que nous n'avons pas besoin d'être follement amoureux pour nous offrir mutuellement du plaisir, non ?

— Donc, ce ne serait rien de plus que ça... Une façon pour nous de combler notre envie l'un de l'autre ? demanda-t-il lentement.

— Exactement. Autant satisfaire notre désir une bonne fois pour toutes et passer à autre chose.

— Mmh... Pourquoi pas ? Après tout, ça nous permettra peut-être ensuite de penser plus rationnellement.

Lui saisissant la main, il l'attira contre lui.

— Je suis prêt à tenter l'expérience. Et toi ?

Elle n'eut pas le temps de répondre, car Nico s'était déjà penché pour l'embrasser.

Un baiser fougueux, auquel elle répondit avec un enthousiasme égal malgré la petite voix intérieure qui lui rappelait que, non, ça ne devrait pas se passer ainsi, qu'ils ne devaient pas faire l'amour pour de mauvaises raisons, au risque de le regretter. Mais à cet instant elle aurait été bien en peine de résister, et elle se contenta de suivre son instinct là où il choisissait de la conduire.

La prenant dans ses bras, Nico la déposa sur le lit, et elle respira la très subtile odeur de lavande des draps. Seule la faible lueur de la lune lui permit de voir, comme en ombre chinoise, Nico se dévêtir.

Quand il s'allongea près d'elle, elle laissa aller ses mains sur ses épaules, sur son torse, reconnut la cicatrice sur son bras — un souvenir de chute de vélo — et sourit.

Elle connaissait ce corps par cœur, elle ne l'avait jamais oublié. C'était comme redécouvrir un chemin qu'on a aimé et qui, on le sait, mène à des plaisirs enivrants.

Ses doigts atteignirent son ventre dur et plat, où ils marquèrent une pause. A l'évidence, Nico s'efforçait de dompter son ardeur. Il avait toujours été un amant généreux, attentif à son désir à elle. Attendrie à cette pensée, elle poursuivit sa progression jusqu'à ce que ses doigts s'enroulent doucement sur son sexe.

— Oh ! Amy...

Sa voix rauque porta son excitation à son comble, et elle se pencha pour s'emparer de ses lèvres. Elle ne voulait pas entendre ce qu'il avait à dire, pas plus ses objections que ses encouragements. Si elle pouvait satisfaire le désir qu'elle avait de lui, du moins le réduire, alors la situation serait plus aisée à comprendre.

Elle sentit une infime résistance de sa part, vite balayée par une avidité égale à la sienne. Et, curieusement, des larmes lui montèrent aux yeux.

Peut-être avaient-ils tort de céder à leur désir, mais elle ne le pensait pas. Pas alors que Nico l'emportait dans le tourbillon de sa passion. Pas alors qu'il lui donnait l'impression, à cette seconde, de l'aimer.

La lune baignait la chambre d'une lueur argentée, les nuages s'étaient dissipés, et la fenêtre ouverte découpait un morceau de ciel d'un noir d'encre piqueté d'étoiles.

Nico, couché sur le dos, laissait son regard s'évader dans le firmament, conscient que cette nuit resterait à jamais gravée dans sa mémoire.

Il avait toujours cru que l'amour n'était pas pour lui, et il découvrait qu'il avait eu tort. Ce soir, il était tombé amoureux d'Amy Prentice — s'il ne l'était pas déjà depuis longtemps sans le savoir.

Se tournant vers elle, il la regarda qui dormait, presque roulée en boule comme un chat, et son cœur se serra.

L'avait-il aimée, neuf ans plus tôt ? Il n'en était pas certain. Anxieux de faire ses preuves, il était alors sourd et aveugle à tout ce qui l'entourait, et surtout à ses émotions. Son seul objectif était de réussir dans sa vie professionnelle, quitte à rejeter tout ce qui pouvait y faire obstacle. Même Amy et leurs enfants. Celui qu'elle avait perdu et celui qu'elle avait mis au monde. Son fils à lui. Jacob. Comment pourrait-il jamais racheter sa lâcheté ? Et comment pourrait-elle jamais lui pardonner suffisamment pour lui faire confiance ? Serait-ce seulement possible alors qu'il n'était pas certain de pouvoir jouer son rôle de père ? Saurait-il en assumer les responsabilités ? Il n'était pas seulement question de sa santé, même si c'était un problème majeur. C'était aussi sa propre éducation qui le tracassait. Il n'avait eu aucun modèle à suivre, aucun souvenir de bons moments passés avec son père, qui ne s'était jamais intéressé à lui et ne s'était pas privé de le lui faire comprendre. Et s'il avait hérité de ses gènes ? Et s'il devait devenir comme lui ? L'idée qu'il puisse gâcher la vie de Jacob le terrifiait.

— Aurais-tu déjà des regrets ?

Amy l'observait avec insistance.

S'il ne souhaitait à aucun prix lui causer de peine, il se refusait aussi à lui mentir.

— Plutôt des doutes.

— Parce que nous avons fait l'amour ?

Il se pencha pour effleurer ses lèvres.

— Non. Pour ça, je n'ai ni doutes ni regrets.

L'idée de refouler ses craintes et de l'étreindre était très tentante, mais il devait résister. Ce qu'il se passait à cet instant était trop important pour Jacob et son bonheur à venir.

— Alors, lesquels ?

Elle exprimait une telle anxiété, soudain, qu'il s'en voulut de l'affoler ainsi.

En soupirant, il l'attira contre lui.

— J'ai peur de ne pas être un père à la hauteur pour Jacob, avoua-t-il bien qu'il ne lui soit pas facile de mettre ainsi son âme à nu.

Jamais encore il n'avait évoqué son enfance malheureuse. Même avec sa sœur, il avait toujours évité d'en parler. Le faire lui aurait donné l'impression d'être totalement vulnérable. Toutefois, Amy méritait de connaître la vérité avant de pouvoir prendre sa décision. Après tout, il devait tenir de Christos Leonides, ne serait-ce que parce qu'il n'avait jamais voulu d'enfants.

— Je ne t'ai jamais parlé de mon père, commença-t-il après avoir pris une forte inspiration. C'était un homme froid et brutal. La seule chose qui a toujours compté pour lui, c'est l'argent. Et c'est aux moyens de le gagner qu'il a consacré sa vie. Il ne s'est jamais occupé de ma sœur et de moi quand nous étions enfants. Aucune affection, aucun attachement pour nous. J'ai peur de fonctionner comme lui avec Jacob.

Elle secoua aussitôt la tête.

— Je te rassure tout de suite, Nico. Il n'y a aucun danger que ça arrive. Je t'ai vu faire, avec lui. Tu es attentionné, tu le soutiens, tu l'encourages...

— Aujourd'hui, oui. Mais plus tard ? Je pourrais avoir une

réaction épidermique en découvrant que je suis un père. Qui peut dire ce qu'il arrivera une fois que je me serai habitué à cette idée ?

— Nico, arrête, dit-elle en soupirant. Tu n'es pas le Dr Jekyll, et tu ne te transformeras pas en Mr Hyde. C'est ridicule !

— Pourquoi ? Qui te dit que je n'ai pas hérité des gènes de mon père et que je serai capable d'aimer Jacob comme il le mérite ?

Brusquement, elle s'assit dans le lit.

— En fait, tu as peur, n'est-ce pas, Nico ? Tout à coup, tu te rends compte que si tu endosses ce rôle de père, c'est toute ta vie qui en sera transformée, et tu n'es pas certain d'aimer cette idée.

— Ce n'est pas ça, Amy, objecta-t-il.

Mais elle refusa de l'écouter. Sautant du lit, elle attrapa ses vêtements et commença à se rhabiller.

— Epargne-moi tes arguments mesquins. Je vois très bien ce que tu veux dire. Et je suis soulagée que nous ayons réglé ce problème avant que Jacob ne se soit trop attaché à toi.

Elle quitta la chambre sans rien ajouter.

Sur le point de la rattraper, il s'immobilisa, la mort dans l'âme.

Qu'aurait-il à lui dire de plus ? Il ne pourrait pas en toute honnêteté lui promettre d'être toujours là pour Jacob. Car, même s'il ne suivait pas les traces de son père, il ne pouvait pas ignorer sa propre santé. Il se sentait en très bonne forme, d'accord, mais rien ne garantissait qu'il le reste longtemps. Il avait déjà eu un infarctus et avait de forts risques d'en subir un autre, même s'il prenait scrupuleusement ses remèdes et menait une vie aussi saine que possible. Serait-il raisonnable de nouer une relation père-fils s'il devait disparaître dans les années à venir ?

Il se laissa lourdement retomber sur le lit, accablé par un désespoir sans nom alors qu'il était impitoyablement confronté à la réalité : non seulement il devrait sortir de la vie de Jacob, mais aussi de celle d'Amy.

La route fut rouverte en fin de matinée.

Amy rassembla ses affaires et celles de Jacob pour les porter dans la voiture. Elle refusait délibérément de réfléchir à ce qu'il s'était passé entre elle et Nico quelques heures plus tôt, repoussant à plus tard l'impact de ce qui avait été dit.

— Tu n'as rien oublié ? lui demanda Nico.

— Non, je crois que j'ai tout pris.

Il ouvrit la portière, et elle s'assit en évitant son regard alors qu'elle réglait sa ceinture de sécurité après s'être occupée de celle de Jacob.

D'un accord tacite, ils s'évitaient depuis leur discussion.

D'ailleurs, qu'auraient-ils eu à se dire de plus ? La position de Nico était désormais très claire : il ne voulait pas jouer le moindre rôle dans la vie de Jacob, et de ce fait, il la rejetait aussi. Pourquoi devrait-elle en être étonnée ? Ce n'était finalement qu'une répétition de ce qu'il s'était passé neuf ans plus tôt, ni plus ni moins, songea-t-elle en essuyant furtivement ses larmes afin que Jacob ne les voie pas. Il n'était pas question qu'il soit blessé, d'une manière ou d'une autre. Elle préférait encore qu'il n'apprenne jamais la vérité plutôt qu'il ne découvre que son père ne voulait pas de lui.

— Pourquoi on reste pas ? demanda Jacob. On pourrait retourner dans les grottes cet après-midi, hein, Nico ?

— Je crois que non, mon bonhomme, répondit celui-ci en bouclant à son tour sa ceinture.

Sa voix trahissait une certaine gêne.

Se sentait-il coupable de rejeter son fils ? Non. Depuis quand aurait-il des scrupules ? Et même des émotions ? Cet homme, neuf ans plus tôt, n'avait eu aucun mal à les évacuer de sa vie, elle et son fils. Alors, pourquoi en serait-il autrement aujourd'hui ?

— Il faut que j'aille à la clinique. Mais je suis sûr que ta mère te proposera quelque chose d'excitant à faire.

Jacob baissa la tête, visiblement déçu, avant de la relever soudain.

— Et ce soir ? T'y vas pas, le soir, à ta clinique, hein ?

— Arrête, Jacob, intervint-elle. Nico n'a pas le temps de s'occuper de nous, il a bien d'autres choses à faire.

Comme il s'apprêtait à protester, elle l'arrêta en levant la main.

— J'ai dit non, Jacob. Ça suffit, maintenant.

Plus vite ils rentreraient à la pension, mieux ce serait. Il ne leur restait plus que quelques jours à passer ici. Ensuite, ils quitteraient l'île et reprendraient leur vie habituelle.

— J'ai vraiment tout gâché, hein ?

Nico s'était exprimé à voix basse afin que Jacob ne l'entende pas, mais elle frémit malgré tout.

Elle savait qu'il serait stupide de prendre ses justifications au sérieux et d'imaginer qu'il soit réellement désolé. Nicolaus Leonides ne s'était jamais intéressé à personne d'autre qu'à lui-même.

Dieu merci, il n'ajouta rien durant le reste du trajet. Il les déposa devant la pension Marina et s'excusa brièvement de ne pas pouvoir rester en raison de son planning bousculé. Soulagée, elle s'empressait d'ouvrir sa portière, quand il la retint en posant la main sur son bras.

— Je regrette, Amy. Je regrette vraiment.

Que pouvait-elle répondre ? Rien. Rien qui puisse soulager la douleur d'être rejetée une seconde fois.

Elle repoussa sa main et sortit de la voiture pour aider Jacob à en descendre.

Croisant le regard de Nico, elle y vit une telle détresse qu'elle faillit flancher. Mais pas question. S'il avait eu des sentiments pour elle, de *vrais* sentiments, jamais il ne les aurait abandonnés, elle et son fils.

Elle saisit la main de Jacob et gravit les quelques marches de l'entrée.

Le grondement du moteur, le crissement des graviers sous les pneus... Nico s'en allait, mais elle ne se retourna pas.

Pour la seconde fois, il ressortait de sa vie. Mais, cette fois-ci, elle s'assurerait qu'il n'y revienne jamais.

14

Nico avait l'impression d'évoluer dans une nappe de brouillard, en mode automatique.

Le regard d'Amy, lorsqu'il l'avait déposée avec Jacob à l'hôtel, le hantait. Il avait failli à plusieurs reprises aller la trouver pour lui expliquer la raison de son attitude, avant d'y renoncer. Même si elle le croyait, ça ne changerait rien. En fait, Jacob s'en sortirait mieux sans lui. Tout ce qu'il réussirait à faire serait d'appliquer un peu de baume sur sa propre conscience.

Leur départ approchait. Jacob avait dit qu'ils voleraient de nuit, ils prenaient donc sans doute le ferry de midi pour retourner sur le continent.

Ne voulant pas y songer, il choisit d'adresser un e-mail à un confrère d'Athènes.

Il avait pris sa décision : il exercerait de nouveau en tant que chirurgien-plasticien. Non seulement c'était ce qu'il savait faire, mais cela exigerait de lui une telle concentration qu'il finirait par oublier le gouffre qu'allait creuser leur absence dans sa vie. Du moins l'espérait-il.

Les valises étaient bouclées depuis la veille au soir. Aussi, quand Amy descendit avec Jacob pour le petit déjeuner, ne restait-il plus grand-chose à faire pour leur dernier jour.

Elle n'avait pas vu Nico depuis trois jours, et le temps ne lui avait jamais paru aussi long. Il était constamment dans ses pensées, elle ne cessait de revivre les instants de plaisir qu'elle avait vécus dans ses bras. C'était comme si les années qui les avaient séparés n'avaient jamais existé : elle retrouvait la même douleur, la même tristesse que lorsqu'il l'avait quittée, presque neuf ans plus tôt. Et s'il lui était difficile de se montrer enjouée devant Jacob, elle faisait de son mieux pour ne pas l'inquiéter.

La famille Roberts était déjà dans la grande salle à leur arrivée, Donna en train de tâter les figues dont elle perçait la peau du bout de ses longs ongles d'un rouge flamboyant.

— Je serai heureuse de retrouver des repas décents, soupira-t-elle quand Amy la rejoignit devant le buffet. C'est vrai, quoi. Quelle idée de proposer ce genre de chose au petit déjeuner ? Harvey attend avec impatience d'avoir de nouveau son bol de céréales favorites.

Pour toute réponse, Amy esquissa un mince sourire.

La dernière chose qu'elle souhaitait était d'être entraînée dans une discussion sur les mérites du régime alimentaire des enfants de Donna.

— Votre fils, lui, doit aimer ce genre de chose, insista Donna. C'est naturel, pour lui.

Perplexe, Amy se tourna vers elle. Que voulait-elle dire ?

— Pardon ?

— Eh bien oui. Il est grec, n'est-ce pas ? Enfin, du côté de son père, en tout cas. Parce que c'est bien le fils du Dr Leonides, non ? C'est son portrait craché. Le docteur ne peut pas le renier, ils se ressemblent comme deux gouttes d'eau, tous les deux.

Ne sachant que répondre, Amy emporta son plateau, mais ses mains tremblaient lorsqu'elle le posa sur la table.

Penser que Jacob aurait pu découvrir la vérité ainsi s'il avait été à portée d'oreille la faisait frémir. Elle dut pourtant avaler son petit déjeuner comme si de rien n'était, en se rassurant du mieux qu'elle le pouvait : plus que deux heures à passer sur cette île, et ensuite le problème ne se poserait plus.

Ce qui s'appelait prendre ses désirs pour des réalités...

Une demi-heure plus tard, elle s'arrêta à la réception pour demander à Helena de lui commander un taxi pour 11 h 30 qui les conduirait Jacob et elle au ferry.

— Philo et moi avons vraiment été heureux de vous avoir ici, lui dit spontanément Helena. Et nous comptons bien vous revoir bientôt.

Amy la remercia en souriant, la gorge serrée.

Jamais elle ne reviendrait à Constantis, du moins pas tant que Nico y serait. Il lui faudrait un jour révéler la vérité à Jacob, bien sûr, mais pas maintenant. Elle attendrait quelques années pour pouvoir lui en parler sans émotion. De plus, il pourrait alors mieux comprendre la complexité de la situation. Du moins l'espérait-elle.

Après avoir rejoint Jacob dehors, elle l'emmena à la plage se baigner une dernière fois, se forçant à repousser les idées noires qui l'assaillaient. Nico avait été clair : il ne voulait rien avoir affaire avec leur fils, donc elle n'avait pas le choix : pour Jacob, mieux valait encore qu'il n'ait pas de père plutôt que d'en avoir un qui ne s'intéresse pas à lui.

Nico ne comptait pas revoir Amy et Jacob avant leur départ. Il avait dit tout ce qu'il avait à dire, et même si cela lui était insupportable, il devait s'en tenir à sa décision. Jacob s'en sortirait bien mieux sans lui, et Amy aussi. Au moins pourraient-ils envisager plus librement leur avenir.

Ça le surprenait tout de même qu'Amy n'ait pas refait sa vie avec un autre homme. Avec toutes ses qualités, pourquoi était-elle toujours seule ?

Mais qu'en savait-il, après tout ? Peut-être avait-elle quelqu'un dans sa vie qui attendait impatiemment son retour ?

Cette idée le tarabusta toute la matinée. Jusqu'à ce qu'une

alerte pour intoxication alimentaire dans un des hôtels de la côte le force à la reléguer dans un coin de son esprit.

Les personnes concernées n'étant pas en état de se rendre par elles-mêmes à son cabinet, il se déplaça lui-même avec Sophia. Il leur fallut s'occuper de trente-trois personnes souffrant de vomissements et de diarrhées, sans compter celles dont les symptômes risquaient de se déclencher à retardement. Il passa son temps à distribuer des conseils ainsi que des sachets de sel de réhydratation orale, à commencer par les plus menacés — les jeunes enfants, les vieillards et les infirmes. Ce genre de problème pouvait rapidement dégénérer. Il expliqua au directeur de l'hôtel qu'il devait impérativement informer les autorités concernées et que, par conséquent, des contrôles seraient effectués dans les cuisines de l'établissement afin que l'origine de l'intoxication soit déterminée. Lorsque Sophia et lui furent de retour à la clinique, il appela aussitôt l'inspecteur de la santé publique pour lui expliquer la situation.

Comme il raccrochait, il regarda l'heure.

15 heures passées. Amy et Jacob devaient être en route pour l'aéroport. Et une chose était certaine : il ne les reverrait plus.

Une pensée qui pesa lourdement sur ses épaules alors qu'il se dirigeait vers la réception, où Theodora lui tendit plusieurs messages arrivés en son absence. Heureusement, aucun n'était urgent, cela pourrait attendre le lendemain.

— Nico !

Se retournant, il vit Amy, hors d'haleine, courir vers lui.

Il la soutint alors qu'elle se jetait presque dans ses bras.

— Quoi ? Que se passe-t-il ?

— C'est Jacob. Il... Il a disparu. Je ne le trouve nulle part !

La panique la rendait hors d'haleine.

Il l'entraîna dans son bureau, la fit asseoir et s'accroupit devant elle.

— Essaie de te calmer et dis-moi ce qu'il s'est passé, lui conseilla-t-il avec un calme qu'il était loin de ressentir.

Elle hocha la tête et prit une forte inspiration.

— J'avais loué un taxi pour nous conduire au port, expliqua-t-elle non sans mal. Je voulais être sûre qu'on y soit à l'heure.

Après ce qu'il lui avait confié, il pouvait comprendre qu'elle soit anxieuse de repartir.

— D'accord. Et alors ?

— Il est arrivé en retard. On a dû courir quand on est arrivés. Presque tous les passagers avaient déjà embarqué, alors j'ai dit à Jacob de rester près de moi, et j'ai couru pour gravir la passerelle avec notre valise.

Comme elle s'interrompait pour respirer, il serra doucement sa main dans la sienne.

— Prends ton temps, Amy. Je comprends que ce soit très dur pour toi, mais je dois savoir exactement ce qu'il s'est passé.

— Oui. Donc... Il y avait d'autres gens en retard, comme nous, et tout le monde essayait de monter à bord en même temps. Un moment, j'ai cherché Jacob des yeux, et je l'ai vu au pied de la passerelle. Je croyais qu'il me suivait, mais quand j'ai réussi à atteindre le pont, il avait disparu.

Elle secoua la tête et essuya ses joues mouillées.

— J'ai cherché partout, j'ai demandé aux gens, à l'équipage s'ils l'avaient vu, j'ai remué ciel et terre, mais on ne l'a pas retrouvé. Le ferry avait quitté le port, alors, et le capitaine m'a expliqué qu'il ne pouvait pas faire demi-tour. J'ai dû aller jusqu'à Athènes et revenir sur le même bateau. Je priais pour que Jacob m'ait attendue sur place, mais non... Et personne ne l'a vu nulle part ! Oh ! Nico...

Lui prenant les mains, elle lui enfonça presque les ongles dans la paume.

— Où est-il, Nico ? Qu'est-ce qu'il lui est arrivé ?

15

Amy s'efforça de recouvrer un semblant de calme pendant que Nico expliquait la situation à l'officier de police, lequel promit de se mettre séance tenante à la recherche de Jacob avec son équipe. Non sans leur avoir assuré que, compte tenu de la taille de l'île, il ne devait pas être bien loin.

— Il m'appellera dès qu'ils l'auront trouvé, annonça Nico en revenant dans son bureau après l'avoir raccompagné.

Ses traits étaient tirés par l'inquiétude qui marquait sûrement les siens aussi.

Elle en fut surprise malgré elle : pourquoi devrait-il se sentir aussi concerné, alors qu'il n'avait jamais voulu de cet enfant ? Son affection pour Jacob était manifeste, ce qui rendait d'autant plus incompréhensible la décision qu'il avait prise de ne pas intervenir dans sa vie.

A moins que… A moins que ce ne soit la perspective de devoir continuer à la voir, elle, qui lui ait posé problème ? Nico avait peut-être eu envie de jouer son rôle de père, mais sans se sentir contraint de poursuivre une relation avec elle ?

Cette idée, en plus de ce qu'elle vivait à cet instant, fut la goutte qui fit déborder le vase. Un sanglot monta de sa gorge, puis un autre, et brusquement ce fut comme un barrage qui cède. Toute la douleur, toutes les désillusions qui s'étaient accumulées en elle ces derniers jours se déversèrent sans qu'elle soit capable de les contenir plus longtemps.

Nico voulut aussitôt la prendre dans ses bras, mais elle le repoussa en se levant.

Il pouvait garder sa pitié. Elle ne voulait rien de lui qui lui soit inspiré par le sens du devoir.

— Je n'ai pas besoin que tu me consoles, Nico ! Je sais très bien comment tu me considères, alors inutile de faire semblant.

— Comment je te considère ? Que veux-tu dire ?

— Que je suis une gêne pour toi ! Non seulement j'ai donné le jour à un enfant dont tu ne voulais pas, mais j'ai eu le culot de débarquer ici et de semer une fois de plus la pagaille dans ta vie. A la rigueur, ajouta-t-elle sur un ton sarcastique, tu aurais pu accepter Jacob, mais pas si j'étais incluse dans le lot. Ç'aurait été trop lourd pour toi, n'est-ce pas ? C'était plus facile, au bout du compte, de nous tourner carrément le dos à tous les deux !

— Tu as faux sur toute la ligne, Amy ! C'en serait même comique si ce n'était pas aussi insultant.

Elle recula instinctivement devant ses yeux brillant de colère. Et pas seulement de colère. Il y avait autre chose dans son regard. De l'angoisse, du désespoir.

— Ce n'est pas à cause de toi que j'ai renoncé à intervenir dans la vie de Jacob. Au contraire, si j'avais eu besoin d'une bonne raison, tu aurais été la plus puissante de toutes. J'ai dû me battre avec moi-même et me rappeler constamment que seul le bien-être de Jacob comptait, et non ce que *je* souhaitais.

Son cœur battit plus vite.

— Ce que tu souhaitais ? répéta-t-elle, déconcertée. Je ne comprends pas. Que veux-tu exactement, Nico ?

— Toi.

Nico pria intérieurement pour ne pas commettre une erreur qui gâcherait tout, mais il en avait assez de feindre. Le moment était venu de dire la vérité, et si ce n'était pas ce qu'Amy voulait entendre, eh bien, tant pis.

— Je t'aime, Amy. Je suis prêt à tout pour vivre avec toi, mais pas au point de faire du mal à Jacob.

— Tu... Tu *m'aimes* ?

Elle semblait sceptique, et comment l'en blâmer puisqu'il l'avait rejetée à deux reprises. Il allait devoir la convaincre, sinon qu'il disait vrai, tout du moins ne pas douter de sa bonne foi.

Il prit ses mains dans les siennes.

— Oui, je t'aime. Comme un fou. J'en ai pris conscience quand nous avons passé cette nuit ensemble, même si je t'aimais déjà avant. Je l'ignorais encore, ou bien je n'étais pas prêt à l'admettre.

— Je... Je ne sais pas quoi te dire...

Il lui pressa les mains avant de les relâcher.

— Dans ce cas, ne dis rien.

Il n'avait aucune intention de lui arracher une réponse maintenant. Pas alors que leur principal souci, pour l'instant, était de retrouver Jacob. Et puis, il avait tout à fait conscience de ne pas mériter son amour après la façon dont il s'était comporté avec elle.

— Dans l'immédiat, seul compte Jacob. D'abord, dans quel état d'esprit était-il ? As-tu remarqué quelque chose d'inhabituel chez lui ?

— Je... Je n'en sais rien.

Sa déclaration l'avait manifestement ébranlée. Et sa surprise ne confirmait-elle pas que son amour n'était pas partagé ?

— Etait-il excité à la perspective de rentrer et de retrouver ses amis ?

— Il l'était ce matin, oui, mais... Maintenant que j'y pense, il était très calme quand on est revenus de la plage. Ce qui ne lui ressemble pas.

— Il s'est passé quelque chose, là-bas ? Tu ne l'as pas disputé pour une raison ou une autre ?

— Non. On s'est baignés, et ensuite il a joué avec les enfants Roberts. Mais, comme je viens de le dire, il m'a juste paru un peu distant quand on est rentrés à l'hôtel pour se doucher avant d'aller au port.

— Mmh... Et pourquoi penses-tu qu'il puisse être ici ?

— Parce qu'il voulait absolument te revoir. Ce matin encore, dans le taxi qui nous conduisait au ferry, il m'a demandé si tu étais à ta clinique aujourd'hui. Je lui ai dit que oui, sans doute, mais qu'il était de toute façon trop tard pour passer te voir.

— Donc, il est possible qu'il soit venu ici me chercher, réfléchit-il à voix haute.

Il avait le cœur serré à l'idée que Jacob tenait à garder le contact avec lui. Avait-il eu raison de ne pas intervenir dans sa vie ? Il avait cru alors que c'était préférable, mais il n'en était plus si sûr à présent.

— Oui. Sauf que tu l'aurais vu, non ?

Rapidement, il lui expliqua le problème d'intoxication alimentaire à l'hôtel.

— Et, dans ce cas, en ne voyant pas ma voiture, il a pu supposer que je n'étais pas là.

— Et, donc, il ne serait pas entré, suggéra-t-elle. Tu crois qu'il aurait pu chercher à aller chez toi, alors ? C'est loin, il n'aurait pas su comment s'y rendre...

— Je crois qu'il faut tout de même chercher dans ce sens.

Déterminé, il décrocha le téléphone pour appeler le commissariat, où il expliqua rapidement les faits à son interlocuteur, qui lui promit d'envoyer quelqu'un chez lui pour voir si Jacob y était. Après avoir raccroché, il attrapa ses clés et fit signe à Amy de le suivre.

— Je t'emmène directement là-bas. Si ça se trouve, il est sagement assis sur les marches en train de nous attendre.

— Que le ciel t'entende, murmura-t-elle d'une voix tremblant d'émotion.

Impulsivement, il l'attira pour l'embrasser sur la tempe.

— Nous le retrouverons, Amy. Je te le promets.

Il l'entraîna vers la voiture après avoir informé Theodora de l'avertir séance tenante si un jeune garçon venait demander à le voir. C'était peu probable, mais mieux valait tout envisager. S'il avait laissé parler son instinct au lieu de sa tête, ils n'en seraient pas là. Il n'aurait jamais dit à Amy qu'il ne voulait plus rien avoir à faire avec Jacob, et dès qu'il l'aurait retrouvé, il avait bien l'intention de rectifier la situation.

Si elle l'y autorisait.

— J'ai du mal à croire qu'il ait pu marcher jusqu'à la ferme, grommela Nico.

Amy, assise à côté de lui dans la voiture, les mains crispées l'une contre l'autre, tourna les yeux vers lui.

Il exprimait ses propres craintes.

— Moi aussi. Mais alors, où pourrait-il aller ? Il ne connaît pratiquement rien, ici, à part l'hôtel et chez toi...

— Et les grottes ! s'exclama brusquement Nico. Il sait qu'il m'arrive d'y aller quand je ne travaille pas. Tu crois qu'il aurait eu l'idée de m'y rejoindre en ne voyant pas ma voiture devant la clinique ?

— Je ne sais pas... Mais pourquoi pas ?

— Autant vérifier. En plus, c'est sur le chemin.

Il tourna pour emprunter un raidillon cahoteux qu'il descendit à toute vitesse vers la baie, stoppa et jaillit de la voiture pour courir au bord de la falaise d'où le sentier dévalait vers la crique.

Elle le suivit en hâte et s'abrita les yeux de la main pour examiner le sol en contrebas.

— Regarde, là-bas ! s'exclama-t-elle immédiatement. La tache rouge sur la corniche. Jacob avait un T-shirt rouge, aujourd'hui.

— Oui. Je le vois ! C'est sûrement lui.

Sans hésiter, il s'engagea le long de l'étroit chemin. Des pierres roulèrent sous ses pieds, mais il ne ralentit pas, ignorant le danger.

Elle retint son souffle lorsqu'il sortit du sentier pour se diriger vers la corniche. A cet endroit, la paroi s'était effondrée, et il lui serait impossible de se raccrocher à quoi que ce soit s'il glissait. Il s'approcha prudemment du bord, et elle eut du mal à contenir son cri lorsqu'elle le vit écarter des buissons, découvrant ainsi Jacob roulé en boule sur la mince saillie. Elle s'apprêtait à descendre vers eux lorsque Nico éleva la voix dans sa direction.

— Il respire, mais il est inconscient. Amy, tu peux appeler la clinique ? Le numéro est en évidence sur le tableau de bord. Il nous faut une ambulance, et le plus vite possible.

Elle courut jusqu'à la voiture, prit le portable de Nico dans le vide-poches et composa le numéro. La réceptionniste, après qu'elle lui eut expliqué la situation et l'endroit où ils se trouvaient, lui promit de faire en sorte qu'une ambulance se mette en route aussitôt.

— Les secours arrivent, annonça-t-elle à Nico lorsqu'elle revint en haut du sentier.

— OK. A mon avis, il s'est cogné la tête en tombant. Il va falloir faire un scanner. Et, pour ça, on va devoir aller sur le continent.

— Il s'en sortira, n'est-ce pas, Nico ? dit-elle, anxieuse, tout en cherchant comment elle pourrait les rejoindre.

Mais Nico, devinant sans doute son intention, secoua la tête.

— Tu restes là-haut. Il n'y a pas assez de place pour deux sur ce rebord, qui n'a pas l'air très stable, en plus.

Elle se sentait malade d'appréhension devant la paroi à pic sous Nico et Jacob. Ils n'auraient pas la moindre chance si la saillie devait céder. Et l'ambulance qui mettait des heures à arriver. Enfin, elle entendit la sirène et se précipita vers les infirmiers pour les guider sitôt qu'ils descendirent du véhicule. Des pompiers arrivèrent peu après, équipés de cordes et de harnais. L'opération de sauvetage fut mise en place en un temps record.

Jacob fut remonté le premier, bien sanglé sur une civière qui fut hissée le long de la paroi. Et il avait l'air si petit, si vulnérable, qu'elle ne put contenir ses larmes alors qu'elle se penchait pour l'embrasser.

A cet instant, il ouvrit les yeux et la fixa d'un air égaré.

— Maman...

— Tout va bien, mon chéri. Tu ne crains plus rien, maintenant. On va t'emmener à l'hôpital pour être sûr que tu ne t'es pas fait mal, d'accord ?

— Il est là, Nico ?

— Oui. Il sera là dans une seconde. On est en train de l'aider à remonter, et... Tiens, le voilà, justement.

Jacob voulut se redresser, mais elle le repoussa gentiment. Tant qu'il n'aurait pas été examiné, il devrait rester aussi immobile que possible.

Elle s'écarta pour laisser Nico s'accroupir devant lui.

— Alors, mon gars... Comment te sens-tu ?

— J'ai mal à la tête, marmonna Jacob, dont les yeux se fermèrent tout seuls.

Sans perdre de temps, Nico fit signe aux ambulanciers de charger la civière dans le véhicule avant d'inviter Amy à s'asseoir à l'arrière.

— Je pars en avant pour organiser son transport sur le continent le plus vite possible.

— Il y a plus d'une heure de bateau, observa-t-elle, anxieuse.

— C'est pour ça que je demanderai qu'on l'y transfère en hélico.

Avant de courir jusqu'à sa voiture, il se pencha et l'embrassa fugacement sur les lèvres.

— Il s'en sortira bien, Amy. Je ferai tout ce qui est en mon pouvoir pour cela.

Elle souhaitait plus que tout le croire, mais elle connaissait la gravité de la situation. Quand les portes de l'ambulance se refermèrent, sa dernière image de Nico fut celle de son visage figé par l'anxiété.

Il ne s'agissait pas seulement de l'inquiétude d'un médecin pour son patient. Non. C'était l'angoisse profonde et déchirante d'un parent pour son enfant.

Elle sut alors qu'elle avait eu tort de douter de lui, et que lui-même avait commis une erreur en ne se faisant pas confiance. Il aimait Jacob comme un père doit aimer son enfant. Et d'un amour qui durerait toute la vie si la chance lui en était donnée.

La tomodensitométrie révélait un épanchement dans l'hémisphère gauche du cerveau de Jacob.

Même si Nico s'efforçait de maintenir la distance habituelle qu'exigeait son rôle, son stress franchit un nouveau cap. Sans soins, la pression accumulée dans le crâne pourrait entraîner la mort. Leur fils devait être pris en charge immédiatement.

Il alla aussitôt dans la salle d'attente retrouver Amy, qui se précipita vers lui.

— Il y a un petit saignement sur la gauche du cerveau.

Il s'était exprimé calmement, conscient qu'il n'avait pas besoin de lui expliquer la gravité de la situation. En tant qu'infirmière spécialisée en traumatologie, elle ne comprenait que trop bien les implications d'une telle blessure.

Elle pressa son poing sur sa bouche.

— Oh non ! Et maintenant ? On va l'opérer ?

— On est en train de le préparer, et il sera très bientôt conduit au bloc. Le chirurgien est plutôt optimiste, même si on ne peut jamais rien garantir à ce stade. Mais je...

Sa voix s'était brisée sous l'effet de l'angoisse et il fut sur le moment incapable de continuer.

— Il va s'en sortir, Nico. J'en suis sûre, affirma-t-elle en l'étreignant alors qu'il s'efforçait de combattre ses émotions.

Il soupira.

— Je l'espère bien. Le fait que nous ayons pu amener Jacob très rapidement à l'hôpital joue en sa faveur. Au moins, cela a été très vite décelé.

— Oui. Au fait, comment as-tu fait pour trouver un hélicoptère aussi vite ? s'enquit-elle en levant vers lui ses yeux pleins de larmes.

— J'ai demandé à mon père de mettre le sien à notre disposition.

C'était la première fois depuis des années qu'il faisait appel à lui, mais la vie de Jacob était en jeu, et il n'avait pas hésité. Bien sûr, ça le plaçait en position de débiteur par rapport à son père, mais c'était un problème qu'il résoudrait plus tard.

Christos Leonides avait aussitôt répondu, expliqua-t-il rapidement à Amy : non seulement il avait envoyé l'hélicoptère, mais il avait organisé le transport de Jacob au plus grand hôpital d'Athènes, où ce dernier serait remis entre les mains d'un des neurochirurgiens les plus réputés de Grèce.

— C'est fantastique ! s'exclama Amy en serrant sa main dans la sienne.

— Oui. Ne bouge pas, je vais voir l'infirmière.

— D'accord. Concentre-toi sur lui, dit-elle bravement.

Il se sentit étrangement réconforté alors qu'il remontait le couloir. Même s'il ignorait encore comment, il était certain qu'Amy et lui trouveraient le moyen de résoudre les problèmes auxquels ils étaient confrontés. C'était essentiel s'ils voulaient devenir une vraie famille... Si toutefois c'était aussi ce qu'Amy souhaitait.

Après s'être assuré que l'opération se déroulait sans problème, il retourna de nouveau auprès d'Amy et s'assit près d'elle en lui prenant la main. Et, tous deux, sans un mot, joignirent leurs forces pour prier afin que Jacob se sorte bien de cette épreuve.

Au matin, Amy était épuisée. Nico et elle avaient passé la nuit au chevet de Jacob. Elle aurait pu dormir plus confortablement dans la salle prévue pour les familles, mais elle avait tenu à rester près de lui afin d'être là à son réveil.

Elle releva la tête pour observer l'infirmière qui venait contrôler les signes vitaux du petit garçon.

Le cerveau présentait un léger œdème. Nico lui avait expliqué que le chirurgien envisageait de maintenir Jacob sous sédation afin de donner à son cerveau le temps de guérir et de faciliter son rétablissement. Elle avait beau savoir que c'était la procédure habituelle, elle ne serait pas rassurée tant que Jacob n'aurait pas rouvert les yeux. Elle saurait alors que tout irait bien, mais l'attente lui était insupportable.

Une fois sa tâche terminée, l'infirmière ressortit non sans leur avoir adressé un sourire d'encouragement.

Le personnel avait été fantastique et très prévenant. Tous savaient manifestement que Jacob était le fils de Nico. Ce dernier leur avait-il parlé ou avaient-ils simplement remarqué la ressemblance entre eux deux ? Peu importe. L'essentiel était que Jacob se relève sans problème de cet accident.

Comme de nouvelles larmes lui montaient aux yeux, Nico s'approcha d'elle pour lui presser l'épaule.

— Il s'en sort bien, Amy. Ses constantes sont correctes, et il tient très bien le coup.

— Dieu merci, dit-elle avec un sourire vacillant. Je ne m'étais jamais rendu compte du stress que représente ce genre de veille. L'esprit a la très fâcheuse faculté de te présenter les scénarios les plus horribles.

— C'est sûr. Mais j'ai la conviction que toute cette histoire aura une fin heureuse pour nous tous.

— Tu as changé d'avis, finalement, remarqua-t-elle. Tu ne voulais pas t'impliquer dans la vie de Jacob, mais…

— Mais je me suis ravisé, oui. Si tu es d'accord, bien sûr.

— Oh oui ! Je le souhaite même de tout mon cœur. Si tu es certain que c'est ce que tu veux vraiment.

— C'est mon plus cher désir. Je veux être un vrai père pour Jacob, et je veux aussi faire partie de ta vie, Amy. Si tu le souhaites, bien sûr.

— Rien ne me comblerait plus de joie.

— Oh ! Amy…

Il l'attira contre elle, et elle put sentir son cœur battre à l'unisson du sien.

— J'ai du mal à croire que tu es disposée à me donner une nouvelle chance. Et je suis prêt à tout pour me racheter à tes yeux.

— Tu l'as déjà fait. Tu as accepté d'être le père de Jacob, et je sais que tu l'aimeras comme moi. Que pourrais-je demander de plus ?

— Je ne te mérite pas, dit-il avec un soupir. Le souci, c'est ma santé et l'impact qu'un infarctus fatal aurait sur Jacob et sur toi. Je ne supporte pas l'idée que vous souffriez à cause de moi…

— Chut, fit-elle en posant les doigts sur ses lèvres. Pourquoi se tourmenter pour quelque chose qui n'arrivera peut-être jamais ? Bien sûr, tu es sans doute plus fragile qu'un autre, mais aujourd'hui tu es en pleine forme, et c'est tout ce qui compte. Nous allons nous concentrer sur Jacob et former des projets pour les années à venir.

Lui prenant la main, il déposa un baiser dans sa paume.

— Merci... Merci de m'avoir offert ce merveilleux cadeau qu'est Jacob, et merci d'être toi. J'ai tellement de chance, Amy ! Je suis l'homme le plus heureux du monde.

— Et moi la femme la plus comblée, murmura-t-elle.

Deux ans plus tard...

— Hé ! Attention !

Amy courut sur la pelouse et souleva sa fille avant qu'elle ne bascule dans la petite piscine gonflable.

A onze mois, Luisa venait juste d'apprendre à marcher, et elle prenait un grand plaisir à explorer son univers.

— Je vais m'occuper d'elle, m'man.

Jacob abandonna le match de foot qu'il disputait avec ses cousins pour venir chercher sa petite sœur. Lui prenant la main, il l'aida à enjamber le bord de la piscine et entra dans l'eau avec elle.

Amy sourit en les entendant rire aux éclats.

— Jacob est une vraie mère poule avec sa sœur, hein ? remarqua Nico en venant s'asseoir sur l'herbe à côté d'elle.

— Oh oui ! Il est vraiment fou de sa sœur.

Jacob s'était rapidement remis de son traumatisme crânien sans en garder de séquelle. Il avait été aux anges d'avoir la confirmation que Nico était son père, ce qu'il espérait en secret à de nombreux indices.

Comme prévu, Nico avait repris un poste de chirurgien esthétique à l'hôpital à mi-temps. Il refusait de laisser sa carrière interférer avec sa vie familiale et passait le plus de temps possible avec Jacob et Luisa. Elle-même avait tous les jours l'occasion de découvrir le père et le mari merveilleux qu'il était. Elle remerciait chaque jour le ciel du bonheur qui lui était offert. Nico et elle étaient désormais mariés depuis presque deux ans, et ces deux années avaient été les plus belles qu'elle ait vécues.

Après être retournée quelque temps en Angleterre pour y régler ses affaires, elle était vite revenue à Constantis où elle avait remplacé Sophia à la clinique jusqu'à ce qu'elle soit enceinte de cinq mois de Luisa. Elle était ravie d'accueillir ses parents et ses amis ici, mais l'Angleterre ne lui manquait pas. Elle avait trouvé le bonheur sur cette île avec Nico, et elle ne regrettait rien de ce qu'elle avait laissé là-bas.

Quant à Nico, sa relation avec son père s'était curieusement améliorée. Christos Leonides faisait l'effort de maintenir le contact avec eux et paraissait même prendre un certain plaisir à voir ses petits-enfants et à jouer avec eux. Quoique modérée, cette ouverture avait permis à Nico de tourner le dos au passé et à se concentrer sur l'avenir. Un avenir si plein de promesses qu'elle devait parfois se pincer pour s'assurer qu'elle ne rêvait pas.

Alors que Nico se penchait vers elle, elle sentit son cœur se gonfler d'amour et de gratitude pour tout ce qu'il lui avait offert.

— Jacob est fou de sa sœur comme moi je suis fou de toi, dit-il en prenant son visage dans ses mains pour l'embrasser avec une tendresse qui lui fit presque monter les larmes aux yeux. Je t'aime, mon amour. Maintenant et toujours.

— Moi aussi, je t'aime, Nico. Pour l'éternité, chuchota-t-elle sous son baiser.